Elke Pfesdorf

Louis von Mortville

Der verschwundene Leuchter

SCM Kläxbox

SCM

Stiftung Christliche Medien

FSC® www.fsc.org MIX Papier aus verantwortungsvollen Quellen FSC® C006701

Bodenborn 43 · 58452 Witten
Internet: www.scm-kläxbox.de; E-Mail: info@scm-klaexbox.de

Die Bibelverse sind aus folgenden Ausgaben entnommen:

Neues Leben. Die Bibel, © der deutschen Ausgabe 2002 und 2006
SCM R.Brockhaus im SCM-Verlag GmbH & Co. KG, Witten.

Elberfelder Bibel 2006, © 2006 SCM R.Brockhaus im SCM-Verlag GmbH & Co. KG, Witten.

Das Buch. Neues Testament – übersetzt von Roland Werner.
© 2009 SCM R.Brockhaus im SCM-Verlag GmbH & Co. KG, Witten.

Umschlaggestaltung und -Illustration: Ventura: Design, Iserlohn; www.vaurore.de
Satz: Breklumer Print-Service, Breklum
Druck und Bindung: CPI – Ebner & Spiegel, Ulm
Gedruckt in Deutschland
ISBN 978-3-417-28606-9
Bestell-Nr. 228.606

Inhaltsverzeichnis

Geheime Ladung

Der dunkle Lastwagen bremste ab und verließ die Straße. Die Räder rumpelten über Betonplatten in das militärische Sperrgebiet. An einem Schlagbaum hielt der Fahrer an und stieg aus. Er verschloss weder das Führerhaus noch warf er einen Blick auf die Fracht. Seine Schritte führten ihn zu einem Wachturm, der auch für andere Zwecke genutzt wurde. Mattes grünes Licht schimmerte aus dem Kontrollraum, den der Mann nicht betrat. Er suchte stattdessen einen erstklassig ausgestatteten Ruheraum auf. Dort hörte er nur das Rauschen der Wellen, die in der Nähe gegen das Festland schlugen.

In ein paar Stunden würde er den Sattelschlepper leer geräumt oder mit anderen Gütern bestückt und frisch betankt an der Schranke vorfinden. Dass der Sattelschlepper in dieser Zeit einige zusätzliche Kilometer bis zu einem Flugzeughangar zurückgelegt und unter die Erde gerollt war, wusste der Fahrer nicht. In einem Bunkersystem lagerte tonnenweise Material, das Nacht für Nacht dort abgeladen wurde. Ob die dafür ausgestellten Papiere ordnungsgemäß waren und ob er Hilfsgüter, Saatgut oder Baumaterial transportierte, war dem Mann gleichgültig. Er stellte keine Fragen. Er wurde gut bezahlt und war ausschließlich nachts unterwegs. Das kam ihm gelegen. So konnte er in der verbleibenden Zeit seiner Leidenschaft, der Musik, frönen. »Trash-Spider-Beat« hieß seine Rockband. Der Kerl wirkte selbst wie eine Spinne, ein wenig unheilverkündend und mit langen, dünnen Beinen.

Die Geschäfte des angeblichen Transportbetriebes und weiterer Gesellschaften wurden diskret, kühn, scharfsinnig, erfahren und mit eiserner Konsequenz abgewickelt. Lieferscheine und Rechnungen waren auf den Firmennamen Transport **Em**rich, **Pel**mann & **Ritter** ausgestellt. Mögliche Fragen der Polizei brachten den für diese Zahlen verantwortlichen Mann, Hugo von Mortville, nicht um den Schlaf.

Dem Fahrer des Lastwagens waren seine Auftraggeber unbekannt. Niemals entdeckte er einen Fehler oder irgendwelche Schäden. Nur einen silbernen Karabiner hatte er zufällig gefunden: ein kleines Werkstück aus besonders glänzendem Metall, das unter einer Plane vergessen worden war. Wenn man geschickt an dem Haken drehte, konnte man einen höchst stabilen, langen Draht herausziehen. Dieser Karabiner erwies sich als sehr nützlich und der Musiker trug ihn fortan immer an seinem Gürtel. Er fand dieses Patent nirgendwo, um ein weiteres Exemplar zu bestellen. Merkwürdig war allerdings das winzige Symbol, das versteckt in das Material eingelassen war: Es zeigte ein Tatzenkreuz, das Zeichen der Tempelritter, die es angeblich seit mehreren hundert Jahren nicht mehr gab.

11 Stunden später

Der Überfall

Ein Schrei durchbrach die andächtige Stille des Gotteshauses. Poltern und Klappern, ein metallisches Knirschen, Beine, die eben noch gekniet hatten, sprangen auf und hasteten zum Portal.

Die Haltung, die der Mann im weißen Umhang einnahm, wirkte ganz und gar ungemütlich. Sein Körper lag verdreht, der Kopf merkwürdig angewinkelt. Die Hand, die einen silbernen Leuchter getragen hatte, ruderte fahrig in der Luft herum, als suche sie etwas, ohne jeden Nachdruck und ohne Hoffnung. Das, was der Mann bewahren sollte, war verschwunden. Blut tropfte langsam auf den kalten Steinfußboden, bildete eine rote Lache in den ausgetretenen Wölbungen der tausendfachen Schritte.

Ohne sich abzusprechen, dennoch routiniert und wie durch unzählige Aktionen einstudiert, verließen einige Tempelritter die Kirche und schwärmten aus. Andere suchten konzentriert die Räume ab. Der Verletzte wurde hinausgetragen.

»Du wartest in der Kirche, Louis!«, wandte sich ein Mann mit lockigem Bart an einen schlanken Jungen, der erschrocken an einem Pfeiler lehnte. »Vitus, sie haben Vitus niedergeschlagen!«, kreiste es in beunruhigenden Endlosschleifen durch seine Gedanken. Nach einem auffordernden »Nun geh schon!« gehorchte Louis. Im Hauptschiff der Kirche war es angenehm kühl und friedlich. Die Flammen der Kerzen warfen zitternde Schatten in das Halbdunkel. Louis roch den Duft der Kräuter, die seine Wahrnehmung schärften; keine Bewegung, nicht ein Detail entging seiner Aufmerksamkeit. Der Junge ließ sich in einer der engen Holzbänke nieder. Das Kreuz der Tempelritter war als Verzierung hineingeschnitzt. Die Tatzen berührten die Kanten, als wäre ihnen die Kirche zu klein und die Grenzen der Mauern und Menschen zu eng. Die Tempelritter – ihre Symbole und ihre Macht – gehörten der Vergangenheit an? Diesen Irrtum hatte der Junge ebenfalls eine Weile begangen; bis eine Welle gefährlicher Dinge ihn überrollt und er nur knapp überlebt hatte.

»Ob daraus der Begriff ›Knappe‹ abgeleitet wird?«, dachte Louis flüchtig. Denn er war ein Knappe der Templer, aufgenommen in den Kreis der Bewahrer. Im Untergrund wickelten sie ihre Geschäfte und Missionen ab, verschwiegen, perfekt vorbereitet. Nicht wie früher hoch zu Ross, sondern mit raffinierten technischen Methoden und den anderen häufig einen Schritt voraus. Louis gehörte dazu und zugleich nicht. Wer nahm einen fünfzehnjährigen Jungen ernst? Immer wurde betont, wie viel er zu lernen hatte. Unbedingter Gehorsam war nur ein winziges Fragment, ein Einzelteil im Katalog der Anforderungen. Louis zuckte zusammen. Ein helles, schabendes Geräusch hatte sein Ohr erreicht. Es schien aus der Apsis zu kommen, wo der reich verzierte Altar stand. »Ich soll einfach sitzen bleiben und warten! Die ehrwürdigen, so perfekten Herren Ritter haben alles unter Kontrolle. Sie suchen die Täter, die Vitus im Vorraum der Kirche hinterlistig überfallen haben«, maulte Louis etwas angenervt.

Er beobachtete mit konzentriertem Blick die goldenen Säulen, zwischen denen versteckte Fächer eingelassen waren. Eine der nun sperrangelweit offen stehenden Schubladen hätte den silbernen Leuchter, der zu den Insignien der Macht gehörte, verbergen sollen. In einer zusätzlich gesicherten Truhe sollte der Firmariearzt der Templer das Zeichen seiner Berufung verwahren. Nur zu besonderen Gelegenheiten holten die obersten Tempelritter die kostbaren Gerätschaften hervor. Hugo von Mortville, Louis' Großvater, war der Tressler des Ordens, der die Finanzgeschäfte regelte. Er besaß den silbernen Dolch. Um die Insignien der Macht, dazu gehörten die silberne Schreibfeder, der Kerzenleuchter und das edel gearbeitete Schwert, war ein Kampf ausgebrochen. Eine Sekte, die Wölfe der Apokalypse, machte Jagd auf die alten Stücke und war nicht zimperlich in der Wahl ihrer Methoden. Das Schwert des Großmarschalls war bereits vor langer Zeit zu ihrer Beute geworden. Wenn alle Insignien in ihren Händen sein würden, rechneten die

Sektenanhänger mit dem Ende der Welt und ihrer alleinigen Rettung. Hatten sie nun ebenfalls den Leuchter erwischt?

Louis bekam eine Gänsehaut, wenn er an die gefährlichen Männer aus der Sekte dachte. »Vitus, was haben sie mit dir gemacht?« Der Junge mochte den blonden Templer, der immer ein wenig verträumt aussah. Vitus hatte sich schon mehr als einmal für Louis eingesetzt, als der in Schwierigkeiten geraten war. Und in ebensolche würde er abermals geraten, wenn er jetzt seinen Platz in der Kapelle verließe. Dennoch stand Louis auf. Seine Füße trugen ihn automatisch in Richtung des Altars. Aus einer Schale stiegen träge einige Rauchkringel in die Luft. Die leeren Fächer zwischen den Säulen gähnten Louis leer und höhnisch an. Mit den Fingern strich er über den glatten Marmor, versuchte den Mechanismus der Geheimschubladen zu enträtseln. Ein lautes Knacken ließ ihn zusammenfahren. Es kam eindeutig aus dem Chorgestühl! Louis schlich dichter heran, betrachtete das dunkle Holz mit den edlen Schnitzereien. Rote Samtkissen erhöhten den Komfort der würdevollen Sitze. Weitere Polster lagen in einer stabilen Truhe bereit. Der Junge klopfte vorsichtig gegen die Lehne, lauschte, versuchte es an einer anderen Stelle. Er verglich den Ton. Hatte es sich unten nicht hohl angehört? Louis schabte und tastete, arbeitete sich am Chorgestühl entlang. Er suchte eine Fuge, einen unauffällig angebrachten Riegel oder ein versteckt liegendes Schlüsselloch. Mit dem kostbaren Kreuz der Templer, das Louis an einem Lederband um den Hals trug, konnte er verborgene Gänge und Türen öffnen. Jeder der vier Arme des Kreuzes betätigte eine andere Art von Schließmechanismus.

Bedrohlich zischte das Kerzenwachs auf. Louis wandte eilig den Kopf. Nichts, er war völlig allein im Hauptschiff der Kirche. Eine rasche Bewegung zog seine Aufmerksamkeit zum Chorgestühl. Fast wäre Louis zu langsam gewesen. Eine kräftige Faust schoss blitzschnell auf ihn zu. Louis drehte sich zur Seite. Der Schlag streifte sein Kinn, ließ ihn nach hinten fliegen wie eine federleichte Puppe. Louis versuchte, den Schmerz zu ignorieren, rollte ab und sprang sofort auf die Füße. Das Licht der Kerzen beleuchtete spärlich einen kräftigen Mann, dessen Kopf nur in den Ohren Haare aufwies. Die Augen, hässlich zusammengezogen, musterten Louis wie ein ekliges, kleines Insekt. »Du schon wieder. Ich hätte es mir denken können!« Louis keuchte erschrocken. Er kannte seinen Gegner: Frater Isparagus gehörte zu den Wölfen und hatte die eine oder andere Rechnung mit Louis offen. »Ich könnte schreien!«, versuchte Louis einen Notfallplan aufzustellen. Aus seinem Mund kam nur ein heiseres Krächzen. Sein Kiefer fühlte sich merkwürdig verformt an.

Langsam wich Louis zurück, beobachtete den Eindringling, der sich unter dem Chorgestühl verborgen haben musste. Was machte der Kerl bloß in der Kirche der Templer? Der Leuchter war längst gestohlen worden! Hatten die Wölfe Isparagus zurückgelassen? Oder gab es plötzlich weitere Finstermänner, die auf die Insignien der Macht scharf waren? Louis fand dafür keine Erklärung. Vielleicht brauchte er gleich keine mehr. Wie ein heißer Strahl schoss die Panik durch seine Gedanken. Der Wolf wirkte höchst entschlossen und griff an. Der Junge war auf der Hut, wich immer weiter zurück. »Ich muss zur Tür! Am besten, ohne weitere Tritte und Schläge einzustecken.« Davon war Louis allerdings weit entfernt. Die Hand des Wolfes zuckte nach vorne, täuschte an, bevor die zweite den weißen Umhang des Jungen zu fassen bekam und gnadenlos schüttelte. »Du gehörst mir!«, zischte es zwischen den wulstigen Lippen hervor. Louis biss die Zähne zusammen. Sein Ellbogen rammte irgendeine weiche Stelle seines Gegners. Louis spürte, wie die Umklammerung kurz nachließ, holte Luft und brüllte: »Achtung! Alarm!« Bei dem Wort »Hilfe« sauste die Faust in Richtung Louis. Der lenkte den Angriff mühsam mit seinem Unterarm ab und setzte einen Hebel zur Verteidigung an. Frater Isparagus war ein erfahrener Kämpfer. Er lächelte nur hämisch und konterte problemlos. Louis krümmte sich, als sein Arm gefährlich überstreckt wurde. Der Wolf brummte zufrieden. »Gleich bist du dort, wo ich dich haben will! Ein kleiner Schnitt mit meinem Messer und du widerliche Kröte wirst uns nie mehr dazwischenfunken. Dabei hätte ich dein Ende gerne länger ausgedehnt, um deine Schmerzen genüsslich zu beobachten!« Frater Isparagus drückte ein wenig fester zu. Louis keuchte vor Angst. Jede Gegenwehr war zwecklos. »Los, auf die Knie!« Die harten Steinplatten bohrten sich in Louis' Beine. Ein heller Lichtblitz funkelte auf der spitzen Klinge. Frater Isparagus hielt das Messer in den Fingern, von denen nur vier komplett waren. »Scharf!«, knurrte der Wolf genüsslich. Seine Stimme hallte drohend durch das Kirchengewölbe, fand ein Echo, kehrte zurück. Louis stöhnte. Ein Luftzug streifte ihn.

Mit einem letzten Aufbäumen ließ sich der Junge zur Seite kippen und brachte Frater Isparagus damit aus dem Gleichgewicht. Ein kleiner Pfeil mit einem schwarz gefiederten Schaft bohrte sich in die Kirchenbank. Ein weiterer folgte. Ein abscheulicher Schimpflaut entfuhr dem Wolf, bevor er mit einem riesigen Satz verschwinden wollte. Louis trat mit beiden Füßen gegen einen kleinen Tisch. Die Flugbahn der beiden kreuzte sich. Zusammen mit einer Menge Gebetbüchern segelte der Frater durch die Kapelle. Er landete auf dem Bauch und rutschte ein Stück über den Boden. Mühsam stieß der Wolf eine kleine Pforte auf, raste eine schmale Wendeltreppe nach oben. Ein Tempelritter mit rötlichen Haaren hetzte aus der Sakristei heran. Seine Hand umklammerte den Bolzen einer kleinen Armbrust. Sofort nahm er die Verfolgung des Wolfes auf. Louis rappelte sich hoch, massierte kurz seinen schmerzenden Arm und folgte den beiden entschlossen. Den Eingang zu der kleinen Empore über dem Chorgestühl ließ er hinter sich.

Unvermittelt endeten die Stufen vor einer Maueröffnung. Helles Licht ließ Louis blinzeln. »Er flieht über das Dach!«, keuchte Louis. Eine Schindel brach unter dem Gewicht des Wolfes auseinander und regnete in Einzelteilen auf den gepflasterten Hof. Ein Schuh des Flüchtenden blieb hängen. Ohne anzuhalten, verschwand er hinter dem Turm der Kirche. Auf dem dunklen Dach flimmerte die Luft vor Hitze. Der Templer blieb stehen. Er murmelte einige Sätze in seine Armbanduhr. »Wir müssen h-hinterher! Wir dürfen ihn nicht entkommen lassen!«, stotterte Louis und wollte sich an dem Tempelritter vorbeiquetschen. Der hielt den Jungen entschlossen fest. »Nichts da. Das ist zu gefährlich. Wir schneiden ihm den Weg ab, ein Kontrolltrupp weiß Bescheid.« Louis nickte scheinbar überzeugt. Kaum hatte der Tempelritter in seiner Wachsamkeit nachgelassen, war Louis durch die Luke verschwunden. Vorsichtig balancierte er über ein schmales Brett und die morschen Ziegel. Er bekam nur mühsam Luft, selbst harmlose Sprints raubten ihm die Kraft.

Louis gestattete sich keinen Blick nach unten. Hinter ihm schimpfte der Tempelritter. »Komm sofort zurück!«, befahl er. Louis ignorierte ihn und erreichte kurz darauf den Turm, hangelte weiter. Er umrundete die Mauer. »Wenn Isparagus jetzt dahinter auf mich wartet? Dann braucht er mich nur herunterzustoßen!«, schoss es ihm flüchtig durch den Kopf. Neben ihm lief ein starres, dünnes Metallrohr die Mauer des Turmes hinauf. »Der Blitzableiter!«, erkannte Louis und testete die Stabilität. Vorsichtig setzte er einen Fuß an die Wand, stemmte sich ein Stück nach oben. Seine rechte Hand erreichte die vorstehende Kante eines Steinfrieses. »Noch ein Stück höher!«, murmelte Louis. Er konnte jetzt das verschachtelte Dach der Kirche und der Seitenflügel besser überblicken und entdeckte den flüchtenden Wolf in einiger Entfernung: Der glatzköpfige Frater umkletterte eine Gaube und verschwand im Gewirr der Dachaufbauten. Hektisch winkte Louis nach unten, wo einige Tempelritter über das Pflaster liefen. »Dort herüber! Er flieht in diese Richtung!«, brüllte Louis. Ein warmer Wind blies seine dunklen Locken aus der Stirn. Die blauen Wellen des Meeres glitzerten am Horizont. Nur der Deich trennte die Ansammlung kleiner Häuser rund um die Kirche von der See. Der Vorplatz wirkte plötzlich wie ausgestorben, niemand betrat das Pflaster, keiner hetzte zwischen den Gebäuden hin und her.

Langsam stieg Louis ab und kletterte zurück. Unterwegs pflückte er den Schuh des Wolfes aus der Dachrinne. Mit starrer Miene, die Louis verriet, dass sein Ungehorsam Folgen haben würde, nahm ihn der Templer am Ende der Wendeltreppe in Empfang. Tatsächlich wartete in der Kirche bereits Friedrich Lacroix auf ihn. »Ich denke, ich hatte mich klar und deutlich ausgedrückt?!«, fragte er gefährlich ruhig. Louis versuchte sein Verhalten zu rechtfertigen. »Frater Isparagus hatte sich im Chorgestühl versteckt!«

»Und wieso kletterst du dann auf dem Dach herum?« Friedrich Lacroix strich gedankenverloren durch seinen grauen Bart und musterte Louis mit einem Röntgenblick, der bis in die geheimsten Windungen des Körpers zu dringen schien.

Der Junge seufzte. Erst jetzt spürte er, dass sein T-Shirt vor Angst durchgeschwitzt war, bemerkte das Pochen in seinem Kinn und das wüste Klopfen seines Herzens. Die Gefahr, in der er geschwebt hatte, wurde ihm allmählich bewusst. Die Klinge an seinem Hals, der Spaziergang über das Dach. Louis musste die Übelkeit, die in ihm aufstieg, entschieden zur Seite drängen, um nicht in eine tatenlose Lähmung zu fallen. Er konzentrierte sich auf die Worte von Friedrich Lacroix und bereute es sofort: »Es war eine große Auszeichnung für dich, dass du an der Zeremonie um den Leuchter teilnehmen durftest. Und sofort schlägst du wieder über die Stränge!«, zeterte Lacroix.

Louis dachte in einem Anflug von Trotz und Widerspruch: »Ich habe das Ding schließlich zurückgeholt!« Er war klug genug, diese Behauptung nicht laut auszusprechen. Sie stimmte nicht ganz. Welfhardt, ein Knappe der Templer und Louis' Freund, war in die Hände der Wölfe gefallen und sollte im Austausch gegen den Leuchter freigelassen werden. Mit einem ganzen Team von Tempelrittern waren sie jedoch erfolgreich gewesen. Sie konnten das Insigne der Macht in ihren Reihen halten und Welfhardt retten. Heute sollte der Leuchter an seinen ursprünglichen und sicheren Platz zurückkehren. Mit dem filigran gearbeiteten, geheimen Schlüssel, dem silbernen Kreuz der Templer, hatte Louis die Schubladen und eine raffiniert gearbeitete und gesicherte Truhe geöffnet. Pech für den Firmariearzt, dass der Kerzenleuchter schon wieder verschwunden zu sein schien.

»Du bist fünfzehn Jahre alt und kein Kleinkind, das ständig einen Babysitter braucht!«, motzte der kräftig gebaute Friedrich Lacroix.

»Fertig?!«, fragte Louis nur scheinbar unbeeindruckt und schwenkte den Schuh des Wolfes wie eine Trophäe.

»Nein. Ich hätte dir eine Menge zu sagen. Aber ich sehe die Sinnlosigkeit meiner Worte ein. Pure Verschwendung. Räume bitte die

Bücher wieder auf den Tisch. Dann kannst du abzischen!«, kommandierte Friedrich Lacroix, entwand Louis den Halbschuh und zerrte den Umhang von seinen Schultern. Achtlos deponierte er die Gegenstände auf dem Steinsims einer Säule. Stattdessen warf er dem Jungen eine Tasche zu und humpelte durch den Mittelgang zum Portal. Louis wusste, dass Friedrich Lacroix den neuerlichen Verstoß gegen die Regeln der Templer weder vergessen noch auf sich beruhen lassen würde. Er hatte dem Jungen lediglich eine Gnadenfrist eingeräumt.

Eine merkwürdige Begegnung

Louis zerrte den Tisch an seinen Platz und stapelte die heruntergefallenen Bücher zu einem hohen Turm, der leicht schwankte. Aufgewühlt dachte Louis über Friedrich Lacroix nach, einem bewährten Tempelritter. Er kümmerte sich um die Jungen im Seminar, die allmählich in die Geheimnisse des Ordens eingeweiht wurden und nebenbei ein straffes Tagespensum zu erledigen hatten. Morgen würden Lacroix und Louis dorthin zurückkehren. Am heutigen Tag würde Louis die Auszeit genießen. Er schnappte sich die Tasche und ging in Richtung Portal. Der Vorraum lag verwaist, das Blut war zu einer bräunlichen Masse geronnen. Sein Blick wanderte zu einem Seitenaltar aus gesprenkeltem Marmor. Er glich dem Abendmahlstisch in der Apsis, wies ebenfalls vergoldete Verzierungen und garantiert versteckte Fächer auf. Der Junge stieg eine flache Stufe auf das hölzerne Podest. Fast wäre er über eine Kante gestolpert. Ein rötlich-brauner Teppich verbarg die geschliffenen Holzbretter. Er roch merkwürdig neu. Die Ausdünstung wollte nicht recht in das alte, ehrwürdige Kirchengebäude passen.

Louis betrachtete das dunkel gehaltene Gemälde an der Mauer über dem Marmoraufbau. Es zeigte Pilger, die von einem Ritter mit einem Tatzenkreuz auf dem Umhang beschützt und versorgt wurden. Am linken unteren Bildrand entdeckte er ein weiteres Symbol: Der Leuchter war in einer vereinfachten Darstellung in das Kunstwerk eingeflossen. Das silberne Exemplar lehnte an einem Felsen. Man musste genau hinschauen, um ihn zu entdecken und die Pinselstriche zuzuordnen. Louis beschlich das Gefühl, etwas Wichtiges zu übersehen, ein Detail des Puzzles nicht an die richtige Stelle zu bekommen. Irgendetwas war komisch. Vitus lag verdreht in einer merkwürdigen Position. Wo kam der Angreifer plötzlich her? Warum hat ihn keiner bemerkt? An welchem Ort hatte er sich vorher versteckt? Oder waren es mehrere? Louis suchte den Raum nach unterschiedlichen Möglichkeiten ab. Er konnte sich den Ablauf des Überfalls einfach nicht erklären. Schließlich gab er auf und drückte die Klinke der schweren Holztür herunter. Sie quietschte leise.

Hitze schlug Louis wie eine Wand entgegen. Er verdrängte seine Gedanken an das geplatzte Ritual um den Leuchter, den Angriff auf Vitus und besonders Frater Isparagus und bummelte Richtung Deich. Bei den Tempelrittern gab es gute Ärzte, die würden Vitus wieder hinbekommen! Louis überwand die Kuppe des Walls. Es tummelten sich eine Menge Leute am Strand, genossen das gute Wetter und Kinder buddelten im Sand. Die Luft roch nach Salz und Algen. Rasch öffnete Louis die Tasche und schlüpfte in seine Badehose. Ein kleiner Zettel flog herunter. »Guten Appetit!«, las Louis und entdeckte eine braune Papiertüte. Er musste vor Freude grinsen. Bestimmt hatte Friedrich Lacroix' Ehefrau Beata köstliche Leckereien eingepackt. Der Junge zog das T-Shirt über den Kopf. An seinem Hals baumelte an einer Lederschnur das silberne Kreuz. »Das habe ich ganz vergessen!«, dachte Louis. »Verträgt die Kette wohl Salzwasser?« Um auf Nummer sicher zu gehen, stopfte Louis das kostbare Schmuckstück in den Proviantbeutel und knüllte die obere Kante sorgfältig zusammen. In der Tasche verbarg er die Kleidung und die nun wertvolle Tüte.

Eigentlich durfte er das Kreuz nicht ablegen. Louis hatte ein schlechtes Gewissen. Er hoffte, dass alles gut gehen würde und stürzte sich in die niedrigen Wellen. Immer wieder blickte er in Richtung seines Handtuches und der Tasche. Keiner der anderen Strandbesucher machte Anstalten, die Habseligkeiten zu durchsuchen oder zu stehlen. Louis atmete auf. Das Wasser war nicht tief, aber erfrischend. Interessiert beobachtete er das Geschehen um sich herum. Eine Schlick-Schlacht war im Gang, Luftmatratzen schipperten in der Strömung und Möwen kreischten angriffslustig. Louis schwamm langsam ein Stück hinaus. Ein Frachter kreuzte die Linie des Horizontes. Bunte Dreiecke der Surfer durchpflügten die Wellen, einige Drachen stiegen auf. Louis ließ sich treiben, genoss die Sonnenstrahlen. »Ob man Isparagus geschnappt hat?«, überlegte er kurz. Erst als sein knurrender Magen fast das Wellenrauschen übertönte, lief er zu seinem Handtuch.

Eine bleiche Gestalt mit einem großen Heftpflaster auf der Stirn lief über den Strand. Louis schaute genauer hin. Er ließ sich nicht täuschen. Dieser Typ war kein harmloser Spaziergänger oder Badegast. Seine Augen wanderten ruhelos von rechts nach links, bereit, blitzschnell zu reagieren. »Vitus!«, erkannte Louis und folgte dem Kerl möglichst unauffällig. Wasser tropfte eine Spur in den Sand. Louis duckte sich hinter einen Strandkorb. Der blonde Templer, dessen Haare in feuchten Strähnen am Kopf klebten, schien jemanden zu suchen. Jetzt zog er ein flaches Handy aus der Hosentasche. »Ich muss näher herankommen«, überlegte Louis. »Vielleicht verstehe ich, was er zu berichten hat oder wen er anruft!« Er hastete zu einem roten Windschutz, der auf halber Höhe des Deiches stand. Doch er kam zu spät, Vitus hatte sein Telefonat beendet. Er wirkte alles andere als glücklich. Spontan beschloss Louis, seine Tarnung aufzugeben. Er trat überraschend zu Vitus und sagte: »Hi, haben dich die besorgten Ärzte aus ihren Klauen gelassen? Hier beim Firmariearzt und in der Klinik sind besonders viele anstrengende Exemplare vor Ort!« Vitus schwieg betroffen. Seine Miene zeigte eine Mischung aus Entsetzen und Panik. Sie ging in eine gewisse Erleichterung über, als er Louis erkannte.

»Oder wie hast du es geschafft, ihrer geballten Aufmerksamkeit z-zu entgehen?« Louis wurde nervös. Er stotterte, konnte nicht sortieren, was gerade für ein Film ablief. Er begann unter der bohrenden Musterung von Vitus' Augen seinen unüberlegten Entschluss zu bereuen.

»Louis, du hast mich nicht gesehen, okay?«, zischte Vitus eindringlich. Seine Hand umklammerte den Arm des Jungen ein wenig zu fest. Louis antwortete nicht.

»Ich bin quasi gar nicht am Strand!«, erklärte Vitus mit drängender Stimme. »Komm, aus alter Freundschaft! Es kostet dich nichts. Und mir würde es aus der Klemme helfen! Du weißt doch, wie die Templer sind!«

Das wusste Louis tatsächlich. Sie konnten fürchterlich kleinlich sein und dachten nicht daran, einen Regelverstoß ungeahndet zu lassen. Dennoch blieb Louis misstrauisch. »Wen h-hast du angerufen?« Eine Möwe kam im Sinkflug herangerauscht. Vitus zog den Kopf ein. »Ich musste zu Hause anrufen, erklären, dass ich aufgehalten wurde. Sie brauchen eine Vertretung für meine Surfkurse«, erklärte Vitus hektisch. »Hm!« Louis glaubte diese Variante nur bedingt. Aber verpetzen mochte er Vitus nicht. Das wäre eine genauso armselige Vorstellung, wie sie der rothaarige Tempelritter eben auf dem Dach abgeliefert hatte.

»Versprich mir, dass du kein Wort über unser Treffen verlierst! Nicht einen Ton!«, forderte Vitus. Louis zuckte nur unverbindlich mit den Achseln.

»Schaffst du es überhaupt alleine zurück ins Haus? Du siehst aus, als würdest du gleich umkippen!« Der Tempelritter, der bereits mit Louis' Vater Richard zusammengearbeitet und einige Aktionen durchgeführt hatte, beugte sich vornüber und holte tief Luft. »Ich gehe jetzt. Und du wirst deine Klappe halten. Ist das klar?!«, drohte der Templer. Mit Mühe lief er den Deich nach oben. Louis folgte ihm besorgt und etwas sauer. Er hasste es, wenn er irgendwelche Befehle ohne Begründung bekam.

Louis erreichte den Kamm. »Sie haben ihn geschnappt!«, stellte er mit Erleichterung fest. Einige Tempelritter führten Frater Isparagus über den Vorhof der Kirche. Vitus wirkte plötzlich wie elektrisch aufgeladen. Er unterdrückte einen Schrei und wirbelte blitzschnell herum. Mit einem gezielten Tritt brachte er Louis aus dem Gleichgewicht und stieß den Jungen um. Louis fiel ohne Eleganz und völlig überrumpelt ins Gras. Der abschüssige Hang verwandelte seinen Sturz in Energie und Louis purzelte den Deich herunter. Mehrmals überschlug er sich, verfing sich in einer Zeltschnur und blieb schließlich im Sand liegen. Verdrießlich spuckte er einige Körnchen aus. Ein helles Lachen drang an seine Ohren. »Das sah aber lustig aus!«, kommentierte eine Stimme. Louis entdeckte zwei kleine rothaarige Jungen, die Eimer und Schaufel trugen. Der jüngere grinste von einem Ohr zum anderen. »Hast du dir wehgetan?«, fragte der andere leise und blickte auf seine schmutzigen Zehen, die ein Loch in den Sand bohrten. Louis stand probeweise auf. Es ging problemlos. Allerdings sah er aus wie ein paniertes Schnitzel: An seiner nassen Haut und der Badehose klebten Grashalme, Sand und trockene Algen.

»Warum wollte Vitus mich loswerden? Was hat er vor?«, überlegte Louis, während er den Abhang erneut nach oben raste und die Fragen der Jungen ignorierte. Wo wollte der Kerl hin? Louis konnte sich keinen Reim auf das merkwürdige Verhalten von Vitus machen. Der lief an einer Mauer entlang und Louis folgte ihm entschlossen. Zwischen den Häusern führten schmale gepflasterte Gänge bis zum Kirchplatz. Kein Tempelritter kreuzte den Weg. Louis sah, dass Vitus durch ein schmiedeeisernes Gatter auf den Friedhof stolperte. Louis übersprang die Mauer und machte einige Meter gut. Zwischen Grabsteinen hindurch, an einem Brunnen und an einer alten Dame vorbei hetzte Louis weiter. Die zeterte hinter ihm her. Louis merkte erst jetzt, dass seine Badehose keine angemessene Kleidung für den Besuch eines Friedhofes darstellte. Sein Herz klopfte heftig in einem rasanten Tempo. Er sah, dass Vitus an einem länglichen Gebäude, das sich an den alten Klinikkomplex anschloss, die Tür öffnete und dahinter verschwand.

Als Louis vorsichtig die Klinke herunterdrückte und in den dämmrigen Raum huschte, tauchte plötzlich ein breit grinsender

Schädel vor ihm auf. Die leeren Augenhöhlen wirkten düster. Abrupt blieb Louis stehen. Ein ganzes Skelett, das ihn um einige Zentimeter überragte, stand neben einer Vitrine, die andere Kuriositäten in gefüllten Gläsern enthielt. Der Junge entdeckte ein weißes, nudelartiges Gebilde. »Bandwurm, Darmparasit«, las Louis im Vorbeigehen und schüttelte sich angewidert, als er mehrere in Formalin eingelegte Organe erkannte. Der nächste Schrank mit merkwürdigen Untersuchungsinstrumenten aus rostigem Stahl und Holz verstärkten seinen Eindruck einer medizinischen Geisterbahn. »Vitus könnte überall lauern!«, ahnte Louis. Er ließ die Regale hinter sich und schlich einen Raum weiter. Durch mehrere große Bogenfenster fiel helles Licht, die kuppelartige Decke erinnerte Louis fast an eine Kirche. Kein Geräusch war zu vernehmen. Die Stille verstärkte das Unbehagen des Jungen. Vor einem antik wirkenden Operationstisch unter einer riesigen runden Lampe blieb Louis stehen. Grüne Tücher, altertümlich bespannte Wandschirme, schmale, hohe Gasflaschen und blitzendes OP-Besteck waren um den Tisch gruppiert. Breite Ledergurte, mit denen man die Patienten fixieren konnte, hingen an der Seite des Rolltisches herunter. Louis blickte rasch weg und in alle Richtungen. Er versuchte die gruseligen Exponate auszublenden und zwang seine Gedanken in eine andere Spur. Wo war Vitus bloß hin?! Ein Fenster stand offen, von dem verletzten Templer gab es keine Spur.

Louis legte sich auf den kühlen Fliesenboden. Unter den Aufbauten hindurch konnte er den ganzen Saal sehen. Nichts. Wenn Vitus nicht gerade irgendwo einen Klimmzug machte und mit den Füßen in der Luft hing, war er wohl verschwunden. Gedankenverloren griff Louis mit der Hand an seinen Hals. Und sofort war Vitus unwichtig. Die Kette, das Kreuz! Er hatte es am Strand gelassen! Ruckartig sprang Louis auf. »Es muss noch da sein. Es muss!«, murmelte er beschwörend und raste über den Deich. Das Wasser hatte sich bereits ein Stück zurückgezogen und grau-braunen Schlick hinterlassen. Nur wenige Besucher wühlten darin herum, der Strand wirkte verwaist. Ein kühler Wind fegte heran und blies scharfe Sandkörner in Louis' Gesicht. »Wenn das Kreuz verschwunden ist, bin ich geliefert!«, keuchte Louis panisch.

Räuberische Möwen

»Da vorne liegt mein Handtuch!«, schnaufte Louis. Seine Füße wühlten den Sand auf. Louis erkannte auf den ersten Blick, dass die Tasche in einem anderen Winkel auf dem Laken stand. Sie war offen. Sofort kramte Louis zwischen der Kleidung herum, suchte den braunen Papierbeutel, der den Proviant und die Kette enthielt. Der Junge schleuderte sein T-Shirt, weitere Kleinteile und die Hose heraus. Nichts, die Tasche war leer. Heiße Wellen rührten in Louis' Magen eine Panik-Suppe. »Was mache ich jetzt? Das kann nicht wahr sein.« Louis' Wangen verfärbten sich rot. Erneut sah er hektisch die Sachen durch. Der gut gefüllte Proviantbeutel war verschwunden. Und mit ihm das Kreuz der Tempelritter. »Die Familie Mortville hütet den geheimnisvollen, kostbaren Schlüssel von Anfang an, durch alle Zeiten und bis jetzt!«, hörte Louis die erklärende Stimme seines Freundes im Ohr. Nicht nur die Wölfe machten Jagd auf das Schmuckstück. Caspar hatte ihm damals verraten, dass andere Templer eifersüchtig waren und sich ebenfalls mehr Macht wünschten. »Und ich habe das Kreuz verloren!«, stöhnte Louis. Verzweifelt schüttelte er das Handtuch, boxte mit seiner Faust in die Luft. »Großvater Hugo wird toben und mich hassen. Er schimpft sowieso ständig mit mir, weil ich sorgfältiger mit meinen Dingen umgehen soll.« Was sein Vater Richard sagen würde, wollte sich Louis lieber gar nicht ausmalen. »Alle anderen Templer werden mich verachten. Dann bin ich nicht nur der dreiste Junge, der den Komtur und die Versammlung der Ältesten beleidigt hat, sondern zusätzlich der unfähige Trottel, der kostbare Schmuckstücke veruntreut. Ich bin ein Versager. Grütze, Grütze, Grütze!«, fluchte Louis.

Eine Möwe glitt knapp über seinem Kopf durch die Luft. Krächzend landete sie in einem Pulk dieser Vögel. Einige stoben empört kreischend hoch, eine andere zerrte mit dem Schnabel an einem

Stück brauner Pappe herum. »Das könnte mein Proviantbeutel sein!«, stieß Louis hervor und raste los. Er kümmerte sich nicht um die spitzen Schnäbel der Tiere und ihre Proteste. Louis riss die zerfetzte Papiertüte an sich und schüttete den letzten Rest des Inhalts in den Sand. Krümel, ein angepickter Apfel und ein durchlöcherter Müsliriegel, mehr hatten die Killer-Möwen nicht übrig gelassen. »Ihr Mistviecher!«, brüllte Louis. Seine Stimme kippte vor Wut. Der Wind nahm den Ruf mit, verstreute ihn über dem Meer und ließ einen verzweifelten Louis zurück. Ein dunkles Lederband hatte die Krallen eines Vogels umwickelt. Louis schrie. »Da hing ein Kreuz an der Schnur. Was habt ihr damit gemacht?« Mit den Händen durchpflügte Louis den Sand, suchte nach einem silbernen Schimmer. Wie besessen wühlten seine Finger den Boden auf. Die untere Lage des Sandes war feucht und roch muffig. Die kleinen Muschelteile schnitten in seine Finger. Nichts, keine Spur von dem Schmuckstück. Louis brüllte und heulte nun abwechselnd. »Warum habt ihr mein Essen geklaut? Es gehörte mir. Und wo ist der Schlüssel? Habt ihr alles aufgefressen? Das wird euch schwer im Magen liegen. Wo habt ihr das Kreuz versteckt, los, spuckt es aus!« Die Möwen hoben ab, holten sich in gewagtem Sinkflug die Reste aus dem braunen Beutel und krächzten Louis aus sicherer Entfernung höhnisch an.

Mit tränenfeuchten Augen suchte Louis den ganzen Strandabschnitt ab. »Das kann nicht wahr sein!«, dachte er immer wieder. »Das ist ein böser Traum. Ich war gar nicht lange fort. Das ist ungerecht!« Louis schniefte, wischte mit seinem T-Shirt das Gesicht ab, bevor er sich anzog. Es war ihm egal, dass Salzwasser, Schlamm, Algen und Sand seine Haut verklebten. »Ich haue ab. Ohne den Schlüssel brauche ich mich gar nicht bei den Tempelrittern sehen zu lassen!«, zuckte es ihm bedrohlich durch den Kopf. Er stopfte das Handtuch in die Tasche und trottete mit hängenden Schultern über den Deich. Automatisch folgten seine Beine den Füßen, stemmten die Hände das Kirchenportal auf und Louis schlich verzweifelt in einen dunklen Winkel des Gotteshauses. Er sank auf die Knie. Leise schluchzend legte er den Kopf in seine Arme.

»Nach einem Einsatz im Namen der Templer beginnen wir den neuen Tag unter Gottes Augen«, hatte Richard vor Kurzem seinem Sohn erklärt. »Wir haben vielleicht Dinge getan, die uns zu schaffen machen. Uns sind Fehler unterlaufen. Hier werden wir ruhig, können im Angesicht unseres Gottes wieder neu anfangen, Kraft tanken, nachdenken.« Louis erinnerte sich, wie gut es getan hatte, all seine Angst und die Gefahr damals auszusprechen und unter dem Kreuz zu lassen, Schuld abzustreifen wie einen schweren Mantel, und sie bei dem zu lassen, der sich darum kümmert. Jetzt fehlten ihm die Worte. Er wusste nicht, wie er dieses Versagen zugeben konnte. Louis atmete tief ein und langsam wieder aus. Er dachte nur: »Hilf mir, mein Gott. Ich bin am Ende!« Diese Gedanken wiederholte er mit jedem Atemzug. Es war das Einzige, was er konnte. Ein letzter Hauch der verbrannten Kräuter verdunstete zwischen den Säulen. Louis fühlte sich nicht in der Lage, eine klare Entscheidung zu treffen oder einen Plan zu machen. Er blieb einfach zusammengekrümmt in der Kirche. Zeit, Hunger, alles war unwichtig. »Ich habe versagt!«, hämmerte es in seinem Kopf.

Louis blickte erst auf, als ein kaum wahrnehmbares Klicken aus der Apsis an sein Ohr drang. Erschrocken zuckte der Junge zusammen. Eine kräftige Gestalt hatte zwei der drei Fächer zugeschoben und hantierte nun daran herum. Im Kerzenlicht blitzte ein silberner Gegenstand verräterisch auf. Louis war mit einem Schlag hellwach und auf der Hut. Er glitt ein wenig tiefer in die Holzbank und beobachtete aus dem Schatten die Person. Die drehte sich um und kam direkt auf Louis zu. Diesen humpelnden Schritt kannte er zu gut. Dennoch bewegte sich Friedrich Lacroix so leise, dass man keinen seiner Tritte vernehmen konnte. Wortlos setzte sich der Templer neben Louis. Der schluckte. Er wusste nicht, was er sagen sollte. Er war noch nicht bereit für ein Geständnis. Friedrich Lacroix öffnete seine Faust und Louis blieb die Luft weg. In der Hand lag das Kreuz, der jahrhundertealte Schlüssel der Tempelritter, den Louis bewahren sollte. Er wagte nicht, ihn zu berühren, danach zu greifen oder den Schlüssel an sich zu nehmen. Tiefe Dankbarkeit, Wut, Reue, ein Dutzend Fragen, Schuld, Verzweiflung und Angst jagten abwechselnd durch seinen Kopf, ließen einen verwirrten Louis nur stumpf auf das Schmuckstück vor ihm starren.

»Nimm es!«, forderte Lacroix ihn auf. »Dir hat man es anvertraut!« Entsetzt wich Louis ein Stück zurück. »Ich k-kann nicht. Ich schaffe es nicht.« Der bärtige Mann verzog seinen Mund zu einem nachdenklichen Lächeln. Dennoch sagte er mit einer gewissen Strenge: »Dein Großvater Hugo von Mortville hat dir den Schlüssel übergeben. Du sollst ihn hüten, bis die Tempelritter dich von dieser Aufgabe entbinden.«

Louis brauchte seine ganze Konzentration, um das Zittern seiner Arme zu verhindern. Er presste die bebenden Lippen fest zusammen. »Sie haben mich erwischt. Die Templer wissen, dass ich versagt habe. Ich bin geliefert.« Spott, Häme, niemand würde ihm mehr vertrauen können. Lacroix' Stimme riss Louis aus den düsteren Überlegungen.

»Louis, was hättest du getan? Wärst du zu mir gegangen und hättest von dem verlorenen Schlüssel berichtet?« Louis wusste es nicht. Er blieb still. »Ich glaube, dass du genau das nach einer Weile gemacht hättest. Du bist nicht der Junge, der davonläuft. Ich weiß, dass du mutig bist und zu deinen Fehlern stehen kannst, dass du falsches Verhalten bedauerst. Sei nicht so streng mit dir. Niemand ist perfekt.«

Louis glaubte, seinen Ohren nicht zu trauen. Kein Vorwurf? Misstrauisch schielte er zu dem Tempelritter herüber. Der betrachtete das Kreuz, fing mit einer Drehung die letzten verirrten abendlichen Sonnenstrahlen ein, sodass das Metall nun golden glänzte. »Hör mir zu!«, begann Lacroix erneut. »Du weißt, dass Richard damals vor dem Austausch den Leuchter mit einer Substanz besprüht hat. Dieses Mittel sendet, wenn man es mit einer gewissen Frequenz anfunkt, Strahlen aus, damit man den bedampften Gegenstand orten kann! Wir haben gehofft, das Mittel auf dem Leuchter wäre noch wirksam, und haben ihn gesucht. Der Peilsender führte uns allerdings zum Strand und zu deiner Tasche!«

Louis ahnte, was das bedeutete. Sicherheitshalber hatte Hugo den Schlüssel für eine Rückverfolgung imprägniert. Nebenbei wusste er, wo sein Enkel steckte, der das Kreuz um den Hals tragen sollte. Der Junge war zu erschöpft, um zornig zu werden oder irgendetwas zu spüren. Louis fühlte sich einfach leer, zerschlagen, wie nach einem kilometerlangen Lauf. »Ich habe den Schlüssel zwischen Äpfeln und zerdrückten Broten gefunden und ihn an mich genommen. Du warst nirgendwo zu sehen!« Der letzte Satz klang nicht einmal missbilligend, stand jedoch als Aufforderung zwischen Lacroix und Louis. Der schwieg. »Vitus!«, dachte er nur. »Kann ich dich verraten? Was sage ich jetzt?!« Völlig verwirrt schüttelte Louis nur den Kopf. Er öffnete den Mund, aber es kam nur ein krächzender Laut heraus, der ihn an den Schrei der Möwe erinnerte; mehr nicht. Lacroix wartete eine Weile. Die Stille im Gotteshaus lag nun schwer auf Louis. »Wenn ich etwas verschweige, lüge ich dann?«, fragte sich Louis kurz. »Ich w-war...!«, stotterte Louis ächzend und brach frustriert ab.

Lacroix stand mühsam auf. Das Sitzen in der engen Bank bekam ihm nicht. Er zog das linke Bein mit der Prothese immer ein wenig nach, trotzdem wirkten seine Bewegungen gewandt und energisch. Der Mann nahm den Schuh, den Frater Isparagus zurücklassen musste und der auf dem Sims eines Pfeilers lag, hoch und zerrte das Schnürband durch die Ösen. Mühsam fädelte Lacroix das Kreuz auf die sperrige Schnur. Er band Louis das Schmuckstück um den Hals. Der Schnürsenkel fühlte sich hart und borstig an, er kratzte auf der Haut. Louis rührte sich nicht. Er war außerstande, seine Erlebnisse des Nachmittages zu sortieren und irgendwie zu reagieren. »Ich will noch ein bisschen hier b-bleiben!«, brachte er schließlich mühsam heraus. Lacroix verließ leise das Gotteshaus und Louis blieb mit dem Kreuz allein.

Die ausstehende Bestrafung

Die ersten Fledermäuse umflatterten bereits den Kirchturm, als der Junge schließlich die Tür öffnete und auf den Vorplatz trat. Die Luft war kühl und frisch und Louis fror ein wenig in seiner dünnen Kleidung. Dennoch fühlte er sich fast schwerelos, die ganze Anspannung war von ihm abgefallen. Unglaubliche Erleichterung überflutete ihn, als er die Kanten des Schlüssels und das raue Band an seinem Hals spürte. Ein kleiner Teil seines Hochgefühls verflüchtigte sich, als der rothaarige Templer, dessen Aufforderung er heute Nachmittag nicht nachgekommen war, auf ihn zustrebte. Neben ihm ging Friedrich Lacroix mit unbewegtem Gesicht. Louis konnte nichts aus dessen Miene ablesen und das machte ihn nervös. »Du hast den Befehl dieses Templers missachtet. Er wird dein Strafmaß festsetzen«, bekam Louis zu hören. Bevor er irgendetwas entgegnen konnte, hatte ihn der Vollstrecker an der Schulter gepackt und schob ihn vorwärts. Louis stolperte über das Kopfsteinpflaster. »Was passiert jetzt mit mir?«, dachte er bei sich. »Ich will weg von hier!« Er würde nicht entkommen.

»Mein Schwiegervater kann dich offenbar gut leiden. Ich habe für Jungen, die ständig etwas beweisen und den Helden spielen wollen, nicht viel übrig«, warnte der rothaarige Templer mit eisiger Stimme.

»Die Welt ist ein Dorf!«, dachte Louis verblüfft und überging die Beleidigung. »Der Typ hat eine von Lacroix' Töchtern geheiratet. Und vielleicht soll er jetzt herausfinden, was Lacroix in der Kirche nicht erfahren hat.« In Louis' Magen breitete sich ein flaues Gefühl aus. Sein Hirn schien Nebel zu produzieren. Der Ablauf dieses Tages hatte Louis nichts geschenkt. Er war ziemlich erledigt und müde. Der Templer führte ihn zu einem großen Platz. Dort flammten helle Leuchten auf, verbannten die Dunkelheit der Nacht in einige wenige finstere Winkel. Geblendet kniff Louis die Augen zusammen. Ein schwarzer Lastwagen rumpelte über das Gelände und verschwand in einem riesigen Tor, das sich sofort automatisch schloss. »Der fährt in die Tiefgarage. Dort wird er ausgeladen und die Waren verstaut. Wir lagern Hilfsgüter, um sie bei Bedarf schnell in Länder zu liefern, in denen ein Erdbeben gewütet hat oder andere Katastrophen hereingebrochen sind. Los, komm!«

Über eine helle Betontreppe gelangten Louis und der Templer in die unterirdische Halle. Von dort zweigten seltsame halbrunde Röhren ab, die anscheinend tiefer in die Erde führten. Am Lkw wurde bereits gearbeitet. Ohne weitere Erklärung fingen sie an, die Kartons zu sortieren. Ein schmaler Mann mit Brille klebte rote, blaue oder gelbe Sticker auf die Pakete. Louis nahm sie in Empfang, stapelte sie nach Farben sortiert auf Paletten. Ein weiterer Helfer notierte einige Dinge auf einer Kladde und scannte den Code ein, bevor große Folien oder Klebeband die Ware sicherten. Ein Gabelstapler fuhr mit den fertigen Paletten davon und verschwand in den unterschiedlichen Rohren. Louis hatte auf den Etiketten gelesen, dass die Kisten Decken, Erste-Hilfe-Sets für Kinder, Erdnusspaste und Wasserreinigungstabletten enthielten. »Die hätte ich während meines unfreiwilligen Aufenthaltes bei Gallunder gut gebrauchen können!«, dachte Louis flüchtig, bevor er den nächsten Karton aufnahm. Sie schufteten in einem irrsinnigen Tempo, Louis schwitzte, aber er beklagte sich nicht.

Im Seminar, wo er seit einiger Zeit lebte, wurde er ständig zu irgendwelchen Strafdiensten verknackt. Der Hausherr dort, Clemens Frommholt, beobachtete ihn immer besonders genau und ließ keine Gelegenheit aus, um Louis zu kritisieren. »Aber es scheint nicht nur an ihm zu liegen. Ich gerate auch anderswo in Schwierigkeiten!«, seufzte Louis ergeben und mit einem Hauch von schlechtem Gewissen. Die Schufterei half ihm, seine wirren Empfindungen in halbwegs geordnete Bahnen zu lenken. Der Lastwagen wendete und fuhr davon, die letzte Palette wurde abtransportiert. Louis sah dem Gabelstaplerfahrer ein wenig neidisch hinterher. Es machte gewiss Spaß, mit dieser wendigen Kiste durch die Gegend zu flitzen, die Hebel und Pedale zu bedienen. Und so anstrengend wie das Schleppen der Kisten war es garantiert nicht. Der rothaarige Templer strich mit schmutzigen Fingern durch die feuchten Haare. Auf dem Kopf hatte er nur wenige rote Flusen. Ein paar Sommersprossen leuchteten auf der hohen Stirn. »Sauber, du Held!«, lobte er Louis sparsam. Auf einmal fiel ihm ein, dass er den Templer kannte. Er hatte ihn damals, als er von den Tempelrittern so gut wie nichts wusste, bei einer Verfolgungsjagd mit dem Pfeil eines Langbogens getroffen. Allerdings hatte Louis nur den weißen Umhang erwischt und den Mann damals am Kleidungsstück an die Wand geheftet. Ein ziemlich unrühmlicher Start für eine Bekanntschaft. Louis hörte einen schweren Motor herankommen. Die Turbinen der Lüftung drehten auf und saugten den Dieselgestank ab.

Im Laufe des Abends half Louis beim Abladen weiterer Lastwagen. Ein weißer Zettel flatterte aus dem Führerhaus und Louis hob ihn auf. Transport Emrich, Pelmann & Ritter las er, bevor der Gabelstaplerfahrer den Lieferschein einkassierte. Ein Templer verschob mit dem Fuß einige Kartons, deren Deckel an manchen Stellen wie ein Sieb aussahen und winzige Luftlöcher bildeten. Mehrere kupferbraune Spinnen, die ein helles Kreuz auf dem Rücken trugen, krabbelten hektisch hervor. Louis versuchte sein unangenehmes Gefühl durch methodisches, biologisches Wissen zu verdrängen. Acht gestreifte Beine mit je sechs Gelenken, Haftkissen an den Füßen und Giftklauen wie Zangen … Amelie würde kreischen und Fersengeld geben. Sie hasste Spinnen. Diese Gattung hier hatte Louis bisher nirgendwo gesehen, die Viecher wirkten irgendwie schrill und bedrohlich. »Nein!«, stöhnte der Templer. »Eine Kiste ist defekt. Wir müssen die Spinnen einfangen! Unsere Forscher werden sauer, wenn sie die Verluste bemerken!«

»Sind die T-teile giftig?« Louis wollte nicht ängstlich klingen, doch die Erinnerung an den mutierten Heuschreckenschwarm jagte ihm eine Gänsehaut den Rücken herunter und alles schien zu jucken.

Ein Templer lachte mit einem seltsam kehligen Laut. »Sie sind garantiert gefährlich. Ihr Erbgut wurde verändert. Welche Sorte wir hier haben, kann ich dir leider nicht erklären. Ich habe den Überblick verloren. Grillen, Spinnen, demnächst wahrscheinlich Wespen, die Wände durchbeißen können. Die spinnen allmählich!«, kommentierte der Mann. Er stülpte mit einem gewissen Respekt einen Plastikbecher über die Spinne. Argwöhnisch betrachtete Louis die Aktion. Seine Arme waren schwer wie Blei und manchmal wurde ihm kurz schwindelig. Er konnte das Gähnen kaum unterdrücken. Der Gabelstaplerfahrer hatte Mitleid. Er nahm Louis eine Weile mit, obwohl es für zwei viel zu eng im Führerhaus war. Louis steuerte die Bewegung der Zinken und lud eifrig Paletten auf und ab. Die Bedienung der Hebel war kinderleicht. Der rothaarige Tempelritter war zwischendurch verschwunden. Die braunen Spinnen mit den gelb gestreiften Beinen glücklicherweise ebenfalls.

Pünktlich mit der Abfahrt des letzten Lkw kreuzte er wieder auf und nahm Louis mit. Der wankte die ersten Schritte und musste seinen Rücken langsam strecken. »Kannst du noch?«, fragte der Tempelritter mit einem schiefen Grinsen. Louis gab lieber keine Antwort. In einem Zug trank er die Wasserflasche leer, die ihm jemand in die Hand drückte. »Ich will dir etwas zeigen! Warum bist du eigentlich so schmutzig?« Louis sparte sich eine Erklärung, teilte seine Kraft ein, um mit dem Templer Schritt zu halten. »Wir betreten nun einen der geheimen Orte des Ordens. Diese Röhren hier sind aus Metall und haben Rillen. Sie sehen aus wie Drainagerohre, sind aber viel stabiler. Sie halten Erschütterungen stand und bilden einen riesigen, sicheren Komplex unter der Erde. In den Bunkern kann man bis zu einem Jahr bleiben. Es gibt Lebensmittelvorräte, Trinkwasser, Dieselaggregate und allen möglichen anderen Kram, um völlig selbstständig und von der Außenwelt abgeschnitten zu überleben.« Der Templer gab einen Code ein, zog eine Plastikkarte durch den Scanner einer dicken Stahltür und drückte seinen Daumen in ein versteckt liegendes Display. Es dauerte und dauerte, bis alle Sicherheitschecks abgeschlossen waren und sie eintreten konnten. Was hatten diese Templer vor? Ein Bunker? Louis konnte es nicht fassen.

Nach wenigen Schritten standen sie in einem Wohnzimmer mit

mehreren Sofas und einer angrenzenden Küchenzeile. Die halbrunden Wände, gedämpfte Farben und gemütliche Möbel ließen den unterirdischen Raum fast schon ein wenig heimelig erscheinen. Nur die Fenster fehlten ...

»Da hinten ist ein Badezimmer. Am besten, du testest es. Handtücher und frische Wäsche müssten ebenfalls vorrätig sein. Ich hole dich gleich wieder ab!« Der Templer ließ den Jungen stehen.

Louis behagte es nicht sonderlich, weit unter der Erdoberfläche in einem unbekannten Bunkersystem alleine zurückgelassen zu werden. Wer wusste, ob der rothaarige Typ wirklich Wort hielt. Die Aussicht auf eine Dusche war verlockend. Louis drückte gegen eine schmale Tür. Eng, aber funktional schmiegte sich das Bad in die Röhre und Louis fand tatsächlich Seife. Sicherheitshalber legte er das Kreuz, das um seinen Hals hing, während des Duschens nicht ab. In einem offenen Regal lagen einfache schwarze T-Shirts mit dem eingestickten Tatzenkreuz der Tempelritter. Dunkle Trainingshosen und ein hellgrauer Kapuzenpullover vervollständigten Louis' Garderobe. Aus dem Spiegel blickte ihm ein Gesicht mit geröteten Wangen, die ein wenig zu viel Sonne abbekommen hatten, entgegen. Louis strubbelte die dunklen Haare in Form. In den Schränken der Küche fand er den typischen trockenen Überlebenszwieback, der scheußlich schmeckte, aber satt machte und sogar einige Mineralstoffe enthalten sollte.

»Steig auf, du Held!«, hörte Louis den Tempelritter sagen, der ihn abholte. In der langen Röhre parkten Segways mit jeweils zwei dicken Rädern, die von einem kleinen Elektromotor angetrieben wurden. Nach einer kurzen Anleitung und einigen Metern Testfahrt ging es los. Stehend brausten sie durch die Gänge und Louis erfuhr, was sich hinter so mancher Tür verbarg oder wohin die anderen Rohre an den Kreuzungen führten. Der glatte, helle Bodenbelag war mit kleinen Punktleuchten versehen, sodass sie mit den Segways wie über eine angestrahlte Rollbahn fuhren. »Da ist das Hauptrechenzentrum. Wir haben kilometerlange Schaltschränke, Kabel und speichern per Computer alle Daten, die wir bekommen können! Man kann Speicherplatz mieten und wir sichern die Inhalte von Festplatten. Unsere Kunden sind Banken, Privatleute, Firmeninhaber, Versicherungen und sogar einige Regierungen sind dabei.«

Louis hätte gerne in das Rechenzentrum hineingeschaut, doch die Fahrt ging ohne Pause weiter. Der Junge verlagerte das Gewicht, fuhr von rechts nach links und gewagte Kurven. »Krass!«, kommentierte er begeistert. »Geht das auch rückwärts?«

Sein Begleiter grinste flegelig. »Na klar, mit ein bisschen Übung schafft man sogar ein paar Treppenstufen!« Im Ton eines Touristenführers sprach er weiter und setzte seine Ausführungen fort. »Das Archiv für historische Dokumente – darum würde uns der Vatikan beneiden. Dahinter eine Art Museum für Kunstschätze und anderen Kram. Irgendjemand hat erzählt, dass selbst eine Mumie darin herumliegt. Nützlicher ist die Krankenstation mit Laboratorien und medizinischen Gerätschaften. Diese Räume liegen unterhalb der Klinik.«

Louis staunte.

»Ein Lager, noch ein Lager, der Trinkwassertank, ein Raum mit Wechselrichtern, der den oben gewonnen Solarstrom brauchbar macht. Ein Mini-Klärwerk, Forschungsstätten und das Gefängnis – kein besonders netter Ort. Darüber liegt übrigens der Friedhof, nur zu deiner Orientierung.«

Besorgt musterte Louis das extrem stabil wirkende Tor. Glücklicherweise rollten sie weiter. Louis konnte nicht alles aufnehmen, was der Tempelritter ihm erklärte.

»Roland! Roland Treyo!«, brüllte jemand. Sie hielten an.

»Dieser Kerl, den wir heute geschnappt haben, der aus der Sekte, wird der ein Weilchen hier wohnen?«, fragte jemand, der einen modernen Handwagen mit einer leeren Gitterbox lässig zur Seite lenkte.

»F-frater Isparagus!«, stammelte Louis tonlos.

Der rothaarige Tempelritter zuckte mit den Achseln. »Wahrscheinlich nicht. Ich glaube, er sollte an einen anderen, unbekannten Ort gebracht werden, wegen einer möglichen Verfolgung. Draußen haben wir die Überwachung verstärkt, falls weitere Wölfe eine Such- oder Befreiungsaktion planen und vorbeischauen. Das ist übrigens Louis, wir machen ein bisschen Sightseeing.«

Der Fragensteller murmelte: »Louis von Mortville, Richards Sohn? Der den falschen Professor enttarnt hat und das Hauptquartier der Wölfe abfackeln ließ? Pass gut auf, dass er den Wölfen nicht über den Weg läuft.«

»Ist er schon. Er hat den Glatzkopf in der Kirche entdeckt, und der war sehr bemüht, seinen Rachedurst an Louis zu stillen. Ein kleiner Pfeil aus der Armbrust brachte diesen Isparagus zur Besinnung. Seine Flucht hat ihm nicht viel eingebracht.«

»Hier unter der Erde ist Louis in Sicherheit. Diese Segways sind getunt, damit entkommt ihr allen Feinden. Habt ihr die Höchstgeschwindigkeit ausprobiert, Roland?«

Der schüttelte verneinend den Kopf, beugte sich nach vorne und beschleunigte. Louis staunte. Jemand hatte überwiegend positive Dinge von ihm gehört und darüber gesprochen. Das war Louis nicht gewohnt, es fühlte sich gut an.

»Jetzt geht es zu Fuß weiter!«

Im Zentrum der Macht

Louis und Roland kletterten in einen gläsernen Fahrstuhl und ignorierten die Treppe.

»Die Überwachungszentrale!«, erklärte Roland sparsam und blieb vor einem mindestens fünf Meter breiten Pult stehen. Monitore flimmerten an den Wänden und von der Decke. Textnachrichten erschienen und wurden gesichtet, mehrere Männer und Frauen mit Headsets arbeiteten konzentriert. Es herrschte eine Atmosphäre wie auf einem Flughafen, fand Louis. Ein ähnlicher Saal und ein weiterer schlossen sich an. Abgetrennt durch Glasscheiben gelangten sie in eine Art Konferenzraum mit einem großen Tisch und tiefen Sesseln. Die Decke war wie eine Kuppel geformt und Louis las darin einen Vers aus den Psalmen: *Wenn der Herr das Haus nicht baut, arbeiten seine Erbauer vergebens daran. Wenn der Herr die Stadt nicht bewacht, wacht der Wächter vergebens.*

Die Tischplatte schien interaktiv zu sein, eine Weltkarte flimmerte. In Südamerika ging es gerade einem Drogenkartell an den Kragen, berichtete ein Text in Großbuchstaben mit einigen wenigen Bildern.

Louis schwirrte von all den neuen Dingen, den Informationen und dem Technikspektakel der Kopf. »Ich habe die Organisation der Templer unterschätzt. Nie hätte ich gedacht, dass es derart modern zugehen würde und so riesige Kreise zieht«, dachte er beeindruckt. Vorsichtig formulierte er: »Das Gelände hier, die ganzen Einsätze, F-forschungsstationen und die unterirdischen Anlagen, kann man das wirklich geheim halten? Wie viele T-tempelritter gibt es denn überhaupt? Bei diesen Dimensionen muss es Geldgeber, Unterstützer in den Regierungen geben!« Louis ärgerte sich, dass er die Sätze nicht ohne zu stottern über die Lippen gebracht hatte. Es verriet seine Aufregung und zeigte, wie beeindruckt er wirklich war. Roland fuhr in einem kleineren Büro mehrere Computer hoch. »Warum stürzt sich die P-presse mit ihren Reportern nicht auf die Organisation der T-templer?«, setzte Louis nach.

»Weil wir es nicht wollen!«, antwortete Roland Treyo. Es klang nicht einmal arrogant. »Und unsere Gönner und Mittelsmänner haben daran ebenfalls kein Interesse. Wir arbeiten effektiv und das überzeugt selbst die Zweifler von unseren Methoden. Du kannst dir nicht ausmalen, welche Möglichkeiten der Macht die Templer mit ihren Verbindungen und all dem überlieferten Wissen haben. Geht nicht, gibt's nicht, der Spruch ist außerordentlich zutreffend und deine Schlussfolgerungen sind es zum Teil ebenfalls. Du bist noch zu jung, um alle Strukturen kennenzulernen. Setz dich!«, forderte Treyo und Louis nahm gehorsam auf einem seltsam geformten, wippenden Hocker Platz. »Du kennst einige Sektenmitglieder der

Wölfe aus deiner Zeit im Hauptquartier!«, wechselte Roland Treyo abrupt das Thema. »Ich möchte, dass du diese Monitore betrachtest. Die Templer vorne schicken dir sämtliche Bilder der Überwachungskameras, auf denen sich irgendwelche Personen bewegen, zu. Sobald du einen Wolf erkennst, drückst du diesen Schalter hier. Setz bitte das Headset auf, damit du jederzeit kommunizieren kannst. Ach, und noch etwas: Egal was passiert, du bleibst hier. Sonst kommst du nicht mit dem Abladen von ein paar läppischen LKWs davon.«

Louis nickte nur. Sein Widerspruchsgeist machte gerade Pause und seine Beine waren froh, dass sie ausruhen konnten. Vor seinen Augen erschienen gestochen scharfe Bilder. Louis sah die Grabsteine des Friedhofes und konnte die Inschriften lesen. Das Portal der Kirche, der Parkplatz vor der Klinik mit dem angrenzenden Museum. Unbekannte Menschen liefen zu ihren Autos oder gingen gähnend in eines der kleinen Häuser rund um die Kirche. »Wo hängen denn die K-kameras? Mir ist nicht eine aufgefallen!«, murmelte Louis und er dachte beunruhigt an seine Verfolgungsjagd. War die ebenfalls beobachtet worden?

»Der technische Fortschritt macht es möglich. Die Linsen sind winzig klein und man kann sie fast überall einsetzen. Sogar Glasscheiben zeichnen unbemerkt die Geschehnisse auf und senden die Daten weiter. Leider hatten wir heute Nachmittag eine technische Panne. Wir können nicht nachvollziehen, wie der Überfall auf Vitus stattgefunden hat. Für die anschließende Zeit sind die Aufzeichnungen ebenfalls fehlerhaft«, erklärte Roland Treyo verärgert. »Sabotage?« Er nippte an einer Tasse, die dampfenden Kaffee zu enthalten schien.

Louis starrte auf die Monitore, versuchte die Gesichter zu erkennen oder in den Bewegungen der Leute eine ausgehende Gefahr zu erspüren. Eine alte Dame, die gerade die Gießkanne füllte und durch den Kies schlurfte, wirkte nicht so bedrohlich wie der Mann, der mit wiegendem Schritt über den Platz lief und es eilig zu haben schien. »Friedrich Lacroix verlässt die K-klinik!«, sagte Louis ohne nachzudenken.

»Vielleicht hat er mit Vitus gesprochen«, vermutete Roland und machte sich an einem Rechner zu schaffen. Ein trostlos wirkendes Krankenzimmer erschien auf dem Bildschirm. Louis erkannte den blonden Templer, der in einem hellgrauen Krankenhaushemd im Bett lag und stumpf vor sich hin stierte. Die Bilder verschwammen, liefen rückwärts und tatsächlich humpelte der stämmige Lacroix auf und ab, bewegte sporadisch den Mund und zog die Augenbraue hoch. Völlig ungewohnt für den ausgeglichenen Tempelritter schien er seinen Zorn kaum mehr unter Kontrolle halten zu können und rauschte schließlich entnervt durch die Tür.

»Gibt es auch T-ton?«, wollte Louis wissen.

»Nicht für dich!«, bekam er zur Antwort.

»Wie viele Menschen gehören denn nun zu den T-templern?«, fragte Louis beharrlich weiter.

»Eine Menge!«, lautete Rolands Kommentar und er blieb der Verschleierungstaktik, die Louis hasste wie die Pest, treu.

Louis bohrte hartnäckig weiter. »Warum und wie funktioniert das System?« Er ließ sich nicht abschrecken. Das Herumreden um den heißen Brei kannte er ebenfalls von seinem Großvater und Louis hatte verschiedene Strategien entwickelt, um wichtige Details zu erfahren. »Aus Kleinigkeiten kann man auch Bilder zusammensetzen«, war Louis' Motto.

Roland Treyo gab nach. »Es ist eine durchdachte Struktur. Jeder Templer ist in einer Kleingruppe vernetzt, deren Mitglieder untereinander ständigen Kontakt haben, unbedingte Ansprechpartner sind und sich für die anderen einsetzen. Zum Beispiel funken sie sich direkt über die Armbanduhren an, können Hilferufe absetzen und tauschen Pläne, Informationen und Aufträge aus. Stell es dir als eine komplexe Bienenwabe vor. Jede Wabe hat sechs Ecken, also jede Gruppe sechs Teilnehmer. Das ist der innere Kreis. Die Wabe schließt direkt an zwei andere an, der weitere Kreis. So bieten die Waben Stabilität, ein Netz von Möglichkeiten und werden von einem festen Rahmen oder dem Stock umschlossen. Das ist die übergeordnete Organisation der Templer, die sich Gott und seinem Sohn Jesus Christus unterstellt. *Die Mitte des ewigen Planes ist das*

Kreuz. Hier läuft alles zusammen. Zu keiner Zeit wird es seine Kraft und seine Wirkung verlieren«, schloss Roland seine ungewöhnlich lange und ausführliche Rede.

»Weiß man, wer in welcher Wabe mit wem verbunden ist?«, fragte Louis gespannt.

»Mit der Zeit findet man immer mehr heraus und taucht in das Netzwerk ein. Dein Vater steckt in einer Gruppe mit Maik, Vitus Raabe, Thomas, Friedrich Lacroix und Dietrich Roth.«

Bei der Nennung des letzten Namens musste Louis schlucken. Roth war ein fürchterlich strenger und linientreuer Tempelritter. Mit ihm teilte Louis ein paar eher unerfreulichere Erinnerungen. »Mein Vater hat es mit Dietrich Roth gewiss nicht leicht. Richard arbeitet lieber ohne die Gängelei des Komturs und der Versammlung der Ältesten«, dachte Louis. »Somit gibt es mit Roth eine kontrollierende Kraft in der Wabe, die gewiss manches aus Pflichtgefühl an den Komtur weitergibt.« Louis wusste, dass viele jüngere Tempelritter mehr Einfluss nehmen wollten und die Vorgaben der bewährten älteren Templer albern und viel zu vorsichtig fanden.

Roland zeigte Louis eine mit allen Schikanen ausgestattete Küche, in der belegte Brötchen und Getränke standen. Es schmeckte Louis unglaublich gut, seine letzte ordentliche Mahlzeit lag bereits eine Weile zurück. Nebenan stemmte ein Templer Gewichte im Fitnessraum, ein anderer sprang lässig Seil. Nach der Pause konnte Louis sich besser konzentrieren und beobachtete gespannt das Geschehen auf den Monitoren. »Der da könnte unser Mann sein!«, murmelte er leise und betätigte den Schalter. »Ich bin nicht sicher, ich kenne k-keinesfalls alle Wölfe ganz genau. Aber der Typ, ich glaube, er hat einen Zopf, gleitet völlig selbstverständlich durch die Nacht. Und er scheint etwas zu suchen«, erklärte Louis über das Headset. Seine Hände wurden vor Aufregung feucht und klebten auf der Tischplatte. Er bekam als Antwort aus dem Kontrollraum weitere Bilder und Ausschnitte, die den fraglichen Eindringling näher heranzoomten. Gleichzeitig lief in einer Leiste an der Seite des Monitors eine Suchmaschine, die einen Gesichterabgleich machte und endlose Daten scannte.

»Nein!«, murmelte Louis enttäuscht.

Im selben Augenblick wurden mehrere Fotos gefunden und verglichen. Ein Name erschien mit Ergänzungen zur Biografie. Louis erinnerte das an den gläsernen Menschen. »Frank Schneider, Krankenpfleger«, las er und biss enttäuscht auf seinen Lippen herum. »Der gehört wahrscheinlich in die Klinik. Da habe ich mich voll blamiert!« Seine Wangen röteten sich vor Scham. So gerne hätte er einen nützlichen Beitrag zur Überwachung geleistet und den Templern bewiesen, dass er etwas draufhatte. Die Stunden vergingen in Eintönigkeit. Louis war unendlich müde. »Nur einmal kurz den Kopf auf den Tisch legen und die Augen schließen!«, wünschte er sich sehnsüchtig. Immer weniger Menschen waren unterwegs. Die Monitore blieben minutenlang leer.

Roland Treyo wirkte ebenfalls erschöpft. Seine Uhr sendete ein Signal: »Louis, Feierabend. Du sollst jetzt mit Elvira Frommholt, der Tochter des Firmariearztes, zurück ins Seminar fahren.«

Louis schnitt eine Grimasse. Die Ärztin zählte nicht gerade zu seinen engsten Vertrauenspersonen. Louis stand auf. Er schwankte vor Müdigkeit und bekam kaum mit, durch welche Gänge sie liefen und wie sie den Sicherheitskomplex verließen. Louis wollte nur schlafen, egal wo und wie.

Gefährliche Fahrt

Ein kleiner Geländewagen, der bis unter das Dach bepackt war, stand auf dem großen Parkplatz an der Klinik. Kartons, weiße Wäsche und eine Liege mit rostigen Beinen, deren Bezug an zwei Stellen aufgerissen war, türmten sich im Innenraum. Fassungslos blickte Louis in den Wagen. Soweit er es richtig erkannte, war nur auf dem Rücksitz eine winzige Ecke frei. Roland musterte das Gefährt. »Damit will Elvira Frommholt fahren? Und ausgerechnet jetzt, wo es nicht einmal hell ist? Welch ein Irrsinn! Wofür braucht sie den ganzen Schrott?«

Eine beleidigte Stimme antwortete: »Die Dinge sind für einen Hilfstransport. In einer Woche fährt ein Lastwagen mit Waren vom Gutshof los.«

»Na, ich kenne einen nützlichen Jungen, der für Arbeiten an LKWs und deren Gütern perfekt geeignet ist!«, feixte Roland Treyo.

Elvira Frommholt verzog keine Miene, sondern erklärte sauertöpfisch: »Meine Freundin hilft dabei, eine Kinderklinik einzurichten!« Die Ärztin löste per Knopfdruck die Verriegelung und klappte vorsichtig den Vordersitz um. »Steig ein!«, befahl sie barsch. Louis seufzte und quetschte sich durch den Spalt. »Muss ich meine Beine falten wie ein Origamipapier zum sitzenden K-kranich?«, fragte er betont höflich und schob die Liege ein wenig zur Seite. Die Pakete begannen zu schwanken. Louis versuchte, eine halbwegs erträgliche Sitzposition zu finden und zerrte den Sicherheitsgurt hervor. Roland Treyo beobachtete argwöhnisch die Umgebung. Elvira Frommholt schürzte verächtlich ihre Lippen. »Wieder so ein Wichtigtuer. Männer! Tempelritter! Ich brauche keinen Sicherheitsdienst. Niemand verfolgt uns«, zischte sie.

»Und das Gewächshaus ist wohl von allein abgebrannt«, flüsterte Louis zynisch und dachte an die Explosion des Rasenmäher-Akkus vor ein paar Wochen. Durch Sabotage hatte einer der Wölfe einige Forschungsergebnisse des Optimus-Projektes erneut vernichtet. Die Tempelritter suchten nach den Lebensmitteln der Zukunft. »Gebt ihr ihnen zu essen!«, hatte Jesus zu den Jüngern gesagt. Die Templer wollten nicht hinnehmen, dass Hungersnöte und Dürrekatastrophen Menschenleben forderten. Sie experimentierten, um die Ernährungssituation auf der Erde zu verbessern. Die Vertreter der Lebensmittelindustrie, korrupte Politiker und andere Leute teilten diese Sorge nicht. Ihnen ging es ausschließlich um den eigenen Profit. Daher versuchten sie dem Optimus-Projekt zu schaden, soweit es möglich war. Wahrscheinlich gab es sogar eine Verbindung zwischen den Gegnern der Studie und den Wölfen der Apokalypse. An all das dachte Louis, während er seelenruhig einen Packen Bettwäsche nahm und unter seinen Kopf quetschte. Wenn schon eng, dann wenigstens weich.

»Warum kann ich nicht mit Friedrich Lacroix im K-kleinbus fahren?«, wollte er wissen und wunderte sich, dass Elvira Frommholt tatsächlich eine Antwort gab.

»Er hat einen weiteren Auftrag und wird später aufbrechen als geplant«, erklang es reichlich angesäuert. Für die Ärztin schien Louis mehr eine überflüssige Last als ein willkommener Mitfahrer zu sein. In den mächtigen Gebäuden der Klinik vor ihnen gingen immer mehr Lichter hinter den Fenstern an. Elvira Frommholt klemmte sich hinter das Lenkrad. Roland Treyo stand angespannt lauschend im Morgengrauen, als der Geländewagen davonrumpelte. Louis polsterte seine Ecke aus und kuschelte sich unter ein Laken. Die Luft war kühl und seine Müdigkeit sorgte nicht nur für ein ständiges Gähnen, sondern auch für ein unangenehmes Frösteln. Es dauerte nur ein paar Kilometer, bis er tief und fest schlief.

Helle Lichtblitze verfolgten ihn, lärmende Sirenen wollten ihn warnen. Doch wovor? Louis stöhnte, seine Umgebung begann zu schlingern, in seiner Nähe schrie jemand schrill. Louis öffnete verwirrt die Augen, versuchte die Reste seines Traumes zu verdrängen. Und steckte direkt im nächsten Albtraum fest. Der Himmel war grau, zäher Nebel kroch zwischen den Bäumen hervor und ein feiner Nieselregen hatte einen Schmierfilm auf der Windschutzscheibe hinterlassen. Der Scheibenwischer rutschte hektisch zur Seite. Eine grelle Hupe. Elvira Frommholt keuchte erschrocken und umkrallte das Steuerrad. Dabei stieß sie versehentlich gegen einen Hebel und schaltete den Blinker ein. Klick-Klack-Klick-Klack. Plötzlich wurde es im Wageninneren taghell. Der Rückspiegel blitzte und blendete. Die fahrende Ärztin kniff verängstigt die Augen zusammen. Ein dumpfer Stoß von hinten und der Wagen brach nach rechts aus. Mühsam versuchte Elvira Frommholt, die Spur zu halten und die Kontrolle wieder zu gewinnen. Louis wurde auf der Rückbank von dem Schleuderkurs übel.

»Was ist das?«, brüllte Louis. Die Liege rutschte zur Seite und klemmte ihn ein. Er konnte nicht aus dem Rückfenster schauen. Er wandte sich, schob einige Kisten zur Seite. Dabei verrutschte ein weiterer Stapel Bettwäsche und weiße Laken begruben Louis. »Verfolger?«, dachte er alarmiert. Der Geländewagen schoss vorwärts, als Elvira Frommholt das Gaspedal bis zum Anschlag durchtrat. Im selben Augenblick krachte erneut etwas von hinten gegen die Stoßstange. Splitter regneten auf die Fahrbahn, das Auto bockte und schlingerte. Reifen quietschten und ein hässliches, metallisches Knirschen kratzte bedrohlich an der linken Fahrzeugseite, riss sie anscheinend auf.

»Die Kerle drängen uns seitlich ab! Erst haben sie uns gerammt. Wir werden im Graben landen!«, kreischte Elvira Frommholt hysterisch. Vor Schreck schien sie das Lenkrad loszulassen, der Geländewagen verließ den festen Untergrund der Straße und rumpelte durch tiefe Löcher. Die Geschwindigkeit war zu hoch. Das Auto hob ab, das spürte Louis im Magen. Ein Überschlag brachte die gesamte Ladung in Schräglage, bevor der Wagen auf der Seite landete und noch einige Meter weiterrutschte. Die Scheiben zerbarsten, der Motor erstarb blubbernd. Jemand riss die Autotür auf. Das Geräusch eines heftigen, gezielten Schnittes durchbrach die plötzliche Stille. »Raus!«, brüllte ein Mann. Louis lag geschockt unter den Kartons, den Laken und der Liege. Lange Grashalme und abgerissene Zweige ragten in den Fahrgastraum, es roch nach feuchter Erde. Louis rührte sich nicht. Durch einen Schlitz konnte er sehen, wie eine dunkel gekleidete, große Gestalt Elvira Frommholt rücksichtslos vom Vordersitz zerrte. Der Ärztin hatte man einen schwarzen Stoffbeutel über den Kopf gezogen. Ein heller Lichtstrahl durchforstete das Innere des Autos.

Louis hielt den Atem an. »Jetzt holen sie mich!«, dachte er panisch. »Sind das die Wölfe? Die werden mich ungespitzt in den Boden rammen!« Der grelle Strahl verschwand und beleuchtete nun den Weg zur Straße. Dort wartete ein grüner, bullig wirkender Sportwagen. Die schreiende Ärztin wurde unsanft hineingestoßen. Louis keuchte unwillkürlich auf. Die ungeordnete Fracht drückte unangenehm auf seine Brust und war schwer. Der Junge hatte das Gefühl, nicht genug Luft zu bekommen. Panisch drehte er den Kopf, versuchte die Arme zu bewegen und irgendwo Halt zu finden. Der Anblick einer fetten Spinne, die sich gerade von der verformten Kopfstütze abseilte, versetzte ihn in Schrecken. Eine Kreuzspinne! Das war garantiert eines von diesen entlaufenen Exemplaren. Keiner wusste, ob die Sorte Giftzähne hatte. Der Faden der Spinne wurde länger. Das achtbeinige Wesen kam näher. Aus dem Augenwinkel bemerkte Louis, dass der Sportwagen losfuhr. Die roten Rücklichter verschwanden hinter einer scharfen Kurve.

»Ich muss hier raus. Keine Sekunde länger bleibe ich in diesem Schrotthaufen!«, keuchte Louis. Der Geruch von Benzin breitete sich aus. Vor den Augen des Jungen tanzten bunten Punkte, ihm war übel und eine saure Lake stieg ihm aus dem Magen in den Mund. Louis würgte und schluckte. Der Sicherheitsgurt hielt ihn unbarmherzig fest. Die gelb-braune Kreuzspinne baumelte vor seinem Gesicht. Eine hilflose Wut erfasste Louis. Er schleuderte muffige Wäsche und einige Kartons zur Seite, die prompt den Deckel verloren. Plastikspritzen in allen Größen, verpackte, schmale Gegenstände und Verbandsmaterial regneten auf Louis herab. Er versuchte, ein wenig zur Ruhe zu kommen und konzentrierte sich. Mit schmutzigen Fingern durchforstete er seine Umgebung. Die Spinne war verschwunden.

»Vielleicht finde ich etwas Hilfreiches«, dachte Louis. Die Spritzen und Kanülen ließen ihn schaudern. Eine Gänsehaut lief ihm über den Rücken. »Marterinstrumente!«, murmelte er angewidert und holte einen länglichen, schmalen Gegenstand aus der knisternden Verpackung. Es war ein flacher hellgrüner Plastikgriff, der an der Spitze eine Sicherungskappe trug. Ein scharfes Skalpell! Louis grinste. Sofort begann er, den schwarzen Stoff des Sicherheitsgurtes zu durchtrennen. Erleichtert genoss er die neue Bewegungsfreiheit mit einem tiefen Atemzug. Er schien nicht verletzt zu sein. »Eigentlich fast schade. Verbandsmaterial hätte ich genug!«, versuchte sich Louis mit einem mäßigen Witz selbst aufzuheitern.

In Gewahrsam

Louis kletterte aus dem verbeulten Wagen. Der war ein gutes Stück in das Waldstück hineingerauscht und umgekippt. Einige der geladenen Dinge lagen verteilt zwischen Moos und Grasbüscheln. Wahrscheinlich würde die Spinne hier ein neues Zuhause finden. Ein wenig unschlüssig überlegte der Junge, was er tun konnte. Der Schreck saß tief. Er musste weg. Vielleicht kamen die Typen zurück, wenn Elvira Frommholt erzählte, dass sie nicht alleine unterwegs war.

Der graue Morgen kroch zwischen den Baumstämmen hervor. Louis erreichte die nasse Straße und stieß bald auf die Zeichen des Unfalls. Scherben, Teile der Stoßstange und Plastikreste der Rücklichter lagen auf dem Asphalt. Bevor er über sein weiteres Vorgehen nachdenken konnte, frästen helle Scheinwerfer eine Schneise in das Halbdunkel und ein Auto rauschte heran. Louis gelang es, rasch zur Seite zu springen.

»Die Polizei – Mist!«, schoss es ihm durch den Kopf. »Mit der sollte ich nichts zu tun bekommen. Die Templer ziehen es vor, die neugierigen Ordnungshüter zu meiden, wenn es irgendwie geht.« Louis suchte Deckung hinter einem Busch. Es war zu spät. Das blau-silberne Fahrzeug hielt neben ihm an. Louis erwog kurz, einfach fortzulaufen. Doch er hätte keine Chance gehabt. Ein kräftiger Polizist war bereits ausgestiegen.

»Was machst du hier?«, fragte er und blies Louis einen Luftschwall entgegen, der nach frischem Kaffee roch.

Louis schwieg. Was hätte er sagen sollen? »Miese Schurken haben uns von der Straße abgedrängt und die Fahrerin entführt …«? Wir sind nicht in Sizilien bei der Mafia. Die Beamten hätten ihm vorgeworfen, zu viele Krimis zu schauen und ihm kein Wort abgekauft.

»Wie heißt du?«

»Louis!«, sagte der sparsam.

Der zweite Polizist untersuchte die Straße und leuchtete mit einer starken Taschenlampe die Gegend ab. Er pfiff leise durch die Zähne, als er den zerfetzten Jeep entdeckte. »Du hast ganze Arbeit geleistet, Louis! Wem gehört der Wagen? Woher hast du ihn und den Schlüssel? Nach einem Führerschein brauche ich dich wohl nicht zu fragen. Bist du lebensmüde oder warum setzt du dich an das Steuer eines Autos? War es eine unsinnige Wette oder eine Mutprobe? Stress mit deinen Eltern? Alkohol?«, prasselten die Vorwürfe nur so auf Louis ein. »Das ist eine Straftat. Dafür fehlt mir jedes Verständnis. Du bringst dich und andere in Lebensgefahr!«, setzte der Polizist die Liste fort. Er schaute Louis prüfend an, um irgendwelche Verletzungen zu erkennen. Mit einer raschen Bewegung griff er in die Tasche des schmierigen Kapuzenpullovers und fand die Skalpelle, die Louis eingesteckt hatte. Der andere Polizist hatte den Unfallwagen kurz besichtigt und kam nun zurück. »Niemand da. Der Junge ist allein unterwegs. Nicht zu fassen!« Er zog unsanft an dem sperrigen Band, das der Junge um den Hals hängen hatte, und starrte zunächst bewundernd auf das kostbare Kreuz. Das Staunen verwandelte sich rasch in Argwohn. Der Anblick bestärkte die Polizisten in ihrer Überzeugung, den schlanken, sportlich wirkenden Jungen mit zur Wache zu nehmen.

»Da ist uns ein ganz dubioser Fisch ins Netz gegangen. Du hast das Schmuckstück irgendwo gestohlen und bist anschließend mit dem Wagen geflohen!«

Louis schüttelte den Kopf. Die Begegnung begann höchst unerfreulich zu werden. Fieberhaft überlegte er, was er den Beamten erzählen konnte. Der eine zerrte ihn ungeduldig zum Polizeiwagen und nahm neben ihm auf der Rückbank Platz. »Nicht, dass du auf dumme Gedanken kommst!«, warnte er.

»Louis, ich möchte deinen Nachnamen wissen!«, bohrte der Polizist weiter.

Louis gab keine Antwort.

»Mit bockiger Verweigerung wirst du nicht durchkommen. Wir

finden heraus, wer du bist. Also kannst du uns direkt verraten, wie du heißt. Es macht sich immer besser, wenn der Verdächtige kooperiert.«

Louis kaute schwer an dem Wort »Verdächtiger«. Er schwieg. Die Angst, die katastrophale Autofahrt, der Überfall mit all seinen unangenehmen Folgen, ballten sich zu einer schwarzen Masse zusammen. Sie klebte in seinem Magen, legte sich wie eine dunkle Wolke auf seine Gedanken und hinterließ eine unangenehme Kälte. Louis konnte seine Finger nicht stillhalten, sie zitterten genauso wie die Knie und bald sein ganzer Körper. Er hasste sich für diese Schwäche. Aber er hatte einfach keine Reserven mehr. Die schlaflose Nacht steckte ihm zusätzlich in den Knochen. Endlich stieg der zweite Polizist ein und fuhr los. Er gab das Kennzeichnen des Jeeps und einige andere Dinge über Funk durch.

Louis blickte nicht aus dem Fenster. Apathisch schloss er die Augen. Es gelang ihm ganz allmählich, anderen Bildern und Gedanken Raum zu geben. Ein Gebet, das der fliehende David gesprochen hatte, fiel Louis ein und er konnte es mit einem ganz anderen Verständnis abrufen.

»Herr, ich habe so viele Feinde und meine Gegner sind so zahlreich! Doch du, Herr, umgibst mich mit deinem Schutz. Ich rufe zum Herrn, und er antwortet mir von seinem heiligen Berg. Rette mich, mein Gott!«

Louis versuchte, ruhig zu werden; die Angst wenigstens stückweise abzugeben. Die letzte Hoffnung auf eine Flucht schwand, als der Polizeiwagen in eine Tiefgarage fuhr. Verbrauchte, nach Abgasen riechende Luft stand zwischen den Betonpfeilern, eine Neonlampe flackerte. Ein ramponierter Aufzug öffnete seine Tür und Louis stieg mit den beiden Polizisten ein. Ein weiterer Beamter, der eine Aktenmappe im Stehen durchblätterte, schaute kurz hoch. »Wo habt ihr denn diesen Streuner aufgegabelt?«

»Am Straßenrand. Eine Frau, die in aller Frühe alleine unterwegs war, hat uns per Handy gemeldet, dass sie einen umgestürzten Geländewagen gesehen hat. Wir wollten uns die Sache anschauen und haben dieses Bürschchen in dem Waldstück gefunden. Er hatte die Unfallstelle bereits verlassen und wollte die Sache vertuschen!«, gab einer Auskunft und gähnte.

Ein weiterer abschätzender Blick taxierte Louis von Kopf bis Fuß: Schmutziger Pullover, am linken Bein der schwarzen Trainingshose ein offener Reißverschluss, der kurze Socken in verdreckten Turnschuhen offenbarte.

»Habt ihr an einen Alkohol- und Drogentest gedacht?«, bohrte der Beamte mit den Dokumenten weiter. Beiläufig zog er Louis den Ärmel nach oben, um nach Einstichstellen von Nadeln zu suchen. »Die Pupillen sehen normal aus, aber der Bursche wirkt fertig wie nach einem Gift-Cocktail!«

»Ich bin Sportler! Ich nehme k-keine Drogen!«, protestierte Louis empört. »Jedenfalls nicht freiwillig!«, urteilte er für sich und ging einen Schritt zur Seite.

»Er spricht!«, jubelte der Fahrer des Polizeiwagens.

»Nein, er stottert«, bemerkte der andere schneidend und führte Louis durch einen langen Gang mit vielen Türen.

Louis nahm auf einem harten Plastikstuhl vor dem Schreibtisch Platz. Er fühlte sich schäbig und hatte Mühe, die abwertenden Kommentare der Beamten zu schlucken. Bevor jemand das Wort an ihn richten konnte, sagte Louis: »Ich möchte t-telefonieren. Es wird sich alles aufklären!« Ihm war eingefallen, was sie vor gar nicht allzu langer Zeit im Seminar besprochen und durchgespielt hatten. Louis versuchte, den Inhalt zu sortieren. Es ging bei diesen Übungen um das richtige Verhalten in unterschiedlichen Situationen. Der Kontakt zur Polizei sollte vermieden werden. War er unumgänglich, trat Plan B in Kraft, und den wendete Louis nun an.

Wenig erfreut nahm der Polizist das Telefon zur Hand. »Nummer?«, wollte er wissen. Louis zählte eine ellenlange Ziffernkombination auf und misstrauisch wurden die Zahlen eingetippt. Am anderen Ende der Leitung piepte es lange, ein Knacken verriet eine Weiterleitung.

»Bitte, geh dran!«, dachte Louis beschwörend. »Du musst abnehmen!« Louis merkte, wie seine Finger vor Nervosität feucht wurden.

»Lacroix. Wer spricht?!«, tönte eine Stimme aus dem Hörer. Die Mithörfunktion war eingeschaltet und Louis staunte. Er hatte seinen Vater am Telefon erwartet. Es war seine absolute Notfallnummer.

»Polizeiwache Neuensteede. Oberkommissar Möller am Apparat, einen frühen Guten Morgen. Wir haben einen Louis abgeholt, der mit Ihnen, aber nicht mit uns reden möchte. Darf ich fragen, wer Sie sind?«

Friedrich Lacroix schien sich einen Moment zu sammeln. Er konnte ein tiefes Seufzen nicht verhindern. »Nein, nicht schon wieder. Wie schafft er das nur ständig?«

Der Polizist hämmerte ungeduldig auf den Tasten herum. »Verzeihung, ich verstehe Sie ganz schlecht!«

Louis hörte nur Fetzen des Gesprächs, die Verbindung riss immer wieder ab und es rauschte laut. Louis war fast sicher, dass genau dieser Effekt gewünscht war. Schließlich durfte der Junge selbst mit Friedrich Lacroix sprechen. Louis wusste, dass es bestimmte Codeworte für Aktionen gab, aber es wollte ihm keine Verschlüsselung einfallen. Mühsam stotterte er. »Es g-gab Schwierigkeiten.«

»Das habe ich mir gedacht!«, antwortete Lacroix trocken. »Warum bist du nicht mit Elvira Frommholt unterwegs?«

Louis biss nervös auf seinen Lippen herum. »Ich darf nicht zu viel verraten. Die Polizisten hören mit.« Hilflos stammelte er: »Der Wagen hatte eine Art P-panne im Wald. Zwei Männer, grüner Sportwagen.«

»Bist du verletzt?«, unterbrach Lacroix besorgt.

»Nein, ich glaube nicht«, antwortete Louis.

»Gut, versuche ruhig zu bleiben. Sage nichts. Ich kümmere mich um alles!«, tröstete Friedrich Lacroix.

Möller betrachtete die Skalpelle und das Kreuz durch die klare Plastiktüte. »Wo hast du diese Sachen her?«, fragte er.

Sein Kollege, der am Computer getippt hatte, schüttelte den Kopf. »Dieses seltsam geformte Schmuckstück wurde nirgendwo als gestohlen gemeldet und ich finde weder Informationen darüber noch ein Bild davon«, berichtete er. »Vielleicht ist der Diebstahl ganz frisch? Der Geländewagen gehört einer Investment-Firma:

Termingeschäfte, Marketing, Planung, Erich-Leo Ritter. Dort geht niemand ans Telefon. Ich habe eine Nachricht hinterlassen.«

Louis zog den zweiten Plastikstuhl näher heran. Mit dem Fuß zerrte er einen weiteren Hocker schrammend über das Linoleum. Ohne auf die Fragen der Beamten zu achten, schlüpfte Louis aus dem schmutzigen Pullover und drapierte ihn als Kopfkissen auf der Sitzfläche.

»Es wird alles geregelt! Ich bitte um ein wenig Geduld«, erklärte er freundlich, bevor er eine halbwegs gemütliche Liegeposition einnahm und nichts weiter sagte. Trotz der hellen Lampe dämmerte er vor Erschöpfung ein. Die Kanten der Stühle bohrten sich unangenehm in seinen Körper, der ganze Rücken war verspannt.

Louis öffnete träge die Augen. Überrascht bemerkte er, dass Roland Treyo von den Tempelrittern im Büro der Polizei aufgekreuzt war und mit einem unbekannten, aber hoch dekorierten Beamten verhandelte. »Ist das der Chef?«, fragte sich Louis müde und ertastete eine raue Wolldecke, die man über ihm ausgebreitet hatte. Louis beobachtete, dass sich die beiden mit versteckten, kaum wahrnehmbaren Gesten verständigten, der geheimen Zeichensprache der Templer.

»Immer wenn ich dich treffe, Louis, bist du schmutzig und hast dir Probleme eingehandelt!« Roland blickte vorwurfsvoll auf den Jungen.

»Da muss in meiner frühkindlichen Entwicklung etwas schiefgegangen sein. Ich glaube, es fängt mit T-t wie Templer an und hört mit R wie Ritter auf«, antwortete Louis flapsig. Er war erleichtert, ein bekanntes Gesicht zu sehen. »Alles wird gut!«, dachte Louis beruhigt.

»Na, deine Klappe ist weiterhin groß genug und unverletzt. Ein paar Schrammen hast du mitgenommen. Friedrich Lacroix konnte nicht selbst kommen. Er wollte unbedingt, dass dich jemand abholt, den du persönlich kennst. Die Wahl fiel auf mich. Können wir gehen?«, fragte der Templer und ein gnädiges Nicken des Polizisten brachte Louis in Schwung. Er faltete die Decke sorgfältig und sortierte die Stühle. Entschlossen nahm er den Beutel mit seinen Sachen vom Schreibtisch und wickelte sie in den Pullover. Der Beamte brachte sie durch ein Treppenhaus zum Nebenausgang und ließ sie hinaus. Dort wartete bereits ein Van mit verspiegelten Scheiben.

»Jetzt die ganze Wahrheit und zwar schnell!«, verlangte Roland im Wagen. »Was weißt du über diesen grünen Sportwagen?«

Louis musste zu seiner Schande gestehen, dass er keine genauere Beschreibung abgeben konnte. Auch die beiden Entführer hatte Louis kaum gesehen. Er merkte, wie seine Wangen anfingen zu brennen und sein Gesicht eine rote Färbung annahm. Jedes dritte Wort begann mit einem Stottern und Roland verdrehte ungeduldig die Augen. Er sendete eine kurze Nachricht über den eingebauten Computer auf dem Armaturenbrett und gab Gas.

Roland fuhr den Van hart am Limit, ähnlich wie Louis' Vater schien er Gefallen an der Geschwindigkeit zu finden.

»Warum hat Richard meinen Anruf n-nicht entgegengenommen?«, fragte Louis ganz in Gedanken laut.

»Oh, ich glaube, der ist momentan in Schottland. Aber was er dort macht, weiß ich nicht«, antwortete Roland und überholte einen Lastwagen.

»Vielleicht besucht er meine Schwester Amelie. Sie wohnt in einem Internat«, mutmaßte Louis ein wenig eifersüchtig. Er hatte Amelie schon seit längerer Zeit nicht gesehen. Louis vermisste seine ganze Familie. Er dachte oft an ihr Leben im Pförtnerhaus zurück; als Lucille, Richard, Hugo, Amelie und er dort gemeinsam ihre Heimat hatten. Jetzt hatte Lucille eine Karriere als Musikerin gestartet. Den Orden der Tempelritter betrachtete sie höchst argwöhnisch. Hugo von Mortville besetzte einen der höheren Posten innerhalb der Tempelritter. Er war der Tressler und verwaltete die Finanzen, die ziemlich beträchtlich waren, wie Louis vermutete. Sein Großvater war in besonderem Maße für die Ausbildung seines Enkels zuständig, weil Richard viel unterwegs war. Warum und für wen, das wusste Louis damals nicht.

Roland bog in eine aus Betonplatten gebaute Straße ein. »Militärisches Sperrgebiet« las Louis auf einem rostigen Schild. Ein Schlagbaum öffnete sich und später mehrere Metalltore. Der Van rollte langsam in eine Halle, die einem Flugzeughangar ähnelte.

»Wir haben das Gelände mit einigen Tricks vor ein paar Jahren von der Armee übernommen und die Abgrenzung einfach beibehalten. Praktisch«, erklärte der Templer mit den roten Haaren. Eine breite Schiebetür verbarg eine Rampe, auf der Roland den Wagen abwärtslenkte. Unterirdisch ging es ein Stück weiter. »Ein anderer Weg zur Überwachungszentrale. Wir sind gleich da und werden bereits erwartet«, erklärte Roland Treyo und führte Louis wie gestern durch die Sicherheitsschleusen. Die Monitore flimmerten und es herrschte eine gespannte Betriebsamkeit. Die Scheiben des Konferenzraumes waren nun verspiegelt, sodass Louis nicht hineinsehen konnte. Ein Tempelritter, der anscheinend vor der Tür Wache hielt, winkte sie durch.

»Endlich. Die obersten Herrschaften sind bereits ein wenig verschnupft!«, warnte er.

Roland stöhnte. »Uns bleibt wirklich nichts erspart. Denk dran, Louis, sie erwarten Disziplin, Höflichkeit und Gehorsam!«

Sie betraten den Raum mit dem großen Tisch und den Ledersesseln, die allesamt belegt waren. Der Firmariearzt, der Großmarschall und der Komtur als Oberhaupt der Tempelritter hatten ihre Berater mitgebracht. Alle verstummten und starrten mit versteinerten Mienen auf die Eintretenden. »Roland Treyo und Louis von Mortville«, meldete ein Templer förmlich.

»Die erwarten doch wohl nicht …!«, schoss es kurz durch Louis' Hirn, da spürte er einen unglaublich stechenden Schmerz zwischen den Schulterblättern. Automatisch sank er neben Roland Treyo auf ein Knie und senkte den Kopf. Der Komtur winkte sie heran.

»Das ist die übliche Begrüßung!«, zischte Roland vorwurfsvoll in Louis' Richtung und ließ seine Hand vom Rücken des Jungen abgleiten. »Ich dachte, das wäre dir bekannt!«

Louis wusste sogar sehr genau darüber Bescheid. Aber er verabscheute diese demütige Geste. Er fand sie total albern und wollte sich nicht vor diesen Wichtigtuern zum Affen machen. Verärgert rieb Louis mit seiner Hand über die schmerzende Stelle.

»Ziemlich wirkungsvoll!«, kommentierte er sauer und ein wenig atemlos.

»In der Tat«, bestätigte Treyo leise.

Der Großmarschall hatte sich von seinem Platz erhoben. Er hatte eine unangenehm schnarrende Stimme und seine Rede troff nur so von Vorwürfen, Anschuldigungen und düsteren Prophezeiungen. »Man hat uns den Leuchter geraubt, ein Insigne der Macht!«

Der Firmariearzt, der daneben in einem Ledersessel saß, zuckte betroffen zusammen.

»Woher wussten die Feinde von unserer Zeremonie oder konnten herausfinden, an welchem Ort sich die Tempelritter versammelt hatten? Hat uns jemand belauscht? Wer war an welcher Stelle unvorsichtig? Gibt es einen Verräter in unseren eigenen Reihen?« Der Blick des Marschalls ruhte ungemütlich lange auf Louis. Der merkte, wie sein Zorn allmählich aufbrodelte. Er drückte seine Lippen so fest er konnte aufeinander.

»Ich sage nichts. Nein, dieses Mal werde ich mich nicht provozieren lassen!«, schärfte sich Louis ein.

Schließlich durfte Roland Treyo von den ereignisreichen Morgenstunden berichten. »Die Polizei wird den Vorfall zu den Akten legen. Ich habe bereits veranlasst, dass unser Team die Unfallstelle genau untersuchen kann. Der Jeep wird abgeschleppt und hierhergebracht«, schloss Treyo.

Anschließend nahmen die Tempelritter Louis in die Mangel. Sie fragten und bohrten, formulierten um und ließen den Jungen alles wiederholen, ohne neue Erkenntnisse zu gewinnen. »Wir müssen mehr wissen. Wie sahen die Entführer aus? Was war das für ein Sportwagen? Winzige Details können wichtig sein oder werden, das Puzzle des Lebens wird ständig zusammengesetzt und zeigt ein neues Bild.«

»Ich kann nicht mehr sagen. Ich habe geschlafen!«, antwortete Louis zum vierten Mal. Sein Mund fühlte sich trocken an, jegliche Spucke schien versiegt zu sein. Genauso verbraucht war Louis' Geduld. Er konnte sich kaum noch konzentrieren.

»Versuchen wir es anders«, stimmte der Großmarschall schließlich zu und legte seine Stirn in bedrohliche Falten.

Sperrgebiet

Der Templer, der nachts in den Gängen mit dem Handwagen unterwegs war, führte Louis mit langen Schritten in einen kleinen Raum. Louis atmete auf. »Geschafft!«, dachte er und hatte sich eindeutig vertan. Louis trat die nassen Schuhe von seinen Füßen und nahm das Sofa in Beschlag. Der Templer traf einige Vorbereitungen und weckte damit Louis' Misstrauen. In einer Schale mit Löchern in unterschiedlichen Größen verglühten Kräuter. Es dampfte, als eine Flüssigkeit darübergegossen wurde. Eine leise Melodie ertönte. Ein Sprechgesang schob sich dazwischen, ergänzte die Töne und schien mit den Rauchkringeln aus der Schale durch die Luft zu schweben. An der weißen Wand vor Louis erschienen sanfte Farben. Eine besondere Brille wurde Louis auf die Nase gedrückt. Alles erhielt eine andere Note, die Kontraste verschärften sich und erzeugten dreidimensionale Effekte.

»Trink etwas!«, hörte Louis und ein Glas wurde an seine Lippen gedrückt.

»Ich nehme keine Drogen«, sagte Louis zum zweiten Mal an diesem Tag, doch es klang weniger entschlossen. Um Louis begann sich alles zu drehen.

»Mach das weg!«, lallte er und es kam ihm vor, als würden seine Augen anfangen zu schielen.

»Wir gehen deinen Tag gemeinsam durch. Leg dich hin. Genau, ganz ruhig. Ich zeige dir Bilder. Ich helfe dir, dich zu erinnern. Dich genauer zu erinnern. Du wirst Details in deiner Erinnerung entdecken. Alles, was du vor und in dir siehst, ist wichtig. Erzähle mir davon.«

»Mir ist schlecht!«, sagte Louis nur und auch dieses Gefühl kam ihm bekannt vor. Er wollte aufstehen, schaffte es aber nicht. Seine Beine waren schwer wie Blei. Der Templer hielt ihn sanft fest, drehte seinen Kopf, sodass Louis auf die Farben schauen musste, die allmählich Formen annahmen.

»Der Geländewagen«, stammelte Louis. »Er ist beladen. Die Liege war kaputt. Die Bettlaken rochen muffig.«

»Woher stammt der Schlamm, der an deiner Kleidung und in deinem Gesicht klebt?«

In Louis' Vorstellung erschienen das kleine Waldstück und die steile Kurve. Er murmelte irgendetwas und bemerkte entsetzt, dass dieses Stück Erde an der Wand zu sehen war. Es wirkte sehr echt. Ein grüner Sportwagen stand dort. Der passte nicht. Jetzt änderte er die Form.

»Habe ich etwas gesagt?«, fragte sich Louis verwirrt. Er war nicht Herr seiner Sinne. Erst jetzt bemerkte er den Kopfhörer auf seinen Ohren und wollte ihn verärgert abschütteln. Es gelang ihm nicht. Die Klänge schienen zusätzlich aus der Wand zu kommen. Personen tauchten auf. Eine davon erinnerte Louis an eine unangenehme Begegnung bei den Wölfen. Leere an der Wand. Louis fühlte sich immer seltsamer. Unruhig rutschte er auf dem Sofa herum. Er bekam Angst. Beklommen lauschte er den Fragen, konnte den Worten nicht entrinnen und nicht verhindern, dass Bilder in seinem Kopf Gestalt annahmen. Louis verlor das Zeitgefühl, sein Körper schien nicht mehr zu ihm zu gehören. Es zählten nur die Gedanken, die er nicht festhalten konnte. Ein gelb-brauner Punkt wurde größer, entwickelte acht lange Fortsätze und bewegte sich irrsinnig schnell auf Louis zu.

Wichtig oder unwichtig? Gefahr oder Fata Morgana? Louis war nicht in der Lage, das auseinanderzuhalten. »Hilfe! Spinnen! Wölfe!«, entfuhr es ihm kaum hörbar.

Louis bemerkte, dass jemand den Kopfhörer von seinen Ohren zog. Eine bekannte Stimme sagte etwas zu ihm. Er konnte nicht antworten. Er war zu weit weg. Das begriff der Junge nicht. Stand Friedrich Lacroix nicht genau neben ihm?

»Warum?«, murmelte Louis tonlos und nahm ungeschickt die Brille ab.

Lacroix schimpfte unterdessen wie ein Rohrspatz und es fehlte nicht viel, da wäre er auf den Templer losgegangen »Wir wollten dieses Verfahren nicht bei Kindern anwenden, schon vergessen? Nur, weil jetzt der Firmariearzt selbst betroffen ist und um das Leben seiner Tochter fürchtet, werden alle Regeln über Bord geworfen? Ich fasse es nicht. Haben wir vergessen, wer wir sind und was unser Auftrag ist?«

»Ich, äh ...«, stotterte der andere Templer. »Also, man hat es mir befohlen, ich führe nur die Anordnungen aus.«

»Selber denken schadet nie!«, knurrte Lacroix unfreundlich. »Du hast ihm wohl hoffentlich nichts von diesem Zeug zu trinken gegeben?«

»Nur ein wenig, der war schon von dem Rauch völlig weggetreten. Ich habe die Kräutermischung mit halber Leistung dampfen lassen«, antwortete der Templer zerknirscht.

»Louis ist fünfzehn Jahre alt!«, zeterte Lacroix weiter. »Und ich finde, er hat in den letzten Monaten genug durchgemacht. Sieh zu, dass du ihn zügig auf die Beine bekommst. Ich nehme ihn gleich mit ins Seminar. In diesem Saustall lasse ich ihn keine Minute länger als nötig!« Er schien seine Beschwerde lautstark beim Komtur vorzubringen, denn es sammelten sich immer mehr Tempelritter in den Gängen, um dem ungewöhnlichen Spektakel zu lauschen. Kritik am Führungsstab der Tempelritter war nicht erwünscht. Damit konnte man sich in gehörige Schwierigkeiten bringen. Neugierige Blicke trafen Louis, der den Halt der Wand brauchte und eine Toilette suchte. Der Junge schwankte und verlor immer wieder den Bezug zur Realität. Der Fußboden klebte an der Decke, Louis fehlten die Schritte bis zum Waschbecken, plötzlich stand er dort und blickte in sein blasses Gesicht. Die Pupillen waren zu riesigen schwarzen Löchern erweitert. Mit den Händen schaufelte er kaltes Wasser über seinen Kopf. Braune Dreckbrühe tropfte ins Becken und auf die Fliesen. Mit der Zeit und der Abkühlung verschwand der Nebel, der in Schlieren durch seine Hirnwindungen kroch. Louis war erschöpft und doch unglaublich aufgedreht. Seine Hände kribbelten und aus seinem Mund kamen Laute, die ihn an ein Kichern erinnerten. Es klang eher hysterisch als lustig und er konnte nicht aufhören. Glucksend taumelte er zwischen Friedrich Lacroix und dessen Schwiegersohn durch das Überwachungszentrum. Louis' Lachen schallte unheimlich durch die Tiefgarage. Der Junge stieg in den dunklen Kleinbus. »Das kann ja heiter werden!«, brummte Friedrich Lacroix besorgt und setzte sich hinter das Lenkrad.

Roland strich einem kleinen Jungen, der höchstens acht Jahre alt sein konnte und im Wagen wartete, aufmunternd durch die kurzen Haare. »Bis bald, Olli!«, sagte der Tempelritter und winkte zum Abschied. Der Kleinbus verließ die unterirdische Halle und schon bald das militärische Sperrgebiet. Die Wachtürme wuchsen drohend in den Himmel, bevor sie als leere Hüllen zurückblieben.

»Lautsprecher, Überwachungskameras!«, kicherte Louis. Erst jetzt bemerkte er, dass er keine Schuhe trug. Sie lagen noch unter dem Sofa in der merkwürdigen Zentrale. Louis wackelte mit den Zehen und kurbelte das Fenster herunter. Er brauchte frische Luft. Louis fiel der Koffer auf, der diesem Olli gehören musste. »Du hast rote Haare!«, gluckste Louis. »Genau wie Roland Treyo. Der hat nur weniger davon!«

»Das ist mein Papa!«, schniefte Olli. Eine Träne rollte seine Wange herunter, eine zweite folgte auf der anderen Seite. Beschämt blickte er nach unten. »Oliver wird in seinen Ferien einen Kurs im Seminar besuchen!«, erklärte Lacroix von vorne und Louis schaute den anderen betroffen an.

»Ganz alleine soll der Knirps dieser Bestie Clemens Frommholt ausgeliefert werden?«, platzte Louis unbesonnen heraus.

Olli schluchzte lauter.

»Jage dem kleinen Kerl nicht noch mehr Angst ein!«, sagte ein letzter verbliebener Funken Vernunft zu Louis. Oder hatte ihm das Friedrich Lacroix von vorne eingeschärft? Fieberhaft überlegte Louis, was er tun könnte. Schließlich wechselte er seinen Sitzplatz und hockte sich neben Olli.

»Ey, alles halb so wild. Man kann dort eine Menge Spaß haben.« Er erzählte Olli von den alten Ritterrüstungen, die überall herumstanden. Louis hatte die Teile mit seinem Freund Caspar neu dekoriert und verkleidet. Der Hausherr Clemens Frommholt fand das kein bisschen komisch, hatte jedoch keine Beweise, um seine berüchtigten Strafen zu verhängen. Die Worte sprudelten unkontrolliert aus Louis heraus. »Nachts habe ich einem anderen Jungen, der uns immer genervt hat, mit Superkleber das Kopfkissen an den Haaren befestigt. Jetzt hat der Knabe einen fetten Kurzhaarschnitt und das Kissen war hinüber.« Louis redete und redete. Lacroix gab es bald auf, Louis zu unterbrechen. So erfuhr er Dinge, die Louis sonst tunlichst verschwieg. Olli vergaß seinen Abschiedsschmerz. Flüsternd stellte er einige Fragen und Louis beantwortete sie ausführlich. Friedrich Lacroix erinnerte an die Hausregeln, die Louis nach Möglichkeit elegant umging.

»Hick!«, wurde Louis durchgeschüttelt. »Hick!« Ein heftiger Schluckauf setzte der Unterhaltung ein jähes Ende. Louis hielt die Luft an, es nützte nichts. Weder Essen noch Trinken halfen etwas. Nun kicherte Olli leise. Louis fiel ein, dass er Olli mit einer Schaufel bereits am Strand begegnet war. »Hick!«, machte Louis. Der Schluckauf hielt die ganze Fahrt über an. Erst, als der Kleinbus im Kies vor dem roten Backsteinbau des Gutshauses zum Stehen kam, verschwand er. Louis verspürte kaum Lust, das Auto zu verlassen und das wenig einladende Gebäude zu betreten. Wenigstens war sein Kopf wieder klar.

»He, konntest du im Meer schwimmen? Stimmt es wirklich, dass der Leuchter schon wieder verschwunden ist?« Caspar, Louis' bester Freund, war immer gut informiert. Sein Großvater stand an der Spitze des Templerordens, er war der Komtur. Caspars helle Augen flitzten zu Olli. Hilfsbereit nahm Caspar den Koffer aus dem Kleinbus und stellte ihn im Kies ab. Olli starrte nur mit offenem Mund auf das trutzige Gebäude. Louis legte seinen Arm quer über den Rücken des kleinen Jungen und ging mit ihm in die große Eingangshalle. Der Boden war mit schwarz-weißen Kacheln versehen und an beiden Seiten führten Treppen hoch in eine Galerie. Aus dem Speisesaal drang ein ohrenbetäubender Lärm. Neugierig schaute Louis hinein. Normalerweise wurde hier mittags die Tafel für Bedürftige aufgebaut. Jetzt tobten mindestens fünfzig Jungen lautstark über Stühle und Tische.

Ein Teller zerbrach klirrend auf dem Boden. »Die Tafel wurde in ein Nebengebäude ausgelagert. Die Knirpse haben bereits Ferien und bleiben für irgendwelche Camps und Kurse hier!«, erklärte Caspar.

»Ferien hätte ich auch gerne! Am besten, ich ziehe alle paar Wochen in ein anderes Bundesland. Und nur dorthin, wo gerade Ferien sind. Dann muss ich nur ganz selten zur Schule gehen!«, seufzte Louis sehnsüchtig. Er war mit seinen Noten abgesackt und musste nachmittags ziemlich viel lernen. Das Jahreszeugnis drohte eine Katastrophe zu werden. Clemens Frommholt schoss mit saurer Miene in den Raum. Er brauchte ein kurzes Räuspern nur anzudeuten und die Jungen blieben wie erstarrt stehen. Kleinlaut schlichen sie an ihre Plätze und beantworteten das schneidende »Was soll das werden?!« lieber nicht. Olli hatte Schutz hinter Louis gesucht. Es war ein schlechtes Versteck. Denn der Hausherr richtete seine unheilvollen Blicke auf Louis.

»Ah, Louis von Mortville. Zurück aus dem Wochenendurlaub und wie üblich kamen mir Klagen zu Ohren. Ungehorsam, frech und unaufmerksam! Wie siehst du wieder aus? Schäbig! Wo sind deine Schuhe?« Frommholt machte eine Pause und ging einen weiteren drohenden Schritt auf Louis zu. Niemand wagte es, ein Geräusch zu machen. Gebannt betrachteten alle die Szene. Louis seufzte. Es erschien ihm zu kompliziert, den Verbleib seiner Schuhe zu erklären, und er ahnte, dass die Wut seines Gegenübers nur irgendein Ventil brauchte. Louis wollte nicht als Ventil dienen und genauso wenig schätzte er diese öffentliche Aufmerksamkeit. Doch anscheinend hatte er keine Chance, aus dieser Nummer herauszukommen. Clemens Frommholt war außer sich. Louis stand wohlbehalten vor ihm. Stattdessen hatten die Feinde Elvira Frommholt, seine Ehegattin, entführt. Nun bangte der Hausherr des Seminars, hoffte und musste sich ohnmächtig darauf verlassen, dass die Tempelritter das Richtige taten und die Gefangene befreiten. Louis verspürte ein wenig Mitleid, während diese Gedanken durch seinen Kopf schossen. Das verging rasch, als Frommholt mit einer blitzschnellen Bewegung das Ohr des Jungen fasste und daran zog. »Du

Flegel, keine Manieren! Ich will eine Antwort! Du wirst nach dem Essen in meinem Büro erscheinen, ist das klar? Ich habe dir ein paar Verhaltensregeln zu erklären und ich sage dir nur eines: Du wirst dich daran halten!«, drohte Clemens Frommholt und rauschte aus dem Speisesaal.

»Aufgeblasener alter Gockel!«, kommentierte Louis sauer. Er zog eine schiefe Grimasse und legte seine Finger über das schmerzende Ohr. Einige Jungen kicherten verhalten. »Ich habe ihn und seine fürsorgliche Art wirklich vermisst!«

Caspar schüttelte verwundert den Kopf. »Du bist und bleibst ein rotes Tuch für ihn«, murmelte er und strich nervös durch seine Haare, bis sie fransig ins Gesicht fielen. Louis wusste nicht, wie lange Friedrich Lacroix bereits im Raum war. Der stämmige Templer erklärte in seiner gewohnt ruhigen, aber bestimmten Art den weiteren Tagesablauf und teilte die Aufgaben ein. Die Jungen aus dem Feriencamp schauten andauernd neugierig zu Louis und Caspar, die sich zu Niklas und den anderen aus dem regulären Seminarbetrieb gesellt hatten. Olli, der der Kleinste im ganzen Saal zu sein schien, folgte Louis wie ein Schatten.

»Ich habe Hunger ohne Ende«, stellte Louis fest und schaufelte Kartoffelbrei in rauen Mengen in seinen Mund.

»Gab es beim Firmariearzt nichts zu essen?«, fragte Niklas neugierig. Seine Zahnspange blitzte zwischen den Zähnen. Er wartete nicht auf eine Antwort, sondern erklärte: »Wir sollen nachmittags den Templern helfen, wenn sie Lehrgänge für die Knirpse abhalten. Außerdem mussten wir unseren Schlafsaal räumen. Wir hausen nun in den Kammern direkt unter dem Dach. Leider liegen die Privaträume der Familie Frommholt direkt darunter. Da ist nichts mit Party.«

»Ich glaube, der missmutige Hausherr hat momentan andere Sorgen!«, rutschte es Louis heraus. Die anderen schauten Louis verwundert an.

»Ich darf bestimmt nichts von der Entführung erzählen!«, dachte er verärgert. »Zu spät. Außerdem werden sie merken, dass die Ärztin nicht hier ist.« Schließlich berichtete Louis leise von der Aktion.

»Wow, ein echt gutes Werk der seltsamen Kidnapper!«, kommentierte Niklas respektlos. »Haben dich die Tempelritter aus dem Geländewagen gezogen?«, wollte er wissen. »Irgendwie riechst du komisch! Nach einem seltsamen Kraut.« Niklas schnupperte an Louis' Kleidung und den Haaren herum. Das abschließende Tischgebet unterbrach das Gespräch der Jungen. Nicht nur Niklas hatte das Gefühl, dass sie längst nicht alles erfahren hatten und Louis sie um den Höhepunkt der Geschichte betrog.

Ungeplanter Lauschangriff

Caspar hingegen erfuhr jede Menge, als sie endlich einen ruhigen Platz auf dem Gelände gefunden hatten. Louis saß mit angezogenen Beinen auf der Werkbank in einem Nebengebäude und drehte gedankenverloren den Hebel des Schraubstocks herum.

»Wo mag der Leuchter jetzt sein?«, dachte Caspar laut. »Haben die Wölfe das gute Stück mitgenommen? Welchen Plan verfolgte Isparagus? Warum hatte er dieses Versteck im Chorgestühl? Oder wollte er von dort den Leuchter entwenden und andere sind ihm zuvorgekommen?«

»Wer hat wohl noch Interesse an dem Leuchter?«, fragte Louis. »Vielleicht weiß jemand, dass die Tempelritter für die Insignien der Macht viel riskieren. Die Truppe von Gallunder, die das Optimus-Projekt sabotiert? Außerdem genießt Claudius, die rechte Hand von Albrecht Gallunder, die Gastfreundschaft der Tempelritter.«

Den Leibwächter Claudius hatten die Templer überrumpelt und gefangen genommen. Caspar zog nacheinander mehrere Schubladen auf und spähte hinein. Louis schüttelte den Kopf. »Nein, das passt nicht zu Gallunder. Der hält sich nicht mit solchen Kleinigkeiten auf. Der geht direkt in die V-vollen. Ich habe gehört, dass es ihm momentan nicht gut geht. Er ist krank. Vielleicht wirkt diese synthetische Droge nach. Irgendwelche unbekannten Hintermänner, denen wahrscheinlich Gallunders Arbeit nicht passt, haben ihm tüchtig in die Suppe gespuckt. Das Mineralwasser in Gallunders Villa und einige Lebensmittel waren mit diesem neuartigen Giftstoff versetzt. Die Ärzte sagen, dass diese Droge Depots im Körper anlegt und Spätschäden möglich sein können.« Louis spürte eine leichte Übelkeit, als ihm der eklige Geschmack des Joghurts wieder in den Sinn kam. »Ich habe das Zeug gegessen und somit ebenfalls die Droge abbekommen.« Seitdem beobachteten die Mediziner der Tempelritter Louis argwöhnisch. Der schätzte es überhaupt nicht, ständig im Mittelpunkt einer allgemeinen Besorgnis und Aufmerksamkeit zu sein. Deshalb behielt er Kopfschmerzen, Schwindel und andere Beschwerden tunlichst für sich. Am liebsten hätte er um alle Ärzte einen großen Bogen gemacht. »Koma-Kontrolle« nannten die anderen Jungen die ständigen Untersuchungen und zogen Louis damit auf.

Caspar bescherte Louis andere unangenehme Gedanken. »Vielleicht wollte Isparagus etwas ganz anderes? Er versucht schon lange, den Schlüssel aufzuspüren. Den hast du in deiner Obhut.«

Louis lief eine Gänsehaut über den Rücken. Er spürte fast körperlich etwas Scharfes, Kaltes an seinem Hals und die dabei ausgestandene Furcht. »Er sucht nicht nur nach dem Schlüssel. Isparagus hasst mich!«, murmelte er bedrückt. »Gut, dass dieser Wolf nicht mehr frei herumläuft.«

In einem der Regale lehnten mehrere Langbögen, die auf ihre Fertigstellung warteten. Louis sprang von der Werkbank, zog einen heraus und prüfte die Bogensehne. »Sollen wir ein bisschen schießen gehen? Der Kollege hier ist gar nicht schlecht!«, schlug Louis vor. »Ich kann besser nachdenken, wenn ich mich bewege!«

»Solltest du nicht nach dem Mittagessen bei Clemens Frommholt auflaufen?«, erinnerte Caspar seinen Freund. »Er hat nicht gesagt, sofort nach dem Mittagessen«, brummte Louis. »Das ist ein dehnbarer Begriff. Ich schätze, ich kann es noch ein Weilchen vor mir herschieben.«

»Davon wird es nicht besser, oder?«, konnte sich der besonnene Caspar nicht verkneifen und erntete eine schiefe Grimasse. Die Werkstatttür wurde langsam aufgedrückt und Ollis Gesicht erschien. »Ich habe mir dein altes Bett im Schlafsaal ausgesucht!«, sagte er scheu in Richtung Louis. »Karim hat es mir verraten.«

»Und wahrscheinlich auch, wo wir stecken!«, vermutete Louis. Karim war sein Mentor und kannte die Vorlieben seines Zöglings genau, für Louis' Geschmack manchmal zu genau. Der Aufmerksamkeit der Tempelritter entging wenig und man bekam die Rechnung häufig genug präsentiert. Das hinderte Louis nicht daran, weiter alles daranzusetzen, gewisse Regeln ständig zu übertreten. Durch den Kies auf dem Vorplatz schlenderten sie zum Gutshaus. Der Regen hatte nachgelassen, die Luft begann sich aufzuheizen. Auf dem Hof stand der Lieferwagen einer Bäckerei.

»Helft bitte beim Ausladen!«, forderte der Koch, der meistens schlechte Laune hatte. Bei Louis machte er damit eine Ausnahme. »Ich rechne es deinem nächsten Strafküchendienst an, Louis!«, schlug er vor.

»Ach, Abtrocknen gehört sowieso zu meinen Lieblingsbeschäftigungen«, winkte Louis lässig ab. »Ich fasse völlig gratis mit an.«

Auf riesigen Backblechen dufteten süße Brötchen und Kleingebäck. Sie schleppten die Sachen bereitwillig in die große Küche und stellten die Bleche auf den Schränken ab. Der Koch gewährte ihnen freigiebig mehrere Probierstücke, als sie beim Verteilen der Köstlichkeiten auf diverse Platten halfen. »Ich habe eine tolle Idee. Das wollte ich schon immer mal ausprobieren! Vielleicht ist es sogar besser als Bogenschießen«, kaute Louis mit vollem Mund und schnappte ein leeres Backblech. Die restlichen Krümel fielen unbeachtet herunter. »Los!« Mit dem stabilen Kuchenblech lief Louis die breite Treppe nach oben. Er legte es auf die oberste Stufe und setzte sich darauf. Mit den Händen umklammerte er die Kante. Wie ein Skispringer auf der Schanze nahm er Schwung, wippte vor und zurück.

»Louis, hör auf mit dem Mist. Du brichst dir alle Knochen!«, warnte Caspar. »Außerdem bekommst du wieder Stress, wenn du erwischt wirst!«

Louis ignorierte den Rat. »Jetzt!«, gab er sich selbst das Startsignal und drückte sich ab. Rasant glitt Louis in die Tiefe, wobei er dem hölzernen Geländer bedenklich nahe kam. Ein lautes Scheppern und Schrammen kündigte das Ende der Rutschaktion auf den schwarz-weißen Fliesen der Halle an. »Fette Fahrt auf der Sommerrodelbahn!«, grinste Louis und versuchte es nun vom zweiten Stockwerk aus. »Holt euch auch ein Blech!«, schlug er Caspar und Olli vor.

»Das wird Ärger geben!«, warnte Caspar mit seinem Lieblingsspruch. Louis sauste ein zweites und drittes Mal abwärts, bevor er das verbeulte Blech zurück in die Küche schmuggelte. Keinen Moment zu früh, denn Friedrich Lacroix erschien in der Galerie und schaute misstrauisch nach unten.

»Louis, du hast natürlich nichts mit diesem Lärm zu tun?«, erkundigte er sich beiläufig. »Ich muss mit euch sprechen. Jetzt!«

Caspar, Olli und Louis waren bei dem Templer angekommen und versuchten, eine unschuldige Miene aufzusetzen. Lacroix wirkte nicht sonderlich entspannt. »Louis, du wirst keine Extratouren unternehmen. Du hütest den Schlüssel. Wir fürchten um deine Sicherheit«, setzte er leise hinterher. Weitere Erklärungen gab er nicht und Louis wollte gereizt nach einer genaueren Stellungnahme fragen. Friedrich Lacroix beachtete ihn nicht weiter, sondern richtete seine Worte an Caspar: »Es tut mir leid, aber die Sache ist zu wichtig. Ich muss von dir verlangen, dass du auf Louis aufpasst und ihn notfalls verpetzt, wenn er Dummheiten macht und eigenmächtige Aktionen plant. Sollte ich merken, dass du dich nicht an die Anordnung hältst, bekommst du genau die gleiche Strafe wie Louis.«

Louis schluckte sauer und ballte die Hände zur Faust. »Friedrich Lacroix weiß ganz genau, dass ich so etwas nicht riskieren würde.« Sein Freund Caspar sollte nicht für seine Untaten oder Regelverstöße büßen müssen. Und er würde Caspar nicht hintergehen, auch das hatte Lacroix eiskalt mit eingeplant. »Ich hasse es, wenn sie mich so perfekt durchschauen und es für ihre Zwecke ausnutzen!«, dachte Louis mit einem finsteren Grollen.

»Ich sage einfach, dass Caspar von nichts wusste!«, platzte Louis unbesonnen heraus.

»Du wirst nicht lügen!«, antwortete Friedrich Lacroix nur. Er nahm Louis' Handgelenk und befestigte eine schwarze Armbanduhr mit einem flexiblen Band. Caspar bekam ein weiteres Exemplar.

»Daran ist garantiert ein Sender! Ich will nicht überwacht werden«, protestierte Louis zornig.

»Deine Meinung ist in diesem Fall völlig nebensächlich. Wir können hiermit deinen Aufenthaltsort bestimmen und ihr habt die Möglichkeit, mit uns jederzeit Kontakt aufzunehmen.« Lacroix erklärte Caspar und dem wütenden Louis die Funktionen der Uhr.

»Hast du alle Hausaufgaben erledigt?«

Louis zuckte mit den Achseln. »Keine Ahnung!«, murmelte er und seine Laune sank in den Keller. Jetzt noch ein paar Stunden lernen wäre das Allerletzte.

»Was ist mit Elvira Frommholt?«, fragte er, um das Thema Schule sofort zu beenden. Friedrich Lacroix funkelte ihn böse an, wies mit seiner Hand auf sein Büro und Louis trottete ergeben durch den Flur. Missmutig holte er den Rucksack mit den Büchern aus einem Fach. Er musste schon seit längerer Zeit unter Lacroix' Aufsicht die Hausaufgaben erledigen, weil die Schulleistungen extrem abgefallen waren. Louis klappte in einer Ecke des Raumes ein Pult aus dem Regal. Dreist schnappte der Junge ein Sofakissen und legte es unter seinen Kopf, den er auf der Schreibtischplatte ablegte. Er fühlte sich unendlich müde. Sein Füller und die linierten Hefte hatten eine unglaublich einschläfernde Wirkung. »Nur einen kleinen Moment...!«, dachte Louis und wurde erst wach, als Friedrich Lacroix mit Caspar und einigen anderen Jungen des Seminars, die alle älter als Louis waren, den Raum betrat. Louis gähnte verwirrt. Clemens Frommholt schloss mit saurem Blick die Tür. Er wirkte fahrig und nervös.

»Ihr werdet in den nächsten Tagen einige kleinere Aufträge zu erledigen haben. Wir werden euch bei diesen Wettbewerben und Tests genau beobachten. Wir achten auf eure Leistung, Disziplin, Teamgeist und andere Dinge. Am Ende kommt eine Art Prüfung auf euch zu. Als kleiner Tipp: Es lohnt sich, die bisherigen Englischkenntnisse zu vertiefen.«

Die anderen Jungen nickten. Bo rempelte Niklas begeistert an. Nur Louis kapierte nicht, was das sollte. »Warum der ganze Aufwand?«, murmelte er leise und zog den geballten Unmut des Hausherrn auf sich. »Louis von Mortville, niemand hat dich um deinen Kommentar gebeten. Wie üblich bist du nicht in der Lage, deine Zunge im Zaum zu halten und unqualifizierte Äußerungen zu unterlassen. Du wirst dich nicht an der Bewerbung für den Auftrag beteiligen. Ich bin der Meinung, dass du nicht reif genug für eine solche Verantwortung bist. Das hast du hiermit erneut bewiesen.«

Louis schluckte betroffen. Bei einer Mission der Tempelritter mitzumachen, war der Traum aller Jungen, und es kam selten genug vor, dass jemand von ihnen eingesetzt wurde. Louis konnte die leicht hämischen Blicke der anderen förmlich auf der Haut spüren. Er fühlte sich bloßgestellt und ungerecht behandelt. Bevor er eine weitere unüberlegte Frage oder seinen Missmut äußern konnte, räusperte sich Friedrich Lacroix vernehmlich.

»Louis hat nicht nachgedacht, bevor er gesprochen hat. Dennoch finde ich, sollte er genau wie die anderen seine Chance bekommen. Das Auswahlverfahren ist gnadenlos und wird Schwächen sowieso herausfinden.«

»Werden wir die ganze Zeit beobachtet?«, wollte Bo mit einem unbehaglichen Lächeln wissen.

»Quatsch, wie sollte das denn funktionieren?«, antwortete Niklas ein wenig überheblich. Louis sagte dazu lieber nichts. Seit er die Überwachungszentrale besucht hatte, unterschätzte er die Möglichkeiten der Templer nicht mehr. Louis fing einen ängstlichen Blick von Caspar auf. Der hatte immer die größten Befürchtungen, etwas falsch zu machen oder zu versagen. Er stapelte ständig tief und ignorierte seine Fähigkeiten. Dabei waren seine Logik, sein Gedächtnis und seine Beobachtungsgabe außergewöhnlich. »Ich möchte lieber nicht mitmachen!«, flüsterte er Louis besorgt zu. Der reagierte nicht. Verwundert und ein wenig misstrauisch versuchte er nachzuvollziehen, weshalb Friedrich Lacroix sich für ihn eingesetzt hatte. Normalerweise ließ er die Jungen selbst ausbaden, was sie durch unbedachtes Handeln oder Reden angerichtet hatten. Es gab garantiert einen Grund und den hätte Louis gerne gewusst. Clemens Frommholt riss Louis aus den Überlegungen. Drohend baute sich der Hausherr vor dem Jungen auf.

»Gartenarbeit! Sie wird deinen ständigen Übermut stoppen!«, sagte er mit einem gewissen Genuss. »Du solltest dich bereits nach dem Mittagessen bei mir melden. Eine Beschäftigung im Freien wird dir die Möglichkeit geben, über dein Fehlverhalten nachzudenken!«

Da war Louis völlig anderer Meinung, doch klugerweise schwieg er. Es würde in der kommenden Woche wohl kaum freie Zeit für ihn übrig bleiben, stellte Louis angenervt fest und starrte auf den Teppich. Er konnte dem missmutigen Hausherrn nicht in die Augen schauen.

Friedrich Lacroix erklärte allen die ersten Aufgaben des Auswahlverfahrens. Louis ertappte sich dabei, dass er nicht richtig zuhörte, und war erstaunt, als er plötzlich einen kleinen Zettel in die Hand gedrückt bekam. Es war das letzte übrig gebliebene Papier, das zusammengefaltet in einer Metallbox gelegen hatte. »Oliver Treyo«, las Louis und hatte keine Ahnung, was er mit dem Namen des kleinen rothaarigen Burschen anfangen sollte. Ein seltsames Foto vervollständigte den Arbeitsauftrag. Louis sah eine rote Backsteinwand, die an einer Stelle eine Verzierung aus Stein aufwies. Daneben standen mehrere grüne, zylindrische Gegenstände. Waren sie aus Glas? Besonders groß schienen sie nicht zu sein. Die anderen Jungen verließen nach und nach das Büro. Aufgeregt redeten sie durcheinander. Caspar schloss sich ihnen mit hängendem Kopf an. Mit der Faust umschloss er krampfhaft den Zettel. Louis saß nach wie vor auf dem Hocker vor der Schreibplatte. Statt endlich seine Aufgaben zu erledigen, schweifte sein Blick durch Friedrich Lacroix' großes Büro: Der abgetretene Teppich auf dem Boden, hohe Bücherregale verbargen das Rudergerät, der wuchtige Schreibtisch, vor dem sich Louis schon einige Standpauken hatte anhören müssen. An einer Wand hingen Bilder, die von Lacroix'

Frau Beata stammten. Neben der Tür zu einem Abstellraum stand ein gemütliches Sofa. Auf dieses Möbelstück ließ sich Clemens Frommholt plötzlich fallen. Er wirkte so, als habe man komplett die Luft aus seinem Körper gelassen. Kraftlos hockte er im Polster der Sitzgruppe und schlug seine Hände vor das Gesicht. Friedrich Lacroix humpelte zu ihm herüber. Er legte seine Hand beruhigend auf Frommholts Schulter. »Immer noch kein Lebenszeichen von Elvira? Das tut mir leid.«

»Sie haben die Stelle und das Waldstück, wo Elviras Geländewagen von der Straße abgekommen ist, untersucht. Aber von ihr fehlt jede Spur.« Clemens Frommholts Stimme brach verzweifelt ab.

»Ich bin mir sicher, dass die Tempelritter alles tun werden, um deine Frau zu befreien. Der Krisenstab hat ein fähiges Team zusammengestellt.«, tröstete Lacroix.

»Und ich kann nichts tun. Ich hocke dämlich im Gutshaus herum, bekomme kaum Informationen! Man speist mich mit blöden Phrasen ab!«, stieß Frommholt bitter hervor.

»Es verstößt gegen die Grundsätze. Niemand, der persönlich betroffen ist, wird in einer Mission eingesetzt. Man kann nicht objektiv handeln«, erklärte Lacroix sanft.

»Ha, da gibt es nur Ausnahmen, wenn man zur Familie von Mortville gehört!«, spuckte Frommholt gehässig aus.

Louis' Ohren brannten. Er saß stocksteif auf dem Schemel und dachte betreten: »Frommholt spielt anscheinend auf den Austausch an. Die Wölfe bestanden darauf, dass ich den Leuchter über die Brücke trage. Sie wollten im Gegenzug für das Insigne der Macht Welfhardt freilassen. Mein Vater hat durchgesetzt, dass er bei den Vorbereitungen dabei war und in der Eskorte mitfahren konnte. Er hat es für mich getan!«, erkannte Louis. »Ich sollte nicht hier in diesem Büro sein. Die haben mich komplett vergessen. Sie reden über Dinge, die keinesfalls für mich bestimmt sind. Was mache ich bloß?« Louis überlegte, ob er sich irgendwie bemerkbar machen sollte. Der passende Moment rauschte vorbei. Schlag auf Schlag ging das Gespräch weiter.

»Richard von Mortville war sich über die Folgen durchaus im

Klaren. Er hat sie getragen und seine Buße angenommen. Eine Zeit der Einsamkeit im Kloster, finanzielle Nachteile, der zeitweilige Verlust einiger Vorrechte und monotone Aufträge: Man bezahlt teuer dafür, wenn man eigene Wünsche über die Gebote der Templer setzt. Wir dürfen nicht vergessen, dass die Gemeinschaft und deren Ziele im Mittelpunkt unseres Handelns stehen. Getragen von dem Einen, dem Schöpfer des Himmels und der Erde. *Nicht uns, o Herr, nicht uns, sondern Deinem Namen gebührt die Ehre.*«

Sauer knurrte Clemens Frommholt: »Ich mache mir fürchterliche Sorgen. Es ist unmöglich, an etwas anderes zu denken. Warum ausgerechnet Elvira? Sie ist schutzlos, kann sich nicht wehren! War sie verletzt? Musste sie aus dem Geländewagen getragen werden? Ich weiß gar nichts. Warum Elvira?«, fügte er leise hinzu. Lacroix humpelte zu einem Bücherregal und zog eine Bibel hervor. »Ich finde keine Antwort auf deine Fragen. Dieses Grübeln um ein Warum wird dich in den Wahnsinn treiben. Ich kann dir nur sagen, was der Prophet Jeremia geschrieben hat. Diese Worte haben mich durch dunkle Zeiten getragen und die gab es wirklich genug in meinem Leben.«

Louis hielt es fast nicht mehr aus. Er starrte auf Lacroix' linkes Bein, wo der Mann eine Prothese trug. Es hatte gewiss nach der Verletzung oder Krankheit sehr lange gedauert, bis er wieder gesund war. Dennoch wirkte er nie verbittert. Ganz im Gegenteil, er war optimistisch. Und wenn er von Gott erzählte, klang es so echt, als wäre der Allmächtige dem Templer ganz besonders nahe.

Eine Stelle, die Lacroix farbig markiert hatte, las er vor: »›*Denn ich weiß genau, welche Pläne ich für euch gefasst habe*‹, *spricht der Herr.* ›*Mein Plan ist, euch Heil zu geben und kein Leid. Ich gebe euch Zukunft und Hoffnung.*‹ Gott will unser Glück, nicht das Unglück!«, ergänzte Lacroix.

Clemens Frommholt stand ächzend vom Sofa auf.

»Fest steht, dass die Anhänger dieser Sekte, die Wölfe der Apokalypse, Elvira entführt haben. Das haben wir anhand der Spuren und eines Gesichter-Abgleiches herausgefunden. Was die Kerle wollen, weiß man nicht. Sie haben keine Forderungen gestellt«, erklärte Lacroix ruhig. »Ich vermute, sie haben die Absicht, die Freilassung dieses Fraters Isparagus zu erzwingen. Der ist ein harter Brocken. Kein Wort ist ihm über die Lippen gerutscht. Damit ist er in guter Gesellschaft.« Lacroix wurde lauter, redete sich in Rage und legte die Bibel auf dem Tisch vor dem Sofa ab. »Ich denke an Vitus, den Templer, der den Leuchter für die Zeremonie in die Kirche tragen sollte. Er redet keinen Ton, dieser Vitus. Er glotzt nur wie ein Ochse stumpfsinnig in die Gegend! Dabei würde ich wirklich gerne wissen, wie der Überfall im Vorraum der Kirche abgelaufen ist!«, polterte Friedrich Lacroix ungewöhnlich finster heraus. »Die Ärzte sagen, dass ein Gedächtnisverlust nach einem Schlag auf den Kopf nicht ungewöhnlich ist. Man muss abwarten! Der Leuchter ist unauffindbar! Wer hat ihn? Wo steckt das Insigne? Elvira ist verschwunden. Der gefangene Wolf lacht uns dreist ins Gesicht und schweigt. Wo sind die Zusammenhänge? Gibt es überhaupt welche? Wir tappen völlig im Dunkeln.« Friedrich Lacroix holte tief Luft und machte eine Pause. Schließlich murmelte er frustriert: »Wir hatten schon erfolgreichere Tage.«

Louis wand sich auf dem Hocker hin und her. Bislang war es ihm geglückt, Vitus und sein merkwürdiges Verhalten in einen Winkel seines Gehirns abzudrängen und fast zu vergessen. »Muss ich von ihm erzählen? Jetzt? Bloß nicht! Lacroix und Frommholt verarbeiten mich zu Brei. Wie komme ich aus dieser Nummer hier jemals wieder heraus?«

Der Hausherr ging, ohne sich noch einmal umzudrehen, zur Tür. »Ich stimme dir zu, es gab durchaus schon bessere Tage! Hoffen wir, dass sie zurückkehren.«

Kolossale Schwierigkeiten

»Ist Louis hier?«, fragte jemand und ein Kopf mit rötlichen Haaren schob sich neugierig in den Raum.

»Es heißt: ›Guten Tag, Entschuldigung, darf ich einen Moment stören? Ich suche Louis!‹«, berichtigte Friedrich Lacroix seinen Enkel Olli verstimmt. »Und nein, mein Büro ist glücklicherweise leer.«

Louis machte sich entsetzt auf dem Hocker kleiner und drückte seinen Körper in die Ecke. »Vielleicht gehen sie einfach beide!«, wünschte Louis ohne große Hoffnung.

Stattdessen schlüpfte Olli ins Zimmer. »Ich sehe was, was du nicht siehst, und das heißt Louis!«, kicherte Olli. Friedrich Lacroix drehte sich mit einem Ruck um. Fassungslos entdeckte er Louis im hintersten Winkel des Raumes.

Der Junge murmelte schlapp: »Äh, also, der K-krempel für die Schule ...«

Lacroix war mit wenigen Schritten bei ihm und blieb wie eine leibhaftige Drohung vor Louis stehen. Dessen Gesicht lief knallrot an. Alle anderen Worte verließen ihn, eine plausible Erklärung wollte ihm nicht einfallen. Wahrscheinlich gab es auch keine.

»Bist du fertig mit den Aufgaben?«, fragte Lacroix gefährlich ruhig und beherrscht.

»Ich, ich kann n-nicht ...«, stotterte Louis und brach ab.

»Dafür kannst du total gute Purzelbäume. Sogar rückwärts!«, plapperte Olli unbesorgt dazwischen.

Sein Großvater holte Luft, um ihn zurechtzuweisen. Spontan überlegte er es sich anders. »Woher weißt du das?«, wollte er wissen.

»Och, Louis ist den Deich heruntergepurzelt. Es sah lustig aus.« Olli schlenderte zum Rudergerät und begann, daran herumzuhantieren.

»Ich bin gestolpert«, sagte Louis viel zu schnell.

»Jemand hat ihn den Hang hinuntergestoßen«, verbesserte Olli freundlich.

»Jetzt wird es interessant!« Friedrich Lacroix wandte sich mit einem Blick an Louis, der ihn das Fürchten lehrte. »Warum lügst du mich an?«

In Louis arbeitete es fieberhaft. Tausend Fragen schossen durch seinen Kopf. Auf keine fand er eine Antwort. »Ich darf Vitus nicht verraten! Oder doch? Was wollte er am Strand? Ich muss mit ihm sprechen!«, dachte Louis.

»Olli, was genau ist da passiert?«, fragte Lacroix kalt. Seine Augen blieben unverwandt auf Louis gerichtet.

Olli spürte, dass irgendetwas ganz und gar nicht stimmte. Er hatte Louis mit seinen unbedachten Äußerungen in nicht gewollte Schwierigkeiten gebracht. Olli schwieg verwirrt. Und erlebte den ersten wirklichen Wutausbruch seines Großvaters. Für gewöhnlich hatte es Friedrich Lacroix nicht nötig, seine Stimme zu erheben. Er erreichte meistens auf anderen Wegen sein Ziel. Doch jetzt explodierte der stämmige Tempelritter förmlich. Seine Stimme wurde lauter und lauter. Er schrie Louis an. Bis Olli plötzlich aufbrüllte: »Aua!«

Louis sprang vom Hocker und hechtete zu dem kleinen Jungen. »Olli hängt im R-rudergerät fest. Der Finger geht nicht raus!«, rief Louis panisch. Nach einigen Fehlversuchen gelang es Lacroix und Louis gemeinsam, den eingequetschten Zeigefinger zu befreien.

»Die Verletzung muss gekühlt werden! Und wir haben nicht einmal einen Arzt hier!« Friedrich Lacroix zerrte seinen Enkel nach nebenan in die kleine Küche und drehte den Wasserhahn auf. Olli versuchte krampfhaft, seine Tränen zu unterdrücken.

Louis blieb wie ein begossener Pudel am Rudergerät stehen. »Ich muss zu Caspar! Der kann mir bestimmt einen heißen Tipp geben.«

Das Unterfangen stellte sich als unmöglich heraus. Im Gutshaus wimmelte es von Menschen. Es dauerte ewig, bis Louis seinen Freund aufgespürt hatte. Selbst dann fanden sie keinen Ort, an dem sie ungestört miteinander sprechen konnten. Louis fühlte sich schrecklich. Er machte sich Sorgen um Olli und um sich selbst. Friedrich Lacroix war sauer auf ihn. Nicht zu Unrecht, wie Louis zugeben musste. Er brachte es aber nicht über sich, die Situation aufzuklären. Seine Gedanken überschlugen sich und verwirrten Louis so sehr, dass er nicht in der Lage war, seine Gefühle zu ordnen. Auch Caspar wirkte ziemlich fertig. Niedergeschlagen gingen sie zum Abendessen, an dem weder Olli noch Friedrich Lacroix teilnahmen. Karim sprach am Ende der Mahlzeit, von der Louis so gut wie nichts verspeist hatte, das Gebet. Einen Augenblick lang überlegte Louis, ob er sich seinem Mentor Karim anvertrauen sollte. Der wurde direkt von mehreren Templern und später von einigen kleinen Jungen in Beschlag genommen.

»Grütze!«, murmelte Louis. »Ist irgendwie nicht mein Tag. Er fing ätzend an, ging genauso weiter und findet kein Ende.« Mechanisch erledigte Louis den Tischdienst und konnte sein Gähnen dabei kaum unterdrücken. Heute war einfach zu viel passiert.

Am Sonntagabend wurden meistens schöne Dinge angeboten. Bogenbau, Technik-Seminare oder Musikunterricht. Einige Kurse durften die Jungen selbst auswählen, zu anderen wurden sie eingeteilt oder verdonnert. Deshalb war Louis in Richtung des Raumes unterwegs, in dem es um Rhetorik und Körpersprache ging. Glücklicherweise war Karim der zuständige Dozent für die Redekunst und er gestaltete die Stunden abwechslungsreich. Jedenfalls meistens. Im Moment wirkte der Templer mit der dunklen Haut abgelenkt und überhaupt nicht bei der Sache. Er verteilte einige Lese-Aufträge und verschwand, um andere Dinge zu regeln. Das kam Louis nicht ungelegen. Er verzog sich in einen Winkel des Raumes, um nachzudenken. Seine Schlussfolgerungen führten ein ungestümes Eigenleben. Es gelang Louis nicht, für die Erlebnisse des Tages Lösungen zu finden. Immer wieder zuckte er bei Geräuschen erschrocken zusammen. Er rechnete mit einer Lautsprecherdurchsage, die ihn sofort zu Friedrich Lacroix rufen würde. »Und ich habe keine Ahnung, was ich ihm sagen soll!«, seufzte Louis besorgt. Seine Muskeln zuckten unangenehm und ein stechender Schmerz breitete sich von seiner Wirbelsäule bis in den Kopf aus.

»Leuchter, Vitus, Überwachung, Kidnapping ... Ich glaube, ich gehe schlafen. In dem Gewimmel fällt es gewiss nicht auf, wenn ich mich heimlich verkrümele.« Dann fiel es ihm wieder ein: »Die Armbanduhr!« Louis schaute angewidert auf sein rechtes Handgelenk. Der Sender würde seinen Aufenthaltsort verraten. Solange er nicht wusste, auf wie viele Meter genau das Ding arbeitete oder in welchem Zeitraum die Daten abgefragt und ausgewertet wurden, durfte er kein Risiko eingehen.

»Die Templer sind überall!«, dachte er mit einem Gruseln und hatte die Überwachungszentrale genau vor Augen. Entschlossen zerrte Louis die Uhr vom Arm. Er stopfte sie zwischen die Seiten des Buches, klappte es zu und legte es auf die breite Fensterbank. Ohne eine Erklärung verließ er das Zimmer und huschte zu der schmalen Hintertreppe. Leise lief er die Stufen nach unten. »Die Templer sehen mein Signal unverändert im Kursraum. Ich darf nicht zu lange wegbleiben.« Louis hatte nur eine vage Vorstellung, wie er nun vorgehen sollte. »Vitus, ich muss das jetzt klären«, war sein Ziel. Der Kies im Hof des Backsteinhauses knirschte unter seinen Füßen. Eine trübe Sonne verdampfte die restliche Nässe des Regens in der Luft. Es war unangenehm schwül. Die Mücken witterten fette Beute und versammelten sich über dem Schilf des Sees. »In der Arztpraxis steht ein Fenster offen!«, stellte Louis erfreut fest. »Bingo! Heute ist Sonntag, also sind weder Patienten noch sonstige Leute dort zu erwarten. Dafür steht da ein Computer, aus dem ich gewiss ein paar Informationen herauskitzeln kann!«

Louis kletterte ohne Mühe in das Nebengebäude. »Arztpraxis Elvira Frommholt« stand auf einem Schild. »Wegen Kidnappings geschlossen!«, ergänzte Louis den Text innerlich und ging zum Stützpunkt. Einige Geräte summten leise, sonst war nichts zu hören.

Louis fuhr den PC hoch und schaltete den Monitor an. »Das Ding ist passwortgeschützt!«, ärgerte er sich. Er probierte einige Begriffe, die ihm plausibel erschienen; doch bis zu den Programmen konnte er nicht vordringen. Er überflog die bunten Zettel, die auf dem Schreibtisch klebten, in der Hoffnung, den Sicherheitscode zu finden. Er las nur: »Zwei-Millimeter-Spritzen, Pflaster bestellen« und »Mittwoch: Labor«. Probeweise wollte er eine Schublade aufziehen. Es ging nicht. Sämtliche Fächer waren verschlossen und gaben ihren Inhalt nicht preis. Louis zwang sich dazu, in Ruhe nachzudenken. Er nahm den Hörer des Telefons in die Hand und bekam ein Freizeichen. »Okay, das geht!«, murmelte er. Louis telefonierte nicht sonderlich gern. Dabei war es besonders hinderlich, wenn er ins Stottern geriet. Dennoch wählte er die Nummer der Auskunft.

»Guten Tag. Ich habe einen ungewöhnlichen Wunsch: Ich brauche die Telefonnummer einer Surf- und Skischule. Ich weiß nur den Namen des Besitzers, nämlich V-vitus Raabe.« Mit einem herumliegenden Kugelschreiber malte er die Zahlenkolonnen auf einen der bunten Zettel. »Soll ich? Soll ich nicht?« Mit zitternden Fingern tippte er zunächst die Mobilfunknummer. Es tutete leise, knackste. Louis wartete, lauschte dem Rauschen in der Leitung. Nichts. Der Junge versuchte es erneut.

»Vielleicht liegt das Handy irgendwo herum. Oder ich habe gleich die Vertretung von Vitus an der Strippe. Was sage ich dann?«, irrten die Befürchtungen durch seinen Kopf.

»Wer spricht?«, klang plötzlich eine Stimme an seinem Ohr. Sie war weit weg.

»Vitus?«, fragte Louis unsicher.

Schweigen am anderen Ende.

»Vitus, warum redest du nicht mit den T-templern?«, drängte Louis und fiel mit der Tür ins Haus. Er bekam keine Antwort. »Vitus!«, schrie Louis fast.

Langsam und ein wenig schleppend, als müsse er sich dabei unglaublich konzentrieren, erklärte Vitus: »Louis, ich darf nicht.« Es entstand eine peinliche Pause. »Ich kann dir nicht mehr sagen, es ist etwas Spezielles.«

Blitzschnell überlegte Louis. War Vitus in einer besonderen Mission unterwegs? Geheimniskrämerei gehörte zu den besonderen Spezialitäten der Tempelritter.

»Warum hast du mich den Deich heruntergestoßen?«, legte Louis eine Frage nach. Es klang vorwurfsvoll und ein wenig beleidigt.

Louis schämte sich für sein kindisches Benehmen. Er kam sich unsagbar dumm vor.

Vitus erwiderte freundlich: »Es tut mir echt leid, ich habe überreagiert, sah meinen Auftrag in Gefahr. Louis, du bist ein cleverer Kerl. Ich wusste, dass du dich nicht mit Ausreden zufriedengibst. Du hättest nachgefragt und nicht lockergelassen. Ich war in Eile. Es tut mir echt leid, Kumpel.« Vitus schien zu schlucken. »Bitte bewahre unser Geheimnis. Sprich mit niemandem darüber. Hab ein bisschen Geduld, okay? Gib mir Zeit! Das wäre großartig. Ich muss Schluss machen!«, flüsterte Vitus eilig.

Louis hielt betreten den Hörer in der Hand. »Ich habe nicht gefragt, wie es ihm geht! Liegt er noch in der Klinik? Und was mache ich jetzt?« Ein helles Piepen und Rattern ließ ihn aufspringen. »Es ist besser, wenn mich niemand in der Arztpraxis entdeckt. Schließlich habe ich in diesen Räumen nichts zu suchen.« Das Faxgerät spuckte ein Blatt Papier aus. Der Junge wollte nur rasch verschwinden. Er versäumte es, den bunten Zettel mit seinen Notizen mitzunehmen. Auf dem gleichen Weg wie vorhin verließ Louis das Gebäude.

In den Seminarraum gelangte er nicht mehr. Karim stand davor und wurde von einer Traube kleiner Jungen umringt

»Was machen wir jetzt?«

»Wo treffen wir uns?«

»Ich finde meinen zweiten Turnschuh nicht!«, schnatterte es durcheinander.

Karim gelang es, die Meute zu sortieren und gab Auskunft. »Wir laufen eine Runde um den See. Wer fertig umgezogen ist, geht in den Hof.« Seine ein wenig fremdländisch anmutende Sprachmelodie und die angenehme tiefe Stimme beruhigten seine Zuhörer. Karim entdeckte Louis. Sein Gesicht zeigte kurz einen Funken Unmut.

»Ob er wohl schon bemerkt hat, dass ich unterwegs war?« Louis war alarmiert.

»Louis! Du gehst bitte mit!« Karim überlegte nur kurz, dann sprach er weiter »... mit Anton in den Schlafraum und hilfst ihm beim Suchen. Außerdem solltest du eine kurze Hose und ein T-Shirt zum Laufen anziehen. Es ist viel zu heiß für deine dicken Klamotten!«

Gemeinsam mit Anton ging er nach oben. Louis erkannte den großen Schlafsaal kaum wieder. Neben den Etagenbetten stapelten sich Koffer und Reisetaschen. Ein wildes Durcheinander von Kleidung, Wasserflaschen, Spielen und benutzten Handtüchern beherrschte den Raum. Zusätzlich aufgestellte Liegen nahmen ebenfalls Platz in Anspruch.

Louis gab sofort auf. »Komm mit!«, sagte er nur und führte Anton in die Kleiderkammer der Tempelritter. Er suchte aus den gut gefüllten hohen Regalen passende Schuhe für Anton und sich heraus.

»Krasse Sache!«, jubelte Anton und bewunderte die Wäschestapel, die Umhänge der Templer, Ausrüstungsgegenstände und die geheimnisvollen Transportboxen. Louis schlüpfte in luftige Sportkleidung und warf die anderen, schlammigen Dinge durch einen Schacht in den Keller. Dort war die Wäscherei, die sich um verschmutzte Kleidung kümmerte. Sofort stopfte er den Schlüssel, den er nach wie vor als Kette um den Hals trug, in den Kragen.

»Wir müssen notieren, was wir mitnehmen«, erklärte Louis.

»Du schreibst mit der falschen Hand«, bemerkte Anton und band seine Schuhe zu.

»Nein, nur mit links«, brummte Louis.

»Meine alten Turnschlappen haben an den Zehen gedrückt. Aber die passen super!«, grinste Anton erfreut.

»Na dann los. Wir bekommen Krach, wenn wir zu spät kommen«, trieb Louis den kleineren Jungen an.

»Ich bleibe zwei Wochen im Camp«, plauderte Anton und hechelte hinter Louis her. »Und später werde ich Tempelritter!«

Null Kondition

Louis stemmte die schwere Eingangstür auf. Karim teilte bereits Gruppen ein.

»Niklas, du läufst mit diesen acht Jungen. Nach der Runde schickst du sie unter die Dusche und passt auf, dass sie sich die Zähne putzen. Du sprichst das Abendgebet mit ihnen und anschließend sollen sie sofort ins Bett gehen. Klar so weit?«

Niklas lächelte. Die Zahnspange in seinem Mund leuchtete silbern. Er nickte zustimmend. Gehorsam setzten sich die Jungen in Bewegung. Es dauerte einige Minuten, bevor die Nächsten starten konnten. Louis schlenderte zum Basketballkorb, wo bereits ein wildes Match im Gang war. Begeistert stürzte er sich ins Getümmel und landete mehrere Treffer. Caspar und Louis starteten zum Schluss mit den letzten zehn Kindern.

»Dieser Knirps da vorne, Konrad, hat noch mehr Ärger als du. Sie haben gedroht, ihn nach Hause zu schicken.«

»Woher weißt du das?«, fragte Louis ein wenig ungläubig.

»Weil ich im Gegensatz zu deiner Person zuhöre, wenn jemand etwas erzählt«, stichelte Caspar.

Auch Louis hatte bemerkt, dass abwechselnd Maik, Karim oder Friedrich Lacroix sich bemühten, den aufmüpfigen Jungen vor schlimmeren Untaten zu bewahren. »Ich mache ebenfalls eine Menge Stress!«, dieser unbequeme Gedanke ließ Louis schuldbewusst zusammenzucken. »Aber manche Sachen passieren mir einfach. Ich kann es nicht ändern«, versuchte Louis das schlechte Gewissen zu beruhigen.

Anton berichtete seinem Kumpel begeistert von seinem Ausflug mit Louis. Das Gespräch versiegte rasch, als Caspar an der Spitze das Tempo anzog. Louis bildete den Schluss, damit sie niemanden verloren. Seine Beine waren bleischwer, die neuen Schuhe begannen an der Ferse zu scheuern. Am Schilf wurde Louis kurzatmig und keuchte hinter den anderen her.

»Das ist voll peinlich!«, ächzte er. »Die sind einen halben Meter kürzer als ich und hängen mich ab. Macht meine Kondition gerade Pause?« Louis biss die Zähne zusammen. Er versuchte zu beschleunigen. Neben ihm plätscherten kleine Wellen an die Steine des Ufers. Im See schwammen träge ein paar Enten. Sie zogen lang gestreckte Spuren durch das Wasser. Kaum ein Luftzug regte sich. Louis schwitzte, sein T-Shirt klebte am Rücken. Er war froh, dass zwei der Jungen ebenfalls zurückfielen.

»Hey, los, das schaffen wir!«, motivierte er und war selbst völlig außer Puste. Die Runde um den See wollte nicht enden. Louis hustete, sein Herz klopfte seltsam unregelmäßig. Das war ein äußerst unangenehmes Gefühl. Beklommen blieb Louis einen Moment stehen. Für einen Endspurt fehlte ihm die Kraft. Erledigt lehnte er sich an die Wand, als er das Gutshaus endlich erreichte.

»Was liegt an? Du siehst aus, als hättest du einen Marathon hinter dir. Dieser Schneckenlauf war doch nicht heftig für dich, den weltbesten Backblech-Rodler?«, frotzelte Caspar.

Louis konnte nicht antworten. Er stemmte seine Hände in die Seiten und beugte sich vornüber. So fand Karim die beiden Jungen. Er hielt eine Armbanduhr in der Hand. Unsanft rüttelte er an Louis' Schulter. »Mach das nie wieder, hörst du! Du wirst die Uhr jederzeit tragen und nicht irgendwo deponieren, wo es dir gerade in den Kram passt!« Erst jetzt sah Karim Louis richtig an und erschrak. Er besann sich einen Moment und murmelte: »Caspar, du kümmerst dich um eure Gruppe. Louis, geh nach oben, trink etwas. Ich schaue gleich nach dir!«

Ohne Widerrede trottete Louis zur Treppe und stieg sie langsam hoch. In der Mansarde roch es stickig und die Wärme stand zwischen den Mauern. Louis zog die Schuhe von den Füßen und legte sich einfach in das nächste Bett. Es dauerte nur wenige Augenblicke, bis der Junge erschöpft einschlief. Er wachte davon auf, dass jemand beteuerte: »Ehrlich, ich habe alles versucht. Ich habe ihn nicht wecken können!«

Es war bereits hell, als Louis ein nasses Handtuch in seinem Gesicht spürte. Abrupt setzte sich der Langschläfer auf und stöhnte.

»Aufstehen! Anziehen!«, befahl Karim.

»Nein!«, krächzte Louis und zog ein Zahnschmerzen-Gesicht. Er war morgens kaum ansprechbar und brauchte ewig, um auf Touren zu kommen.

»Sofort!«, legte Karim nach. »Du hast nicht zum ersten Mal Frühsport, Andacht und das Frühstück verpasst!«, belehrte ihn Karim vorwurfsvoll.

Louis ließ sich seufzend wieder ins Kopfkissen fallen. »Dann schaffe ich es zur Schule erst recht nicht pünktlich«, protestierte er lahm.

»Friedrich Lacroix fährt euch«, erläuterte Karim ungeduldig.

»Mir ist schlecht!«, kommentierte Louis. Er wusste nicht, ob er Friedrich Lacroix in diesem Zustand vertragen konnte. Die Angst vor einer neuerlichen Befragung kroch in ihm hoch. Doch es nützte nichts. Gnadenlos scheuchte Karim den Jungen aus den Federn und in Richtung Hof. Louis stieg im Laufen in eine Hose und zerrte an seinem Hemd herum. Karim zupfte an den dunklen Haaren. Caspar drückte ihm ein Brot in die Hand und trug seinen und Louis' Rucksack. Im Kleinbus sortierte Louis die Schuhe. Er wagte es nicht, Friedrich Lacroix anzuschauen.

»Louis, sofort nach dem Unterricht wirst du in meinem Büro erscheinen. Habe ich mich klar genug ausgedrückt?«, fragte der Tempelritter mit eisigem Blick.

Louis nickte beklommen. Für seine Stimmung gab es im Laufe des Schulvormittags keine Aussicht auf Besserung. Die nicht erledigten Hausaufgaben sowie fehlende Bücher brachten seine Lehrer auf die Palme und Louis Strafarbeiten ein. Das traditionelle Basketballspiel in der Pause auf dem Schulhof musste er sausen lassen, weil seine Klassenlehrerin ihn sprechen wollte. Verdrießlich blieb Louis am Pult stehen.

»Besonders erholt siehst du nicht gerade aus!«, stellte die Lehrerin fest. »Ich dachte, du wolltest ans Meer. Oder haben dich dort die Haifische massakriert?«

»So ähnlich!«, murmelte Louis. Es waren nur die Wölfe, dachte er für sich.

»Ich fürchte, ich habe keine guten Nachrichten für dich.« Die Lehrerin wedelte mit einem Briefumschlag in der Luft herum. »Weißt du, was das ist, Louis?«

Der schüttelte mit einem gewissen Unbehagen den Kopf.

»Deine Noten kennst du?!«, bohrte die Frau nach.

»Ungefähr«, bestätigte Louis.

»Die meisten Fachlehrer haben dir zugutegehalten, dass du noch nicht lange diese Schule besuchst. In Deutsch wird eine Fünf auf deinem Zeugnis stehen. Und du kannst sie mit keiner anderen Note ausgleichen.«

Louis musste sich am Pult festhalten. »Diese Pestbeule von Pauker!«, dachte er bei sich. Mit wütend zusammengekniffenen Augen starrte er auf den Umschlag, als könne er ihn mit seinem Blick vernichten.

»Du musst eine Nachprüfung ablegen. Bestehst du sie, wirst du in die nächste Klasse versetzt. Sonst musst du dieses Schuljahr wiederholen«, dozierte die Lehrerin weiter. Sie machte eine Pause und beobachtete Louis besorgt. Der stand stocksteif im Klassenraum. Am liebsten hätte er einmal heftig gegen das Pult getreten. Nur mit Mühe konnte er sich beherrschen.

Mitleidig fragte die Lehrerin: »Wirst du Probleme bekommen? Soll ich zunächst mit Herrn Lacroix reden?«

Louis schüttelte entschlossen den Kopf. Heute durfte Friedrich Lacroix lieber nichts von dieser unangenehmen Tatsache erfahren. Louis hatte schon genug Ärger. »Ich, ich schaff das schon«, murmelte er und stopfte den Brief möglichst tief in den Rucksack.

»Das Ding soll mit Sicherheit von irgendjemandem unterschrieben werden«, befürchtete Louis. Er hatte keine Ahnung, wie er das anstellen sollte. »Ich muss wohl in den Ferien lernen«, gestand sich Louis entsetzt und mit Verzögerung ein.

Die Lehrerin händigte dem Jungen einen weiteren Zettel aus: »Ich habe dir eine Liste mit den Themen zusammengestellt!«, sagte sie.

Louis versuchte, diesen Tiefschlag zu verdauen. Auf dem Pausenhof ignorierte er die auffordernden Rufe seiner Klassenkameraden. Wütend ging er an den Rand des Schulhofes. Er starrte in Richtung Straße. »Die spinnen doch alle! So ein Schwachsinn! Diese miesen Pauker!«, schimpfte Louis vor sich hin. Er trat in die Wiese und beförderte einige Grasbüschel zur Seite. Ein Typ in zerrissenen Klamotten schlenderte lässig vorbei. Es war jemand, vor dem man sich besser hüten sollte. Einer, der am helllichten Tag auf der Gasse herumlungerte, vielleicht das Klappmesser schnell zur Hand hatte. Trotzdem übte er eine unbeschreibliche Faszination auf Louis aus.

»Der hat es gut. Der kann tun und machen, was er will. Dem machen keine Lehrer und verstaubten Tempelritter bescheuerte Vorschriften.« Louis ignorierte das auffordernde Schrillen der Pausenklingel. Er hatte keine Lust mit irgendjemandem zu reden oder sich schwachsinnige Schulthemen anzutun. Er blieb im Schatten der Hauswand stehen, um den anderen zu beobachten. Unglaublich, was der gerade veranstaltete. Er lief ein Stück an der Hauswand hoch, sprang mit einem geschickten Rückwärtssalto ab und landete wie eine Katze auf seinen Füßen. Im nächsten Moment hangelte der Typ die Stange der Bushaltestelle in einem fast unmöglichen Winkel nach oben. Triumphierend schlug er gegen das gelbe Schild und lachte dröhnend. Leichtfüßig hatte der Typ einen Holzzaun überwunden. Louis zögerte nur einen kurzen Moment, bevor er seinen Rucksack achtlos fallen ließ und dem merkwürdigen Kerl folgte.

»Letzte Chance, wieder in den Unterricht zu gehen!«, mahnte ein Hauch von schlechtem Gewissen. »Sie werden dich erwischen!«

Aber das war Louis gerade herzlich egal. »Sollen sie doch!«

Der Typ in der Häkelmütze nahm Anlauf und lief einfach über ein geparktes Auto hinweg. Die Alarmanlage des Wagens begann zu hupen. Der Kerl blickte nicht zurück. Er rannte durch schmale Gassen. In dieser Gegend war Louis bisher nicht gewesen. Einige Gebäude schmiegten sich krumm und schief aneinander, die hölzernen Latten der Gartenzäune ragten in anklagender Verwahrlosung in den Himmel. Die vorherrschende Farbe Grau wurde nur von den bunten Klecksen des herumliegenden Mülls unterbrochen. Eingeschlagene Fenster, ein kaputtes Fahrrad und vertrocknete Pflanzen in alten Kübeln boten ein trauriges Bild. Nichts ähnelte hier dem gepflegten Gutshaus aus roten Backsteinen, wo der Kies ordentlich geharkt war und jedes Ding seinen Platz hatte. Der Typ mit der Mütze erreichte ein verfallenes Haus, das zum Abriss freigegeben war. Louis blieb stehen, als er weitere Jugendliche entdeckte, die blitzschnell an den brüchigen Balkonen herumkletterten und aus dem ersten Stock sprangen. Geschickt kamen sie auf und rollten über die Schulter fließend ab, um sofort rasant auf die Füße zu kommen.

»Wow!«, staunte Louis. »Das möchte ich ausprobieren! Irre, wie die Hindernisse überwinden.« Interessiert beobachtete er die Übungen und Kunststücke der anderen.

Plötzlich wurde er gepackt. »Ey, was machst du hier? Das ist unser Platz, hau ab!«, brüllte ihn jemand an.

»K-kann ich nicht mitmachen?«, fragte Louis stattdessen.

»Das ist nichts für kleine Jungs und kein Spielplatz!«, höhnte einer.

Die anderen hatten ihre Aktionen unterbrochen und umringten Louis. Der verlagerte sein Gewicht, konzentrierte sich und war auf der Hut. Einer trat lässig in Richtung Schienbein, als wolle er Louis testen. Der war schneller und wich aus. Der Typ mit der Häkelmütze musterte Louis von oben bis unten. Louis zuckte nicht mit der Wimper und hielt dem prüfenden Blick stand.

»Ihr seht cool aus, wenn ihr die Wände hochgeht!«, versuchte Louis es wieder. »Zeigt mir doch ein p-paar Sachen!« Das Gesicht unter der Häkelmütze begann zu grinsen. »Okay, aber heul nicht rum, wenn hinterher deine Hose zerfetzt ist. Und erzähl deiner Mami kein Wort, hörst du! Die Polizei hat uns schon ein paar Mal verjagt. Das Gelände und die Bude sind gesperrt, aber genial für unsere Zwecke!«

Louis nickte.

»Das ist Parkour-Running. Wir nehmen neue Routen, laufen über Hindernisse, Mauern, Böschungen, wenn sie uns im Weg sind, fliegen über Treppen und springen von Dach zu Dach. Wir nennen uns Traceure. Ich zeige dir ein paar einfache Dinge.«

Louis schaute genau zu, dehnte seine Muskeln und wärmte sich auf. Einige Übungen konnte er sofort umsetzen und fand augenblicklich großen Gefallen an dieser Art der Fortbewegung. Es wurde nie langweilig: hangeln, klettern und Spaß haben. Allerdings war es wirklich anstrengend und bald begannen seine Muskeln von der ungewohnten Beanspruchung zu schmerzen. Ihm wurde kurz schwindelig und er lehnte sich an die Wand. Die anderen zogen Wasserflaschen hervor und nahmen lässig auf einer Mauer Platz.

»Nicht schlecht, Kleiner. Du darfst wieder vorbeikommen«, erlaubte der Kerl, der die Häkelmütze ausgezogen hatte, weil er schwitzte.

Louis nickte und wurde schlagartig von seinem Alltag eingeholt. »Die Schule!«, zuckte es durch seine Gedanken. Er machte sich schleunigst auf den Rückweg.

Der schwarze Kleinbus, der die Jungen des Seminars mittags abholte, stand bereits vor dem Schulgebäude. Mit seinen vom Klettern aufgeschürften Händen pflückte Louis den Rucksack von der Erde und ging ein wenig unschlüssig zum Wagen. Was sollte er Friedrich Lacroix nur sagen? Louis fehlte jede Idee. »War Vitus am Telefon überhaupt ehrlich? Kann ich ihm trauen? Oder sage ich besser Lacroix die Wahrheit?«, überlegte er. Ein ehrgeiziger Plan nahm in seinem Kopf Gestalt an. »Ich werde versuchen, den Leuchter wiederzufinden. Vitus weiß bestimmt eine Menge darüber. Dann würde man mir das miese Abschneiden in der Schule vielleicht vergeben.« Aber Louis wusste selbst, wie schlecht seine Chancen standen. Er klammerte sich an jeden Strohhalm, um seine missliche Lage zu vergessen.

Rohrbruch mit Folgen

»Du hast die Frage, die ich dir gestern gestellt habe, nicht vergessen?! Nein? Also, warum sagst du nicht die Wahrheit?«, eröffnete Friedrich Lacroix wenig später das Gespräch in seinem Büro. Louis stand wie üblich vor dem alten, klobigen Schreibtisch und schwieg zunächst. Er ahnte, dass der Templer nicht lockerlassen würde. Und auf das Mittagessen wollte Louis auf keinen Fall verzichten. Das Rudergerät war verschwunden. Louis setzte auf Angriff, um seinen Gegner möglichst rasch zu überrumpeln.

»Ich befinde mich in einem Rollenkonflikt!«, sagte Louis ernsthaft und versuchte, eine gewisse Würde auszustrahlen.

»So, so!«, sagte Friedrich Lacroix und eine Spur Neugier in der Stimme verriet, dass sein Zorn etwas nachgelassen hatte.

»Ähm, ja, also!«, druckste Louis herum. Entschlossen straffte er die Schultern und setzte alles auf eine Karte. »Ich habe nicht direkt gelogen. Ich bin am Deich gestolpert. Nicht freiwillig. Auf die näheren Umstände kann ich leider nicht eingehen, weil ich ein V-versprechen gegeben habe.«, verdrehte Louis die Tatsachen ein wenig zu seinen Gunsten. Der Tempelritter gab so schnell nicht auf.

Bedrohlich zog er seine Augenbrauen zusammen. »Du wirst mir sagen müssen, ob dieses Versprechen dem Auftrag der Templer dienlich ist oder ob es bei der Erfüllung der Pflichten stört!«

Louis murmelte überrascht: »Das weiß ich nicht!«

»Dann finde es heraus. Und wenn du es weißt, reden wir weiter.« Leicht genervt knurrte der Templer: »Ich glaube, der Rhetorikkurs für dich wird gestrichen. Das war keine gute Idee.« Louis feixte.

»Freu dich nicht zu früh. Noch hast du nicht gewonnen!«, warnte Lacroix missmutig.

»Auch ein Etappensieg ist besser als eine Niederlage!«, antwortete Louis mit einem breiten Lächeln und verließ eilig das Büro.

»Bis zum Mittagessen habe ich noch ein paar Minuten Zeit!«, stellte Louis mit einem Blick auf die Armbanduhr fest. »Manchmal praktisch, so ein Ding!« Er lenkte seine Schritte kurz entschlossen in das Kellergeschoss. Den alten Duschraum dort unten nutzte er nach einer wüsten Prügelei höchst ungern. Es sollte reichen, um seine Kleidung dort notdürftig zu richten, sich eine Ladung Wasser ins Gesicht zu spritzen und die Hände zu waschen. »Wahrscheinlich besetzt!«, murmelte Louis, als er beim Öffnen der Tür ein heftiges Rauschen hörte. Statt aus einem Brausekopf floss das kostbare Nass direkt aus der Wand. Der Putz und einige Kacheln hatten sich gelöst. Der Boden stand teilweise unter Wasser. »Was machst du hier?« Ausgerechnet Clemens Frommholt stand urplötzlich hinter dem Jungen. Louis fragte sich flüchtig, wo der so schnell herkam oder ob er ihm vielleicht gefolgt war, da kommandierte Frommholt bereits: »Ein Rohrbruch. Lauf nach oben. In der Küche sind Eimer, Handtücher und Lappen. Hole ein paar Leute herunter. Ich drehe den Haupthahn zu.«

Louis gehorchte. Verwundert bemerkte er, dass zwei Klempner in roten Overalls die Eingangshalle betraten. Einer der beiden kam Louis bekannt vor, doch er konnte sich nicht erinnern, zu welcher Gelegenheit er den Mann bereits gesehen hatte. »Wir kommen für den Rohr-Check!«, erklärte der Erste kurz. »Dafür ist es garantiert zu spät!«, bemerkte Louis und schickte die Handwerker in den Keller. Die stellten den Strom ab und der Koch tobte. »Wie soll ich so arbeiten?!«, brüllte er laut. Ein paar kleine Jungen huschten heimlich in den Keller und wurden von Clemens Frommholt erwischt. Karim und Friedrich Lacroix brachten resolut Ordnung in das Chaos. Sie schickten kurzerhand alle Nichthelfer in die Turnhalle, wo der Koch etwas später dann das Mittagessen verteilte. Louis hockte mit seinem Teller auf einem Kasten. »Heute muss die Lieblingsvorstellung von Clemens Frommholt leider ausfallen!« Caspar grinste wissend. »Heute wird er keinen Missetäter vor versammelter Mannschaft anklagen und Strafen verhängen können, obwohl er das montags immer macht. Louis, du hast das Rohr gesprengt, zur Ablenkung, damit der Hausherr dich einmal in Ruhe lässt!«

Olli Treyo betrat die Halle. Sein Zeigefinger war mit einem weißen Verband umwickelt. Caspar winkte und zögernd kam Olli herüber. Er schaute Louis nicht an und schien ein furchtbar schlechtes Gewissen zu haben. »Wir waren gestern im Krankenhaus!«, murmelte er und erzählte Caspar stockend von seinem Missgeschick am Rudergerät. »Ich will nach Hause!«, flüsterte der kleine Junge. Caspar kannte sich mit Heimweh bestens aus und fand tröstende Worte. »Ist Opa böse auf dich?«, schniefte Olli. »Ich fürchte schon. Aber es war nicht deine Schuld, Olli. Irgendwann hätte er sowieso davon erfahren. Du weißt doch, den Tempelrittern entgeht so gut wie nichts!«, erklärte Louis. Caspar fing an zu plaudern und schließlich taute Olli ein wenig auf. Louis brachte ihm etwas zu essen und hörte zu, als der Jüngere von seinen Freunden, Geschwistern und seinen Hobbys berichtete. Karim musste bei der Vorstellung des Wochenplans auf Louis' Aufmerksamkeit verzichten. Olli zog mit Anton ab. Die beiden schienen sich angefreundet zu haben.

»Was sollen wir mit diesen Zetteln und den Namen anstellen?«, wisperte Louis. Ihm war eingefallen, dass ein Auftrag damit verbunden war, und er hatte keine Ahnung, welcher. Caspar gab keine Antwort, er lauschte betroffen.

»Mist, heute Nachmittag sind diese dämlichen Sportwettkämpfe für das Auswahlverfahren!«, schimpfte er bestürzt.

»Aha!«, sagte Louis mechanisch. Er dachte stattdessen an den Berg Hausaufgaben und wie er den abtragen konnte. »Wettkampf?! Jetzt?«, platzte Louis auf einmal heraus.

»Blitzmerker. Schneidest du irgendwann irgendetwas mit?!«, rügte Caspar schlecht gelaunt.

»Ich habe doch dich. Also, ich höre!« Und Caspar wiederholte für Louis gnädig die Bedingungen, Uhrzeiten und Regeln. »Was wird das für ein Auftrag sein? Für welche Tempelritter-Mission wird man losgeschickt?«, dachte Louis laut.

Caspar senkte geheimnisvoll die Stimme. »Behalte es für dich. Ich glaube, dass derjenige eine Verbindung zu einer Kontaktperson herstellen soll. Und diese gesuchte Person ist so alt wie wir!«

»Philipp Gallunder!«, vermutete Louis sofort. »Sein Vater

kommt nicht darüber hinweg, dass seine Frau Mona und Philipp ihn verlassen haben. Wenn die Templer Philipp aufspüren, haben sie ein Druckmittel oder erfahren pikante Details. Die Suche nach den beiden dauert schon eine Weile.« Caspar pfiff anerkennend durch die Zähne. Louis witterte die Chance, sein schulisches Versagen auszugleichen. »Ich will diesen Auftrag. Ich muss heute genial sein und bei der Auswahl punkten. Dann werde ich helfen, Philipp Gallunder aufzuspüren.«

Friedrich Lacroix humpelte Louis und Niklas entgegen, als die zur Erledigung ihrer Hausaufgaben in seinem Büro auftauchten. Er drückte Louis ein altes Buch in die Hand. »Geschichte und Heraldik« lautete der Titel. Der Schmöker roch angeschimmelt und sah auch so aus. Die glorreichen Taten der Tempelritter in der Vergangenheit interessierten Louis nicht sonderlich. Und die komplizierten Namen seiner Vorgänger schon gar nicht. Hugo von Mortville hatte Louis seit frühester Kindheit mit den Legenden zugeschüttet.

»Häh?«, rutschte ihm ein abfälliger Laut heraus.

»Du wirst einigen Jungen aus dem Feriencamp dieses Thema nahebringen!«, erklärte Lacroix freundlich.

»Ich?!«, stammelte Louis. In seinem Gesicht mischte sich der Ausdruck von Fassungslosigkeit, Ekel und Widerwille.

»Ja, soweit ich mich erinnere, bist du Experte auf diesem Gebiet. Irgendwann erwähntest du, dass dich der zuständige Dozent fürchterlich langweilen würde und dir bereits alles bekannt wäre!«, sagte Friedrich Lacroix und kraulte belustigt seinen Bart. Louis wurde rot. Dieser verflixte Templer merkte sich alles und verwendete es nun gegen ihn. Lautes Klopfen klang aus der Abstellkammer. »Ihr müsst heute woanders lernen. Die Klempner gehen durch das ganze Haus und suchen nach veralteten Rohren. Ich schlage vor, ihr setzt euch auf die Steinbank vor der Werkstatt.« Niklas grinste erfreut. »Ich komme gleich nach!«, verkündete Friedrich Lacroix und vertrieb Niklas' gute Laune schlagartig.

Als Louis den Hof erreichte, parkte der rote Lieferwagen der Klempner vor dem Haus. Neben dem Vorderrad stand ein Werkzeugkasten. Ein Gegenstand fesselte Louis' Aufmerksamkeit. Er ging unauffällig in die Hocke, zog ihn hervor und ließ den Stiel in seiner Hosentasche verschwinden. »Was machst du an unserem Wagen!«, blaffte eine Stimme plötzlich los. Louis zuckte zusammen. »Wie viele Sachen macht die K-kiste denn so? Ist das ein Allrad?«, fragte er, drehte sich etwas und strich anerkennend über den Lack. Er musste den anderen von seiner ausgebeulten Kleidung fernhalten. »Verschwinde!«, zischte der Klempner und starrte Louis misstrauisch an, bevor sein Blick in den Werkzeugkasten fiel. Louis zwang sich, betont langsam davonzuschlendern. Er wagte es erst nach einer Weile, den langstieligen Gegenstand hervorzuholen. Louis hatte den Werkzeugkasten um eine starke Lupe erleichtert. Wozu brauchten Klempner dieses Ding? Die Linse legte er nun auf das Foto, das sie in Friedrich Lacroix' Büro erhalten hatten. Jetzt konnte er alles genau erkennen. Die rote Backsteinmauer, die genaue Art der Ziegel. Das Wappen der Templer, die zwei Reiter auf einem Pferd, sprang aus einem Sockel hervor. Der verzierte Stein schien als Wandabschluss oder als Befestigung für die Zimmerdecke zu dienen. Louis war sicher, dass er dieses Ornament im Gutshaus bisher nirgends entdeckt hatte. In dem Andachtsraum hatten die Steine eine leicht abgewandelte Form und Farbgebung. Louis untersuchte das Foto weiter, um kein Detail zu übersehen. Auf dem Sims standen mehrere grüne Glaszylinder. Sie hatten Schraubdeckel aus Plastik und waren mit irgendetwas gefüllt. Louis war so vertieft, dass er Caspar nicht bemerkte, der sich grinsend räusperte: »Wie ich sehe, hast du Genie mit dem Berg deiner Aufgaben nicht einmal begonnen!«

»Einfach mal die Klappe halten! Nimm die Lupe und denk nach, damit wir den Ort und die Zylinder finden«, antwortete Louis.

»Krass!«, konnte Caspar nur sagen, bevor Niklas ihren Überlegungen ein Ende setzte. Seufzend ließ er sich auf die Steinbank fallen und zerrte seine Schulsachen hervor.

Louis schob das rätselhafte Foto rasch in ein Heft, obwohl er am liebsten sofort damit die Gegend abgesucht hätte, um den gesuchten Stein aufzuspüren. Aber er hatte eine Menge zu tun. Ausnahmsweise arbeitete er sorgfältig und schlug nach, was alles in eine Personenbeschreibung und eine Charakterisierung hineingehörte.

»Der Text muss sachlich formuliert sein!«, las Louis und vertiefte sich in den Aufbau.

»Olli Treyo, Geburtsdatum, Wohnort, wer zur Familie gehört.« Louis machte eifrig Notizen. »Das muss grandios werden!« Louis versuchte, nicht an den Brief aus der Schule im Rucksack zu denken. Die Probleme nahmen zu. »Vielleicht unterschreibt Karim den Wisch!«, hoffte Louis mutlos.

In der Werkstatt wurde gesägt. Louis hörte das Schaben von Schmirgelpapier. Friedrich Lacroix erklärte einigen der kleineren Jungen, wie man einen Bogen baut, und half ihnen bei der Arbeit. Er fand lobende Worte für sie und immer wieder einige Augenblicke Zeit, um Louis auf die Finger zu schauen und seine Fehler zu finden. Im Hof stand der rote Lieferwagen der Klempner, die beschäftigt vom Haus zum Wagen liefen. »Ich finde diese Typen seltsam!«, brummte Louis und beobachtete sie.

»Du sollst lernen!«, schimpfte Friedrich Lacroix halbherzig. »Was stört dich denn?«, fragte er jedoch einen Moment später neugierig.

»Sie waren heute Mittag sofort zur Stelle. Das defekte Rohr scheint nebensächlich, die Klempner laufen durch das Gutshaus und schnüffeln überall herum. Auf dem Auto steht die Firmenanschrift, aber k-keine Telefonnummer. Die T-typen schließen den Lieferwagen immer ab. Das ist umständlich und dauert viel zu lange. Der Bäcker lässt das Fahrzeug offen.«

»›Die reparierte Stelle muss trocknen!‹, haben sie gesagt. Und dass sie diese Zeit anderweitig nutzen wollen. In so einem alten Haus wären die Rohre wie tickende Zeitbomben. Und was ein Rohrbruch anrichten kann, haben wir gerade gesehen«, murmelte Lacroix nachdenklich.

»Er glaubt mir nicht!«, dachte Louis voller Unbehagen. »Wahrscheinlich hat er recht und ich sehe Gespenster. Ich sage besser nichts mehr. Die werden mich auslachen!«

Lacroix nahm Louis' Biologieheft zur Korrektur in die Hand. »Ich werde den Klempnern nachher auf den Zahn fühlen und sie sicherheitshalber überprüfen lassen. Wir müssen vorsichtig sein, damit sich eine Explosion oder ein ähnliches Unglück nicht wiederholt. Hast du deine Badehose schon parat? Ihr trefft euch in wenigen Minuten am See.« Louis zog rasch den Schlüssel hervor und überreichte ihn Friedrich Lacroix. Der nickte und wünschte dem Jungen viel Erfolg. Louis sprintete los. Seinen Rucksack mitsamt der Lupe darin ließ er stehen. Er würde später ohnehin weiter lernen müssen.

Eine Menge Schaulustige säumten das Ufer des Sees und kühlten die Füße im Wasser ab. Erfreut begrüßte Louis einen Templer, der vor einiger Zeit sein Lehrer in Selbstverteidigung gewesen war. »Hallo Maik!«

Der verzog sein kantiges Gesicht zu einem Grinsen. »Louis, alter Recke! Ich habe bereits Ausschau nach dir gehalten. Hör mir zu. Ich weiß, dass ist nicht deine Spezialität. Aber stell die Lauscher auf Empfang, Caspar, du auch. Das ist ein Ausdauertest und die anderen Jungen sind durch die Bank älter als ihr. Teilt euch eure Kräfte ein, überfordert euch nicht. Beendet den Wettkampf rechtzeitig. Für den zweiten Teil müsst ihr Reserven haben!« Maik blickte die beiden forschend an. »Bist du überhaupt wieder fit?«, wollte er von Louis wissen. »Du hattest gestern diesen Autounfall. Man sieht den Abdruck des Sicherheitsgurts. Netter Stempel. Manchmal habe ich den Eindruck, dass du die Schwierigkeiten magnetisch anziehst, Louis.«

Der gab vorsichtshalber keine Antwort, denn er musste unbedingt mitmachen und sich qualifizieren. Er musterte das Team der Tempelritter, die Stoppuhren in den Händen hielten. Clemens Frommholt gab einige Anweisungen, bevor er wieder ins Gutshaus eilte.

»Der Hausherr wirkt ziemlich fertig. So, als würde er weder schlafen noch essen«, bemerkte Maik. »Er scheint wirklich Angst um seine entführte Ehefrau zu haben.«

Louis schluckte. Er konnte Elvira Frommholt zwar nicht sonderlich gut leiden, doch er bedauerte sie mehr, als er gedacht hatte. Ihr Verschwinden war ihm nicht egal, es belastete ihn. Und eigentlich wäre auch er zum Gefangenen der Wölfe geworden. »Das ich jetzt frei herumlaufen kann, grenzt an ein Wunder«, dachte Louis mit einem Hauch von schlechtem Gewissen und bekam plötzlich wackelige Knie. »Warum hat es Elvira Frommholt getroffen und nicht mich?«

Maik bemerkte Louis' schlotternde Beine sofort. Kaum etwas entging seiner Aufmerksamkeit. Sarkastisch, um seine Besorgnis zu verbergen, stellte er fest: »Ich sehe, dass du völlig in Ordnung bist und den Schock glänzend überwunden hast. Welcher Arzt hat dich untersucht? Oder hast du ihn bestochen?«

Louis schüttelte den Kopf. »Es geht schon!«, beteuerte er.

»Nein, es geht gar nicht und du schwimmst nicht mit!«, befahl Maik.

»Doch, bitte, Maik. Ich will unbedingt! Ich muss dabei sein! Bitte, lass es mich wenigstens v-versuchen!«

Maik knurrte missmutig. »Es ist unverantwortlich.« Das Startsignal eines Templers unterbrach die Unterhaltung. Louis und Caspar schwammen los.

Die Schlinge zieht sich zu

Die Bewegung half Louis, Elvira Frommholt und das Geschehen rund um die Wölfe auszublenden. Er dachte nicht mehr nach, zog gleichmäßig die Arme durch das Wasser, schwamm und schwamm. Ab und zu schaute die Sonne zwischen den Wolken hervor und schickte warme Strahlen. Am Ufer johlten die anderen Jungen, klatschten und feuerten die Sportler an. Louis erreichte zum wiederholten Male die Boje und umrundete sie. Er ignorierte den schrägen Takt seines Herzens, bemerkte kaum, dass seine Lunge wie Feuer brannte. Er hatte ein gutes Tempo vorgelegt und war zufrieden mit sich, als er das Gewässer verließ.

Maik war es nicht. »Ich hatte gesagt, du sollst es langsam angehen lassen!«, fauchte er den Jungen an. Der ließ sich ausgepumpt ins Gras fallen. Die Pause tat gut und Louis erholte sich rasch.

Wie auf Kommando sprangen die Zuschauer in den See und nahmen ihn in Beschlag. Einige Jungen enterten das Ruderboot. Konrad spritzte sofort mit dem Ruder und traf einen Kontrahenten, der empört aufschrie. Caspar schlenderte zu Louis hinüber. Seine Haare tropften, aber er schien seine gute Laune wiedergefunden zu haben. »Ich war nicht der Langsamste!«, berichtete er stolz. »Komm, wir holen uns einen Happen zu essen.«

Louis rappelte sich auf und sie gingen ins Gutshaus. »Wir können nicht warm duschen«, bedauerte Caspar. »Strom und Wasser sind abgestellt!« Sie gingen an einem der dafür Verantwortlichen vorbei.

»Kennst du diesen komischen Klempner-Heini nicht irgendwoher?«, flüsterte Louis.

Sein Freund schüttelte den Kopf. »Keine Ahnung!«

Es dauerte eine ganze Weile, bevor sie mit dem Selbstverteidigungstraining weitermachen konnten. Eine Kommission aus Tempelrittern lief mit Kladden in der Hand herum. Sie beobachteten die Jungen und notierten Ergebnisse auf den Zetteln. In Louis' Magen breitete sich ein beunruhigendes Kribbeln aus. Er hatte das Gefühl, nicht sonderlich gut zu reagieren. Er schielte zu einem Klemmbrett und lag, ehe er sich versah, auf der Matte. Sein Gegner hatte die gedankliche Abwesenheit sofort ausgenutzt und Louis auf den Boden geschickt. Der ärgerte sich fürchterlich über seinen Fehler, der vermutlich reichlich dämlich ausgesehen hatte. Louis versuchte, die Körperspannung und die Konzentration zu halten. Er brachte nicht mehr viel zustande, bis er ein paar Griffe mit Maik austauschte.

»Mach mir keine Schande, Louis!«, verlangte der sehnige Templer. Hinterher nickte er Louis anerkennend zu. »Okay, du hast nicht ganz vergessen, was ich dir beigebracht habe!«, lobte er sparsam und ging zu Caspar.

Zum Abschluss stand Bogenschießen auf dem Programm. Louis' Arme waren zu müde. Er schoss nicht annähernd so gut wie sonst und schleuderte wütende Blicke Richtung Zielscheibe. Die Jury mit ihren Klemmbrettern machte Louis zunehmend nervös. Seine Hände zitterten vor Anstrengung. Louis legte den Bogen ab. »Wenn ich es morgen versuchen könnte, würde ich treffen«, murmelte er leise. Hinter ihm brummte ein Prüfer und eine flammende Röte schoss in Louis' Gesicht. »Er hat mich gehört! So ein Mist!« Dann fragte Louis leise: »Kann ich gehen? Ich muss lernen!« Niklas neben ihm bekam fast einen Lachkrampf und verschoss den nächsten Pfeil meilenweit. Louis schnappte tatsächlich sein Englischbuch. In der Werkstatt klopfte ein Hammer lärmend auf Metall und zwei Jungen veranstalteten zusätzlich Krach. »Zu laut!«, entschied Louis. Langsam bummelte er Richtung See und dehnte Arme und Beine. Das Holz des Steges war angenehm warm von der Sonne und Louis streckte sich aus. Der Himmel hatte sich aufgeklart und Louis sah einigen grau-weißen Wolken nach, die Richtung Süden eilten. Er wusste nicht, ob der Nachmittag wirklich gut verlaufen war. Diese Prüfungssituation und das ständige Gefühl des Beobachtetwerdens gingen ihm auf die Nerven. Er versuchte, die Vokabeln in seinen Kopf zu zwängen. Stattdessen schlichen sich der Häkelmützen-Typ und seine Kumpel in Louis' Gedanken. »Ich muss mir unbedingt mehr Dinge zeigen lassen. Dieser Sport ist der Kracher. Falls ich erneut eine Verfolgungsjagd durchstehen muss, verblüffe ich damit meine Gegner.« Louis' Magen begann zu knurren. Ein Blick auf die Uhr verriet ihm, dass er zu spät zum Abendessen kommen würde. Louis klappte das Buch zu und eilte Richtung Gutshaus. Im Vorbeigehen bemerkte er, dass heute ein anderes Fenster der Arztpraxis offen stand. Scherben lagen vor der Heizung auf dem Boden. Alles sah ziemlich chaotisch aus. Louis umrundete den Lieferwagen. Die Klempner schienen Vorbereitungen für die Abfahrt zu treffen.

Mit angesäuerter Miene winkte Clemens Frommholt den Jungen im Speiseraum an den Tisch. Direkt neben dem Hausherrn musste Louis Platz nehmen, was negative Auswirkungen auf seinen Appetit hatte und ihm zusätzlich spöttische Blicke der anderen Jungen einbrachte. Die Stimmung im Saal war merkwürdig: Ein wenig gedrückt, aber doch aufgeladen und voller Spannung. Hier und da ein verstohlenes Flüstern, das Klappern des Bestecks klang laut und aufdringlich in Louis' Ohren. Karim und Friedrich Lacroix kamen schließlich mit den Jungen des Camps hinzu. Sie stellten sich an der Wand auf und Clemens Frommholt räusperte sich vernehmlich. Louis begriff schlagartig, dass der missmutige Hausherr keine freundliche Ansprache halten würde und wünschte sich weit weg. »Erstens: Der alte Duschraum unten kann für zwei Tage wegen eines Rohrbruchs nicht genutzt werden. Zweitens: Morgen Nachmittag treffen sich zum ersten Mal die Kleingruppen.« »Geschichte und Heraldik!«, dachte Louis angewidert. Er hatte das vergilbte Buch achtlos auf sein Bett geworfen und keinen weiteren Gedanken daran verschwendet. »An dem Schwarzen Brett in der Halle hängen Listen mit den Namen. Ich nenne ein Beispiel: ›Balancieren auf der Slackline‹ von Niklas geleitet. Beginn ist um 15.30 Uhr, die Teilnehmer sind Laurenz, Johannes, ...«, dozierte Frommholt langatmig.

Louis schaltete ab. Sein Blick schweifte durch den Raum. Olli lächelte ihn schüchtern an und Anton raschelte mit den Füßen. Eine dicke Fliege brummte heran. Die Fenster des Speisesaals standen offen. Zeitgleich mit Louis bemerkte Maik ein Flackern am See. Eine schmale Rauchsäule schraubte sich in den Himmel. Der Templer verlor keine Minute. Rasch flüsterte er Clemens Frommholt etwas ins Ohr und verließ mit drei weiteren Männern den Raum. »Feuer!«, dachte Louis. »Es brennt.« Zu gerne wäre er den Templern gefolgt. Clemens Frommholt redete unbeeindruckt weiter, als wäre nichts geschehen. Als seine Stimme lauter und schneidend wurde, hörte Louis erschrocken wieder zu. Der Hausherr hielt einen Basketball in der Hand.

»Wer hat mit diesem Ball die Scheibe in einem Nebengebäude zertrümmert?«

Stille.

Frommholt versuchte es anders: »Wer hat an den Körben Basketball gespielt?«

Louis und einige andere meldeten sich widerstrebend.

»Und dabei ist der Ball zufällig durch ein Fenster geflogen. Ein

Monitor ist zu Bruch gegangen. Zusätzlich sind der oder die Täter eingestiegen und haben ein heilloses Durcheinander hinterlassen.«

Keiner sagte etwas. Clemens Frommholt wartete. Das Schweigen war kaum zu ertragen. Betreten schauten die meisten auf die Erde, musterten ganz genau den Boden.

»Warum haben diejenigen dann den Ball, das verräterische Beweisstück, nicht mit hinausgenommen?«, rutschte es Louis heraus.

»Niemand hat dich um deine eigensinnigen Anmerkungen gebeten!«, wurde er angepflaumt. Clemens Frommholt präsentierte einen Stift. »Dieses Schreibgerät hat man dort gefunden. Es gehört nicht in die Arztpraxis. Ich habe mich informiert: Er ist extra für Linkshänder.«

Louis schaute nicht hin. Er blickte nachdenklich aus dem Fenster. Auch andere bemerkten das Treiben am Ufer des Gewässers und begannen zu tuscheln. Die Tempelritter hatten die Flammen fast versiegen lassen. Der See lieferte das Löschwasser gratis. Wenig später betrat Maik wieder den Saal. Er gab Entwarnung. »Wahrscheinlich hat jemand am Steg gezündelt. Das Feuer kann nicht lange gebrannt haben. Wir haben alles gelöscht und diesen Rucksack herausgezogen«, flüsterte er Clemens Frommholt zu.

Louis wurde blass. Zögernd stand er auf. »Die Sachen gehören mir.« Er machte eine entsetzte Pause. »Jemand hat meine Hausaufgaben v-verbrannt!«

»Dieser Brief lag im Schilf. Der Wind hat ihn anscheinend herausgeweht«, ergänzte Maik kühl. Clemens Frommholt klappte das leicht angesengte und feuchte Papier vorsichtig auseinander. Er las ihn langsam und sorgfältig. Er reichte das Schriftstück an Friedrich Lacroix weiter. Louis überlief es heiß und kalt. Es war die Nachricht aus der Schule.

»Wann hattest du vor, uns mit diesem Inhalt vertraut zu machen, Louis?«, fragte Frommholt schneidend.

»Am liebsten gar n-nicht!«, rutschte es Louis unfreiwillig heraus.

»Ich bin gerade nicht zum Scherzen aufgelegt!«, sagte Clemens Frommholt giftig, bevor er losbrüllte. Gnadenlos wurden Louis' Verfehlungen der letzten Tage aufgezählt. Frommholt ignorierte völlig, dass die kleinen Jungen vor Schreck erstarrt waren. »Und jetzt der blaue Brief aus der Schule. Du wolltest ihn anzünden und vernichten. Als ob das eine Lösung wäre. Louis, wo warst du vor dem Abendessen?«

»Auf dem Steg!«, hätte er antworten müssen. Kein Wort kam über seine Lippen. Wie gelähmt starrte er auf den Stift in Frommholts Hand. »Das ist der Linkshänderfüller aus meinem Mäppchen!«, erkannte Louis entsetzt. Friedrich Lacroix ging langsam auf Clemens Frommholt zu und legte beruhigend die Hand auf seinen Arm. Der besann sich und bedachte Louis mit einem letzten vielsagenden Blick auf dessen Armbanduhr mit dem Sender.

»Es gibt eine weitere unschöne Sache. Der Bäcker hat angerufen und sich über ein verbeultes und unbrauchbar gewordenes Backblech beschwert. Ich möchte wissen, wer das Ding ruiniert hat.«

Louis' Kopf war nur noch leer. Langsam hob er seine Hand.

»Raus!«, donnerte Frommholt und Louis floh.

Sieg für Friedrich Lacroix

»Ich habe dir gesagt, dass es Ärger geben wird!«, schimpfte Caspar. »Das Backblech als Bob zu benutzen, war einfach keine gute Idee! Jetzt musst du es gewiss von deinem Taschengeld bezahlen.«

»Aber mit den anderen Sachen habe ich nichts zu tun!«, beteuerte Louis. Sie standen am Steg und begutachteten die leicht versengten Planken. »Da mache ich einmal in meinem Leben die kompletten Hausaufgaben, schreibe sogar lesbar, und dann klaut jemand meinen Rucksack!« Louis stöhnte.

»Wenn du deine Sachen auf der Steinbank stehen lässt und nie forträumst, brauchst du dich nicht zu wundern. Aber wer macht so etwas? Unser Lieblingsfeind Andreas weilt strafversetzt im Haus der Familie Roth. Oder hat er etwa Freigang?«, versuchte Caspar seinen Freund mit einem Scherz aufzuheitern.

Louis brummte nur unwillig. Für die Templer, die das Auswahlverfahren bewerteten, war das Tribunal sicher eine ganz tolle Nummer. Louis gestand sich widerwillig ein, dass er Angst hatte. Seine Fantasie präsentierte ihm furchtbare Strafen. Die Motivation für das Auswahlverfahren schrumpfte zur Größe eines Gartenzwerges. Mit einem »Ist doch alles egal«-Gefühl versuchte er, seine Befürchtungen zur Seite zu schieben.

Verwundert beobachteten die beiden Jungen, dass Friedrich Lacroix den dunklen Kleinbus in den Hof fuhr. Einige Templer und Clemens Frommholt, der eine Reisetasche trug, stiegen ein und brausten davon.

»Da passiert etwas!«, stellte Louis fest.

»Sehr scharfsinnig bemerkt, du Genie. Das verschafft dir und der Vergeltung deiner Sünden eine Verschnaufpause.«

»Vielleicht ist Elvira befreit worden?«, hoffte Louis.

»Und ihr Mann schwebt im siebten Himmel und vergisst alle deine Missetaten! Hör' bloß auf zu träumen!« Caspar schlenderte zur Hintertür des Gutshauses. »Wenn ich nur wüsste, wo dieser Stein mit dem Wappen verbaut wurde!«, murmelte der Enkel des Komturs. »Er muss in einem der Nebengebäude sein. Morgen suche ich alles bis in den letzten Winkel ab.«

Louis folgte seinem Freund zögernd. Würden ihn die anderen Jungen auslachen? Vor dem Schwarzen Brett in der Halle wurde geschubst und gedrängelt. Lautes Johlen und verstohlenes Kichern wechselten sich ab. Louis entdeckte eine Zeichnung, die für die Heiterkeitsausbrüche verantwortlich war. Jemand hatte einen bunten Hahn mit schillernden Federn gemalt. Das Gesicht des Federviehs allerdings ähnelte dem des Hausherrn Clemens Frommholt auffallend. Der spitze Schnabel hackte wie die Nase des Templers bei seinen fiesen Befragungen in die Luft. Die Bildunterschrift lautete »Der alte, aufgeblasene Gockel«. Louis fielen seine unbedachten Worte wieder ein. Er wollte das Papier abreißen. »Ich habe schon genug Schwierigkeiten!«, dachte er. In diesem Augenblick tauchte Karim in der Galerie auf. Louis ließ ertappt seine Finger sinken.

»Warum seid ihr nicht in der Turnhalle? Maik wird ein bisschen Gymnastik mit euch machen!«

»Ein bisschen!«, stöhnte Louis. »Das kann Maik nicht. Bei dem tut jede Übung weh!«

Olli neben ihm kicherte fröhlich und winkte mit seinem Verband. »Viel Spaß!«, wünschte er ein wenig schadenfroh.

Louis behielt recht, Maik schenkte ihnen nichts und hatte jeden der Teilnehmer im Visier. Seilspringen, Medizinbälle rollen, Maik war gnadenlos. Ausgepumpt ließen die Jungen die Abendandacht über sich ergehen.

Ein Templer, der nachmittags mit dem Klemmbrett unterwegs war, las einen Vers aus der Bibel vor. *»Der Herr hört sein Volk, wenn es ihn um Hilfe anfleht, und rettet es aus aller Not. Der Herr ist allen nahe, die verzweifelt sind; er rettet die, die den Mut verloren haben.«*

»Dein Text!«, prustete Caspar los. Er bekam einen Lachkrampf. Das passte gar nicht zu ihm, er verhielt sich normalerweise immer vorbildlich. Wahrscheinlich bereitete seinem Freund dieses Auswahlverfahren ebenfalls Bauchschmerzen und seine Reserven waren verbraucht, dachte Louis betroffen. Caspar täuschte schließlich einen Hustenanfall vor, um den Andachtsraum verlassen zu können.

Louis blieb sitzen. »Es stimmt. Ich kann diesen ganzen Mist wirklich dem anvertrauen, der sowieso alles weiß und in der Hand hat.« Der Junge wurde still. Er hatte mehrfach erlebt, dass Gott eingriff und ihn beschützte. Die Kerzen dufteten nach Honig und brannten ruhig. Karim setzte sich nach einer Weile neben Louis. Gemeinsam schwiegen sie, sogen die andächtige Ruhe auf. Dann drückte Karim Louis den Brief aus der Schule in die Hand. Man sah keine Spuren der Flammen mehr, der Bogen war kopiert worden. Die Unterschrift von Friedrich Lacroix prangte in spitzen Buchstaben unter der Nachricht.

»Einen Teil deiner Bücher konnte man retten. Vielleicht sind sie bis morgen getrocknet.« Karim legte einen Arm um Louis' Schultern. »Was veranstaltest du bloß in den letzten Tagen?! Friedrich Lacroix möchte deinetwegen am liebsten die Prügelstrafe wieder einführen! Und es dauert sonst wirklich lange, bis er die Geduld und Beherrschung verliert.«

»Ich war es nicht, ehrlich!«, flüsterte Louis am Rand seiner Fassung. Ein Schluchzen bebte in seinem Körper.

»Louis, es sieht wirklich übel für dich aus.« Karim hatte seine orientalische Kappe in der Hand und knetete sie nervös. »Warum bist du nicht zu mir gekommen? Wir hätten bestimmt zusammen eine Lösung gefunden!«

»Du hast nie Zeit. Immer ist hier so viel los!«, platzte es hilflos aus Louis heraus. Tränen stiegen in seine Augen. Er blinzelte sie entschlossen fort.

»Okay, schon gut. Wir schaffen das. Versuch ein bisschen zu schlafen. Morgen sehen wir weiter«, tröstete Karim und ging mit Louis in die Mansarde.

Caspar blätterte abwesend in dem alten Schmöker über die Geschichte der Tempelritter. Niklas fehlte.

»War es schlimm?«, fragte Caspar, als sich Karim verabschiedet hatte. Louis schüttelte stumm den Kopf. Er hatte keine Lust, etwas zu erzählen, auch wenn er spürte, dass sein Schweigen Caspar kränkte. Betreten verschwand Louis unter der Decke. Trotz der Wärme in dem winzigen Raum schlief er bald tief und fest.

Ein merkwürdiges Geräusch weckte ihn. Die Zimmertüren standen offen, sodass Stimmen und Töne aus dem Treppenhaus durch das Gebäude bis nach oben hallten. Louis' Neugierde besiegte seine Restmüdigkeit. Er glitt von der Matratze und schlich bis zum Geländer der Galerie. Durch die Fenster blinzelte das erste trübe Licht des Morgens. Einige Vögel sangen bereits und begrüßten den neuen Tag mit einem Konzert. In der gefliesten Halle warteten zwei der Tempelritter, die mit Friedrich Lacroix weggefahren fahren. Der kam gerade mit einem weiteren Mann durch die Eingangstür. Es war sein Neffe, Tommi Lacroix, ein Arzt, der Louis schon häufiger behandelt hatte. Clemens Frommholt umarmte zärtlich seine Frau und ging mit Elvira langsam die Treppe nach oben.

»Sie ist frei!«, dachte Louis. Er fühlte sich plötzlich unglaublich erleichtert und stand automatisch auf. Er ging den Frommholts ohne zu überlegen entgegen. Er wusste nicht, warum er das machte oder was er sagen sollte. Als er vor Elvira stand, stammelte er nur ein armseliges »Ich freue mich« und verstummte hilflos.

Die Frau schaute ihn überrascht an. »Louis!«, murmelte sie nur. Sie wirkte ziemlich erschöpft, dunkle Schatten lagen unter ihren Augen. Das tiefe Grauen, das Welfhardt nach seinem unfreiwilligen Aufenthalt bei den Wölfen verfolgt hatte, fand Louis glücklicherweise nicht darin. Elviras linker Arm ruhte in einem speziellen Verband, sonst schien sie unverletzt zu sein. Tommi Lacroix nickte Louis zu. Auch er wirkte müde und folgte dem Ehepaar Frommholt in deren private Räume.

Während die anderen beiden Tempelritter im Andachtsraum verschwanden, humpelte Friedrich Lacroix auf Louis zu. »Die Wölfe werden immer gefährlicher. Sie haben dreist eine Wohnung mitten in der Stadt benutzt, um Elvira Frommholt dort unterzubringen. Das Quartier war nicht weit von der Polizeiwache entfernt, in der du kurzzeitig verwahrt wurdest! Da du gerade sowieso vor Ort bist, können wir ein weiteres kleines Problem klären!«

Louis schluckte. Er folgte dem Templer, der an seinem Büro vorbei und nebenan in die schmale Küche ging. Sehr sorgfältig setzte er die Kaffeemaschine in Gang.

»Möchtest du einen Kakao trinken? Ich werde das nicht so gut hinbekommen wie meine Frau Beata, aber etwas Heißes im Bauch wird dir guttun.« Friedrich Lacroix wärmte die Milch, nachdem Louis genickt hatte. »Setz dich!«

Louis nahm mit einer gewissen Beklommenheit auf einem der hohen Hocker an der Theke Platz. Die Möbel der Küche waren abgenutzt. Dennoch wirkte der Raum gemütlich, als hätten viele gute Gespräche und witzige Zusammentreffen zwischen den Wänden stattgefunden. Friedrich Lacroix schob den Schlüssel der Tempelritter, den er um den Hals getragen hatte, zurück zu Louis.

»Ich hätte von einem Knappen der Tempelritter, der das Kreuz behüten soll, etwas mehr Disziplin erwartet!«, sagte Lacroix und suchte in der Schublade nach einem Löffel. Louis ließ beschämt den Kopf hängen.

»Ich habe mit der Fensterscheibe und dem Feuer nichts zu tun!«, beteuerte er leise.

»Das ist bloß die Spitze des Eisberges, Louis!«, sagte Lacroix ernst. Er klebte einen bunten Notizzettel auf die Platte der Theke. Louis erkannte ihn sofort. Das Papier stammte aus der Arztpraxis, wo er die Telefonnummern von Vitus notiert hatte.

»Du warst dort«, stellte Lacroix trocken fest. »Ich habe deine fast unleserliche Schrift sofort erkannt und den Zettel eingesteckt.«

Louis überlegte. »Ich habe wieder nicht sorgfältig genug meine Spuren beseitigt!«, ärgerte er sich und suchte krampfhaft eine Ausrede. Doch Lacroix könnte ohnehin alles leicht überprüfen, wenn er es nicht sowieso schon getan hatte und ihn nur auf die Probe stellte. Ein Schriftvergleich, ein paar Anrufe ... Eine weitere Lüge konnte sich Louis nicht leisten. Vitus' bittende Stimme klang in seinem Ohr. Louis kämpfte mit seinem Gewissen.

»Rollenkonflikt?!«, fragte Lacroix interessiert. Er wirkte völlig gelassen, so, als wisse er, dass er bereits gewonnen hatte. Der Tempelritter nahm den ersten Schluck Kaffee und musterte Louis. Thomas Lacroix betrat die Küche, angelte zielsicher eine weitere Tasse aus dem Schrank und füllte sie.

»Ärzte sind schreckliche Patienten!«, seufzte er. »Elvira Frommholt hat mich rausgeworfen!«

Friedrich Lacroix brummte etwas. Er forderte seinen Neffen auf, in den Andachtsraum zu gehen. »Den Morgen nach einem Einsatz beginnen wir unter Gottes Augen.«

Der Arzt grinste frech. »Gleich. Bevor auch du mich loswerden willst, trinke ich einen Kaffee! Guten Morgen, Louis. Wieder in Schwierigkeiten?«

»Schwierigkeiten ist leicht untertrieben«, knurrte Friedrich Lacroix angesäuert. »Louis, ich höre!«

»Es ist gemein, wenn man verpetzt wird. Man bekommt nichts als Ärger!«, maulte Louis in seine Kakaotasse.

»Es ist ungeschickt, wenn man Regeln nicht beachtet und erwischt wird!«, antwortete der alte Lacroix unbeeindruckt.

Tommi Lacroix spuckte fast seinen Kaffee durch die Küche, als Louis schließlich widerstrebend von dem Vorfall am Deich und den Telefonaten berichtete. »Vitus hat mit dir nach dem Überfall geredet? Seinen Ärzten gaukelt er vor, sich an nichts zu erinnern! Starkes Stück!«, kommentierte er.

Louis schaute betrübt auf den abgeschabten Holzboden. »Jetzt ist meine letzte Chance dahin, Vitus nach dem Überfall und dem Verbleib des Leuchters zu fragen. Vitus wird mir nicht mehr vertrauen.«

Friedrich Lacroix strich sich durch den gelockten Bart und dachte nach. »Da ist etwas oberfaul. Genau wie mit diesen angeblichen Klempnern. Louis, du hattest recht mit deiner Vermutung. Ihren Betrieb gibt es nicht, sie fahren eine fingierte Adresse auf dem roten Lieferwagen spazieren. Wir wissen nicht, wer die beiden sind. Noch nicht!«, murmelte er.

Geschichte zum Anfassen

Louis war der Erste im Andachtsraum und wirkte beim Frühsport und bei der morgendlichen Mahlzeit ausgeschlafen wie lange nicht mehr. Nicht nur Maik war davon begeistert, auch andere bemerkten den Unterschied und zogen Louis damit auf.

»Ich habe gleich die nächste Backblech-Abfahrt!«, antwortete er lässig. »Startnummer eins! Niemand kann mich aufhalten.«

Gemeinsam liefen die Jungen zur Schule. Louis hatte einen anderen Rucksack aufgetrieben, Hefte und Bücher waren getrocknet, aber so gut wie unbrauchbar. Wenigstens den Brief konnte er unterschrieben vorzeigen. Allerdings schickte ihn seine Klassenlehrerin direkt ins Schulbüro. Louis sollte im Seminar anrufen.

»Ich muss heute nachsitzen!«, murmelte er leise in den Telefonhörer.

»Louis, sei froh, dass ich nicht vor dir stehe! Du machst mich wahnsinnig. Was hast du verbrochen? Oder ist es wegen der Bücher?«

Louis war kurz in Versuchung, Friedrich Lacroix anzuschwindeln. Dann entschied er sich für die Wahrheit. »Nein, ich habe gestern ein p-paar Stunden versäumt!«, druckste Louis herum und untertrieb ein wenig.

»Du hast geschwänzt?!«, donnerte Friedrich Lacroix in den Hörer. »Unglaublich!« Der Tempelritter schien am allerletzten Ende seiner Geduld. Mit einem verzweifelten Ächzen legte er auf.

Draußen wurde es sommerlich heiß. Die Schüler hofften auf hitzefrei. Leider kletterte das Thermometer nicht schnell genug. Neidisch blickte Louis seinen Klassenkameraden hinterher, als sie mittags die Schule verließen. Louis bekam einen Arbeitsauftrag. Allein saß er im Computerraum der Schule. Die Lehrer hatten sich zu einer Konferenz zurückgezogen und ließen ihn in Ruhe. Louis startete einen PC. »Ich surfe im Internet«, beschloss er und gab »Parkour-Running« in das Suchfeld des Browsers ein. Rasch wurden ihm einige Treffer, Filme und ein Fernsehbeitrag angezeigt. Louis ließ die Sachen nacheinander ablaufen und verfolgte begeistert die raschen Bewegungen der Sportler. »Krass!«, murmelte er. Im Seminar durften alle aus Sicherheitsgründen nur das interne Templer-Netzwerk nutzen. Dort war vieles verschlüsselt und nicht halb so attraktiv wie das World Wide Web. »Diese Übungen muss ich unbedingt ausprobieren!« Louis kritzelte schlampig die geforderten Antworten seines Arbeitsauftrages auf einen Zettel und erledigte nebenbei die Hausaufgaben. Er war ganz erstaunt, als Karim ihm plötzlich einen Helm in die Hand drückte.

»Abfahrt, du verhinderter Musterschüler!«, sagte der dunkle Tempelritter spöttisch. Das Motorrad parkte auf dem Schulhof. Karim grinste stolz, als er aufstieg.

»Da war das Nachsitzen nicht umsonst!«, sagte Louis begeistert.

»Warte mit deinem Urteil, bis Friedrich Lacroix mit dir fertig ist!«, warnte Karim und gab Gas. Sie genossen die Fahrt. Karim fuhr einen kleinen Umweg am Kanal entlang. Später nahm er einige scharfe Kurven zusätzlich, um die Freiheit ein wenig auszudehnen. Trotzdem tauchte bald schon der runde Turm des trutzigen Backsteinhauses vor ihnen auf. Seufzend rutschte Louis vom Sattel.

Caspar, in dessen Haaren weiße Spinnweben klebten, rannte über den Hof und zerrte Louis einfach mit. »Ich weiß, wo der Stein ist!«, berichtete er seinem Freund aufgeregt und bog hinter der Arztpraxis ab. Über diesen Weg erreichte man den kleinen Laden, der viele Waren vergünstigt an Bedürftige abgab. Daneben lagen weitere Gebäude, die als Lager genutzt und von den Jungen selten betreten wurden. In einem breiten, hohen Raum rostete ein alter Traktor vor sich hin. Caspar ließ eine kleine Taschenlampe aufleuchten und schickte den Strahl bis an die Decke zum Firstbalken. Und der lag auf einem besonders verzierten Stein. »K-krasse Sache! Du hast das Wappen gefunden! Fett!«, lobte Louis.

»Ich habe systematisch alle Bauwerke von unten nach oben durchkämmt. Es gibt unglaublich viele und die sind total verwinkelt. Olli und Anton haben geholfen. Sieh mal, dort in der Nische am Stein stehen die grünen Glasbehälter, die man auf dem Foto erkennen kann. Jetzt müssen wir sie nur herunterholen.«

»Und ich weiß auch schon, wie wir das machen!«, grinste Louis fröhlich und öffnete das breite Tor des Gebäudes. Niemand war in der Hitze auf dem Hof unterwegs, wie Louis erfreut feststellte. Neben dem kleinen Brunnen stand ein Gabelstapler und er klemmte sich völlig selbstverständlich hinter das Steuer. Zwischen den Zinken war eine Palette angebracht, sodass man die so entstandene Plattform bequem als Aufzug verwenden konnte. Der Schlüssel steckte und Louis startete den Motor. Zunächst rumpelte er nur rückwärts. Dann fand Louis den richtigen Hebel und wurde mutiger. Sein Fuß drückte das Gaspedal herunter und er lenkte eine gewagte Kurve. Louis hatte gesehen, dass man den Gabelstapler auf der Stelle im Kreis drehen konnte und probierte es direkt aus.

Er kam sich vor wie in einem Karussell. »Und wieder einsteigen und mit dabei sein!«, ahmte er die Lautsprecherdurchsage auf dem Rummelplatz nach. Der Junge wurde durchgeschüttelt, als er ein Schlagloch erwischte. Er kurbelte am Lenkrad und fuhr in Richtung des Torflügels. »Licht an!«, murmelte Louis. Staubkörnchen flimmerten im Strahl der Scheinwerfer. Er ratterte in das Gebäude. Fast hätte er die Wand gestreift, als der Stapler beim Lenken hinten etwas wegging.

»Das war knapp!«, murmelte Louis und bremste das Gefährt. Vorsichtig manövrierte er den Gabelstapler unter den Firstbalken. Seine Aktion war nicht unbeobachtet geblieben, wie Louis bemerken sollte.

»Das wird Ärger geben!«, befürchtete Caspar. Trotzdem glitzerten seine hellen Augen unternehmungslustig.

»So ein Ding wollte ich unbedingt einmal steuern!«, sagte er und Louis überließ ihm den Platz in der Kabine. Er gab seinem Freund eine Kurzeinweisung und nahm im Schneidersitz auf der Holzpalette Platz. »Einmal Obergeschoss, bitte!«, dirigierte Louis und die Gabel wurde ruckelnd unter ihm emporgehoben. Höher und höher ging es Richtung Decke. »Stopp!«, schrie Louis. Der Boden unter ihm war ziemlich weit entfernt, als Louis langsam aufstand. Breitbeinig hielt er die Balance. Er streckte sich und tastete mit seinen Fingern den alten Stein ab. Louis spürte angrenzend das kalte Glas der kleinen Behältnisse, die klirrend aneinanderstießen. Louis steckte eines in die Hosentasche und griff erneut in die Nische. Die Zinken des Staplers unter der Palette wackelten. Louis schwankte und umschloss hastig zwei weitere Gefäße.

»Ich fasse es nicht! Louis, Caspar, was veranstaltet ihr hier? Seid ihr völlig durchgeknallt?!«, zeterte plötzlich Karim los. Er stand mitten im Gebäude und schob verärgert seine Kappe in den Nacken.

Caspar stöhnte vielsagend: »Der Sender in der Uhr macht jeden Spaß zunichte!«

Karim schnaubte ärgerlich: »Ich gebe dir gleich: Spaß! Ich würde es eine riskante, unüberlegte Aktion nennen.«

Louis und Caspar schwiegen und versuchten, eine betroffene Miene zur Schau zu tragen. Es gelang ihnen nur ansatzweise. Die Fahrt mit dem Gabelstapler war einfach zu verlockend.

»Wie wäre es mit einer Leiter!? Die ist nur halb so gefährlich.« Der dunkle Tempelritter nahm sie von der gegenüberliegenden Wand und stellte sie passend vor Louis ab. Der kletterte widerstrebend abwärts. Versehentlich schlug er mit einem Glas gegen die Zinken des Gabelstaplers. Grüne Scherben regneten herab und ein feines, helles Pulver rieselte über Louis' Hand. Sofort begann die Haut zu brennen. Dicke Quaddeln wuchsen und fühlten sich unglaublich heiß an.

»Spül das Zeug im Brunnen ab!«, schlug Caspar besorgt vor. Das war keine gute Idee. Das Wasser kühlte, jedoch haftete der Staub an der Haut und zog dünne Fäden.

Karim knurrte böse. »Pech für dich! Sieh es als gerechte Strafe für dein unvernünftiges Handeln an. Unsere Forscher haben da etwas aufgekocht und zusammengemischt. Spinnweben oder so, eigentlich ungiftig. Nur bei falscher Anwendung etwas schmerzhaft.« Er half Louis, die Fasern, die ein Netz bildeten, mit dem Zipfel seines Hemdes abzuwischen.

»Wir müssen die Zylinder bei der Prüfungskommission abgeben. Jedenfalls das, was davon übrig ist!«, beschloss Caspar.

»Und sofort danach wird Louis ohne Umweg in den Wispersaal gehen!«, befahl Karim streng.

Louis befürchtete das Schlimmste.

»Geschichte und Heraldik, dein Spezialgebiet«, fügte sein Mentor an und brachte den Gabelstapler in Sicherheit.

Die Kleingruppe hatte Louis fast vergessen. Er sprintete die Treppe zur Mansarde hoch, um wenigstens das alte Buch zu holen, und organisierte Zettel und Stifte. Außer Atem betrat er das Wisperzimmer, wo bereits acht Jungen begeistert an den Ritterrüstungen herumzerrten.

»He, es geht los!«, forderte Louis, der plötzlich hinter ihnen stand.

»Wir haben keine Lust.«

»Es ist heiß!«

»Ich will in den See!«

»Geschichte ist total öde!«, maulten die Kleinen durcheinander.

»Das fängt ja gut an!«, dachte Louis frustriert. Er rieb den juckenden Arm über seine Hose. »Ich hätte mir besser ein paar Dinge für heute überlegt.«

»Hat dich Herr Frommholt verhauen, weil du das Backblech kaputt gemacht hat?«, fragte Anton und guckte auf die geröteten Hautstellen.

»Vielleicht erzähle ich es euch. Aber nur, wenn jeder von euch auf einem Stuhl sitzt. Der Raum hier ist nämlich wichtig und geheimnisvoll, genauso geheimnisvoll und gefährlich wie der Orden der Tempelritter.« Louis gelang es, die Jungen in seinen Bann zu ziehen. Mit viel Bewegung und spannenden Gesten erzählte Louis von den Anfängen der Templer in Jerusalem. Er dichtete dem Gründer Hugo von Payns eine Warze auf die Nase und ließ Gottfried von Saint-Omer ein wenig humpeln.

»Sie wollten die Pilger rund um die heilige Stadt Jerusalem vor Räubern schützen. König Balduin fand das super und verschenkte ein Stück Land oder einen T-teil seines Palastes. Dort hatte früher der Tempel gestanden, den der weise und unglaublich reiche Salomo gebaut hatte.«

Die Jungen lauschten fasziniert seiner Stimme.

»Olli, du stellst dich an die Tür!«, sagte Louis unvermittelt und der rothaarige Junge stand etwas widerwillig auf.

»Ich höre ja gar nichts!«, brüllte Olli empört, als er Louis' Mundbewegungen sah.

»Schaut euch die seltsam geformte Zimmerdecke an. Nur am Tisch bekommt man mit, was geredet wird!«, erklärte Louis. Das wollte jeder ausprobieren und Louis machte rasch ein Rätsel daraus, um ein paar Dinge zusätzlich zu seiner Kurzfassung zu erwähnen.

Es war völlig ungewohnt, plötzlich das Sagen zu haben. Diese Bengel waren ganz schön anstrengend. Louis schielte auf seine Uhr. Die Zeit für die Kleingruppe war lange nicht abgelaufen. Mit großen Buchstaben schrieb er waagerecht das Wort »TEMPELRIT-

TER« und die Jahreszahl der Gründung des Ordens auf einen Zettel. »T wie treu!«, sagte Louis. »Welche Eigenschaften gehören noch zu einem Ritter?«

»E wie ehrlich!«, brüllte Anton.

»Ich bin nicht taub!«, murmelte Louis und schrieb den Beitrag wenig begeistert auf den Zettel.

»M wie mächtig!, P wie pflichtbewusst!«, ergänzte Olli Treyo.

Louis überlegte fieberhaft, was er danach noch mit den Jungen machen konnte. Das Wort hatte nicht genug Buchstaben, um das Spiel länger auszudehnen. »Die Blechkameraden!«, fiel ihm ein und er löste die Lanzen aus den verbeulten Rüstungen.

»Du bist Andreas von Montbard und gehörst zu den Tempelrittern!«, sagte Louis. Er ließ Anton aufzählen, was er von dem Helden noch wusste.

»Ich bin ein Räuber. Du musst mich besiegen!« Anton hielt die Waffe völlig verkrampft und Louis wunderte sich. »Hast du nie mit einem Stock gekämpft?«

Der Kleine schüttelte verlegen den Kopf.

»Okay, nicht schlimm, kommt alle her. Ich zeige euch ein paar Schritte und Paraden.« Nacheinander ging es zur Sache und nicht nur Louis hatte eine Menge Spaß. Sein Großvater Hugo hatte ihm diese Dinge im alten Pförtnerhaus beigebracht. So vergaßen sie bald die Zeit. Irgendwann stand Karim im Wispersaal und betrachtete das Spektakel ein wenig missbilligend.

»Ich hätte mir denken können, dass selbst simple Geschichte bei dir ausartet, Louis!«

Karim wollte die leicht ramponierten Lanzen einkassieren. Der besitzende Ritter protestierte. »Stopp! Ich bin Archibald von Saint-Amand. Knie nieder, du Schurke!«

Karim zog zerknirscht seine orientalische Kappe vom Haupt und fiel auf die Knie. »Gnade!«, flehte er.

Louis mischte sich ein: »Gnade war gestern. Archibald von Saint-Amand, lasst den Schuft nicht laufen!«

»Legt ihn in Ketten!«, schrie der Junge theatralisch. Bevor alle auf Karim stürzen konnten, unterbrach Louis das Gemetzel und scheuchte die Meute aus dem Wispersaal. Karim verstaute die Lanzen und drehte sie geschickt herum, sodass man die abgesplitterten Stellen nicht direkt sehen konnte. Erledigt setzte sich Louis auf den Tisch.

Caspar betrat kurz darauf das Zimmer und fiel wie erschlagen auf einen Stuhl. »Ich musste Maik mit den Jungs in der Turnhalle beim Zirkeltraining helfen. Ich bin am Ende. Ich glaube, der Typ hat Gummiknochen und Stahlseile, wo normale Leute Muskeln und Nerven haben. Nach einer kurzen Pause geht es mit der nächsten Gruppe weiter!«, stöhnte Caspar.

Schwänzen mit Ansage

Man konnte ziemlich genau erkennen, welche Kinder bereits eine Sporteinheit mit dem kernigen Tempelritter Maik überstanden hatten. Denn die kamen nur langsam von der Stelle und sagten kaum ein Wort.

Thomas Lacroix stritt halbherzig mit Maik. Es schien um das harte Training zu gehen. Louis und Caspar wollten sich unauffällig an den beiden vorbeidrücken, leider spürte Louis, wie eine Hand seinen Arm schnappte und festhielt. Lacroix lächelte ihn freundlich an. Louis stöhnte. »Nein, nicht schon wieder!«

»Koma-Kontrolle!«, feixte Caspar. Er wurde sofort ernst, als Maik ihn mit zur Turnhalle schleifte. »Äh, Louis, können wir tauschen?«, fragte Caspar hilflos, bevor die Tür hinter ihm zuschlug.

»Du musst mir beim Aufräumen der Praxis helfen!«, erklärte der Arzt. Er betrachtete flüchtig Louis' feuerroten Arm und grinste ein wenig gemein. »Ein paar Stunden lang wird es jucken, danach sollte alles überstanden sein.«

Wahrscheinlich hatte Karim längst berichtet, was Louis und Caspar angestellt hatten. Auf Mitleid musste er verzichten. Wenigstens brauchte er sich keine weiteren Vorhaltungen des Arztes anzuhören. Gemeinsam fegten sie die restlichen Scherben auf und beseitigten die Unordnung. Olli Treyo war der erste Patient. Unwillig ließ er zu, wie Lacroix den Verband abwickelte. Dabei plauderte der Arzt ganz locker mit Olli.

»Schau genau hin, Louis. In den nächsten Tagen musst du assistieren.«

»Wahrscheinlich ist es zwecklos, mich zu weigern!«, antwortete Louis.

»Jawohl!«, bestätigte der Arzt. Die Option behagte Louis nicht wirklich, besonders, als er Ollis lädierten Zeigefinger anschauen musste. »Darf ich wenigstens den Grund erfahren?«, fragte Louis ein wenig aufmüpfig.

»Oh, es gibt ganz viele Gründe und du darfst dir den besten aussuchen. Du bist aufgeräumt, ich habe die absolute Kontrolle und wir können dich nicht verlieren. Du läufst Clemens Frommholt, diversen Gabelstaplern und meinem Onkel nicht mehr ständig vor die Füße und hast weniger Zeit für irgendwelchen Unsinn. Ich bekomme endlich mit, was diese Droge in deinem Körper anrichtet und du hast keine Chance, mir etwas zu verschweigen oder vorzumachen. Wenn du in Schwierigkeiten gerätst, was nicht ganz auszuschließen ist, hast du medizinische Grundkenntnisse. Du könntest sogar den Wunsch verspüren, Arzt zu werden. Aber dafür müsstest du in der Schule ein bisschen Gas geben.«

»Manchmal ist es vielleicht besser, einfach nur die Klappe zu halten und auf den Grund zu pfeifen!«, stoppte Louis halb erschlagen die unangenehme Aufzählung von Tommi Lacroix.

»Ich sehe schon, wir werden prächtig miteinander auskommen!«, feixte der Arzt zufrieden. Und ehe sich Louis versah, musste er Mull, Pflaster und eine Spüllösung suchen. Kaum war Olli versorgt, stolperte der nächste Junge herein. Eine ältere Frau hustete laut im Wartezimmer, während ein Mann ein Rezept für seine ausgegangenen Medikamente brauchte. »Frau Doktor Frommholt hat

Probleme mit der Schulter und kann momentan keine Behandlungen übernehmen«, sollte Louis bei Anfragen am Telefon mitteilen.

»Komm her!«, befahl Tommi Lacroix. »Puls- und Blutdrucktest!«

»Oh nein!«, protestierte Louis.

»Wie war das mit dem Gehorsam?«, wollte Lacroix wissen und erklärte dem Jungen genau, was er machte. Anschließend stopfte Louis die Oliven des Stethoskops in seine Ohren und wickelte die Manschette um den Arm des Arztes. »Und?«, wollte Lacroix sein Ergebnis wissen.

»Ich bin nicht sicher!«, murmelte Louis konzentriert und starrte fasziniert auf das Manometer in seiner Hand.

»Versuche es noch einmal!« Der Arzt nannte Louis die Normwerte und worauf er sonst achten sollte. »Und jetzt setzt du das Stethoskop auf dein Herz. Was hörst du?«

Louis bemerkte, dass der Schlag längst nicht so regelmäßig war, wie er sein sollte. Nervös raschelte er mit den Füßen.

»Dir ist nie schwindelig, Sprints oder schnelles Hochlaufen der Treppen, alles kein Problem für dich, wie? Warum hast du Elvira Frommholt nie berichtet, wie es dir wirklich geht?«

Louis ignorierte die vorwurfsvollen Blicke. »Es ist alles in Ordnung!«, beteuerte er und merkte sofort, dass Tommi Lacroix ihm kein Wort abkaufte.

»Gut, dann versuchen wir es anders. Setz dich auf das Ergometer. Du kannst ein bisschen Fahrrad fahren! Ich schreibe in der Zeit ein paar Dinge in die Akten!« Der Arzt klebte Elektroden auf Louis' Rücken und setzte sich an den Schreibtisch. Er ließ Louis strampeln. »Geht es ein bisschen schneller?«, fragte Lacroix zwischendurch, kontrollierte nachlässig den Blutdruck und ging wieder.

Louis keuchte. »Ich muss das durchhalten. Ich will den Leuchter finden und zu Philipp Gallunder. Ich werde das schaffen. Niemand schickt mich in eine Klinik. Mir fehlt nichts!«, dachte er tausendmal. Sein Hemd wurde feucht, Louis schwitzte. Es fiel ihm unglaublich schwer, die Beine zu bewegen und konzentriert zu atmen. Schließlich hörte Louis einfach auf.

»Ziemlich lächerliche Leistung! Außerdem hast du eine Farbe wie ein Geist nach dem Schleudergang«, bemerkte der Arzt. »Du willst mir wirklich erzählen, dass du keine Schwierigkeiten beim Sport hast?«

»Das ist gemein!«, keuchte Louis völlig außer Atem. »Ich will nicht krank sein. Ich hasse das alles!« Er schlug mit seiner Faust auf das Ergometer.

Tommi Lacroix brachte ein Wasserglas. Bevor er es Louis reichte, riss er einen kleinen Papierbeutel auf. Hellbraunes, grobkörniges Pulver rieselte heraus und verwandelte die klare Flüssigkeit in eine trübe Brühe, die viele ungelöste Teile enthielt.

Misstrauisch schnüffelte Louis an der Substanz. »Das Zeug soll ich trinken?!«

»Alles, was scheußlich schmeckt und grässlich riecht, hilft bestimmt!«, bemerkte Tommi Lacroix. »Hast du Dickkopf jetzt kapiert, dass diese Behandlung wichtig für dich ist? Ich möchte, dass du selbst darauf achtest und das Medikament regelmäßig anwendest. Es entgiftet den Körper. Du solltest in der nächsten Zeit ausreichend Flüssigkeit zu dir nehmen!«

Louis kippte den Inhalt des Glases in einem Rutsch in seinen Mund und schluckte. Er verzog angewidert das Gesicht. »Ekelhaft!«, kommentierte er ehrlich. »Gibt es das in Himbeer- oder Schokogeschmack?«

»Noch nicht. Ich werde sehen, was ich tun kann. Das Zeug besteht aus verschiedenen Substanzen, wie zum Beispiel Pflanzenbestandteilen und Spinnenextrakten. Der größte Anteil wird aus Heuschrecken gewonnen. Das Ergebnis des Sirups als Mittel gegen vernarbte Haut hat uns auf die Idee gebracht. Diese Viecher sind wirklich genial! Was die an Wirkstoffen produzieren, ist gigantisch«, erklärte Lacroix begeistert.

»Danke, mir ist schon schlecht!«, stöhnte Louis. »Das Pulver löst sich nicht einmal richtig auf.«

»Du wirst es trotzdem drei Mal täglich einnehmen«, bestimmte der Arzt.

»Das habe ich mir fast gedacht!«, seufzte Louis resigniert. »Hoffentlich kann ich es so einrichten, dass die anderen nichts davon mitbekommen!«

»Du hast in der nächsten Zeit übrigens Sportverbot! Das Mittel wird dich wahrscheinlich müde machen und ich möchte, dass du dich nicht überforderst.« Thomas Lacroix verschloss die Schubladen am Schreibtisch sorgfältig und ignorierte Louis' wütenden Aufschrei.

»Das geht nicht. Ich will bei dem Auswahlverfahren mitmachen. Ohne Teilnahme an den Sportwettkämpfen habe ich keine Chance!«, protestierte Louis lautstark. Er redete auf dem Weg in den Speiseraum auf Lacroix ein, jedoch ohne irgendetwas zu erreichen.

Mit einer gewaltigen Wut im Bauch suchte Louis Caspar, der völlig fertig am Tisch saß und es nur mit zitternden Fingern schaffte, den Becher hochzuheben. »Das gibt es nicht!«, stöhnte er dauernd.

»Soll ich dich füttern?«, fragte Louis. Der jämmerliche Anblick seines Freundes lenkte ihn ein wenig vom eigenen Kummer ab.

»Wo warst du? Ich habe dich gesucht. In diesem Tollhaus ist es ein unmögliches Unterfangen, jemanden aufzutreiben«, ächzte Caspar.

»Wir haben die Uhren. Die kann man bestimmt untereinander vernetzen. Roland T-treyo hat mir ein bisschen etwas über die Kommunikation der Templer erzählt.« Louis schaute auf sein Handgelenk. »Das bekommst du bestimmt herausgeknobelt, Caspar. Dir tun nur die Muskeln weh, dein Hirn sollte also einwandfrei funktionieren und ist nach dem Training super durchlüftet!«

»Sehr witzig!«, brabbelte Caspar, begann aber sofort, die Knöpfe der Uhr in unterschiedlichen Kombinationen zu drücken oder zu drehen. »Menü, hier, Einstellungen! Okay, das sollte zu schaffen sein. Nicht in diesem Gewimmel!«, stellte Caspar fest. »Was fehlt dir? Du siehst gerade ein bisschen grün aus.«

Louis unterdrückte ein Würgen. »Das ist gewiss dieses Drecks-Heuschreckenpulver von Lacroix. Mir ist schlecht.« Genauso schnell, wie die Übelkeit aufgekommen war, verflog sie und Louis konnte etwas essen. Elvira Frommholt und ihr Mann waren nirgendwo zu sehen.

Friedrich Lacroix beendete die Mahlzeit mit einem Gebet und

einer unwillkommenen Ansage. »Gleich wird Ordnung gemacht. Der Schlafsaal sieht fürchterlich aus. Caspar, Louis, ihr unterstützt die Jungen ein bisschen bei der Aktion!« Mit Hilfe war es aber nicht getan. Der Raum war so durcheinander, dass sie gar nicht wussten, wo sie anfangen sollten.

Anton warf sich trotzig auf sein Bett. »Ich habe keinen Bock! Aufräumen ist doof!« Die anderen folgten sofort seinem Beispiel und Louis, der begonnen hatte, die leeren Flaschen einzusammeln, versuchte sie freundlich zu motivieren.

Ein Junge mit einem zerrissenen T-Shirt, auf dem der Namenszug »Konrad« prangte, zeigte ihm einen Vogel. »Ich mache gar nichts. Ich gehe höchstens Fußball spielen. Von dir Blödbacke lasse ich mir nichts sagen!«

Einer nach dem anderen machte sich aus dem Staub. Olli Treyo half, die Wäsche einzusammeln. Shorts, Trainingshosen, Handtücher, Hemden lagen in einem wüsten Haufen hinter der Tür. Niemand wusste, wem die Sachen gehörten, und Louis und Caspar gaben schließlich auf.

»Ich trage diesen laufenden Metern den Krempel nicht hinterher!«, beschloss Caspar sauer. »Es ist mir egal, was Friedrich Lacroix dazu sagt. Ich gehe duschen!«

Louis folgte ihm und schaute ein letztes Mal auf den Kleiderberg. Eine brillante Idee schoss ihm in den Kopf.

»Ich weiß, wie die Bürschchen von ganz alleine aufräumen! Ich muss dafür erst ein paar Kleinigkeiten besorgen.« Der Junge ging sofort in die Kleiderkammer. Dieses Mal begrüßte ihn ein Templer, der Umhänge faltete und andere Dinge verstaute. Nach einer kurzen Erklärung bekam Louis mit einem Grinsen die gewünschten Karabiner ausgehändigt.

»Viel Spaß! Die meisten Templer haben diese Karabiner ständig dabei. Vielleicht solltest du einen für spätere Zwecke verwahren«, schlug der Tempelritter vor. »Hast du einen Wecker, damit du nicht versehentlich verschläfst?«

Louis wies auf die Armbanduhr. »Die k-kann bestimmt Signale geben, oder?«

Als sein Gegenüber nickte und ihm bei der Einstellung half, fragte Louis direkt nach weiteren Funktionen.

»Jede Uhr hat einen speziellen Code. Du musst ihn eingeben, wenn du Sachen verändern willst. Und für Gespräche untereinander muss der Code des anderen Teilnehmers in deiner Uhr eingespeichert sein.«

»Kann man Textnachrichten verschicken?«, wollte Louis wissen und erfuhr direkt, wie das ging.

Der Templer wies auf die Uhr. »Dummerweise kommen wir beide zu spät zur Abendandacht«, stellte er nur wenig betroffen fest.

»Ich könnte ein bisschen in der Kleiderkammer helfen. Dann sind wir noch später fertig«, sagte Louis mit einem zweideutigen Lächeln.

»Moment, habe ich das richtig verstanden? Du willst schwänzen? Ausgerechnet ich soll dich dabei unterstützen und dir eine Entschuldigung liefern?«

»Nein, nein, so würde ich das nicht nennen. Ich mache mich nur anderweitig mit wichtigen Tätigkeiten n-nützlich«, erklärte Louis die Taktik.

»Kein Wunder, dass du ständig Ärger mit Clemens Frommholt hast. Der würde dieses Vorgehen, das eigenmächtige Abändern der Regeln, verabscheuen. Also gut, die Handlampen und die Mikrosender musst du dort einsortieren. Danach schaust du in den Chemikalien-Schrank. Einige Tuben Kleber und Sprays haben das Verfalldatum überschritten. Die legst du dort in die Abfallkiste.«

Louis gelang es anschließend, ein paar der Dinge aus der Kleiderkammer zu schmuggeln, anstatt sie dem Müll zu übergeben. Der blonde Niklas suchte in dem kleinen Mansardenzimmer die Laufschuhe. Es versetzte Louis einen kurzen Stich, dass er bei der Runde um den See nicht dabei sein würde. Und es war völlig ungewohnt, in dem straff organisierten Tagesgeschehen plötzlich Leerlauf zu haben. Als Karim oben auftauchte, um Louis nach der versäumten Andacht zu fragen, fand er nur einen schlafenden Jungen vor.

Nützliche Karabiner

Die Armbanduhr weckte Louis pünktlich um vier Uhr morgens mit einem ungemütlichen Vibrationsalarm. Der Junge bewunderte die effektive Wirkung und stand leise auf. »Caspar, lass uns die halbautomatische Sortiermaschine anwerfen!«

Auf leisen Sohlen schlichen sie in den unaufgeräumten Schlafraum. Herumliegende Kleidungsstücke stopften sie in die mitgebrachten Plastikkisten und schleppten diese in die Galerie. Louis verknotete Hosenbeine und Hemdsärmel. Er befestigte den Karabiner an einer Strebe des Geländers im zweiten Stock. Nun konnte er den darin enthaltenen meterlangen, stabilen Draht herausziehen. Eilig fädelte er T-Shirts und andere Kleinteile auf. Caspar lief mit dem fertig bestückten Seil oben durch die Galerie und blieb gegenüber stehen. Eine scharfe Kombizange knipste den Draht in der richtigen Länge ab und Caspar fädelte das Ende durch einen weiteren Karabiner. Mit stabilem Klebeband umwickelte der Junge die Verbindungsstelle und hakte den Draht an der Holzstrebe ein. Nun spannte sich die Konstruktion in schwindelerregender Höhe quer durch die Halle wie eine bunte Wäscheleine. Die Sachen mussten zwar nicht trocknen, aber eine gewisse Durchlüftung konnte ihnen nicht schaden. Teilweise standen die Kleidungsstücke fast vor Schmutz und stanken unangenehm. Caspar holte den nächsten Schwung Klamotten und gemeinsam spannten sie einen weiteren Draht, dieses Mal etwas tiefer, diagonal durch die Eingangshalle.

»Wie viele Karabiner hast du noch?«, wisperte Caspar.

»Fünf! Wir müssen uns beeilen. Gleich stehen bereits die Frühaufsteher auf der Matte«, antwortete Louis.

Allerdings jagte ihnen der erste Betrachter direkt einen mörderischen Schrecken ein. »Ich glaube das nicht, das kann nicht wahr sein«, stöhnte Louis.

Caspar murmelte: »Jetzt wird es psychologisch.«

»Wie kann es sein, dass du nicht wusstest, dass ausgerechnet heute dein Opa im Morgengrauen aufkreuzt?«, schimpfte Louis. »Du bist doch sonst immer auf dem Laufenden.«

Der Komtur des Templerordens sah sich interessiert in der Eingangshalle des Gutshauses um. Seine Begleiter rümpften die Nase. »Hier sieht es aus wie auf einem Basar. Und es riecht danach!«, kommentierte einer.

Louis und Caspar hockten verborgen oben in der Galerie. Sie hörten und sahen alles. Es dauerte nur wenige Momente, bis Friedrich Lacroix die Treppe abwärtshumpelte. Er knöpfte hastig sein Hemd zu und traf im ersten Stockwerk auf Clemens Frommholt. Der Komtur hatte mit seiner Begleitung einige Stufen erklommen.

»Guten Morgen, Clemens. Wie geht es dir und Elvira?«, fragte er freundlich und ignorierte das bunte Wimpeldach über seinem ehrwürdigen Haupt. Sein Gegenüber konnte nicht antworten. Fassungslos legte er den Kopf in den Nacken und betrachtete die improvisierten Wäscheleinen.

»Ähm!«, stotterte Friedrich Lacroix peinlich berührt. »Also, die Halle sieht im Vergleich zu gestern etwas verwandelt aus. Aber ich werde das ändern.«

Eine helle Stimme rief plötzlich: »Ey, da hängt meine Turnhose. Und mein Handtuch baumelt weiter hinten.«

Immer mehr kleine Burschen erschienen zerzaust in der Galerie.

»Meine Socken! Die habe ich gesucht!«

Friedrich Lacroix wurde etwas lauter. »Kein Wunder! Ihr solltet bereits gestern aufräumen. Jungs, ihr werdet jetzt in Rekordzeit diese Leinen abnehmen und euren Schlafsaal sortieren. Ich werde das kontrollieren.« Lacroix blickte nach oben. »Louis und Caspar werden euch sicher gerne helfen.«

Die beiden verließen widerstrebend ihre Deckung. »Übrigens, ohne Ordnung kein Frühstück!« Murrend machten sich die Jungen an die Arbeit. Der Komtur wurde fast von einem Drahtseil mit der anhängenden Kleidung begraben. Gelassen arbeitete sich der ältere Herr aus den Stoffen heraus. Er nickte Friedrich Lacroix hoheitsvoll zu und verschwand mit dem Hausherrn, der ein ziemlich saures Gesicht zur Schau trug.

Beistand war kaum nötig. Kleinlaut ordneten die Jungen die Wäsche. Sogar der aufmüpfige Konrad verzichtete auf dumme Sprüche und einen Wutausbruch. Der Schlafsaal war nach kurzer Zeit nicht mehr wiederzuerkennen.

»Geht doch!«, feixte Louis und lehnte mit verschränkten Armen an der Wand.

Und Caspar wandelte seinen Lieblingsspruch leicht ab: »Das könnte Ärger geben.«

Louis und Caspar verspeisten auf dem Weg zur Schule ein paar rasch geschmierte Brötchen.

Niklas und Bo fachsimpelten über das Auswahlverfahren und ihre bisherigen Leistungen. »Ich habe gestern endlich diesen blöden Stein gefunden. Habt ihr eure Berichte abgegeben? Heute Mittag wäre dafür die letzte Möglichkeit. Ich habe fünf Seiten geschrieben!« Niklas strich eine widerspenstige, blonde Haarsträhne zurück.

Caspar nickte, Louis stöhnte. »Nein, diese Aufgabe habe ich total vergessen!« Der Junge beschloss, den Schulunterricht für einen anderen Zweck zu nutzen. Konzentriert wie selten saß Louis an seinem Tisch und schrieb alles auf, was er über Olli Treyo wusste. Das Aussehen konnte Louis ausführlich beschreiben. Viele andere Details fielen ihm ein. »Die Pauker dürfen mich nicht erwischen. Wenn sie die Blätter einkassieren, bin ich geliefert!«, dachte er nach den ersten beiden Stunden. In der Pause las er seine Ergebnisse durch. Die Schrift war wie üblich kaum leserlich, die Tinte an einigen Stellen verwischt, aber den Inhalt fand Louis überzeugend. Tommi Lacroix hatte es morgens weder versäumt, Louis das Pulver in die Hand zu drücken, noch ihm ein Attest für den Sportunterricht auszustellen. Anstatt den anderen neidisch in der Halle zuzuschauen, verzog sich Louis in den Computerraum. Erneut recherchierte er einige Dinge und verlieh seinem Bericht den letzten Schliff. »Ski- und Surfschule Vitus Raabe«, Louis druckte ein paar Informationen über den Besitzer Vitus aus, die sparsam ausfielen. Vitus hatte darauf geachtet, im Internet wenig Spuren zu hinterlassen. Heute war Louis von dem

Medikament nicht schlecht geworden und er verspeiste rasch ein paar mitgebrachte Möhrenstücke und Weintrauben. Er fand kurz Gelegenheit, ein paar kleinere Übungen zum Parkour-Running zu testen. »Man braucht zusätzlich Kraft in den Fingern und in den Füßen. Das kann ich gewiss unauffällig trainieren. Krasse Sache.« Als Louis probeweise vom Stuhl auf einen Tisch sprang, kam seine Klassenlehrerin herein.

»Ich verstehe ja, dass du dich bewegen musst. Du solltest darauf achten, das Mobiliar der Schule schonend zu behandeln. Das ist dir bei deinen Büchern nicht sonderlich gut gelungen.«

Louis grinste ein wenig schief und hüpfte auf den Boden. Hastig sammelte er seine Sachen zusammen. Er pflückte das letzte Stück Möhre, warf es in einem eleganten Bogen in seinen Mund und verließ den Computerraum.

»Wer soll denn das entziffern, Louis?«, fragte Friedrich Lacroix einige Stunden später, als Louis seinen Bericht ins Büro brachte. Frustriert verzog Louis den Mund. Lacroix spürte seine Enttäuschung und sagte versöhnlich: »In Ordnung. Erledige erst deinen Krempel für die Schule. Anschließend kannst du dich an meinen PC setzen. Ich starte dir ein spezielles Spracherkennungsprogramm. Du liest deinen Text vor, der Computer speichert deine Worte und wandelt sie automatisch in eine gedruckte Fassung um. Die legen wir der Prüfungskommission vor.«

Louis nickte erfreut.

»Denke dran, dass später deine Kleingruppe etwas über Geschichte erfahren will! Ich hoffe, du bist gut vorbereitet.«

Das war Louis kein bisschen, darüber würde er sich später Gedanken machen. Bald diktierte er seinen Text und folgte amüsiert den Buchstaben, die fein säuberlich auf dem Bildschirm erschienen. Das Programm funktionierte einwandfrei, bis auf einmal ungefragt eine Nachricht in einem Seitenfenster auftauchte. Louis speicherte sein Dokument. Es wurde von dem immer mehr Raum einnehmenden zweiten Text zunehmend überlagert. »Ergänzung der Ausbildungsinhalte«, las Louis.

»He, was soll das?!«, maulte er und testete verschiedene Möglichkeiten, um wieder freie Sicht auf den Bericht über Olli zu bekommen. Der Mauszeiger verrutschte und Louis hatte versehentlich ein paar Tasten auf der Tastatur gedrückt. Anscheinend vernetzte sich die Nachricht automatisch mit dem passenden Ordner. Der Computer begann leise zu summen und weitere Programme und gespeicherte Dokumente wurden angezeigt. Louis entdeckte eine Aufstellung vieler Namen, von denen ihm einige sehr bekannt vorkamen. Der Junge konnte nicht widerstehen und klickte verschiedene Dinge an, die in Rekordgeschwindigkeit den Inhalt preisgaben.

Die Zusammenstellung mit dem Titel »Seminar Gutshof« und der aktuellen Jahreszahl wirkte besonders verheißungsvoll. »Ich nutze Friedrich Lacroix' Vertrauen aus!«, war sich Louis bewusst. Die Neugier siegte über sein schlechtes Gewissen. »Andreas Frommholt« stand dort. Geburtsdatum, Stammbaum, ein Lebenslauf, Kinderkrankheiten, jede ärztliche Untersuchung war mit dem entsprechenden Datum und Ergebnis notiert. Louis entdeckte die gesamten Schulzeugnisse, weitere Dokumente und Gutachten. In einer langen Tabelle war mit Kreuzen markiert, an welchen speziellen Tempelritter-Kursen Andreas teilgenommen hatte und was augenblicklich fehlte. Ein kurzer Vermerk ließ Louis ein wenig grinsen. »Umzug in das Haus der Familie Roth nach einer Prügelei mit Louis von Mortville«. »Diesen blöden Feigling sind wir gut losgeworden!«, feixte Louis. »Andreas neigt dazu, jüngere Seminarteilnehmer zu schikanieren«, stand dort und Louis wurde allmählich nervös. Notierte jemand sämtliche Fehltritte, Maßnahmen und Besonderheiten? War Friedrich Lacroix dafür zuständig?

Ein weiteres Feld berichtete über kurze Einsätze für die Tempelritter und deren Ergebnis. Diese Spalte war leer, wie Louis verwundert feststellte. Er konnte nicht widerstehen und suchte seinen Namen. Einen Herzschlag lang zögerte er. »Louis von Mortville«.

Der Verfasser dieser ausführlichen Beobachtung hatte kaum etwas aus seinem Lebenslauf übersehen. In fetter Schrift stand vermerkt, dass Louis mehrmals kurzfristig für Camps in den Ferien abgemeldet worden war. »Danke, Lucille!«, murmelte Louis, der sich gut an das Drama erinnerte. Louis wollte zu jener Zeit nicht alleine verreisen, sondern im alten Pförtnerhaus bleiben. Seine Mutter hatte ihn unterstützt. Gewiss hatte sie schon damals die Angst vor den Tempelrittern und ihren Forderungen umgetrieben. Hugo tobte. Es gab tagelang Streit im Hause von Mortville. Schließlich hatte Louis Fieber bekommen und somit war das Thema zugunsten von Louis und Lucille entschieden. »Warum schreiben die alles auf?«, fragte sich Louis. »Der gläserne Mensch!« Louis entdeckte in der Tabelle mit den Ausbildungsinhalten, dass er schon viele Kreuzchen gesammelt hatte. Viel mehr als Andreas, obwohl der älter war. Hugo von Mortville kümmerte sich um Louis und hatte ihm eine Menge beigebracht, vielleicht deshalb. Ordensgebote, Wahrnehmungstraining, Templerkunde, Selbstverteidigung, Codes und Verschlüsselung, Theologie, Sportkurse, Erste Hilfe, Naturwissenschaften, Informatik, Fremdsprachen, Tradition, nicht mit allen Begriffen konnte Louis etwas anfangen. Geschichte und Heraldik waren fast abgeschlossen, wie Louis begeistert bemerkte. Im Feld für Disziplin und Benimmregeln prangte ein dickes Fragezeichen und Louis wurde heiß. Das Gefühl verstärkte sich, als er die weiteren Aufzeichnungen überflog. Berichte über seine Zeit bei den Wölfen und die Fotos, die Louis damals schießen konnte. Die eigenmächtige, leider gescheiterte Aktion mit Karim, um das Schwert, ein weiteres Insigne der Macht, zurückzuholen, war genauso ausführlich beschrieben wie die Tage in der Villa Gallunders. Dort hatten Handyaufzeichnungen viel über die Arbeit des Schurken verraten.

»Müssen wir deshalb eigene Berichte verfassen? Um so etwas zu üben?« Louis überging lieber die meterlangen, akribischen Aufzeichnungen, die mit »Übertretung der Hausordnung und Nichteinhalten der Tempelrittergebote« betitelt waren. Einige Stichworte, wie zum Beispiel Mutprobe und Slackline, Wutanfall oder eigenmächtige Ermittlungen in der Nacht stachen ihm trotzdem ins Auge. Das Feld mit den Templermissionen war gut gefüllt. Hier fehlte kein Detail: Fehler wurden tadelnd bemerkt und gute Reaktionen lobend erwähnt. »Das ist fast ein Buch!«, murmelte Louis.

Er wusste nicht genau, was er davon halten sollte. Wut, darüber, dass er ständig beobachtet und bewertet wurde, ein Gruseln, Beschämung und gleichzeitig ein seltsamer Stolz; die Idee, jetzt gar nichts mehr für die Templer tun zu wollen, wechselten sich ab und stürzten Louis in eine eigenartige Verwirrung. Es fiel ihm auf, dass seine Akte ein besonderes Zeichen trug. Wahrscheinlich wurden Veränderungen direkt an weitere Adressanten verschickt und automatisch vernetzt. Wer konnte Einblick in die Berichte nehmen? Richard? Der Komtur? Louis' Magen flatterte. Ob diejenigen sehen konnten, dass der Text gerade geöffnet worden war?

»Da kommt jemand!« Hektisch versuchte der Junge, das Dokument über Olli Treyo wiederzufinden und die Dinge, die garantiert nicht für seine Augen bestimmt waren, zu schließen.

Tommi Lacroix betrat das Büro und brachte Louis eine Flasche Wasser. »Du sollst viel trinken!«, mahnte er. »Ich werde dir helfen, deinen Bericht auszudrucken und wir nehmen ihn sofort mit. Die Prüfungskommission möchte jetzt alles lesen.«

Es fehlten nur wenige Zeilen und Louis legte das handschriftliche Exemplar dazu. Er hoffte, dass er komplett die verräterischen Spuren seiner unerlaubten Nachforschungen beseitigt hatte. »Sonst gibt es bald einen neuen, negativen Eintrag. Wenn ich allerdings die Datei über Olli gelesen hätte, wäre mein Text gewiss eindeutig besser geworden«, überlegte Louis. »Aber das wäre eine fiese Schummelei. Ich hatte sowieso Glück, weil ich Olli kannte und nicht mühsam herausfinden musste, welchen Jungen ich beschreiben sollte.«

Das Verhör

Das war der nächste Auftrag. Louis bekam einen Bericht in die Hand gedrückt und sollte anhand dieser Schilderung den passenden Namen nennen. Auf dem Weg zum Wispersaal überflog er die Seiten. »Caspar!«, grinste er. »Das hat Caspar verfasst. Er drückt sich immer so umständlich aus. Und er meint den frechen Konrad, hundert pro! Nur der bringt es fertig, sich ständig zu prügeln oder gegen die Ritterrüstungen zu spucken.« Louis kehrte um, schrieb in großen Druckbuchstaben und in Sonntagsschrift sein Ergebnis auf die Blätter und gab sie wieder ab. Der Vorsitzende der Prüfungskommission schaute Louis verblüfft an.

»So schnell? Bist du sicher? Du kannst deinen Bogen später nicht verändern!«

Louis nickte nur und sprang die Stufen nach oben. Im Wispersaal war eine wüste Schlägerei im Gange. Eine Ritterrüstung lehnte schief an der Wand, als wäre sie betrunken, und die Lanze kullerte über den Boden. Anton schwang die Fäuste wie ein billiger Wettkampfboxer. Sein Gegner Konrad war viel größer als er. Ein Schlag, ein Tritt, Anton flog quer durch den Raum und Louis konnte ihn gerade noch auffangen.

»Alles klar?!«, fragte Louis mäßig interessiert. Zu viele Gedanken schwirrten durch seinen Kopf. Nachlässig sortierte er die Rüstung. Komplett beseitigen konnte er die Schäden nicht. Anscheinend sah Louis gerade ziemlich furchterregend aus. Tief versunken und mit zusammengekniffenen Augen schaute er in die Runde. Die kleinen Jungen schlichen zu ihren Stühlen. Mit Verspätung rauschte Olli in den Wispersaal. »Tsss!«, sagte Louis sparsam. Er ließ übergangslos die gestrige Geschichte wiederholen und berichtete selbst weiter. Schließlich senkte er seine Stimme zu einem Flüstern.

»Wir schleichen uns aus dem Haus. Wer hat, holt sein Taschenmesser. Wir treffen uns dort hinter den letzten noch verbliebenen Gewächshäusern wieder. Seid vorsichtig. Wenn ihr erwischt werdet, lasst euch etwas Kluges einfallen.« Louis richtete es so ein, dass er mit Konrad und Anton durch das Treppenhaus huschte. Sie gelangten ins Freie.

»Ihr wisst, dass Schlägereien verboten sind!«, schimpfte Louis leise. Er kam sich komisch vor, weil plötzlich er in der ungewohnten Situation war, andere in die Schranken zu weisen. Sonst holte er sich selbst immer diverse Rügen ab. Die beiden Jungen schwiegen bockig und starrten mürrisch in die Gegend. Diese Reaktion war Louis aus eigener Erfahrung hinreichend bekannt. Er ließ Konrad und Anton zappeln. Wirklich ein guter Trick. Schließlich sagte Louis: »Ich möchte, dass ihr euch wieder vertragt. Sonst schicke ich euch zurück und ihr müsst leider auf den besten K-kampf aller Zeiten verzichten. Überlegt es euch!« Die beiden gaben schließlich nach. Sie benahmen sich sogar in der Folge halbwegs diszipliniert.

Louis ging, als alle Jungen versammelt waren, zu einer Stelle, an der viele Haselnusssträucher wuchsen. Mit der Kombizange knipste Louis daumendicke Äste ab. Sie schleppten ihre Fracht in das kleine Amphitheater hinter der Werkstatt. Blätter flogen zur Erde, als die Jungen an den Hölzern herumschnitzten, bevor Louis ihnen dann beibrachte, mit welchen Kniffen man dem Gegner mit einem Stock ordentlich einheizen konnte. Ein »Aha, und wie nennt man diesen Kurs, Louis von Mortville?« ließ die Jungen erschrocken innehalten.

»Angewandte G-geschichte!«, stammelte Louis geistesgegenwärtig.

»Junge, komm einmal her zu mir!«, sagte der Komtur, der mit zwei Begleitern aufgetaucht war. Er winkte ausgerechnet oder zielsicher Konrad, der das größte Stresspotenzial besaß und selten aufpasste, aus der Gruppe. »Was hast du heute gelernt?«

Louis war ein wenig erleichtert, dass Olli Treyo den Komtur ebenfalls begleiten sollte. Olli hatte gewiss ein paar Dinge behalten und konnte von der Gründung und dem Leben der Tempelritter erzählen, wenn er nicht vor Ehrfurcht verstummen würde. »Die Stöcke bleiben hier!«, bestimmte Louis und erntete missmutiges Gemurmel. Er sammelte die Hölzer ein und verstaute sie auf dem Dach eines Holzschuppens. »Wenn ihr morgen gut mitmacht, könnten wir erneut ins Amphitheater gehen!«, stellte Louis in Aussicht. Er hoffte, dass der Komtur dieses Angebot nicht mitgeschnitten hatte und es unterließ, Clemens Frommholt von der eigenmächtigen Abwandlung des Unterrichtes Mitteilung zu erstatten.

Im Gutshaus traf Louis auf Niklas. Er ließ seinen Papierbogen sinken und seufzte. »Keine Ahnung, wer das sein soll!«, murmelte er frustriert. »Diese Aufgabe kann ich nicht lösen!«

Louis las die Aufstellung, die ziemlich chaotisch war. »Das könnte Anton sein. Er gehört zu meiner Gruppe. Sicher bin ich mir nicht. Manches p-passt nicht zu ihm.«

Niklas schaute ihn verblüfft an. »Warum hilfst du mir? Das schmälert doch deine Chancen!«

Daran hatte Louis gar nicht gedacht.

»Oder lockst du mich auf eine falsche Fährte?«, sagte Niklas plötzlich misstrauisch.

»Denk, was du willst. Ich kann dir Anton zeigen und du testest selbst, ob an meiner Vermutung etwas dran ist!« Louis hatte keine Lust, mit Niklas zu streiten.

Der lenkte ein: »Hast du gesehen, heute Morgen ist der Komtur angereist. Ob der in unserer Prüfungskommission sitzen wird? Mir wird ganz schlecht bei dem Gedanken!« Louis wurde fast immer übel, wenn er die Gestalt des Komturs erblickte. Der Junge bezweifelte fälschlicherweise, dass die obersten Tempelritter mit diesem Kleinkram befasst waren. Der Komtur war sehr an dem Nachwuchs interessiert. Er las sämtliche Aufzeichnungen, die darüber gemacht wurden, und sprach regelmäßig mit den Templern, die sich besonders um die Jungen und Mädchen kümmerten.

»Louis von Mortville, bitte sofort in die Arztpraxis kommen!«, ertönte es durch einen Lautsprecher.

»Koma-Kontrolle!«, kicherte Niklas.

Louis boxte dem anderen leicht in den Bauch. »Nichts Koma, Schläge funktionieren bestens!«

»Danke, übrigens.« Niklas grinste. »Für den Tipp natürlich!«

Louis besorgte aus der Küche zwei Äpfel und versuchte, das unbehagliche Gefühl in seinem Bauch zu verdrängen. Im Wartezimmer saßen bereits ein paar Tempelritter. Tommi Lacroix erklärte Louis kurz die Aufgaben. Der Arzt wirkte einen kleinen Moment nervös, bevor er grinste. »Ich werde dich scheuchen müssen. Es werden viele Templer zur Behandlung vorbeischauen.«

»Wo sollen die denn alle hin?«, rutschte es Louis heraus. »Das Gutshaus platzt jetzt schon aus allen Nähten. Oder funktioniert es nach dem Prinzip der inneren Oberflächenvergrößerung?«

»Louis, du erstaunst mich immer wieder! Du hast in Biologie beim Zellaufbau aufgepasst! Die meisten unserer Patienten reisen heute Abend weiter. Von hier aus starten einige Missionen.«

Louis hätte gerne mehr darüber erfahren. Von nun hatte er kaum mehr Zeit, an irgendetwas anderes zu denken als an seine Aufgaben und an Blutdruck, Puls und Gewicht.

Tommi Lacroix hatte ihn nach dem ersten Versuch gewarnt: »Schau genau auf die Waage, sie schummeln alle.«

Bei einem älteren Templer mit kräftigen Oberarmen gelang Louis die Messung nicht auf Anhieb. Verlegen versuchte er es erneut. Der Mann lachte. Tommi Lacroix übernahm die weitere Untersuchung und erklärte Louis nebenbei einiges. »Gesundheitscheck wie bei den Spitzensportlern!«, dachte Louis. Ein riesengroßer blauer Fleck zierte den Oberschenkel des Templers und zog sich bis zum Knie. »Sieht besser aus!«, murmelte der Arzt.

»Wird langsam Zeit!«, brummte der Mann missfällig.

Tommi Lacroix bewegte vorsichtig das Bein. Der andere verzog schmerzlich das Gesicht.

Louis kommentierte: »Er findet immer die Stelle, die am meisten wehtut. Dafür bekommt er bestimmt eine Prämie!«

Der Tempelritter brach in brüllendes Gelächter aus. Zum Abschluss drosch der kernige Mann Louis seine klobige Hand auf die Schulter. »Gut, dass du hier bist, mein Junge. Endlich redet der Quacksalber Klartext und erklärt vernünftig, was mir fehlt. Diese medizinischen Fachbegriffe jagen einem sonst eine fürchterliche Angst ein!«

»Das ist Sinn der Sache, sonst würde niemand Medikamente nehmen oder sich schonen!«, lächelte Tommi Lacroix.

Einige Tempelritter reagierten mit Abscheu, wenn Louis seinen Namen nannte. »Du bist der Junge, der den Komtur im Kloster beleidigt hat. Hast du überhaupt Manieren?«

Andere schwiegen oder warfen ihm vor: »Ich traue dir nicht. Du arbeitest garantiert für unsere Gegner!«

Bei einem besonders arroganten Vertreter pumpte Louis die Blutdruck-Manschette ein wenig fester auf als nötig. Augenblicklich schämte er sich für diese fiese Retourkutsche und versuchte, seinen Zorn nicht an die Oberfläche kommen zu lassen. Er hatte gerade einen weiteren Namen und die Werte notiert, da stürmte Tommi Lacroix in den Raum. Er warf ihm einen abgeflachten, kleinen Ball aus transparentem Hartplastik zu. Louis drehte den Gegenstand ratlos in seiner Hand.

»Nicht ganz richtig. Das ist ein Powerball, damit trainiert man Muskeln und das Handgelenk. Olli soll es zunächst mit seiner gesunden Hand versuchen.« Der Arzt zog rasant eine Schnur aus dem Ball und zeigte Louis die Bewegungen. »Der Powerball leuchtet und summt, wenn du es richtig machst. Das wäre etwas für dich. Diesen Sport erlaube ich dir!«

Louis fand rasch heraus, wie der Ball funktionierte, und er merkte, dass er in seinem rechten Arm längst nicht so viel Kraft und Ausdauer hatte wie im linken. Die Operationsnarbe war fast nicht mehr zu sehen, eine gewisse Einschränkung der Funktionalität schien vorhanden zu sein.

Über Ollis Wange lief ein langer Kratzer.

»Wo hast du den denn kassiert? Habt ihr euch die Stöcke um die Ohren gehauen?«, fragte Louis misstrauisch.

Olli nickte beschämt. »Konrad und ich sind später zurück zum Amphitheater.«

Louis unterbrach: »Ich hatte die Stöcke hochgelegt. Das war für Konrad bestimmt nicht weit genug weg!«

Olli nickte bestätigend. Er druckste herum. »Herr Frommholt hat uns erwischt. Er wird sicher wieder mit dir schimpfen!«

Louis nickte überzeugt. »Ja, er verteilt seine Z-zuneigung ganz gerecht. Was wollte eigentlich der Komtur von euch?«, fiel ihm ein.

»Der Komtur?! Das war wirklich der Komtur?«, hauchte Olli entsetzt. Es war keine brauchbare Antwort mehr aus dem Jungen herauszubekommen. Selbst Tommi Lacroix schaffte es nicht, ihn aufzuheitern. Louis musste zugeben, dass der Arzt ein besonderes Gespür für andere Menschen hatte. Es war interessant, ihm beim Reden und Arbeiten zuzuschauen. Die meisten Tempelritter verließen zufrieden die Praxis.

Der nächste Patient ließ Louis beklommen aufseufzen. Der oberste Templer persönlich kam ins Sprechzimmer. Tommi Lacroix schickte Louis zunächst vor die Tür. Die beiden Leibwächter des Komturs musterten Louis mit unfreundlichen Blicken. Der lenkte sich mit dem Powerball ab und ließ ihn rotieren.

»Louis!«, rief Lacroix nach einer Weile. Der Komtur saß auf einem Stuhl und drückte einen weißen Tupfer in seine Armbeuge. Louis hatte für Kanülen und Blut besonders wenig übrig. Äußerlich ungerührt nahm er dem Arzt die gefüllten Röhrchen ab, um sie in einen Umschlag zu stecken.

Tommi Lacroix verließ mit der Ansage »Ich brauche das Ultraschallgerät!« den Raum.

Der Komtur sprach Louis unvermittelt an. »Warum hast du deine Begegnung mit Vitus am Strand geheim gehalten? Dir war klar, dass der verletzte Vitus dort nichts zu suchen hatte«, eröffnete der Komtur barsch eine Befragung.

Louis versuchte, dem Mann an der Spitze des Ordens in die Augen zu sehen. Sie wirkten hart, unversöhnlich und entschlossen. Und so, als wäre der Ausgang dieses Kreuzverhörs längst beschlossene Sache.

»Vitus h-hat mich darum gebeten«, stotterte Louis verwirrt und versuchte, seine Aufregung zu verbergen.

Der Komtur lächelte bissig und sagte spöttisch: »Wir haben dich bereits um einiges gebeten, ohne dass du dich danach gerichtet hättest, Louis von Mortville. Ich denke an die Einhaltung gewisser Regeln. Was hat er dir für dein Schweigen gegeben?«

Mühsam stammelte Louis: »N-nichts.« Seine Zunge gehorchte ihm kaum. Das verschlimmerte Louis' Herzklopfen. Worauf wollte der Komtur hinaus? Die Plastikröhrchen mit dem Blut fielen Louis aus der Hand und rollten unter die Behandlungsliege.

»Was hat dir Vitus versprochen, Louis?«, hämmerte die Stimme des Komturs schonungslos auf den Jungen ein. Ein Templer, der das Leben des Komturs schützte, nahm unauffällig hinter Louis Aufstellung.

»N-nichts«, wiederholte Louis heiser. Er hatte Angst. Gleichzeitig wuchs seine Empörung. »Ich habe nichts zu verbergen«, war er überzeugt, »der Komtur will mir ein schlechtes Gewissen einreden.«

Die schneidend gestellten Fragen prasselten auf Louis ein. »Du hast weitere Kontakte aufgenommen? Nenne die Namen! Welche Intrigen willst du spinnen? Du sprichst mit dem Komtur der Tempelritter. Wer hat deine Gedanken vergiftet? Man nutzt deine Gutgläubigkeit aus. Zähle die Hintermänner auf! Louis, du hast jetzt die Gelegenheit, ein ehrliches Geständnis abzulegen.«

»Ich habe alles erzählt. Es ist genau so p-passiert!«, antwortete Louis. In seinem Kopf rotierten die Anschuldigungen wie der Powerball vorhin in seinen Fingern. Louis ging in die Hocke, hob die Röhrchen auf und legte sie zitternd auf das Schreibpult.

Der Komtur war noch nicht fertig mit Louis. Scharf pfiff er den Jungen an: »Oder veranlasst dich deine unerträgliche Geltungssucht, Lügen zu verbreiten? Du weißt nicht, was du mit diesen zumindest teilweise falschen Darstellungen anrichtest.«

Es reichte Louis. Er ballte die Fäuste. »Erst wirft man mir vor, ich behalte brisante G-geheimnisse für mich. Und wenn ich davon berichte, habe ich mir alles prächtig ausgedacht!«, sagte er mühsam beherrscht.

»Louis, unsere Missionen sind zu wichtig. Aufmüpfige Jungen wie du sollten durch überflüssige, unüberlegte, konfuse ...«, zählte der Komtur langsam und tadelnd auf, »... undisziplinierte Handlungen keine Unordnung in diese Struktur bringen.« Der Templer machte eine überhebliche Pause. »Vitus besitzt kein Mobiltelefon.

Alles wurde abgesucht.« Der Komtur schwieg und starrte Louis übelgelaunt und unverwandt an.

»Aber wieso? Ich habe es gesehen und sogar mit ihm telefoniert. Er ...« Louis brach ab. »Wieso nicht gefunden? Man kann das Handy anrufen, sogar mit versteckter Kennung. Man hört den Klingelton oder ein Vibrieren oder sieht ein blinkendes Display!«, rutschte es ihm vorwurfsvoll heraus. »Oder hatte Vitus das Handy heimlich entsorgt? Warum hätte er das tun sollen«, dachte Louis mit einem gewissen Unbehagen.

Restlos verärgert warf der Komtur den rot gefleckten Tupfer in den Papierkorb. »Du bist nicht um einen Vorschlag gebeten worden!«, wiegelte er entschieden ab.

»Jetzt darf ich gar nichts mehr sagen. Was ist das für eine miese Darbietung!«, schrie Louis empört auf. Mit jedem ungehörigen Wort wurde seine Stimme leiser, bis er schließlich frustriert abbrach. »Mit seiner ekligen Art schafft der Komtur es immer wieder, mich zum Platzen zu bringen!«, dachte er wütend. Der Leibwächter des obersten Tempelritters hielt Louis vorsichtshalber fest, was diesen nur noch mehr aufbrachte.

Tommi Lacroix schob einen eckigen Kasten auf einem Rollwagen in das Behandlungszimmer. Verwundert musterte er die Anwesenden. Ein Leibwächter präsentierte dem Kontur gerade auf dem Tablet-PC eine Nachricht. Der Mann las sie und blies geräuschvoll die Luft aus der Nase.

»Er kann nicht bleiben!«, sagte er mit einem kurzen Blick auf Louis. Der andere Bodyguard nickte und verschwand. Louis wurde rüde am Arm gepackt und aus dem Raum gezerrt.

»He!«, protestierte Tommi Lacroix. »Was gibt das denn?« Seine Stimme verklang, als die Türen der Arztpraxis sich hinter Louis schlossen. Rasant fuhr ein dunkler Wagen vor, sodass der Kies zur Seite spritzte.

»Hinten rechts anschnallen!«, befahl man Louis nur und sofort schoss das Auto mit ihm davon. Die Scheiben waren verspiegelt. Louis wusste nicht, wie ihm geschah. Jeder Ton blieb ihm im Hals stecken. Das Klicken der Zentralverriegelung klang unnatürlich laut in seinen Ohren. Die wildesten Gedanken trieben die Panik in die Höhe. Ein Mann, den Louis nur vom Sehen kannte und den er als Templer identifizierte, saß am Steuer und blickte konzentriert auf die Straße. Was passierte bloß mit ihm? Alles in Louis wollte nur noch schreien. Sein Hals fühlte sich fürchterlich trocken und kratzig an, die ganze Flüssigkeit schien aus seinem Rachen in seine Augen zu drängen.

Der Junge kniff einmal fest in seinen Oberarm. Dabei rollte der Powerball aus der Hosentasche. »Wenn ich dem Fahrer das Ding an den Kopf werfe, fährt er in den Graben und ich haue ab!«, plante Louis und wartete zögernd auf eine günstige Gelegenheit. Der Wagen beschleunigte und erreichte bald schon die Autobahn. Louis wurde schlecht. Wo brachte man ihn hin? Was sollte das? Verkrampft hockte Louis auf dem Rücksitz. Bei diesem Tempo konnte er seinen Chauffeur schlecht außer Gefecht setzen. Die Landschaft zischte vorüber.

Der Fahrer schaltete die Scheinwerfer an. »Alles klar?«, fragte er besorgt nach hinten.

»Nein!«, würgte Louis hervor. Die Angst saß in ihm, lähmte ihn und schien ihn zu ersticken. »In einer halben Stunde musst du umsteigen! Ich soll dich zu einem Treffpunkt bringen und aufpassen, dass du nicht abhaust. Also, mach keinen Ärger!«

»Ärger, Ärger«, hallte es in Louis nach. Den hatte er reichlich gesammelt. »Die räumen mich einfach aus dem Weg. Sie machen mit mir, was sie wollen. Eine Erklärung? Fehlanzeige! Die Templer, denen ich Treue geschworen habe, behandeln mich wie den letzten Dreck.« Diese Erkenntnis schmerzte bis in die letzte Faser seines Körpers. Er musste seine ganze Kraft aufwenden, um nicht loszuheulen wie ein kleiner Junge. Er umklammerte den Powerball, als wäre er ein Rettungsring. Der dunkle Wagen verlangsamte die Fahrt und bog in einen umzäunten Parkplatz ein.

»Du wirst erwartet!« Der Fahrer betätigte mehrmals die Lichthupe. Wie aus dem Nichts stand ein Mann mit einem kleinen schwarzen Bart vor Louis' Tür. Er zog den Jungen aus dem Wagen, als wäre er eine federleichte Puppe.

»Es fehlt nur, dass er sich für die kostenlose Lieferung bedankt!«, stöhnte Louis panisch vor Furcht. Er ließ seine Beine einknicken, verpasste dem anderen einen schmerzhaften Hieb gegen das Knie. Der Angriff ging schief. Der schlanke Mann holte kurz aus, versetzte Louis einen nachlässigen Schlag, bevor seine dünnen Finger die Haare in Louis' Nacken fassten und festhielten. Der Fahrer hatte das Auto verlassen und kam zur Hilfe. Louis schrie und boxte. Er trat gegen alles, was sich bewegte. Wer war dieser ölige Kerl? Hatten ihn die Templer an seine Feinde verkauft? Die Angst ließ den Jungen ungeahnte Kräfte entwickeln. Er wehrte sich und es gelang ihm eine Weile, die beiden Männer zu beschäftigen. Die reagierten verhalten, als wollten sie Louis nicht wehtun. Schließlich verlor der Unbekannte die Geduld und fluchte lauthals in einer fremden Sprache. Er ließ die Locken des Jungen los, drehte ihn in einem atemberaubenden Tempo um und versetzte ihm eine schallende Ohrfeige. Genauso rasch wurde Louis dann auf dem Vordersitz eines Sportwagens platziert. Seine Wange brannte wie Feuer. Der schlanke Mann setzte sich ans Steuer und der Templer, der in der Zwischenzeit aufpasste, dass Louis nicht ausstieg, ging zurück zu dem dunklen Wagen. Er ließ Louis allein mit dem Fremden davonfahren.

Grüße von der Mafia?

Erst nach einer Weile wagte es Louis, seinen Entführer aus den Augenwinkeln heraus heimlich zu betrachten. Ein schmales Gesicht mit einer Hakennase und schmallippigem Mund, was dem Mann ein brutales Aussehen verlieh. Er sprach nicht mit Louis, schaute ihn nicht einmal an. Als der Junge sein Bein bewegte, knurrte der Fahrer gefährlich auf.

»Stillhalten, Freundchen!«, sagte er mit scharfem Akzent.

Wer war dieser Kerl? Was hatte er mit ihm vor? Louis hätte nicht gedacht, dass sich die eben ausgestandene Angst noch steigern ließ.

»Ich will hier raus!«, schrie alles in ihm. »Warum hilft mir keiner?!« Unwillkürlich dachte er an das Gutshaus und Friedrich Lacroix. Da fiel ihm der Vers ein, den der Templer zitiert hatte.

»Denn ich weiß genau, welche Pläne ich für euch gefasst habe«, spricht der Herr. »Mein Plan ist, euch Heil zu geben und kein Leid.«

Daran konnte Louis während der halsbrecherischen Fahrt in dem Wagen irgendwie nicht glauben. »Hat Gott die Pläne der Tempelritter da mit einkalkuliert?«, dachte Louis panisch.

Während der rasanten Fahrt durch die Nacht veränderte sich die Landschaft. Kleine Dörfer, hohe Hänge und ein breiter Fluss tauchten dann und wann neben der schmalen, kurvigen Straße auf. Louis umkrallte mit seinen Fingern krampfhaft das Lederpolster der Sportsitze. Kalter Angstschweiß stand auf seiner Stirn. Der Sicherheitsgurt scheuerte an seinem Hals. Der Fahrer bog in eine großzügige Einfahrt ein. Louis spannte jeden Muskel seines Körpers an. Der Wagen hielt vor einer hell erleuchteten Glastür und sofort wurde die Beifahrertür geöffnet. Ein Mann in Uniform unterstützte Louis dieses Mal eher zurückhaltend beim Aussteigen. »Hotel zum rothen Ross« zeigte eine edle Gravur in der Scheibe.

»Ein Unruhestifter mehr in meiner Sammlung!«, wurde Louis wenig freundlich begrüßt. Trotzdem hätte der Junge Dietrich Roth fast umarmt.

»Ein T-tempelritter!«, flüsterte Louis unhörbar. »Sie haben mich ja gar nicht irgendwelchen Feinden ausgeliefert.« Er wankte auf wackeligen Beinen in die Halle und sank erledigt auf die Treppe. Er schlug die Hände vor sein Gesicht.

»Wie siehst du denn aus? Wird dir beim Autofahren etwa schlecht? Ich dachte, dir würde eine Spritztour im neuen italienischen Sportwagen genauso viel Spaß machen wie deinem Vater!«, sagte Dietrich Roth.

Louis konnte nicht sprechen. Er spürte, wie Tränen der Erleichterung seine Wangen hinunterrannen.

»Sie haben dir weder gesagt, wohin du gebracht wirst, noch irgendeinen Grund dafür genannt«, vermutete der Templer plötzlich verstehend. »Das sieht ihnen ähnlich. Es musste alles schnell gehen. Dieser Frater Isparagus ist entflohen. Niemand weiß, wie er das bewerkstelligt hat und wo er sich aufhält. Du musstest sofort aus dem Gutshaus verschwinden, bevor der Wolf die Möglichkeit bekommen konnte, mit dir Kontakt aufzunehmen«, erklärte Roth und betonte das Wort ›Kontakt‹ eigentümlich. »Das bedeutet, dass du dieses Gelände nicht alleine verlassen wirst. Hast du das verstanden, Louis von Mortville? Wenn ich dich im Dunstkreis der Außentore sehe, werde ich extrem ungemütlich. Hast du das ebenfalls kapiert? Du wirst dich nicht auf irgendwelche hirnrissigen Extratouren begeben, Bursche. Ich will ein klares »Ja« von dir hören!«

Louis spürte, wie sein Kinn nach oben geschoben wurde. Das strenge, bärtige Gesicht erschien vor ihm und graue Augen taxierten ihn schonungslos. Er konnte nur ein heiseres »Ja« murmeln. Gefühle von Dankbarkeit und Wut über die gemeine Behandlung sowie die Verdächtigungen kochten in ihm hoch. Er dachte: »Ich bin kein Verräter! Ich habe nichts mit der Flucht von Isparagus zu tun. Dem Wolf will ich nie mehr begegnen. Ich habe den Komtur nicht belogen. Er hätte mir alles erklären können. Die sind alle so grässlich!« Louis schluckte und Dietrich Roth half ihm auf die Beine. Ein Aufzug, dessen verspiegelte Wände der verheulte Louis lieber nicht anschaute, brachte sie ins oberste Stockwerk. »Schlaf dich aus. Morgen reden wir weiter!«, kommandierte Roth und ließ Louis in einem modern eingerichteten Zimmer stehen.

»Hier soll ich wohnen? Ganz allein?!«, dachte Louis verblüfft. Helle Grüntöne an den Wänden und ein großes Fenster in einer Gaube. Dort stand auf einem Podest ein Schreibtisch mit eingelassenem Display. Ein weiterer Tisch konnte, wenn man ihn nicht benötigte, an die seitliche Mauer geklappt werden. Der großzügige Schrank passte zu dem weißen Bett. Gedankenverloren öffnete Louis eine Tür und entdeckte ein blitzsauberes Badezimmer. Der Junge kam aus dem Staunen nicht mehr heraus. Als es kurz an die Tür klopfte und ihm ein Tablett mit belegten Broten, Joghurt und

Obst gebracht wurde, zweifelte er an seinem Verstand. Er stand mit der Mahlzeit in der Hand mitten im Raum und starrte auf die köstlichen Dinge. Schließlich setzte er sich an den Schreibtisch und blickte auf den Fluss. Die Wellen glitzerten, Positionsleuchter schwer beladener Schiffe zogen vorüber. Etwas klapperte in seiner Hosentasche. Louis fand den kleinen grünen Glaszylinder aus dem Gutshaus darin und stellte ihn vorsichtig auf die Fensterbank. Er begann langsam zu essen und murmelte anschließend dankbar ein Abendgebet:

»Herr, der du unsere Herzen zu einem Tempel deines heiligen Geistes gemacht hast, Lehre uns, dich im Geist und in Wahrheit zu verstehen.

Herr, mache uns tüchtig zu allen guten Werken und rüste uns aus mit der Kraft der Hoffnung und der Liebe.

Herr, bringe uns zusammen zu deinem heiligen Tempel, füge uns ein als lebendige Steine,

Erwecke uns zu wahrer Bruderschaft, wo einer dem anderen diene in christlicher Nächstenliebe.

Ewiger Gott, gedenke deiner armen Ritterschaft vom Tempel in Gnaden.

Herr, wir bitten dich, öffne die Herzen der Menschen

Und gib ihnen Kraft für ein versöhnliches Miteinander aller Völker in Frieden.

Herr, zerbrich die Mauern, die uns trennen, und wehre allen, die Unfrieden stiften.

Herr, gib uns Kraft und Gelingen zum täglichen Werke,

Gib uns Geduld und Treue und hilf, dass wir uns bewähren als Ritter deines Tempels und Streiter für deinen Namen und deine unvergängliche Wahrheit.

Nicht uns, o Herr, nicht uns, sondern deinem Namen gebührt die Ehre.«

Schließlich kroch er satt unter die Decke.

Ein Sonnenstrahl kitzelte an seiner Nase und Louis öffnete die Augen. Verdattert schaute er sich um. Er befand sich nach wie vor in dem edlen Raum. Auf dem Tisch duftete bereits ein Frühstück. Niemand hatte ihn in aller Frühe aus dem Bett gescheucht. Langsam stand Louis auf, testete die Dusche und fand auf dem Stuhl ein frisches, kurzärmeliges Hemd und eine dunkle Stoffhose. »Hotel und keine Freizeitkluft?!«, dachte Louis flüchtig und versuchte, die viel zu weite Hose irgendwie in Form zu bringen. Das Teil saß überhaupt nicht und er legte das Kleidungsstück wieder zusammen. In Hemd und Boxershorts genoss er das Essen. »Wo kommt denn nur das Pulver her?« Angewidert musterte Louis das Medikament in dem Papiertütchen und schüttete es verächtlich in ein Wasserglas. Als er es kräftig umrührte, fiel ihm auf, dass der Schreibtisch keine gähnende Leere aufwies. Nagelneue Schulbücher, die Liste mit dem Stoff für die Nachprüfung, Stifte und Hefte lagen in ordentlichen Stapeln für ihn bereit. »Na klar, eigentlich hätte ich heute Schule!«, fiel Louis ein.

Er bummelte zum Fenster, um es zu öffnen. Das ließ der Verriegelungsmechanismus aber nicht zu. Lediglich die Kippfunktion war möglich. »Sperren die mich jetzt wochenlang ein?«, befürchtete Louis. »Dann fehlt nur die Metallkette mit einer schweren Kugel an meinem Fuß! Dafür haben die Templer schließlich die Armbanduhr. Die ist mindestens genauso effektiv.« Probeweise drückte der Junge die Türklinke herunter. Verschlossen! Louis war der Appetit vergangen. Er musste sich zusammenreißen, um nicht mit seinen Fäusten gegen die Tür zu hämmern. Irgendjemand würde ihn schon hören. Nur was dann passieren würde, konnte Louis nicht abschätzen.

Unruhig lief er im Zimmer auf und ab, setzte sich auf einen Stuhl, legte sich ins Bett, stand wieder auf. Er musste unbedingt etwas tun! Mit seiner Hand fuhr er über das integrierte Display des Computers. Eine Hausbroschüre des Hotels informierte über das Restaurant und nutzbare Räume. Neben einem Schwimmbad und dem mit allen Schikanen ausgestatteten Fitnessraum gab es auch Tagungssäle. Man konnte Räder, Boote oder elektronische Geräte ausleihen. Weder Weinproben, kulturelle Angebote, noch die traumhafte Lage des Hotels zum rothen Ross verschwieg der Text.

»Gehobene Küche, abends Buffet ... Aha, man darf sich das Essen also selbst zusammenstellen.« Bald konnte Louis die papierlose Broschüre fast auswendig und trommelte nervös mit den Fingern auf der Platte herum. »Okay, warum nicht. Ich kann genauso gut die Zeit zum Lernen nutzen.« Louis kamen die ersten scheußlichen Tage im Seminar in den Sinn. Sein Zorn und die Verweigerungsstrategie hatten ihn nicht weitergebracht und würden wahrscheinlich unter der Fuchtel von Dietrich Roth ebenfalls wenig erfolgreich sein. Seufzend klappte er ein Buch auf und begann zu arbeiten. »Wenn ich das alles bis zur Nachprüfung schaffen will, muss ich mich beeilen!«, seufzte Louis.

Er war unendlich erleichtert, als es plötzlich klopfte und kurz darauf ein junger Mann vor ihm stand.

»Hallo, willkommen im Hotel zum rothen Ross!«, grinste er ein wenig spöttisch. »Mein Name ist Stephan Roth und ich bin für deine mentale Fitness verantwortlich. Zeig mal, was du bisher geleistet hast!«

Stephan Roth betrachtete Louis' Aufzeichnungen. »Hm, ich kann zwar nur die Hälfte entziffern, aber was da steht, ist nicht schlecht. Sollen wir zusammen einen Plan erstellen, damit du rechtzeitig mit dem Krempel fertig wirst?«

Louis nickte und gemeinsam bastelten sie ein Konzept.

»Es wundert mich, dass du kooperativ bist!«, sagte Stephan verwundert und blickte vielsagend zur Tür. »Ich hätte wie verrückt randaliert, wenn man mich einsperren würde!«

Louis sah dem anderen das erste Mal ins Gesicht: ein etwas struppig wirkender Dreitagebart, graue Augen und längere Haare, als die Templer gutheißen würden. »Es hätte wenig Z-zweck gehabt, schätze ich!«, stotterte Louis kapitulierend.

»Da bist du schneller zu der Erkenntnis des unmöglichen Widerstandes gekommen als ich. Ich versuche bis heute, meine eigenen Ziele durchzusetzen. Immerhin studiere ich nicht bei den Tempelrittern, sondern an einer ganz normalen Universität. Und diesen Luxus muss ich selbst finanzieren, meine Eltern unterstützen mich nur minimal.«

Louis schwieg und Stephan redete weiter. »Ich halte mich mit diesem Ferienjob über Wasser. Mein alter Herr freut sich wirklich, wenn ich ihn bei der Nachwuchsförderung unterstütze. Und da gibt es echte Hornochsen. Die sind leider gerade in der Überzahl. Im Laufe des Tages wirst du ihre Bekanntschaft machen, schätze ich.«

Louis atmete ein wenig auf. Stephan schien ihm gegenüber nicht ablehnend eingestellt zu sein. Und das Kennenlernen der anderen Jungen hörte sich nicht nach Einzelhaft an. Louis fragte nach Stephans Studiengang und bekam ein *Pädagogik* zur Antwort: »Was!?«, entfuhr es Louis angewidert. »Du willst L-lehrer werden? Wie bist du auf eine derartig abscheuliche Idee gekommen?«

Stephan grinste nachsichtig. »Tja, meine Mutter träumt davon, dass ich den rothen Laden später übernehme. Und mein Vater und meine Großmutter wollen einen Tempelritter aus mir machen.«

»Und aus Protest gehst du freiwillig dein Leben lang in die Schule!«, kommentierte Louis trocken.

Stephan Roth lachte amüsiert. »Dafür, dass du den Komtur und seine verstaubten Blech-, äh, Tempelritter derartig nervst, bist du ganz schön zahm und ziemlich gut drauf!«

Louis zuckte mit den Achseln. »Was weißt du vom Komtur?«, fragte er misstrauisch.

»Er hat heute Morgen lange mit meinem Vater gesprochen. Rein zufällig wurde ich Zeuge dieser Videokonferenz. Ich war neugierig, was für ein Kerlchen mitten in der Nacht, heimlich und brandeilig, herangeschafft wurde. Eine derartig lange Liste mit Verstößen, Gehorsamsverweigerung und Missetaten habe ich noch bei keinem anderen gesehen. Trotzdem wirkte das Oberhaupt der Tempelritter höchst besorgt. Er hat ständig wiederholt, dass wir unbedingt und ständig auf dich aufpassen sollen.«

»Er verdächtigt mich, nicht loyal zu den Templern zu stehen und mich stattdessen von den Gegnern einspannen zu lassen! Ihr sollt mich gewiss k-kontrollieren, genau beobachten und aushorchen.« Louis betrachtete gebannt das Mienenspiel seines Gegenübers, um ihn einzuschätzen.

Stephan verdrehte die Augen. »Ein typischer Fall von Verfolgungswahn. Wie soll ein fünfzehnjähriger Junge diese riesige, tausendfach geschützte Organisation zum Wackeln bringen? Okay, wenn ich dich richtig betrachte, bist du wirklich gefährlich. Diese Narben am Ohr und auf dem Unterarm jagen mir genau wie deine verschlagene, brutale Art Respekt und Angst ein.«

»Wer war dieser ölige Typ, der mich eingesammelt hat?«, wollte Louis wissen.

»Ach, irgendein wackerer Tempelritter aus Italien. Die sind oft im Hotel, um Missionen zu planen. Okay, Schluss mit lustig. Ich muss deine Kollegen vom Müßiggang abhalten. Du hast eine halbe Stunde bis zum Mittagessen. Ich hole dich ab!« Stephan Roth verließ das Zimmer und Louis hörte den Riegel einschnappen.

Der Junge blickte auf seine Armbanduhr und dachte an Caspar. »Ich probiere das mit dem Text aus!«, beschloss er. Es dauerte eine Weile, bis Louis die Buchstaben versenden konnte Die Antwort kam prompt: »Englisch-Test für die Auswahl war knifflig. Hier gehen die wildesten Gerüchte über dein Verschwinden um. Olli, Anton und Konrad sind sauer. Frommi hat deine Aufgabe in Sachen Heraldik übernommen und die Stöcke kassiert. Caspar.« Louis bedauerte die Jungen seines Kurses für angewandte Geschichte. Und ein bisschen auch sich selbst.

Unerwünschtes Wiedersehen

In einer passenden, eleganten Hose stand Louis in einem weiteren Raum mit Flussblick. Eine lange Tafel war mit edlem Porzellan, vielen Gläsern, Leinenservietten und einem großen Sortiment an Messern, Gabeln und Löffeln gedeckt. Stephan Roth gab Louis einen kurzen Einstieg in Sachen Besteckverwendung und Tischmanieren. Jeder Teller wurde formvollendet serviert und Louis staunte über die ausgesuchten Köstlichkeiten. Das Essen schmeckte vorzüglich. Verstohlen musterte Louis die anderen Jungen, die leicht zappelig wirkten. Louis sollte bald erfahren, warum. Dietrich Roth nahm die Mahlzeit mit ihnen ein. Und er wollte von jedem Einzelnen erfahren, was sie gelernt und behalten hatten. Er fragte einen nach dem anderen ab. Louis sah zu seinem Befremden, dass jeder Angesprochene sich für diese Aktion erheben musste. Hinter ihrem Stuhl stehend stammelten sie ihre Antworten oder schwiegen einfach. Sie schielten auf die erlesenen Speisen. Dietrich Roth bohrte nach, sprach Dinge vor und wartete auf Ergebnisse. Dabei war er relativ geduldig, was Louis überraschte.

Es ging um wichtige Jahreszahlen aus der Geschichte der Templer und sie wurden stumpfsinnig mehrmals wiederholt. Roth schien alle Daten im Kopf zu haben. Erneut blieb ein Junge, dessen Augen merkwürdig aus seinem Gesicht heraustraten, in der Aufzählung stecken.

Louis flüsterte leicht genervt: »1244–1247!«

Der andere schaffte es nicht, die Kombination flüssig nachzusprechen und brachte einen Zahlendreher hinein. Er knetete nervös seine Hände.

»Louis, dein Vorschlag war richtig. Ich schätze so ein Vorsagen allerdings nicht. Wenn ich mich erinnere, stehen die Abfolgen nicht auf deinem Lernplan! Woher kennst du dich mit dem Geheimsprachenschlüssel aus?«, wollte Dietrich Roth grantig wissen.

Louis begriff. Mit diesen Zahlen, die mit den Amtszeiten der früheren Großmeister der Templer zu tun hatten, kodierten deren Nachfolger Nachrichten. Richards Notfall-Telefonnummer bestand aus einer solchen Sequenz. Wenn Louis darauf achtete, entdeckte er gewiss weitere Möglichkeiten. »Louis?!«, bohrte Roth ungeduldig nach.

»Ich glaube, es ist schwierig, sich die Nummern **nicht** zu merken. Sie wurden am Tisch fast t-tausend Mal heruntergebetet«, murmelte Louis.

Er spürte die feindseligen Blicke der anderen fast körperlich.

»Großkotziger Vollpfosten!«, zischte sein Nachbar.

Dietrich Roths Ohren funktionierten einwandfrei und er schickte den Jungen gnadenlos hinaus, ohne Essen.

»Louis, gib mir deine Armbanduhr!«, verlangte Roth. Verwundert gehorchte Louis und sah, dass der Templer einen streichholzdicken Metallstab in eine Öffnung an der Seite steckte.

»Er liest die Daten aus!«, kapierte Louis und nahm die Uhr verdrießlich wieder in Empfang.

»Ich will wissen, wo du dich aufhältst und welche Kontakte du pflegst«, dozierte Dietrich Roth. »Treffen um 14 Uhr im Fitnessraum. Bis dahin ist Mittagsruhe angesagt. Die Hotelgäste werden nicht durch irgendwelchen Unsinn gestört. Louis, du gehst in den Anbau. Sofort und ohne Umwege!«

Die anderen Jungen feixten. Im Hinausgehen wurde Louis mehrmals angerempelt und jemand zog ihm das Bein weg. Louis stolperte und hätte fast einen hoch aufgeschossenen, pickeligen Jungen umgestoßen, der ihnen entgegentrampelte und alles, was sich ihm in den Weg stellte, rücksichtslos zur Seite drängte.

»Andreas Frommholt. Den hatte ich erfolgreich verdrängt. Klar, der wohnt hier seine Strafe ab«, fiel Louis ein. Das erklärte zumindest die feindliche Gesinnung, die ihm entgegengeschlagen war.

Andreas hatte gewissenhafte Vorarbeit geleistet, um Louis einen schlechten Empfang zu bereiten. Gerade strich er sein Hemd angewidert ab: »Igitt, Louis von Mortville. Verdrück dich! Du bist ekelhaft! Ich habe gerade einen wichtigen Auftrag für die italienische Delegation erledigt, wie immer erfolgreich.«

»Hä? Ich denke, du hast am Mittagstisch Dienst geschoben und die Teller gerade gerückt?«, quasselte ein Junge verwundert.

Louis grinste. Diese Aussage passte besser zu den Aufzeichnungen über Andreas in Lacroix' Computer.

»Klappe, Froschgesicht!«, fauchte Andreas und stapfte peinlich berührt davon.

»Er hat vergessen, seine P-pickelcreme aufzutragen!«, stänkerte Louis wider besseres Wissen und laut genug, damit Andreas es hören konnte. »Dann ist er echt mies drauf!«

Louis schlenderte durch einen mit dickem Teppich ausgelegten Gang. Grünpflanzen, in angenehmes Licht getauchte Sitzecken und Gemälde an geeigneten Stellen, das Hotel »Zum rothen Ross« war geschmackvoll eingerichtet. Gerade öffnete sich die Glastür im Eingangsbereich und ein Ehepaar betrat die Halle. Es schien einchecken zu wollen und sofort eilte ein Angestellter entgegen. Louis schlug einen Bogen und blieb beeindruckt stehen. Ein riesengroßer, garantiert steinalter Wandteppich hing hinter Glas. Ein rotes Pferd war darauf abgebildet. Die Darstellung mit den beiden Reitern gehörte zu dem Siegel der Tempelritter. Die Buchstaben des Wahlspruches »*Nicht uns, o Herr, nicht uns, sondern Deinem Namen gebührt die Ehre*« umrundeten die Stickerei. Das Tatzenkreuz der Templer mit dem Vers »*Die Mitte des ewigen Planes ist das Kreuz. Hier läuft alles zusammen. Zu keiner Zeit wird es seine Kraft und seine Wirkung verlieren*«, leuchtete von der anderen Seite. Ein Gästebuch lag auf einem Schreibpult, mehrere Sofas standen zum Ausruhen bereit.

»Wahrscheinlich nur für die Gäste!«, dachte Louis und suchte den Anbau, in dem die Familie Roth anscheinend ihre privaten Räume hatte.

Louis verließ den alten Teil des Hotels und betrat einen modernen, großzügigen Wintergarten.

»Na endlich!«, schnarrte eine Stimme, die zu einem verknitterten, gebeugten Weiblein gehörte. Sie goss genau dosiert Wasser in Blumentöpfe, in denen merkwürdig duftende Kräuter wuchsen. Die betagte Frau befahl herrisch: »Komm näher. Ich will dich anschauen!«

Louis fühlte sich unangenehm an die alte Hexe aus dem Märchen erinnert, die Hänsels Finger begutachtete. »Ha, Louis von Mortville. Du kannst nicht verleugnen, wer deine Mutter ist. Deine dunklen Augen verraten dich. Hübsch siehst du aus. Spielst du Klavier? Ich weiß, dass Lucille dir Unterricht gegeben hat!«

Louis druckste nervös herum. »Ich hatte keine Lust z-zu üben. Irgendwann hat Lucille es aufgegeben.«

»Eine Schande!«, urteilte die Frau. »Die Kinder machen heutzutage, was sie wollen. Mein Enkel Stephan hat auch nur Flausen im Kopf! Lehrer will er werden.«

Louis hörte nicht mehr zu. Ein riesiges Terrarium fesselte seine Aufmerksamkeit. Zwischen den Wurzeln krabbelten unzählige braun-gelbe Spinnen, denen Louis bereits beim Abladen der Lastwagen begegnet war. Die achtbeinigen Tiere bewegten sich lautlos, sie knickten die sechs Gelenke in einem raschen, mechanischen Ablauf. Das Kreuz leuchtete auf ihrem Rücken. Seidige Fäden durchspannten weite Teile des gläsernen Kastens.

»Stephan hat dieses seltsame Ding aufgehängt.« Mit ihrem spitzen Kinn wies Frau Roth auf eine Hängematte, die in einem Winkel des Wintergartens aufgespannt war. Heller Sand war darunter verteilt und eine Palme sorgte für südliche Stimmung. »Jetzt ist Mittagsruhe!« Die Frau schlurfte langsam zu einem Liegestuhl. Mühsam legte sie ihre Beine hoch und griff nach der Tageszeitung. Ein wenig verloren stand Louis auf den hellen Fliesen. Er wollte den Abstand zum Terrarium einhalten.

»Leg dich hin!«, kommandierte sie.

»Was? Mittagsschlaf?!«, entfuhr es Louis. Er bekam keine Antwort. Schließlich gab er nach und probierte die Hängematte aus. Das Schaukeln sollte beruhigend wirken, jedoch wurde Louis immer kribbeliger. Das Gewimmel im Terrarium war ganz nah. Hoffentlich blieben die Spinnen hinter dem Glas. Und Louis war kein bisschen müde. Frau Roth war es anscheinend. Sie begann leise zu schnarchen. Das Papier der Zeitung raschelte und sie schreckte kurz auf. Ein argwöhnischer Blick auf Louis, bevor sie erneut eindämmerte. Das eintönige, schnaubende Nasengeräusch nervte Louis gewaltig. Behutsam schälte er sich aus dem Stoff und stand auf. »Hausbesichtigung!«

Louis gelangte in einen Geräteraum, wo mehrere lange und schmale Ruderboote auf Gestellen gelagert wurden. Die dazugehörigen Paddel und ein Wagen, um die Boote zum Fluss zu fahren, waren vorhanden. Das große Tor in den weitläufigen Park, der von einer Bruchsteinmauer umschlossen war, stand offen. Louis machte zwei weitere Schritte. Als Regentropfen ihn begrüßten, huschte er einen unauffälligen Treppenabgang hinunter. Die Stufen waren ausgetreten und glitschig.

»Ich darf nicht nass werden. Sonst fällt mein kleiner Spaziergang sofort auf!«, ermahnte er sich. Ein stabiles Gitter sicherte den Kellereingang. Louis rüttelte einmal probeweise. Eine versteckt in die Metallstreben eingearbeitete Verzierung ließ ihn stutzig werden: Das Tatzenkreuz der Templer. Daneben hatte man ein Schlüsselloch angebracht. Louis legte seine Hand auf die Brust. Er spürte das Kreuz, den Schlüssel der Tempelritter, unter seinem Hemd. Plötzlich durchzuckte ihn eine peinliche Erkenntnis: »Ich bin der Hüter des Schlüssels. Die Tempelritter hätten mich niemals mit diesem Schatz an Feinde ausgeliefert oder wären ein Risiko eingegangen. Ich habe mir gestern Abend völlig umsonst vor Angst fast in die Hosen gemacht. Hätte ich ein bisschen besser nachgedacht, wäre mir dieser Gedanke eine wirkliche Hilfe gewesen!« Louis zerrte den Schlüssel hervor und steckte die Enden nacheinander in die Öffnung, bis es leise im Schloss knackte und das Eisengatter aufsprang.

Der Junge stand in einem niedrigen Vorraum, von dem man durch weitere, stabil aussehende Türen tiefer in ein Labyrinth aus schmalen Gängen vordringen konnte. Louis wählte den Weg links und öffnete mit dem Templerschlüssel weitere Metalltore. Eiserne Fackelhalter ragten aus dem Mauerwerk. Der Gang weitete sich und Louis schien in einer Art Krypta zu stehen. Steinerne Bänke standen unter dem kuppelartigen Gewölbe. Ein kunstvoll gemeißeltes Taufbecken war in die Wand eingelassen. Auf dem Altar stand eine Schale mit Ascheresten. Die Luft roch nicht modrig, sondern nach aromatischen Kräutern. Durch schmale Schächte in den Stützpfeilern fiel Licht in die Krypta. Mit der Lampe in seiner Uhr beleuchtete Louis den Boden, der nur aus grob behauenen Pflastersteinen zu bestehen schien. Treppenstufen, eindeutig neueren Datums, führten nach oben. »Zurück oder hoch?«, überlegte Louis kurz. Der Schlüssel funkelte in seiner Hand und Louis sah das als Aufforderung, ihn erneut zu benutzen. Eine dicke, moderne Stahltür war lediglich angelehnt und Louis spähte vorsichtig durch den Schlitz.

»Wow!«, entfuhr es ihm plötzlich, als er den Raum erkannte. Es war eine Mischung aus Kleiderkammer und Vorratsraum für ein Pilgerzimmer. Gut sortiert hingen die Ausrüstungsgegenstände der Templeritter auf fahrbaren Ständern. In transparenten Schubladen lagerte die neueste Technik-Ausstattung. Chemikalien, Waffen und andere gefährliche Dinge warteten sicher verwahrt hinter Panzerglas auf ihren Einsatz. Ein stabiler, großer Tresor verbarg weitere Schätze. Louis ließ ein Werkzeugset in seinen Besitz übergehen. Ein Karabiner mit ausziehbarem Drahtseil, eine winzige Taschenlampe, die extrem hell leuchtete, und Handschuhe zum Klettern steckte Louis ein und beulte damit die Hosentaschen aus. Dann entdeckte er die Stäbchen, mit denen die Daten der Uhren ausgelesen wurden. Louis konnte nicht widerstehen. »Ich sollte schleunigst zurückgehen. Es muss nicht sein, dass meine Besorgungstour Aufsehen erregt!«, dachte er noch. Doch es war schon zu spät. Jäh wurde Louis gepackt und eine zweite Ohrfeige innerhalb weniger Stunden fand den Weg in sein Gesicht.

Erpressung mit Folgen

Der ölige Kerl mit der Hakennase hatte Louis erwischt. »Na, es würde mich wundern, wenn Dietrich Roth wüsste, wo du gerade steckst und was du anstellst!«, sagte der Mann mit deutlichem Akzent. »Aber das passt ganz prächtig. Draußen ist schreckliches Wetter.« Er betrachtete Louis mit verschlagenem Blick. »Hör zu, Junge: Ich verrate nichts von deinem Geheimnis. Dafür erledigst du nur eine Kleinigkeit für mich!«

Louis hatte keine Zeit, etwas zu antworten. Der Mann stieß ihn vorwärts. Sie liefen an einem Pilgerzimmer vorbei und stoppten in einer geräumigen Garage. Der Mann ging zielsicher in Richtung

Sportwagen und Louis blieb nichts anderes übrig, als auf dem Beifahrersitz Platz zu nehmen. Rasant beschleunigte der Fahrer, überquerte die Hauptstraße und wählte einen schmalen Weg durch die Weinberge. Das hinderte ihn nicht daran, ordentlich Tempo aufzunehmen. Die Reifen drifteten durch die Kurven. Der Scheibenwischer verschmierte die Regentropfen auf dem Glas. Die dunklen Wolken am Himmel versprachen weitere, heftige Schauer.

Je länger die Fahrt dauerte, desto unruhiger wurde Louis. »Ich will z-zurück!«, stammelte er besorgt.

»Klappe!«, herrschte ihn der Italiener an. »Von dir will ich keinen Ton hören!«

»Mist, was habe ich mir jetzt wieder eingebrockt!«, dachte Louis bedrückt.

Ein versteckt liegender Parkplatz am Fuße eines Berges war das Ziel der Reise. Der Mann hinter dem Steuer klappte den Schaltknüppel zur Seite und holte eine verspiegelte Sonnenbrille heraus. »Hast du Erfahrung mit einem derartigen Gerät? In eurem Land hätte man besser einen Regenschirm daran gebaut!«

Louis schüttelte verneinend den Kopf und bekam einen sparsamen Einblick in die Technik. Mithilfe dieser Brille würde er den Weg finden.

»Du folgst der Route. Und zwar schnell und ohne Abweichungen. Ich vermute, dass die Ruine der Endpunkt ist. Du suchst ein Paket und läufst augenblicklich zurück. In weniger als einer Stunde wirst du das erledigt haben!«

Die Ankündigung hing wie eine Drohung im Wagen.

»Raus, du lahmer Bengel!«

Louis hätte gerne eine Jacke angezogen. Das dünne Hemd würde innerhalb kürzester Zeit durchnässt sein. Seine Schuhe und die Hose eigneten sich nicht wirklich für eine Rallye durch das unwegsame Gelände. Louis setzte die Brille auf die Nase und schaltete sie ein. Nichts passierte. Der Regen prasselte herunter, ein ferner Donner grollte.

»Und der Typ sitzt gemütlich im Auto, während ich durch den Schlamm kriechen muss!« Verärgert krempelte Louis die edle

Stoffhose hoch. Ein rotes Licht erschien in seinem Blickfeld, zog eine Linie. Langsam ging der Junge los. Es war ungewohnt, mit diesem Ding zu laufen. Es kam ihm vor, als müsse er über den Weg balancieren. Eine schrille Hupe erklang und trieb Louis zur Eile an. Er verschwand zwischen den Bäumen, deren Blätterdach wenigstens einen Teil der Nässe von oben fernhielt. Der schmale Pfad war steinig und führte bergan. Louis begann bald zu keuchen. »Ach ja, da war dieses kleine Problem mit der Kondition!«, ächzte er. Die Sicht war schlecht. Er bemerkte die eindrucksvolle Ruine erst, als er kurz davor stand. Hohe Mauern zogen sich über den Bergkamm. Der Trampelpfad führte seitlich durch eine schmale Pforte. Reste von Nebengebäuden, ein Brunnen und hohes Gras wucherte zwischen Geröll und eingestürzten Wänden. »Wäre das Wetter nicht so abscheulich, könnte man hier super für Parkour-Running trainieren!«, dachte Louis flüchtig.

Die Verbindung riss ab. Die Brille wurde dunkel. Ein heller Blitz zuckte über den Himmel, rasch gefolgt von einem Donner. Louis erschrak. Er ging einige Schritte, drehte sich langsam im Kreis. Sein Blick glitt durch die Ruine. Ein unbehagliches Gefühl kroch in seinen Bauch: »Ich bin hier nicht alleine!«

Louis horchte konzentriert. Nur das Rauschen des Regens und das Heulen des Windes zwischen dem Mauerwerk waren zu hören. Bäume knackten protestierend, als eine heftige Böe den nächsten Sturm auf die Ruine ankündigte. Die Brille flackerte, leuchtete auf, wies nach rechts. Mehrere Reihen bogenförmiger Fensteröffnungen durchbrachen die Mauer vor Louis. Das musste früher ein stattliches Wohngebäude gewesen sein.

»Da soll ich hochklettern?«, deutete Louis die verwackelte rote Linie vor seinen Augen. Er tastete vorsichtig. Die Steine waren rutschig. Langsam stieg der Junge höher, suchte mit dem Fuß den nächsten Halt. Der Wind riss an seiner Kleidung. Moos klebte als grüne Pampe an seinen Fingern. Ein Blitz beleuchtete die Wand und ließ sie furchterregend hoch erscheinen. Der Junge hatte keine Ahnung, ob es auf der anderen Seite tief ins Tal hinunterging. Er war froh, dass die Witterung die Aussicht unmöglich machte. Louis kauerte sich zum Verschnaufen in eine der steinernen Fensteröffnungen. Er holte den Karabiner heraus, um beim Klettern wenigstens etwas Sicherheit zu haben. Er schlang das Drahtseil um die nächste Balustrade und kraxelte weiter.

Die Funktion der Brille setzte ständig aus, schien den Kontakt zum Sender zu verlieren. Louis' Zähne begannen vor Kälte zu klappern. Das rote Licht der Brille erlosch. Es knisterte leise, ein kleiner Funken sprühte. Hektisch riss Louis das Gestell von seiner Nase. Der Geruch von verbranntem Plastik und ein heller Rauchfaden versetzten den Jungen in Panik. Er warf die Brille weit von sich. Sie landete in der Nähe des Brunnens. Eine Flamme züngelte auf und wurde vom herabstürzenden Regen ausgelöscht. Erst jetzt begriff Louis, dass seine Navigationshilfe zerstört war. Er hing in der hohen Mauer und wusste nicht weiter. »Das Paket!«, stöhnte er. »Ich werde es nicht finden!«

Bevor Louis nachdenken konnte, war eine dunkel gekleidete Gestalt zum Brunnen gehuscht. Ein Regencape flatterte und die Brille wurde aufgehoben. Louis schaute genauer hin.

»Weiter nach links und eine Reihe höher!«, brüllte es aus dem unförmigen Mantel. Die nächste Gewitterböe heulte durch die Ruine. Louis umklammerte die Mauersteine. Der Wind drückte die Sträucher nieder, jagte zwischen den Wänden hindurch und riss der Gestalt die Kapuze vom Kopf. Lange blonde Haare flatterten im Regen. Ein Blitz erhellte die Ruine. Louis konnte erkennen, dass ein Mann mit Schnurrbart neben dem Brunnen stand. Aus dem etwas schief wirkenden Mund ertönte es wieder: »Nach links! Los!«

Louis setzte sich widerwillig in Bewegung. »Was mache ich hier bloß? Ich könnte gemütlich im Wintergarten liegen. Warum musste ich Idiot mich über Langeweile und Schnarchgeräusche beklagen? Was für ein Luxusproblem!«

Der Donner übertönte die weiteren Anweisungen. Seine Finger rutschten ab, Louis fasste nach. Langsam schob er seine Beine vorwärts. Die Hose klebte.

Als er das nächste Mal hinunterschaute, war der Mann verschwunden. »Mist!«, ärgerte sich Louis. Vorsichtig tastete er mehrere Fugen und Löcher ab, kletterte frustriert ein Fenster weiter. Eingeklemmt in eine Spalte fand Louis schließlich eine durchsichtige Plastiktüte. Mit klammen Händen zog er sie hinaus.

»Runter, nichts wie runter!«, krächzte Louis und stopfte den Fund in die Tasche seines Hemdes. Der Regen lief in seinen Kragen, die Haare tropften. Louis fand einen Eisenring, den man zur Stabilisierung der brüchigen Mauer eingelassen und mit Drahtseilen fixiert hatte. Der Junge hakte den Karabiner ein.

»Die Handschuhe! Ich Esel, die hätte ich schon viel früher anziehen sollen. Der Aufstieg über diese Konstruktion wäre einfacher gewesen.« Louis ließ sich am Seil herab. Von dem langhaarigen Kerl war nichts mehr zu sehen. Dennoch blieb Louis wachsam. Er lief dicht an der Wand und blickte vorsichtig in die dunklen Winkel. Er fand den Pfad durch die Pforte und verließ eilig die Ruine.

Am Waldrand blieb er stehen und nestelte das Fundstück aus der Tüte. Wofür hatte ihn der Kerl durch den Regen gejagt? Wenigstens das wollte Louis jetzt wissen. Setzte man ihn als Drogenkurier ein? Verdiente der ölige Typ mit heimlichen Nebenaufträgen Schwarzgeld in seine eigene Tasche? Louis entdeckte einen grünen, schmalen Fotoapparat. »Diese Art nutzte der falsche Professor damals für seine Spionage im Gutshaus!«, fiel ihm ein. »Das Teil hatte eine eingebaute Wanze.«

Louis schaltete das Gerät trotzdem ein. Rasch erschienen einige Bilder im Display. Louis klickte sich durch. Unterschiedliche Orte waren abgebildet. Klöster, Burgen, verschiedene Häuser, verfallen, traditionell oder neu. Es folgten Detailaufnahmen. Durch bunte Fenster fiel das Licht, markierte bestimmte Punkte auf dem Boden, an einer Orgelpfeife oder am Taufbecken. Metallplättchen glänzten in einem hellen Schimmer.

»Das ist die Krypta im Hotel zum rothen Ross!«, erkannte Louis. »He, das Herrenhaus mit einem Baugerüst? Wird der marode Kasten etwa saniert? Und hier dieses grässliche Museum mit der medizinischen Ausstellung und der Seitenaltar aus der Kirche am Meer. Dort ist der Leuchter abhandengekommen!« Louis schaute genauer hin, betrachtete Fächer und Schließmechanismen. Irgendetwas auf dem Bild irritierte ihn. Eine Kleinigkeit schien anders zu sein als in seiner Erinnerung. Der Junge fand die Lösung nicht und murmelte frustriert: »Ich bin mit meinen Nachforschungen zu dem verschwundenen Leuchter keinen Schritt weitergekommen. Aber die Tempelritter lassen mir auch keine Ruhe.«

Jede Menge abfotografierte Dokumente, die zum Teil sehr alt zu sein schienen, und eine leere Truhe. Die Kamera rutschte Louis aus der Hand, landete auf dem Waldboden. Eilig hob der Junge sie auf und wischte die Dreckspritzer ab.

Eine Bewegung zwischen den Bäumen jagte Louis einen fürchterlichen Schreck ein. Ein Ast schwang zur Seite, Blätter raschelten. Bevor Louis fortlaufen konnte, sprang ein Reh über den Weg. Der Donner knallte. Erschrocken raste Louis davon, setzte über Steine und Wurzeln. Er blieb nicht stehen, rannte einfach weiter. Widerspenstige Dornen rissen an seiner Hose. Der Wald kam ihm dunkel und bedrohlich vor. Seine Lunge pfiff und brannte. »Weiter, weiter!«, dachte Louis. Das Wasser aus einer tiefen Pfütze spritzte hoch. Sein Fuß rutschte weg, der andere versank im Schlamm. Louis ruderte mit den Armen, konnte aber den Sturz nicht abfangen. Wenig elegant landete er in der Pfütze, rappelte sich hoch. »Wo bin ich?« Ein Blitz und sofort der nächste; Louis versuchte, die Orientierung wiederzufinden. »Ich muss den Berg hinunter, bis zu diesem Parkplatz!«

Das Straftribunal

Es hatte gefühlte fünf Stunden gedauert, bis Louis den Sportwagen erreichte. »Na endlich, du Pfeife! Nach hinten! So verdreckt sitzt du nicht auf dem Lederpolster!«, wurde er unfreundlich begrüßt.

Louis kroch ohne Widerrede und komplett erledigt auf den Notsitz des Fahrzeugs. Die große Hand des Italieners griff nach hinten und zerrte an Louis' Haaren. »Habe ich dir nicht befohlen, du sollst augenblicklich zurücklaufen? Habe ich das?« Die Finger packten zu und es ruckte heftiger an Louis' Schädel.

»Aua!«, brüllte der Junge und versuchte, sich zu befreien.

»Du ungehorsamer Bengel hast das Paket geöffnet! Alles ist schmutzig! Welche Bilder hast du gesehen? Los, spuck es aus! Du hast wohl gedacht, ich merke das nicht!« Louis wurde heftiger geschüttelt. Der Italiener drehte sich um. Seine dunklen Augen glommen vor Zorn. »Wenn wir im Trockenen sind, wirst du dafür büßen, Freundchen, du hast mein Wort!« Der Fahrer knüppelte zornig den ersten Gang ein und brauste los. Er brachte es trotz des haarsträubenden Tempos fertig, ein sehr dünnes Kabel an das grüne Gerät anzuschließen. Die Daten wanderten in das Autoradio, das garantiert nicht nur zum Musikhören diente.

Zwischen Louis' Füßen klapperte etwas. Louis entdeckte den Powerball, der ihm gestern aus der Tasche gerutscht sein musste, und nahm ihn mit zitternden Fingern hoch. Er umkrallte das handliche Sportgerät immer noch, als er tropfend in der Garage vor Dietrich Roth stand. Der kochte vor Wut, die er zunächst an dem italienischen Templer ausließ. Louis verstand kein Wort. Erst als Roth in deutscher Sprache brüllte: »Louis soll auf keinen Fall an den Aktionen der Tempelritter beteiligt werden. Er ist ein Risikofaktor und nicht vertrauenswürdig!«, biss er betroffen auf seinen Lippen herum.

Der Italiener grinste höhnisch: »Dann gebt besser auf ihn Acht. Ich habe das neugierige Bürschchen im geschützten Bereich aufgegabelt.« Er verpasste Louis einen verächtlichen Hieb und zischte: »Sei froh und dankbar, dass Dietrich Roth vor mir steht. Er rettet dich vor ein paar satten Schlägen. Aber vielleicht würden dir dann die Dummheiten vergehen! Verschwinde!« Er stieß Louis angewidert von sich und flüsterte Dietrich Roth zu: »Wir haben den Beweis!« Er schwenkte das grüne Gerät: »Unsere Investition und das Eingehen auf die Bedingungen dieses ominösen Krankenpflegers haben sich gelohnt. Wir wissen nun, dass es eine undichte Stelle in den Reihen der Templer gibt. Jetzt müssen wir sie nur noch finden!« Kalt grinsend ließ der Fahrer des Sportwagens Roth und Louis einfach stehen.

»Du wirst einiges zu erklären haben!«, knurrte der Templer wütend und taxierte den Jungen missbilligend. Von ihm tropfte bereits ein ganzer See auf den Beton. Die Hose war zerrissen.

»Ich kann es nicht fassen!«, explodierte Roth unvermittelt und schob Louis ungeduldig vorwärts. Er bekam ein Handtuch und den Befehl: »Warte hier! Ich muss etwas klären.« Louis stand wie bestellt und nicht abgeholt im privaten Teil des Hotels.

Erst nach einer ganzen Weile tauchte Roth wieder auf und nahm Louis mit in einen dunklen Raum. Auf einem großen Bildschirm, dessen Fläche sich teilte, waren zwei Männer zugeschaltet. Der eine explodierte gerade und schlug mit der Faust auf den Tisch. Er sprach schnell. Ein Übersetzer, den man hörte und nicht sah, hatte Mühe, die Worte in die richtige Reihenfolge zu bringen. Louis verstand »Bergfrieden«, bevor eine beträchtliche Geldsumme genannt wurde. Der Mann mit den schwarzen Haaren, der Louis durch den Schlamm gejagt hatte, zuckte kurz zusammen und nickte widerstrebend. Er murmelte einen Abschiedsgruß. Dann zischte er drohend: »Vielleicht sehen wir uns wieder, kleiner Louis!«, und ging.

»Muss er so viel blechen?«, fragte Louis. »Dann wird er sich den schnittigen Sportwagen nicht mehr leisten k-können.«

Dietrich Roth nickte ernst. »Er hat die Strafe verdient und muss Buße tun. Seinen Auftrag, den er aus gutem Grund alleine erledigen sollte, hat er aus Bequemlichkeit an dich weitergegeben. Er hat dich einem unabwägbaren Risiko ausgesetzt, dich ausgenutzt und sogar dein Leben in Gefahr gebracht. Selbst bei scheinbar ungefährlichen Missionen kann es plötzlich brenzlig werden, wenn überraschende Schwierigkeiten auftreten. Irgendetwas hat die Sendefrequenz deiner Uhr gestört. Wir konnten dich nicht zuverlässig orten.«

Louis dachte an die Sonnenbrille, die schließlich in Flammen aufgegangen war.

Der Großmarschall und der Komtur nahmen nun die Fläche des Bildschirms ein. Beide schauten grimmig. »Videokonferenz!«, stellte Louis beklommen fest. Wenigstens musste er nicht niederknien, sondern durfte auf einem Stuhl Platz nehmen. Sein Kopf tat weh. Der Italiener hatte ordentlich zugelangt.

Der Reihe nach berichtete Louis. Dietrich Roth, der Großmarschall und der Komtur hakten immer wieder nach, wollten jede Kleinigkeit wissen.

Louis beschrieb den Mann im Mantel und hatte das Gefühl, etwas zu übersehen. Zu seinem Ärger kam er nicht darauf und verpasste die nächste Frage. »Wie bitte?«, musste er forschen.

Der Komtur grunzte ärgerlich. »Du sollst zuhören, Louis. Was kannst du mir über das Paket in der Tüte sagen?«

Der Junge musste schlucken. »Ob ich verraten sollte, dass ich die Kamera getestet habe? Wahrscheinlich werden die Templer es sowieso herausfinden ...« Louis seufzte und entschloss sich, bei der Wahrheit zu bleiben. »Die Bilder zeigen historische und geheime Stätten, die vermutlich wichtig für die Tempelritter sind«, schloss er ab.

Der Komtur nickte resignierend aus dem Monitor. »Und wieder weißt du grüner Bengel mehr, als gut für dich ist. Warum bist du nur so furchtbar neugierig?«

»Warum sollte jemand das Gerät holen? Was hat es für einen Nutzen?«, bohrte Louis nach.

»Ende der Veranstaltung für dich, Louis von Mortville.«

»Dann finde ich es selbst heraus!«, schwor sich Louis und ging zur Tür. Er bemerkte die alte Frau Roth in einem Sessel. Sie legte langsam den Finger auf die Lippen. Louis verspürte eine gewisse Erleichterung über den halbwegs glücklichen Ausgang der Hausbesichtigung.

Im Hotel roch es wunderbar nach leckeren Speisen und Louis folgte unwillkürlich diesem Duft. Vor dem Restaurant wartete unauffällig Stephan Roth. Er schien jeden Jungen, der zum Essen wollte, einer gründlichen Bestandsaufnahme zu unterziehen. Andreas durfte passieren, der Junge mit den Froschaugen wurde zurückgeschickt. Louis hatte ebenfalls Pech. »Duschen und umziehen: Hemd, Krawatte ...!«, zählte Stephan auf. »Ich habe scheußlichen Hunger! Außerdem könnte ich auf der Stelle verdursten«, protestierte Louis schwach.

»Dann beeile dich besser beim Kleiderwechsel«, antwortete sein Gegenüber ungerührt.

Louis beeilte sich tatsächlich. Er wollte den anderen abgewiesenen Jungen einholen. »He, bist du auch bei dieser hirnrissige Modenschau durchgefallen?«, bemühte sich Louis um einen Kontakt.

Er hatte den anderen richtig eingeschätzt. Verärgert nickte der. »Voll verpeilt, die machen immer einen Aufstand um gute Manieren und die Etikette. Das hängt mir zum Hals heraus.« Louis brummte etwas Zustimmendes. Der andere fuhr fort. »Die haben dich heute krampfhaft gesucht, Louis! Und dabei einen unglaublichen Aufwand betrieben!«

»Jemand von dieser italienischen Delegation wollte Unterstützung bei einer Aktion«, plauderte Louis. »Ich war zufällig in der Nähe.«

»Echt krasse Sache! Ich wünschte, ich könnte wenigstens einmal mitmachen. Übrigens, ich bin Frederik. Wo warst du denn?«, wollte der wissen.

Louis erzählte von der Kletteraktion an der Ruine, ließ aber viele Dinge aus. »Ich darf dir leider nicht sagen, was ich gefunden habe!«, bedauerte er. »In welchem Zimmer haust eigentlich Andreas Frommholt?« Frederik gab ihm die Information, ohne darüber nachzudenken.

»Bis gleich!«, sagte Louis und wartete einen Moment, bis der andere in seinem Zimmer verschwunden war. Louis drückte die Klinke. »Nicht verschlossen, wie unvorsichtig, Andreas!«, lästerte er innerlich. »In den heutigen Zeiten kann man nicht genug aufpassen.« Aus dem Badezimmer entwendete er eine Cremetube. Bevor Louis sich in die Abendgarderobe stürzte, präparierte er den Inhalt seiner Beute sorgfältig. Er drückte einen Teil der Salbe in das Waschbecken. Die weiter zusammengepresste Tube saugte das feine Pulver aus dem grünen Glasbehälter auf und Louis kippte eine zusätzliche, großzügige Ladung des Spinnenmehls hinterher. Den Deckel verschraubte er sorgfältig und knetete mit seinen Fingern die Kunststofftube etwas durch. »Hoffentlich zieht das Zeug nicht nur Fäden!« Louis stellte sie peinlich genau auf der gleichen Stelle wieder ab. Niemand hatte von seinem Tun etwas mitbekommen.

Er duschte in Rekordzeit und versteckte den Inhalt seiner Hosentasche unter der Bettdecke. Gemeinsam mit Frederik passierte er die Gesichtskontrolle dieses Mal fast ohne Beanstandung, Stephan zupfte lediglich Louis' Haare und die Krawatte in Form. Im Restaurant staunte Louis über die prachtvolle Ausstattung. Gedämpfte Live-Musik ertönte aus dem Piano, Kronleuchter funkelten von der Decke. Frederik erklärte ihm leise, wie der Betrieb funktionierte. Louis genoss das Abendessen und beobachtete verstohlen die anderen Gäste. Den italienischen Tempelritter suchte Louis vergeblich. Wahrscheinlich war er bereits abgereist. Stephan Roth setzte sich zu ihm und verbesserte diskret Louis' Tischmanieren.

»Du verdirbst mir echt den Appetit mit deiner Nörgelei!«, maulte Louis schließlich verdrossen.

Stephan Roth schwenkte den kleinen Papierbeutel mit dem Pulver aus Heuschrecken-Mehl und grinste fröhlich. »Die Aussicht auf dieses Medikament könnte deine Laune steigern?!«, erkundigte er sich betont freundlich.

»Unbedingt! Wenn du jetzt auch noch garstig wirst, putze ich mir vor deinen Augen die Nase. Und zwar in diese edle Stoffserviette. Vorher hole ich mir Nachtisch, im Suppenteller!«, verkündete Louis feixend.

»Untersteh dich! Dann verordne ich dir Stubenarrest bis zum jüngsten Tag!«, drohte Stephan Roth.

»Dafür ist dein Vater zuständig. Der überlegt sich bereits Scheußlichkeiten für meine Buße.«

»Oh, er hat immer gute Ideen, das kannst du mir glauben. Ich bin in dieser Lotterie quasi der Hauptgewinner!«, beteuerte Stephan überzeugt.

Als sie nach dem Essen durch das Hotel schlenderten, überholte sie der italienische Tempelritter und zog einen Trolley hinter sich her. Er musterte Louis böse. Mit geschmeidigen Schritten, wie ein Raubtier auf Beutezug, glitt der Mann durch die Glastür nach draußen.

»Bevor du schlafen gehst, hast du eine Aufgabe. Das Seminar hat dir einen Englischtest geschickt. Eigentlich solltest du den bereits heute Nachmittag ausfüllen. Viel Spaß!«, wünschte Stephan Roth und holte Louis in die Gegenwart zurück. »Die Verriegelungen der Zimmertüren öffnen sich automatisch, wenn Alarm ausgelöst wird!«, erklärte er zuvorkommend und schloss Louis ein. Der fiel satt und müde in sein Bett. Die harten Gegenstände unter der Bettdecke störten ihn nicht.

Extrascharfe Pickelcreme

Lautes Gezeter weckte Louis am nächsten Morgen. Verschlafen reckte er sich. Seine Zimmertür sprang auf und Stephan Roth stellte hastig ein gut gefülltes Frühstückstablett auf dem Tisch ab. Neugierig folgte ihm Louis in den Flur. Dort stand Andreas Frommholt im Pyjama und schrie. Mit seinen Fingern zupfte er an den Wangen herum. Sein Gesicht war tomatenrot angelaufen und eklige Quaddeln hatten sich neben seinen Eiterpickeln breitgemacht. Louis wusste aus eigener Erfahrung, dass die Bläschen juckten. Je mehr man daran herumkratzte, desto fieser brannte das abgewandelte Spinnenpulver. Frederiks Froschaugen glubschten erschrocken in Richtung Andreas. Die anderen Jungen waren nicht besonders feinfühlig. Sie lachten und grölten, schienen Andreas diese Schlappe zu gönnen. Er schikanierte sie wahrscheinlich oft genug.

Dietrich Roth rauschte heran. »Was soll dieser Lärm?«, schnaubte er aufgebracht.

Stephan Roth wollte Andreas genauer anschauen. Der wich jedoch aus.

»Das ist bestimmt ein Virus. Das sieht extrem ansteckend aus!«, konnte sich Louis nicht verkneifen. Alle traten einige Schritte zurück.

»Ah, das juckt!«, wimmerte Andreas und sein Blick fiel auf Louis. »Louis! Du warst das! Du bist schuld daran, dass es mir so mies geht!«, klagte er lautstark.

»Ich war doch gar nicht hier!«, behauptete Louis mit Unschuldsmiene und hatte damit weder auf die Anschuldigung geantwortet noch direkt gelogen.

Dietrich Roth machte der Versammlung ein jähes Ende und verfrachtete Andreas in sein Zimmer. »Du bleibst im Bett, bis wir wissen, was diese Pickel bedeuten und wo sie herkommen. So läufst du nicht durch das Hotel!«, befahl er barsch und schickte die anderen zum Frühstück.

»Soll ich die Creme entsorgen? Sonst heult Andreas morgen früh wieder nach seiner Gesichts-Fassaden-Restauration«, dachte Louis kurz. »Wer weiß, was dieses Zeug anstellt, wenn man es häufiger anwendet. Vielleicht wirkt es gegen Falten?« Er versuchte, seine Bedenken zum Verstummen zu bringen und weckte den Computer auf. Das eingebaute Display auf dem Schreibtisch wurde hell. Dort entdeckte Louis den Englischtest. Viele Fragen überstiegen seine Kenntnisse. »Komisch, dass ich weiter an dem Auswahlverfahren teilnehmen kann. Warum haben sie mich nicht wegen schlechter Führung rausgeschmissen?« Louis gab sich Mühe, vertilgte zwischendurch ein Brötchen und lauschte den Stimmen, die im Nebenzimmer aufgebracht durcheinanderredeten. Dietrich Roth telefonierte mit Doktor Lacroix, so viel bekam Louis mit Bald schwirrte sein Kopf vor lauter Gedanken. Er brauchte eine Pause und eine Ablenkung.

Louis aktivierte den Powerball, der bald summte und leuchtete. Einige Halteübungen und Klimmzüge an den Zargen der Tür zum

Badezimmer vervollständigten den Frühsport. Die Aktion gestern hatte keinen Muskelkater hinterlassen, stellte Louis begeistert fest und kehrte zu dem Tisch am Fenster zurück. Louis gab seinen Benutzernamen ein und bestätigte das Log-in im Netzwerk der Templer. Wenig systematisch suchte er nach Informationen über die Insignien der Macht, folgte verschiedenen Spuren und vergaß den Test und seine anderen Aufgaben komplett. Uralte Lagepläne und Skizzen von Bauwerken, Fotos von Friedhöfen, unterirdische Gänge und verborgene Fluchtstollen; Louis staunte über die Menge an Daten. Er fand heraus, dass besondere Edelsteine für den Leuchter verwendet wurden. Der Dolch des Tresslers enthielt dieselbe Art.

Plötzlich schaute ihm Stephan Roth über die Schulter. »Ich freue mich außerordentlich, dich brav in deinem Zimmer anzutreffen. Den Englischtest hast du versendet? Vor zwei Stunden hast du dich für diesen Zweck angemeldet.«

»N-nicht ganz«, murmelte Louis ertappt. »Wie geht es Andreas? Braucht er ein neues Gesicht? Oder einen Schönheitschirurg?«, lenkte er vom Thema ab.

»Diese Memme. Er flennt in einer Tour. Dabei gehen die Pickel schon zurück. Mein Vater lässt ihn den ganzen Tag mit einem speziellen Kräutersud versorgen! Dieses Gebräu mischt meine Oma. Nach der Kur ist Andreas spätestens morgen gesund und wird vielleicht hübscher!«, grinste Stephan Roth eine Spur hämisch.

Nach dem Mittagessen erwartete die alte Frau Roth Louis im Wintergarten. »Ich war anscheinend eine zu langweilige Gesellschaft, oder weshalb bist du getürmt?«, fragte die Dame streng und stützte sich auf einem Korbstuhl ab. Louis' Gesicht wechselte die Farbe und wurde rot. Der Junge bekam einen Messbecher in die Hand gedrückt. Frau Roth versorgte ihn mit genauen Anweisungen, wie viel Wasser die Pflanzen bekommen sollten. »Dann werde ich dich jetzt sinnvoll beschäftigen. Das ist eine seltene Distel, hier steht Kamille und dort warte ich auf die Nelkenblüte.«

»Aha!«, sagte Louis nur wenig enthusiastisch und goss versehentlich fünf Milliliter zu viel in einen Topf mit einem mickrigen Gewächs, das nussähnlich geformte Früchte trug.

»Das ist die Brechnuss!«, schnarrte Frau Roth unbeeindruckt weiter und klärte Louis über die Wirkstoffe auf. »Sie wächst in der Urform in Asien und enthält Strychnin, ein hochwirksames Gift. Es kann Muskelkrämpfe und sogar eine Atemlähmung auslösen. In geringeren Dosen nimmt man es, um die Wahrnehmung zu steigern. Es ist eine Art Droge, eine psycho-aktive Substanz.«

Louis dachte mit einem gewissen Unbehagen an die Sitzung in der Überwachungszentrale der Templer zurück. Wahrscheinlich hatte man ihn dort mit diesem Kraut in Kontakt gebracht.

»Man muss die Pflanzen genau kennen, damit man sie gezielt einsetzen kann. Eine falsche Dosierung, Ungenauigkeiten beim Mischen und aus der guten Medizin wird das reinste Gift.«

»Haben Sie vielleicht spannendere Themen auf Lager?«, rutschte es Louis heraus und er bereute sofort seine taktlose Bemerkung. »Bei dem T-thema ›Gift und Drogen‹ wird mir irgendwie immer komisch«, versuchte Louis seinen Fehler wiedergutzumachen.

Die alte Frau Roth legte den Kopf schief. Sie schien leicht zu schmunzeln. »Wir gehen in den Garten!«, beschloss sie und hakte sich bei Louis unter.

»Also, ich darf n-nicht einmal in die Nähe der Außentüren. Dann wird Ihr Sohn wieder k-komisch«, murmelte Louis betreten.

»Du wirst eine alte, klapprige Frau nicht hilflos draußen stehen lassen, Louis von Mortville. Das erlaubt dir deine Erziehung zur Hilfsbereitschaft nicht ansatzweise!« Frau Roth tippelte los. Häufig musste sie stehen bleiben und Luft holen. Der gestrige Gewitterschauer hatte Pfützen hinterlassen. »Du bringst wenigstens Schwung in diesen öden Laden! Endlich bekomme ich wieder etwas von den Tempelrittern mit. Dietrich ist ständig unterwegs und erzählt mir nichts von seinen Missionen. Mein Enkelsohn Stephan will von dem angeblichen Templer-Quatsch nichts wissen. Aber gestern hat sich der Komtur persönlich eingeschaltet!«

Darauf hätte Louis gut verzichten können.

»Die Tempelritter suchen mit Hochdruck die Insignien der

Macht. Der kostbare Leuchter des Firmariearztes ist verschwunden.«

»So ist es!«, bestätigte Louis für sich und konnte eine aufkeimende Beklemmung nicht abschütteln. »Der Komtur denkt, ich hätte etwas damit zu tun. Ich muss unbedingt das Gegenteil beweisen und das Ding auftreiben!« Neben ihm erklang ein vorwurfsvolles Räuspern. Ertappt lauschte er weiter den weitschweifigen Ausführungen der alten Dame, ohne seine Gedanken abdriften zu lassen.

»Tja, das Schwert des Großmarschalls schreibt seine eigene Geschichte. Es war mehrere hundert Jahre lang verschollen. Du weißt, König Philipp dem Vierten von Frankreich wurden die Tempelritter zu mächtig. Und zu reich. Listig brachte Philipp der Schöne Papst Clemens auf seine Seite. Schließlich gelang es ihm, viele Templer gefangen zu nehmen. Am 13. Oktober 1307 wurde der Großmeister der Templer wegen angeblicher Ketzerei verhaftet. In Deutschland, Polen, England und Spanien konnten viele Ritter untertauchen. Dabei geriet das Schwert des Großmarschalls auf Abwege. Erst viel später hat ein Tempelritter die Waffe in der Nähe von Chartres wiedergefunden. Es verbitterte ihn, dass seine Mitstreiter den Schatz nicht würdigten. Er gründete einen eigenen Orden mit zum Teil merkwürdigen Regeln und Ritualen. Daraus entwickelte sich eine Sekte, die wir heute als ›Wölfe der Apokalypse‹ kennen. Die Tempelritter haben schon häufig mit Verrat, Lügen und Intrigen zu tun gehabt. Was meinst du, Louis, wer möchte dieses Mal dem Orden schaden?« Die alte Frau räusperte ein Kratzen im Hals weg und stützte sich schwer auf Louis ab. »Kommt die Gefahr von innen? Ist der Orden der Tempelritter wirklich vom Bösen durchsetzt? Oder dramatisieren die oberen Tempelritter die Lage? Vielleicht gibt es das sagenhafte Schwert ja längst nicht mehr.«

»Welfhardt und ich, wir hatten die Klinge der Macht! K-kurzzeitig. Es hätte meinem Freund fast das Leben gekostet. Jetzt haben ihn die Tempelritter zu seinem Schutz an einen unbekannten Ort gebracht«, erzählte Louis gedankenverloren. Er bedauerte es sofort, denn Frau Roth begann aufgewühlt zu japsen.

»Nein! Wie sieht das Schwert aus? Sitzen wirklich rote Edelsteine auf dem Griff?«

»Vielleicht sollten Sie sich besser hinsetzen«, schlug Louis vor.

»Wir gehen zum Rosenpavillon und du erzählst mir diese Geschichte!«, verlangte die alte Dame. Ihre listigen Augen glitzerten unternehmungslustig. Endlich tauchte das bewachsene Rondell auf. Die roten Rosen dufteten. »Ich war ewig nicht mehr hier!«, bedauerte Frau Roth und nahm auf der runden Bank Platz.

Louis sprang auf das breite Geländer des Pavillons und ließ die Beine baumeln. »Ein rätselhafter Erdrutsch beendete eine geheime V-versammlung der Wölfe. Die K-kapelle in den Bergen stürzte ein. In den Trümmern stieß ich zufällig auf das Schwert. Wir nahmen es mit, aber Welfhardt war verletzt und blieb mit der Waffe in einer Höhle. Dort haben ihn die W-wölfe gefunden.« Louis brach ab. »Ich habe ihn alleingelassen«, dachte er beklommen. Louis kam nicht darüber hinweg, dass sein Freund zur Geisel der Wölfe geworden war. Er schwieg.

»Wir können die Vergangenheit nicht ändern. Fehler wiegen schwer und sie werden dir dein Leben lang unterlaufen. Es scheint so, als sollte das Schwert noch nicht in die Hände der Tempelritter gelangen. Für alles gibt es eine Zeit.«

»Wenn dieser eine Templer, der Gründer der Sekte, das Schwert gefunden hat, dann gehört das Insigne der Macht den Wölfen«, fand Louis. »Man darf es ihnen nicht wegnehmen. Das wäre ungerecht! Oder man muss die Wölfe entschädigen und mit ihnen verhandeln!«

Frau Roth rieb mit ihren Fingern über die pergamentartig dünne Haut der Arme. Sie zitterte leicht. »Das sehe ich völlig anders. Die Tempelritter haben die Waffe hergestellt und ihr Besitz bedeutet, dass der Orden erstarken kann. Louis, hole mir bitte eine Jacke. Sie liegt im Wintergarten. Und einen Tee hätte ich gerne!«, bat sie.

Der Junge eilte zur Hotelküche und gab die Bestellung auf. Aus dem Anbau holte er das gewünschte Kleidungsstück und ein Kissen. Schwer beladen hastete er durch den Park. Ausgerechnet Andreas kam ihm entgegen. Sein Gesicht glühte in unterschiedlichen

Rottönen und wies diverse Buckel wie eine schlechte Skipiste auf. Er hatte sich lässig ein Handtuch um den Hals gelegt und wedelte mit einem Tennisschläger. Ganz nebenbei traf er Louis damit am Knie.

»Louis der Kellner!«, stieß er gehässig hervor. Louis brachte das Tablett in Sicherheit und machte einen eleganten Bogen um seinen Lieblingsfeind.

»Der Kellnerjob ist nur ein Sprungbrett für meine zweite K-karriere!«, plauderte Louis freundlich. »Anschließend werde ich Hautarzt und erfinde ein Pickel-Ex!«

Andreas brüllte und Louis rannte los. Der Tee in der kleinen edlen Kanne schwappte etwas über. Andreas Frommholt bremste abrupt seinen Angriff, als er die alte Frau Roth im Pavillon sitzen sah.

Auffordernd blickte ihn die Dame an und nötigte Andreas zu einer höflichen Begrüßung. »Geht es dir besser, Andreas Frommholt? Meine Kräuteraufgüsse helfen garantiert!«, schnarrte die alte Dame.

Louis lachte und goss den Tee in die Tasse. »Ich habe ein bisschen Apfelkuchen mitgebracht. Der ist gerade f-fertig geworden«, berichtete er und half Frau Roth in die Jacke.

Andreas zog sauer davon. Er schlug den Tennisschläger vor Wut mehrmals in den gepflegten Rasen.

»Ich habe wirklich Appetit!«, stellte Frau Roth verwundert fest. »Sonst kann ich nachmittags nichts essen.«

»Ich wäre Pfingsten fast verhungert, weil ich nur Wasser und Brot bekam!«, berichtete Louis von seinem unfreiwilligen Aufenthalt in der Villa Albrecht Gallunders. Mitten in der Geschichte nickte Frau Roth ein. Ihr Kopf kippte leicht nach vorne, die Augen fielen zu.

»Und mir wirft sie vor, ihre Gastfreundschaft nicht zu würdigen«, murmelte Louis entrüstet. Leise Schnarchgeräusche drangen an sein Ohr. Louis seufzte genervt. »Muss ich wirklich warten, bis sie aufwacht?! Was mache ich denn jetzt?« Dem Jungen war vorhin die hohe Schaukel aus Holzstämmen aufgefallen und er nahm sie mangels anderer Möglichkeiten zunächst gelangweilt in Beschlag. Ein Film aus dem Internet über Parkour-Running kam ihm in den

Sinn. Dort waren die Jungen mit einem Salto von der Schaukel gesprungen. »Warum sollte ich damit nicht ins Training einsteigen?«, überlegte Louis, rief den Bewegungsablauf in sein Gedächtnis und probierte es. Er schmierte ab und landete im Gras. Das Schaukelbrett wippte auf und ab. Es war gar nicht so einfach! Doch Louis blieb beharrlich. Frau Roth schnarchte. Nach weiteren Fehlversuchen hatte Louis den Bogen heraus und wagte sich an schwungvollere Sprünge. Sicher landete er auf den Füßen.

»Cool, das macht Spaß. Handstandüberschlag und diesen Kram vom Bodenturnen kann man gewiss ebenfalls brauchen. Das kann ich im Zimmer üben«, nahm sich Louis vor. Halbherzig versuchte er, die verräterischen Grasflecke von seinem Hemd zu wischen.

Frau Roths Kopf zuckte hoch. »Ah, du bist noch da. Ich dachte, du wolltest wieder Abenteuer erleben!«, sagte sie und nippte an dem mittlerweile kalt gewordenen Tee.

»Diese Möglichkeit ist gerade ziemlich eingeschränkt!«, bedauerte Louis und schaute ein wenig bitter auf seine Armbanduhr.

Der fliegende Teller

»Du sollst in den Seminarraum kommen! Außerdem habe ich etwas für dich«, rief Frederik Louis zu, als der gerade den Wintergarten und Frau Roth verließ. Der andere Junge schwenkte einen roten Umschlag mit einer ausländischen Briefmarke und lief damit die Treppe hoch. Dort lungerten einige Jungen herum und zogen mürrische Gesichter. »Hey, Louis hat eine Freundin. Sie schreibt ihm sogar Liebesbriefe!«, rief Frederik, während Louis ihm folgte. »Amelie heißt die Flamme!«, kreischte Frederik weiter.

»Das ist meine Schwester, du T-trottel! Gib den Brief her!«, verlangte Louis und erntete ein hämisches Grinsen. Frederik reichte das Objekt der Begierde weiter und fremde Finger begrapschten und knickten das Papier.

»Amelie, Amelie! Wir wollen ein Foto sehen!«, echoten die Jungen und feixten.

Louis wurde sauer. Er hatte schon lange keine Post mehr bekommen und war gespannt, was seine Schwester aus Schottland berichten würde.

Frederik steckte den Brief in seine Hosentasche und grinste Louis aufreizend an. »Hol ihn dir! Schmatzi mein Schatzi!«, provozierte Frederik mit geschürzten Lippen. Louis kochte vor Zorn. Am liebsten wäre er sofort auf Frederik losgegangen.

Ein Angestellter des Hotels, der einen Wagen schob, unterbrach den Streit. Der Mann näselte geziert: »Wir brauchen zwanzig Sitzplätze. Die Tische sollen ein U bilden. Auf der Menükarte stehen die Speisen. Bereitet bitte alles vor, verteilt Gläser, Besteck, Porzellan und Servietten! Du da!«, sagte er zu Louis und der trat mühsam beherrscht an einen kleinen Tisch. Dort bekam er eine Anleitung für die richtigen Positionen der Gedecke. Mit seinen weißen Handschuhen schob der Angestellte die Gläser millimetergenau voran, kontrollierte sein Werk und murmelte etwas. »So geht das! Deine Kollegen geben dir weitere Tipps!« Der Mann ließ sie allein.

»Der gibt schon auf!«, kicherte jemand und besetzte die Fensterbank. »Er weiß, dass er es am Ende selbst machen muss. Jetzt heißt es abwarten. Wer zockt mit mir eine Runde Karten?« Louis stand unbeachtet herum. Keiner redete mit ihm. Er schaute in den Garten, sah den breiten Fluss hinter der Mauer entlangfließen. Auf einem schmalen Anleger hantierten bunte Personen und zogen ein Ruderboot aus dem Wasser. Scheinbar gelangweilt schlenderte Louis durch den Raum. Nicht einmal Frederik bekam mit, wie der Brief blitzschnell aus seiner Hosentasche verschwand. Louis würde ihn später in Ruhe lesen, sobald er alleine war.

Die Armbanduhr an seinem rechten Handgelenk leuchtete kurz auf. Caspar schickte eine Nachricht aus dem Gutshaus. »Die angeblichen Klempner haben uns auf dem Schulweg beschattet. Per

Uhr habe ich mit Karim Kontakt aufgenommen. Die Tempelritter haben das rote Fahrzeug nicht erwischt. Keinen Bock mehr zu texten, Caspar.«

Louis wagte es nicht, seine gestrigen Erlebnisse in der Ruine in Kurzform zu versenden. Nach wie vor kassierte Dietrich Roth die Uhr täglich ein und kontrollierte die Daten. »Ich lebe noch. Ödes Lernen, lahme Langeweile und rothe Kontrolle!«, sendete er zurück und hoffte, dass Caspar kapierte, was er meinte.

Keiner der anderen Jungen dachte daran, einen Finger zu rühren. »Vielleicht führt Dietrich Roth nicht so akribisch Buch, wie das im Seminar passiert?«, überlegte Louis. Wirklich glauben konnte er das nicht. Er gab sich einen Ruck, um seine Wut auf Frederik runterzuschlucken und fragte ihn: »Es gibt k-keinen Stress, wenn wir die Aufgabe nicht erledigen?«

Der musterte ihn arrogant und verpasste ihm eine Abfuhr. »Nein, du kleiner Streber. **Wir** machen, was **wir** wollen. Was **du** machst, ist **deine** Sache!«

Louis staunte. »Streber« war er bisher nie genannt worden. »Wenn heute Abend Gäste k-kommen, wird der Raum gebraucht!«, protestierte Louis ein wenig schlapp und mehr zu sich selbst. Er sammelte abfällige Blicke ein. »Dann nicht!«, beschloss Louis und begann auf eigene Faust, die Tische zusammenzuschieben. Auf sinnloses Abhängen verspürte er keine Lust. Außerdem hatte er heute noch etwas vor. Der Brief raschelte verheißungsvoll unter seinem Hemd. Louis rückte die Stühle heran und zog Handschuhe über seine schmutzigen Finger. Das Porzellan klirrte leise.

Im Display der Armbanduhr erschien Caspars Text: »Fromme Prüfung, blaues Auge, hoffe, wir sehen uns bald!« Louis grinste. Frommholt lauerte allezeit und überall und das Auswahlverfahren ging weiter. Ob Caspar beim Sport ein blaues Auge kassiert hatte? War er möglicherweise verwarnt worden oder handelte es sich nur um ein Wortspiel?

Louis vermisste seinen Freund. Ganz besonders, weil er bei den anderen Jungen keinen Rückhalt fand. Niemand redete mit ihm. Die feindseligen Blicke machten Louis zu schaffen. Andreas hatte sie komplett auf seine Seite gezogen. Louis arbeitete zügig und ging mit System vor. Er war so vertieft, dass er das gestreckte Bein übersah und der Länge nach hinschlug. Ein Teller flog wie eine Frisbeescheibe durch den Raum und zerschellte an der Wand in viele Scherben.

»Treffer!«, gluckste es hinterhältig von der Fensterbank. Zorn wallte in Louis auf. Dieser Stunt hatte gewiss total dämlich ausgesehen. Ausgebremst durch eine alberne, fast vorhersagbare Attacke war er wie ein Tölpel durch den Raum geflogen. Louis stand langsam auf. »Oh, da war eine Falte im Teppich. Du blinder Maulwurf hast sie nicht gesehen!«, stichelte einer und die anderen lachten.

»Maulwurf, Verräter, man kann ihm nicht trauen!«, diese Worte schossen in Lichtgeschwindigkeit durch Louis' Gedanken und jedes davon tat weh. Sie bremsten seine Wut und der Junge begann, die Scherben aufzusammeln.

»Schneide dich nicht, du Feigling. Hast wohl Angst vor dem strengen Herrn Roth und legst dich mächtig ins Zeug, was?!«

Es fiel Louis unglaublich schwer, auf die Provokationen nicht zu reagieren. Er zählte die zerbrochenen Porzellanteile, um sich abzulenken. Dabei ließ er die anderen Jungen nicht aus den Augen. Der Fehler, sie zu unterschätzen und naiv in eine Falle zu laufen, würde ihm kein zweites Mal unterlaufen. Das dachte Louis. Es klopfte und der Hausherr selbst stand im Seminarraum. Er fixierte Louis kritisch und sagte vorwurfsvoll in ein Mobiltelefon: »Louis hat gerade Scherben verursacht. Nichts Neues, wenn du mich fragst. Sein Aufzug lässt wie üblich zu wünschen übrig. Hast du trotzdem das Bedürfnis, mit deinem rebellischen Sohn zu sprechen, Richard?«, fragte Roth spöttisch. Louis staunte. Sein Vater telefonierte höchst selten mit ihm. Er kreuzte meistens überraschend auf und nicht immer war ihr Zusammentreffen angenehm. Richard hatte die Gabe, das Fehlverhalten seines Sohnes detailliert auf den Punkt zu bringen. Louis nahm das Telefon und machte sich auf einen Abriss gefasst.

Die besorgte Frage »Louis, wie geht es dir?«, brachte ihn völlig aus dem Tritt. Er schluckte betroffen und musste kurz nachdenken, zumal Dietrich Roth in der Nähe stand und seine Antwort hören würde.

»Mittelmäßig!«, sagte Louis schließlich.

»Okay, Louis, hör mir zu. Irgendjemand versucht, im Orden der Tempelritter gehörig Unheil anzurichten. Du bist mitten in der Schusslinie, warum auch immer. Ich möchte, dass du genau überlegst, mit welchen Leuten du in der Vergangenheit Ärger hattest. Es geht nicht um Kleinkram. Stress mit Karim oder Clemens Frommholt kannst du auslassen. Sonst würde der Katalog zu umfangreich«, konnte sich Richard nicht verkneifen. »Nein, Louis, ernsthaft: Ich meine die Leute, die wirklich eine Rechnung mit dir offen haben. Da werden wir ansetzen und bohren, nach Hintermännern suchen und forschen. Wir dürfen nichts übersehen. Sei vorsichtig, Louis. Ich mache mir Sorgen. Wie bist du in diese Übergabe an der Ruine geraten? Das Ding war ein Deal mit einem unbekannten Kerl, der eine Aufstellung über die Templer gegen Vorkasse zurückgeben wollte. Der Orden ist zum Schein auf die Bedingungen eingegangen. Wir wollen an die Hintermänner gelangen. Eine Forderung der Erpresser lautete, dass ein einziger Kontaktmann die kurz vorher abgesprochene Stelle aufsucht und das Paket abholt. Es war klar, dass das kein Spaziergang werden würde und der absolute Schwachpunkt in dem Plan. Louis, bitte: Bleib unbedingt im Hotel zum rothen Ross. Dort bist du erst einmal in Sicherheit.«

Louis stammelte irgendetwas. Er ging verwirrt zu Dietrich Roth, um das Telefon zu übergeben. Der faltete gerade die anderen Jungen zusammen. »Und du gehst dich waschen und umziehen, Louis!«, verlangte der große Tempelritter und scheuchte ihn aus dem Saal.

»Was für eine armselige Bande. Es würde mich nicht wundern, wenn die Tempelritter irgendwann tatsächlich aussterben. Nichts weiter als unfähige Flegel im Nachwuchs!«, polterte er wütend vor sich hin und ging Richtung Wintergarten.

Louis verharrte einen Moment und bog ungesehen in einen Flur ab. »Ich muss mich jetzt bewegen, Sportverbot hin oder her!«, flüsterte er und erreichte einen Fitnessraum. »Sonst bekomme ich nichts mehr auf die Kette. Was ist eigentlich los? Ich kapiere irgendwie nur die Hälfte!« Louis wählte das Laufband. Ein Hotelgast mit Glatze saß verschwitzt am Rudergerät. Sofort dachte Louis an Olli. »Ob sein Zeigefinger wieder okay ist?« Die Geschehnisse des Nachmittags purzelten durch sein Gehirn und nahmen mit den Schritten auf dem Laufband ein wenig Struktur an. »Die Tempelritter haben mich vorsichtshalber im Hotel zum rothen Ross untergebracht. Hier bekomme ich von dem Geschehen und den Aktionen der Tempelritter weniger mit. Sie misstrauen mir, aber wollen trotzdem, dass mir nichts passiert. Mein Vater will mir helfen. Er weiß eine Menge mehr als ich. Zudem machen die Klempner Ärger.« Louis wählte die nächste Geschwindigkeitsstufe und lief weiter. »Wahnsinn! Ich bin fast wieder fit. Vielleicht bewirkt dieses Heuschreckenmehl doch etwas?!«

Als Louis in sein Zimmer ging, erlebte er eine unangenehme Überraschung. Der Kleiderschrank war leer, die Hemden, Shirts und Hosen bildeten ein wildes Durcheinander im ganzen Raum. Es sollte nicht das letzte Unglück bleiben. Eine Cremetube lag zusammengequetscht auf dem Boden. Anscheinend war jemand daraufgesprungen und hatte den Inhalt durch die Luft geschossen. Klumpen von hellgelber Salbe klebten an den Wänden, am Stuhl und irgendwie überall. Es schien die Plastiktube zu sein, die Louis mit dem Spinnenpulver versetzt hatte. Die Pampe war geronnen und ließ sich nur schlecht und in Fäden entfernen. Bevor Louis mit der Beseitigung des Chaos begann, würde er den Brief lesen.

»Hi Louis, du jämmerlicher und schreibfauler Tempelritter! Du hast meine letzten beiden Briefe nicht beantwortet, du Blödmann! Oder die schottische Post konnte die Adresse nicht lesen, weil du eine Sauklaue hast. Morgen besucht mich Richard, ich freue mich!«

Louis schaute auf das Datum. Amelies Zeilen waren uralt. Der Brief hatte lange gebraucht, um ihn zu finden.

»Wusstest du, dass die Tempelritter in Schottland niemals verfolgt wurden? Hier geht man viel offener mit der ganzen Geschichte um. Ich belege gerade einen Kurs im Bogenschießen. Wenn ich in den Ferien nach Hause komme, machen wir einen Wettkampf und ich be-

siege dich! Ach, wer weiß, ob die Zielscheibe noch im Pförtnerhaus aufgebaut ist.«

Amelie sprang in ihren Texten zwischen den Themen immer hin und her, wie es gerade in ihren Sinn kam.

»Opa Hugo lässt das Herrenhaus zu einem neuen Hauptquartier der Templer umrüsten. Er hat mir davon erzählt, als er neulich hier war!«

Louis schluckte. Alle Welt reiste nach Schottland. Nur er durfte nicht. Und um ihn kümmerte sich sowieso niemand. Ein Stich heißer Eifersucht bohrte sich in seinen Magen. Er wusste, dass er ungerecht urteilte, aber er konnte nichts dagegen unternehmen. Louis überflog die restlichen Sätze. »Das Foto des Herrenhauses war auf der grünen Kamera aus der Ruine gespeichert. Opa scheint mit der Baustelle extrem beschäftigt zu sein!«, vermutete Louis und stopfte den Brief aufgewühlt unter die Matratze. Auf dem Schreibtisch stapelten sich Arbeitsaufträge. Frustriert starrte Louis auf den Rechner und die Bücher und Hefte. Er beschloss, das Abendessen sausen zu lassen. Auf die unverschämten Blicke in den Gesichtern der anderen Jungen verspürte er keine Lust. Ein weiteres Problem war der Mangel an knitterfreien Hemden, die Krawatten fehlten komplett im Sortiment. Irgendwie würde er den Abend herumbekommen, notfalls musste er lernen.

Killerspinnen

Dietrich Roth schickte Louis, der halb am Schreibtisch eingeschlafen war, ins Bett. Gemeinsam sprachen sie das Abendgebet. Der Templer löschte das Licht und verschloss sorgfältig die Tür. Die Ruhe währte nicht lange. Louis hörte ein merkwürdiges Geräusch aus dem Gang. Zunächst dachte er, dass er sich getäuscht hatte. Die Laute wiederholten sich, ein Klirren und ein hohes Summen folgten. Bevor Louis den Schalter gefunden hatte, kroch etwas seidenweich über seine Hand und kitzelte die Haut. Endlich flammte die Beleuchtung auf. Mit Entsetzen musste Louis anschauen, wie der Boden in ein braun-gelbes Inferno verwandelt wurde, das sich rasend schnell ausbreitete. Hunderte Kreuzspinnen krabbelten durch das Zimmer, besetzten Stuhlbeine und eroberten die Wände. Die Bettdecke färbte sich in Sekundenschnelle in einen dunklen Kupferton. Louis schüttelte sich. Die Spinnen waren plötzlich überall. Und durch den Türspalt kamen noch mehr. Sie schwebten hinein, die Beine angewinkelt, wurden sie ein Stück über den Fußboden geweht, bevor sie selbstständig ihren Weg suchten. Louis stand mittlerweile in seinem Bett. Die Spinnen liefen über seine Füße und Beine. Einige seilten sich bereits von der Decke ab und attackierten den Jungen von oben.

»Nicht schreien!«, nahm sich Louis vor. Wüste Bilder richteten in seinem Kopf ein Chaos an. Fantasien gaukelten ihm den Angriff der Killerspinnen vor. Sie schnürten ihn mit ihren fein gesponnenen Fäden ein, nahmen von ihm Besitz. »Sie schlagen ihre Giftklauen in meine Haut und betäuben mich. Spinnen saugen ihre Opfer aus!« Louis war kaum zu einem klaren Gedanken fähig. »Raus, ich muss raus hier!«, beschloss er und sprang zur Tür. Einige Spinnentiere klebten unter seinen nackten Füßen. Die Tür war verschlossen. Louis spürte warme Luft, die unter dem Türschlitz hereinströmte und unerwartet aufhörte. Mit ihr versiegte der Strom an Spinnennachschub. »Ein Gebläse oder ein Föhn!«, vermutete Louis panisch. »Ich bin eingesperrt in einem Zimmer mit mutierten Kreuzspinnen!«

Er begann zu schwitzen, seine Brust fühlte sich eng an, sein Herz pumpte eine Frequenz bis zum Anschlag. Die Haut juckte, an jeder Stelle schien es zu krabbeln. Noch hatte Louis keinen Stich gespürt. Was würden diese Viecher anrichten, wenn sie wirklich zubissen? »Spinnen haben zwei Reihen mit je vier Augen!«, schoss es unnötigerweise durch sein Hirn. Als ob er mit dieser Information etwas anfangen könnte. »Ich kann nicht einmal das Fenster öffnen! Ich will raus! Sofort!« Wütend begann Louis, gegen die Tür zu trommeln. Die erzitterte im Schloss, gab keinen Zentimeter nach. Louis hämmerte dagegen, bis seine Handballen schmerzten. Die Spinnen krabbelten über seine Zehen, krochen das Bein hoch, überquerten sein Knie. Louis schrie. Er wollte weg. Panisch sprang er über das Bett, erreichte das Bad. Die Spinnentiere waren bereits dort. Sie bevölkerten die Handtücher und jede Ritze. »Spinnen vertragen keine Feuchtigkeit!«, fiel Louis ein. »Zu viel Wasser verklebt ihre Beine!« Der Junge drehte den Wasserhahn des Waschbeckens und der Brause voll auf. Louis stellte sich in einen Winkel der Duschkabine und streifte weitere Spinnen ab. Allmählich zog feuchter Dampf durch den Raum.

»Die Uhr!«, fiel Louis ein und er drückte grimmig den Notfallknopf. Ein schläfriger Karim meldete sich. »Louis?« Das Rauschen des Wassers störte die Kommunikation. Louis spürte einen feinen Stich hinter seinem Ohr. Die erste Spinne hatte Appetit auf den Jungen bekommen. »Spinnen!«, brüllte Louis fast in Richtung Armbanduhr. »T-tausend. Mindestens. Diese eklig braun-gelben K-kreuzspinnen. Sind sie giftig? Sie weben alles zu. K-klebefäden, äh, schon wieder eine! Aua! K-karim, tu was! Hilfe!« Schließlich duschte Louis in seiner Kleidung. Die Spinnen wurden abgespült, kreisten einige Runden zwischen seinen Füßen, bevor der Abfluss sie mitnahm und in die Tiefe riss.

Louis spürte nur, dass Dietrich Roth ihn aus dem Badezimmer zog und tropfend im Flur stehen ließ. Seine Haut juckte an vielen Stellen. Stephan Roth brachte ein frisches Handtuch und einige eckige, elektronische Geräte, die man in die Steckdose einstöpselte. »Ultraschall! Die Spinnen mögen diese Wellen nicht. Sie werden freiwillig in die Kiste krabbeln, die mein Vater bereits aufgestellt hat. Morgen ist das Zimmer krabbelfrei und alle Spinnen zurück im Terrarium«, versprach der Pädagogikstudent. »Wie viele Stiche hast du abbekommen?« Louis zuckte die Achseln. Für seinen Geschmack zu viele. Das Terrarium im Wintergarten war leer. Das Schloss, das den großen Kasten abgesperrt hatte, fehlte. Ebenso die Abdeckung, eine große Glasplatte, die die Spinnen an einem Ausbruch hindern sollte. Louis trank widerspruchslos ein seltsames Gebräu und trug eine Salbe auf, die den Juckreiz linderte. Müde kroch er in die Hängematte und hoffte, dass dieser Platz keine langbeinigen Viecher aufwies. Er fühlte sich mies. So mies, wie man sich nach einem feigen Kampf fühlt, den man ehrlos verloren hat.

Früh am nächsten Morgen weckte Louis etwas Unangenehmes irgendwo in seinem Körper. »Spinnen!«, durchzuckte es Louis. Es dauerte eine Weile, bis er begriff, dass nur sein eigener Magen laut knurrte und blubberte. Louis schälte sich aus der Hängematte. Er sah, dass die langen Ruderboote auf speziellen Geräten zum Fluss gerollt wurden. »Die machen einen Ausflug und ich muss im Hotel bleiben!«, murrte Louis. Bei genauerer Betrachtung legte er allerdings keinen Wert auf die Gesellschaft von Andreas Frommholt und die der anderen Jungen. Wahrscheinlich würden sie den ganzen Tag auf ihm herumhacken und darauf konnte Louis verzichten. Allerdings auf keinen Fall auf sein Frühstück. Er fand auf dem Tisch eine köstliche Auswahl und begann zu essen. Louis blieb nicht lange allein im Wintergarten.

»Du hast heute das Privileg, Privatunterricht zu genießen!«, eröffnete ihm Stephan Roth, der nachdenklich das unbevölkerte Terrarium betrachtete.

»Zweifelhaftes P-privileg!«, kaute Louis mit vollem Mund. »Die anderen dürfen rudern und ich muss büffeln!«

Der Pädagogikstudent verkündete unbeeindruckt, dass sie in einer Stunde starten würden. »Bis dahin ist das Terrarium wieder eingerichtet«, sagte Stephan. »Wahrscheinlich haben die anderen Jungen die Spinnen mithilfe eines Föhns in dein Zimmer umgesiedelt. Ziemlich fies. Sie wussten, dass deine Tür abgesperrt war! Immerhin ist der Raum jetzt wieder frei von Kreuzspinnen. Das hoffe ich jedenfalls«, bemerkte Stephan. Das wünschte sich Louis ebenfalls und beobachtete kurz darauf argwöhnisch die grünen Wände.

Er loggte sich im Netzwerk der Tempelritter ein, wo viele Seiten verschlüsselt waren. Louis war auf die Idee gekommen, die Nummerncodes, die Dietrich Roth damals abgefragt hatte, einzusetzen.

Nach einigen Fehlversuchen fand er die Informationen, die er suchte. »Eine Live-Kamera! Ich kann den Hof und den Eingangsbereich des Gutshofes sehen. Maik geht mit Olli Treyo Richtung Turnhalle! Fett! He, da hat jemand ein Graffiti an die Wand geschmiert. Es ist das Tatzenkreuz. ›Spinner‹ steht unter dem Symbol.« Wer präsentierte eine Sabotage nach der nächsten? Louis versuchte zur Ablenkung einen Handstand, stützte die Füße am Kleiderschrank ab. So fand ihn Stephan Roth.

»Kannst du in dieser Lage besser nachdenken?«, fragte er interessiert.

»Nein, das hat nichts gebracht. Außerdem habe ich wieder Hunger!«, klagte Louis.

»Tja, ich muss dich vertrösten. Erst wird gelernt!« Stephan Roth hielt Louis gnadenlos zur Arbeit an. Dem rauchte bald der Kopf. Er musste zugeben, dass Stephan die Sachen genial erklärte. Aber er schenkte Louis nichts und schaute ihm genau über die Schulter. Nach gefühlten tausend Stunden ließ der Pädagogikstudent Louis aus den Klauen und stürzte ihn direkt in die nächste Katastrophe. »Im Anbau wartet eine Mitteilung auf dich.« Er gab keine weitere Auskunft. Louis versuchte, die schlechten Vorahnungen zu verdrängen.

In dem Raum, wo die Videokonferenz stattgefunden hatte, lehnte Dietrich Roth an der Wand. Er blätterte interessiert in einer hellgrauen Mappe. »Louis, deine Ergebnisse des Auswahlverfahrens sind eingetroffen. Die Prüfungskommission spricht mit jedem Kandidaten persönlich im Gutshaus darüber. In deinem Fall soll ich dir die Fakten präsentieren.« Louis trat ein wenig nervös von einem Fuß auf den anderen. Als er es bemerkte, straffte er die Schultern und zwang sich zur Ruhe.

Dietrich Roth lächelte. Die Reaktion des Jungen war ihm nicht verborgen geblieben. »Du scheinst den Rhetorikkurs erfolgreich absolviert zu haben, Louis!«, schmunzelte Roth. Mit der ihnen eigenen Konzentration entging der Aufmerksamkeit der geschulten Tempelritter wenig. »Die Sportwettkämpfe waren im mittleren Bereich, sie wurden bei dir kaum bewertet.« Roth runzelte die Stirn.

»Es liegen ein ärztlicher Untersuchungsbericht und eine Analyse der Droge vor?!«

Louis hatte keine Lust, etwas darüber zu erzählen. Er wollte wissen, wie es weiterging. »Wurde ich für den Auftrag ausgewählt?«, konnte er nur denken. »Ich werde beweisen, dass man sich auf mich verlassen kann!«

»Der Englischtest ist bei fast allen Teilnehmern schlecht ausgefallen. Du warst keine Ausnahme. Deine verfasste Beschreibung und die anderen Nachforschungen waren gut. Wobei bezweifelt wurde, dass du die Sache alleine gemacht hast.«

Louis protestierte empört.

»Jetzt wird es aufschlussreich. Du hast Schwierigkeiten, pünktlich deine Sachen zu erledigen und dich an feste Vorgaben zu halten. Dein Verhalten ist teilweise rebellisch, unüberlegt, wenig diszipliniert und ungehorsam.«

Louis merkte, wie eine kalte Wut in ihm aufstieg. »Was bilden sich diese Torfköpfe ein? Wozu dieser ganze alberne Test? Sie stecken mich sowieso in eine Schublade und knallen sie mit Getöse zu.«

»Es reicht mir!«, sagte Louis laut und wollte gehen.

»Da steht allerdings auch, dass du hilfsbereit bist und andere unterstützt.«

Louis blieb stehen.

»Louis kann Probleme von mehreren Gesichtspunkten beleuchten und überdenken. Er löst Aufgaben einfallsreich und ausdauernd, zum Teil spontan und wenig geplant.«

»War es das jetzt?!«, fragte der Junge unangenehm berührt. Dietrich Roth musste ihm nicht erklären, dass Louis nicht für den Auftrag infrage kam. Louis wusste es. Er fühlte sich, als hätte man gerade den Teppich unter seinen Füßen weggezogen. »Warum veranstalten sie dann dieses ganze Theater? Völlig überflüssig. Ich hasse sie alle, sie mit ihren dämlichen Anforderungen und Kommentaren!«

»Louis!«, rief Dietrich Roth, aber Louis hatte genug. Er hörte nicht, sondern stiefelte sauer in den Garten. Zornig trat er gegen alles, was er erreichen konnte. Automatisch lief er zur Schaukel. Am Handgelenk begann die Uhr zu vibrieren. Louis ignorierte es und nahm auf dem Schaukelbrett Platz. Seine Wut schlug in Selbstmitleid um. »Ich gehe jetzt nicht ins Hotel. Die sollen mich alle in Ruhe lassen, diese Blödbacken!« Louis schaute angewidert auf die Armbanduhr, die weiter summte. Louis wollte mit keinem sprechen, niemanden sehen, weder Rede noch Antwort stehen. Die Enttäuschung nagte ein großes schwarzes Loch und schmerzte. Louis holte Schwung. Erst nach einer ganzen Weile beschloss er: »Caspar, ich frage ihn, wie es bei ihm gelaufen ist.« Der Junge drückte auf einen Knopf am Gehäuse der Uhr und hörte sofort Friedrich Lacroix' Stimme, der sich irgendwie dazwischengeschaltet haben musste. Die Tempelritter hatten ihn ausgetrickst. Sie setzten am Ende ihre Vorstellungen durch.

»Louis, du hast mit Dietrich Roth gesprochen?«

»Nein, er mit mir!«, murrte Louis übel gelaunt. Lacroix hatte Louis verstanden. Die Qualität der Übertragung war erstklassig.

»Okay, Louis, du hörst mir jetzt zu. Du hast den Beschluss der Auswahlkommission hinzunehmen, und zwar ohne Widerrede. So funktioniert das immer. Du wirst für einen Auftrag ausgesucht oder eben nicht. Da ich weiß, dass bedingungsloser Gehorsam bei dir ohnehin nicht läuft, werde ich dir jetzt und zum einzigen Mal die Beweggründe erklären, damit uns deine Wut und mögliche Folgen erspart bleiben.« Lacroix machte eine frustrierte Pause. »Es kommt immer auf den Auftrag an, nicht auf eine Wertung deiner Persönlichkeit. Es wird ein Profil erstellt und die Daten werden abgeglichen. Selbst wenn die größte Pfeife für den Job ausgesucht wird, macht sie ihn. Vielleicht, weil eine Eigenschaft, ein Merkmal besonders gut passt. Egal, wie genial die anderen sind. Das hast du zu schlucken, klaglos. Aber in diesem Fall hat die Jury den fähigsten Jungen ausgewählt: Caspar wird gehen. Er ist verlässlich, diszipliniert, sein Wissen und seine Fremdsprachenkenntnisse sind hervorragend. Er macht nie irgendwelchen Blödsinn, es sei denn, du stiftest ihn dazu an. Dein Auftrag momentan lautet: lernen, Strukturen durchschauen, zu dir selbst finden.«

Louis sprang mit einem Salto von der Schaukel und stolperte ein paar Schritte vorwärts.

»Louis?! Was machst du da? Ich rede mit dir!«

Louis' Wut war verpufft. Caspar, sein Freund Caspar, der diese Aufgabe am wenigsten wollte und wahrscheinlich die größte Angst hatte, der wurde losgeschickt. »Was sagt Caspar dazu?«, fragte Louis besorgt zurück.

»Dem habe ich ebenfalls einen Vortrag gehalten!«, brummte Friedrich Lacroix verdrossen. »Der Inhalt war etwas abgewandelt!«

»Caspar will nicht!«, vermutete Louis.

»Das nützt ihm nichts. Er wird gehen. Und jetzt kommst du ins Spiel. Caspar und Tommi werden ins Hotel zum rothen Ross fahren und dort einen kurzen Zwischenstopp einlegen. Ich möchte, dass du mit Caspar redest. Erzähle ihm bitte alles über Philipp Gallunder. Tüftelt gemeinsam einen Plan aus, wie Caspar am besten mit Philipp Freundschaft schließen kann.«

»Ich kenne Philipp gar nicht!«, protestierte Louis.

Friedrich Lacroix ging nicht darauf ein. »Hört Musik dieser schottischen Hardrock-Band, die Philipp Gallunder gefällt. Er hatte die CD in seinem Zimmer der Villla in Südfrankreich vor seinem Vater versteckt. Die Scheibe war ihm wichtig. Mit Wissen über die Gruppe kann Caspar vielleicht bei Philipp landen. Und hilf Caspar beim Packen. Er bringt eine Liste von Dingen mit, die er in England braucht. In Sachen Tischmanieren und Dresscode bist du Vollprofi und kannst deinem Freund mit Sicherheit Tipps geben.«

Louis nahm Anlauf und hüpfte auf eine Bank, sprang ab und balancierte über eine niedrige Mauer. Vom Fluss erklang das Hupen eines Lastkahnes, ein Vogel zeterte und verließ seinen Ast. »Wer hat das Graffiti gesprüht?«, platzte Louis heraus.

»Woher weißt du davon?«, fragte Lacroix misstrauisch und Louis gab Auskunft. »Louis, halte dich aus den Geschichten heraus. Um die Lösung dieses Problems kümmern sich erfahrene Tempelritter. Du sollst lernen, verstanden?«

Louis musterte die Uhr böse. »Ich muss herausfinden, wie man die stumm schalten kann. Vorwurfsvolle Templer sind echt das Letzte.«

»Louis, ich bestehe auf einer Antwort!«, lärmte Lacroix.

»Da kannst du lange drauf warten. Eher werfe ich die Uhr in den Fluss!«, nahm sich Louis schweigend vor. Über der Bande des Tennisplatzes hing ein vergessenes Handtuch.

»Warte, du Flegel. Wenn wir uns das nächste Mal begegnen, werde ich ...«

»Immer schön alles aufschreiben! Ein Fall für die Akten«, murmelte Louis und wickelte den Frotteestoff um seinen Unterarm. »Endlich Ruhe! Man muss seine Etappensiege strategisch günstig auf der Strecke verteilen«, kommentierte er und bummelte zurück in sein Zimmer.

Rosenparfum und ein Veilchen

»Noble Bude. Wir tauschen, ich bleibe hier und du gehst nach England«, schlug Caspar vor, der am Nachmittag plötzlich in Louis' Zimmer stand.

Der textete grinsend: »Rosen so rot, Veilchen so blau. Alter, du hast w-wirklich ein blaues Auge, ich sehe es genau. Das gibt dir einen verwegenen Anstrich!«

Caspar verzog das Gesicht zu einer gequälten Grimasse. »Was ist das denn?« Mit spitzen Fingern kratzte Caspar an einer zähen, gelblichen Masse herum, die am Stuhl klebte und mit einem dünnen, gestreiften Spinnenbein garniert war.

»Ein kleines Geschenk von Andreas!«, erklärte Louis sparsam.

»Pfui, mir wird übel. Andreas Frommholt?! Ich fahre doch lieber in das Internat!«, murmelte Caspar.

Betroffen fragte Louis: »Wie, Schule, Internat? Wir haben bald Ferien!«

»Die da nicht!«, stellte Caspar nüchtern fest.

»Das ist ja kurz vor fast ganz doof«, kommentierte Louis und Caspar verdrehte die Augen.

»Morgen bringt mich Doktor Lacroix zum Flughafen. Louis, ich will nicht. Ich werde da bestimmt alles verkehrt machen.«

»Park mal im Schatten. Das wird cool. Du schaffst das. Wie heißt denn diese Keine-Ferien-Paukanstalt?« Louis startete den Rechner und sie suchten Bilder und Informationen heraus.

»Die Schuluniform sieht völlig geschmacklos aus. Hemd und Krawatte, scheußlich!«, schimpfte Caspar. Das Gemäuer wirkte nicht sonderlich einladend und Caspars Bedenken wuchsen.

»Du bist ab heute Nacht unauffindbar und verpasst den Flieger!«, schlug Louis vor.

Caspar wedelte seine Uhr in der Luft herum. »Sehr witzig. Damit haben wir ein kleines Problem. Verstecken wird schwierig.«

Caspar erzählte Louis von den vergangenen Tagen im Seminar. »Friedrich Lacroix hätte dich gerne nach England geschickt. Er sagt, dass du dort sicherer wärest. Leider hat die Prüfungskommission ihn ausgebremst!«, wusste Caspar zu berichten. Jetzt wusste Louis, warum sich Lacroix damals dafür eingesetzt hatte, dass er am Auswahlverfahren trotz seiner unbesonnenen Sprüche teilnehmen durfte. »Frommholt hat die Zeichnung mit dem aufgeblasenen Gockel gefunden. Er ging so herrlich in die Luft. Alle warteten darauf, dass wirklich Federn durch den Saal flogen oder er anfing zu krähen. Frommi war total sauer. Er hat nicht herausgefunden, wer das Tier gemalt hat, und verdächtigt nun aus alter Gewohnheit dich«, berichtete Caspar weiter.

»Ich kann gar nicht zeichnen!«, widersprach Louis und berichtete seinerseits von den Erlebnissen.

Caspar wollte wissen: »Und dieser Italiener, den sie abserviert und verbannt haben, hat gesagt, dass es sich gelohnt hat, auf die seltsamen Bedingungen eines Betrügers einzugehen? Mein Opa war neulich total wütend. Er wollte sich nicht erpressen lassen, auch nicht zum Schein. Man hat ihn schließlich überzeugt, irgendwelche Sicherheiten und Fallen eingebaut. Jetzt sind die Templer sicher, dass es einen Verräter in den eigenen Reihen gibt, der die geheimen Stätten fotografiert und dokumentiert hat. Er kann die Daten auch an sonstwen verkaufen. Das ist eine blöde Angelegenheit!« Caspar strich vorsichtig mit dem Zeigefinger über das blaue Auge.

Sie alberten ein wenig herum und Caspar überlegte sich die wildesten Fluchttheorien. Louis holte das Stäbchen unter der Matratze hervor. »Damit kann man die Daten aus den Uhren holen. Und gewiss die Dinger bequem vernetzen!« Gemeinsam machten sie sich ans Werk. Caspar steckte gerade den dünnen Stab in seine Hosentasche, als Stephan Roth die beiden abholte. Das Zimmer mit den Ausrüstungsgegenständen kannte Louis bereits und Caspar ging mit Stephan Roth systematisch die Liste durch. »Was erzählst du deinen neuen Kollegen, wenn sie wissen wollen, warum du auf ihre Schule kommst?«, erkundigte sich Louis.

»Ich habe mich geprügelt und bin von meiner alten Penne geflogen?!«, schlug Caspar vor.

»Gehörte das Veilchen also zum Plan der Auswahlkommission?«, flachste Louis.

»Nein, es war ein hart geworfener, kleiner Ball, dessen Flugbahn ich unfreiwillig gekreuzt habe!«, wiegelte Caspar ab und versuchte erfolglos, ein Hemd zusammenzufalten.

Auf dem Tisch lagen einige elektronische Geräte und Louis testete sie der Reihe nach: »Ein Handy mit Linse und MP3-Funktion. Schafft es neben Bildern auch Textaufnahmen? Du kannst es mit einem speziellen Karabiner an der Hose befestigen. Neue Stifte und Kleber, die können bestimmt mehr als malen und kleistern!«, vermutete Louis. »Wow, ein Tablet-PC! Caspar, du brauchst unbedingt ein Taschenmesser, eine Sonnenbrille mit Kamera und eine von diesen Mini-Lampen.« Louis kletterte in das Regal und zog eine Schublade heraus.

In diesem Moment betrat Dietrich Roth die Kleiderkammer. »Louis!«, zeterte er. »Augenblicklich verlässt du diesen Raum!«

Der Junge seufzte und sprang elegant herunter. Unverändert

schimpfend lieferte der Tempelritter Louis im Wintergarten ab. Dort plauderte Tommi Lacroix mit der alten Frau Roth. Ein silberner Alu-Koffer stand neben ihm und Louis schwante nichts Gutes.

»Guten Tag, Herr von Mortville!«, grüßte der Arzt betont freundlich. »Schon wieder Ärger verursacht?«

»Nur eine Kleinigkeit!«, brachte Louis überzeugt hervor.

»Der Bengel kann den Blutdruck der für ihn Verantwortlichen tüchtig in die Höhe treiben!«, flachste Tommi Lacroix. »Deiner Mutter scheint er nicht zu schaden, Dietrich. Bei dir bin ich nicht sicher. Wirst du es überstehen, diesen Mortville-Spross ein wenig länger zu hüten als geplant? Notfalls setzt du ein paar Killerspinnen in sein Zimmer. Ich wette, das wirkt!« Beiläufig zog Lacroix Louis heran und setzte das Stethoskop an. »Deine Mutter wird dich gewiss unterstützen! Sie hat Louis im Griff!« Doktor Lacroix erkundigte sich bei dem Jungen: »Nimmst du das Pulver regelmäßig?« Der nickte sauer und beantwortete genervt den weiteren Fragenkatalog. »Sehr schön, Louis. Es geht doch.« Louis sah den Arzt giftig an. Der grinste nur. »Ich schätze, in ein paar Tagen kannst du langsam anfangen zu trainieren.« Durch die Scheiben sah Louis, dass die anderen Jungen gut gelaunt die Boote zurückräumten. Sie schienen viel Spaß gehabt zu haben und Louis spürte einen Anflug von Neid und Einsamkeit.

Langsam ging er in sein Zimmer. Automatisch ließ er den Powerball in seiner Hand kreisen. Er schaffte es immer länger, die Bewegung auszuführen und hoffte, dass seine Muskeln für die Kletteraktionen beim Parkour-Running kräftiger und ausdauernder wurden. Louis beschloss, vor dem Abendessen etwas System in seine Nachforschungen zu bringen. Er wendete die Arbeitsweise an, die Stephan Roth ihm beigebracht hatte. Er tippte mit einer Hand. Die andere bewegte den Powerball. Louis legte eine Datei über den Leuchter des Firmariearztes an. Er beschrieb das Aussehen. »Der Leuchter ist von geübten, begabten Silberschmieden hergestellt worden. Unter dem Fuß steht ein Vers Salomos: ›Die Weisheit des Menschen lässt sein Gesicht leuchten.‹ Der Schaft ist mit Mustern verziert.« Louis löschte »verziert« und schrieb stattdessen: »Der

Schaft weist eine Gravur mit einem komplizierten Muster auf. Das Wappen der Tempelritter ist in den Leuchter eingearbeitet und verbirgt einen Mechanismus, mit dem man die vier Arme ausklappen kann. Fünf Kerzen passen insgesamt auf die Teller mit den scharfen Dornen. Die roten Steine sind selten. Man weiß nicht, woher sie stammen. Zusammengefaltet passt der Leuchter in den Wasserspülkastens eines WCs an der Autobahn.«

Louis hätte fast den letzten Satz ebenfalls wieder entfernt. Schließlich ließ er ihn stehen, verfolgte und notierte die Geschichte über dieses besondere Insigne der Macht. Auf die Kirche, die den Leuchter normalerweise in den geheimen Truhen oder Schubladen verbarg, konzentrierte sich Louis besonders. Er fand jede Menge Bilder im Datennetz der Templer, sammelte Informationen über verborgene Fächer und deren Schließmechanismen. Louis vergrößerte Details und suchte sie nach weiteren Versteckmöglichkeiten ab. »Hat die Kirche am Meer besondere Lichtpunkte, die je nach Sonnenstand glänzen oder Wege weisen? Ups, es ist spät. Ich muss mich umziehen und zum Essen gehen!«, merkte Louis nicht nur an der Uhrzeit, sondern an dem bohrenden Hunger in seinem Bauch. Hastig sortierte er seine Garderobe und eilte nach unten. Stephan Roth stand wie gewöhnlich vor der Tür des Restaurants und ließ sich Louis' Finger zeigen. Der murrte und schaute verdrossen hoch.

»Du musst den obersten Knopf am Hemd schließen!«, verlangte Stephan Roth kritisch.

»Es ist aber zu eng! Ich kann so nicht schlucken!«, meckerte Louis brummig.

»Zuknöpfen!«, sagte Stephan äußerst bestimmt. Louis drehte sich sauer um und schnitt eine genervte Grimasse. »Oh, V-verzeihung!«, stammelte er plötzlich erschrocken. Fast hätte er eine unverschämt gut aussehende Frau in einem kurzen, schwarzen Kleid umgerannt. Die Dame warf ihre blonden Haare zurück und lächelte Louis schelmisch zu. Der pfiff unwillkürlich durch die Zähne und bekam von Stephan Roth einen Rüffel. Eine verräterische Röte kroch über Louis' Wangen. Er hauchte nur: »Wow!« Vor ihm stand Alexandra Wendershagen, die für das Optimus-Projekt der

Templer forschte. Derartig aufgedonnert hatte Louis sie bisher nie gesehen und war unglaublich beeindruckt.

»Darfst du nicht zum Essen gehen, Louis? Die sind wirklich erbarmungslos!« Behutsam schloss Alex den obersten Knopf an Louis' Hemd. Sein Kopf begann zu glühen. »D-danke!«, stotterte er und wusste vor Verlegenheit nicht, wohin er schauen sollte. Er entschloss sich, seine Augen von den langen Beinen der Dame zur Seite zu lenken und entdeckte verblüfft Thomas Lacroix im eleganten Anzug, der seinen Arm in diesem Moment locker um Alex legte.

»Ey!«, dachte Louis. »Ist das zu glauben. Der Dok mit dieser Traumfrau? Wie hat er das denn hinbekommen?« Louis gelang es, seine Befangenheit zu überspielen. Dreist fragte er Tommi Lacroix: »Zwei Einzelzimmer oder ein Doppelzimmer?! Nein, ich weiß: Hier und jetzt findet ein rein geschäftliches Essen statt: Frau Doktor Alexandra Wendershagen will versuchen, ihre exotische Spinatzüchtung aus Ekel-Algen auf der erlesenen Speisekarte des Hauses zu p-platzieren. Dafür braucht sie eine Unbedenklichkeitserklärung eines Arztes, den die Wissenschaftlerin natürlich mit ihren weiblichen Reizen bestochen hat!«, dozierte Louis boshaft.

Tommi Lacroix sagte völlig gelassen: »Gut recherchiert und überzeugend dargelegt, Louis von Mortville. Warum hast du bloß so eine mangelhafte Note im Schulfach Deutsch?«

Der Junge warf dem Arzt einen bitterbösen Blick zu. Es war eine Unverschämtheit, ihn vor Alex Wendershagen zu blamieren. Die lachte fröhlich und hakte sich bei Louis unter, der vor Verlegenheit fast über seine eigenen Füße stolperte.

Hinter ihm spottete Lacroix: »Na, das sieht aber nicht hoch professionell aus!«

»Er ist eifersüchtig!«, wisperte Alex Louis mit einem Verschwörer-Lächeln ins Ohr und der roch ihr Parfum.

»Rosen!«, dachte der Junge. »Sie duftet wie der Pavillon, nein, besser.«

Alex plauderte von der bevorstehenden Fahrt in die Berge, dem Optimus-Projekt und fragte Louis anschließend hemmungslos aus. »Was, du darfst keinen Sport treiben und sollst dieses fürchterliche Zeug trinken? Ich würde an deiner Stelle sofort den Arzt wechseln!«, schlug sie vor. Als Tommi Lacroix zum Buffet ging, kippte sie den unappetitlichen, krümeligen Inhalt des Glases schwungvoll in die Blumenvase, die auf dem elegant gedeckten Tisch stand. »Das verdirbt einem den Appetit!«, sagte sie angewidert.

»Das Z-zeug ist bestimmt teuer!«, warf Louis voller Bedenken ein. Er sprach leise, weil er sich schämte. Wie so oft bekam er kaum einen Satz vernünftig über seine Lippen. Die störrische Zunge hatte ein Eigenleben.

»Zu spät!«, stellte Alex Wendershagen fest. »Es wäre jammerschade, wenn du dieses köstliche Essen nicht genießen könntest. Hoffentlich verwelken die Blüten nicht sofort, weil sie das Heuschreckenmehl schlecht vertragen.«

Louis kicherte plötzlich: »Nein, die mutieren und wachsen in M-minutenschnelle bis zur Decke.« Alex hatte Caspar entdeckt und winkte ihm diskret zu. Aber der musste den Stuhl neben Stephan Roth nehmen.

»Pech für Caspar!«, bedauerte ihn Louis. »Er wird vor lauter Verbesserungsvorschlägen und Nörgeleien k-kaum eine Gabel in den Mund bekommen! Ich verstehe nicht, warum die Tempelritter so viel Wert auf alberne Manieren legen.«

»Ständig meckern sie wegen Kleinigkeiten an dem armen, unschuldigen Louis herum. Kaum geht sein Rucksack in Flammen auf, schon bekommt er Ärger!«, vervollständigte Lacroix die Aussage und stellte seinen Teller auf dem Tisch ab. Louis wollte entschieden widersprechen, Alex war jedoch schneller und foppte ihn ebenfalls: »Komm schon, Louis, mit den paar albernen Templern wirst du locker fertig. Und wenn du später Komtur bist, sanierst du diesen verstaubten Orden.«

»Und ich kündige gewissen Leuten!«, spann Louis den Faden weiter und blickte Lacroix dreist in die Augen. Frau Roth betrat den Speiseraum und hielt sich kurz an der Wand fest. Louis bemerkte es. Er half der alten Dame, am Tisch Platz zu nehmen, und erkundigte sich nach ihren Wünschen. Mit der Vorsuppe kehrte er zurück. Die Erwachsenen bestritten das Gespräch weitestgehend alleine. »Ich brauche eine Aufgabe. Nur diese paar Pflanzen im Wintergarten versorgen, das füllt mich nicht aus!«, erklärte Frau Roth gerade. Ein wenig abwesend hörte Louis zu. Er nutzte die Zeit, um Alex genauestens zu betrachten. Allerdings ging er nicht geschickt genug vor. Ein lockerer Tritt gegen sein Schienbein brachte ihn in die Realität zurück.

»Louis, Zeit für dich zu gehen!«, kommandierte Lacroix. »Die Medikamente hast du genommen?« Louis stand ungewohnt gehorsam auf und befreite Caspar schleunigst aus den Klauen von Stephan Roth. Eine Blume ließ bereits vorwurfsvoll den Kopf hängen. Auf Vorhaltungen aus dem Mund des Arztes verzichtete Louis lieber.

In der Krypta

Es dauerte nicht lange, da hatte Caspar seine Matratze aus dem Bett gezerrt und in Louis' Zimmer ausgebreitet. Die beiden redeten leise, tüftelten Pläne rund um das Verschwinden des Leuchters aus und verwarfen sie wieder. Nicht eine Kreuzspinne ließ sich blicken. Die Ultraschallwellen hatten gute Arbeit geleistet.

Früh am nächsten Morgen erschien Thomas Lacroix. »Hier steckst du also, Caspar. Und dass Louis um diese Zeit ansprechbar ist, sagt mir, dass ihr gar nicht geschlafen habt.« Caspar begann albern zu kichern. »Caspar, bitte komm in die Krypta.«

Schlagartig wurde Caspar ernst. »Nur mit Louis!«, verlangte er und wirkte selbst ein bisschen geschockt, dass er es gewagt hatte, Widerspruch einzulegen. Der Arzt knurrte etwas und führte die beiden durch verwinkelte, tief liegende Gänge. Einzelne Fackeln vertrieben die Dunkelheit. Sie schienen mit einem besonderen

Kraut getränkt zu sein, sie rochen nicht nach Pech und Ruß, sondern seltsam aromatisch. Die Flammen brannten ruhig und beleuchteten sparsam die Krypta, in der einige Tempelritter knieten. Die Jungen nahmen je einen Umhang entgegen. Für Caspar war ein Platz in der ersten Reihe der Steinbänke vorgesehen und er setzte sich mit schlotternden Beinen hin. Er warf einen letzten, hilfesuchenden Blick auf Louis, der neben Dietrich Roth niedersank.

Kein Laut von außen drang in die Krypta. Es war still, so still, dass die Atemzüge der Betenden sich im Gleichklang bewegten. Ein würdiger Gesang, ausdrucksstark und alt wie der Orden der Tempelritter selbst, hallte zwischen den steinernen Bögen auf und ab. Zwei Männer gaben die Töne vor, die anderen antworteten im Chor. Harmonie und Spannung, Dankbarkeit und Freude. Die Klänge schwebten durch das Gewölbe, verbanden sich mit dem ersten Licht des Morgens, das durch versteckt liegende Öffnungen in die Krypta fiel. Die Strahlen malten Punkte auf den Boden, bildeten das Kreuz. Die sanften Töne einer Harfe begrüßten den neuen Tag. Die Tempelritter begannen abwechselnd zu sprechen. Die Worte schienen sich in den Mauern zu vervielfältigen, erreichten jeden Winkel und jedes Ohr.

»Da sagte mein Vater zu mir: ›Nimm dir meine Worte zu Herzen. Befolge meine Gebote, und du wirst leben. Lerne, weise zu sein, und schule deinen Verstand. Ich will dich den Weg der Weisheit lehren und dir den richtigen Weg zeigen. Mein Sohn, achte auf das, was ich dir sage. Höre meinen Worten gut zu. Vergiss sie nicht, sondern bewahre sie tief in deinem Herzen. Vor allem aber behüte dein Herz, denn dein Herz beeinflusst dein ganzes Leben. Lüge nicht und vermeide jede Form von Betrug. Blicke stets nach vorn, richte deine Augen auf das, was vor dir liegt. Wähle den geraden Weg und halte unbeirrbar daran fest. Der Weg der Gottesfürchtigen ist wie der erste Sonnenstrahl am Morgen, der immer heller leuchtet, bis das volle Licht des Tages erstrahlt.‹«

Segnende Hände legten sich auf Caspars Kopf, nahmen den Jungen in die Gemeinschaft der Tempelritter auf und machten ihm Mut. Mit dem gemurmelten »Au Beauseant«, dem traditionellen Wahlspruch vor einem Kampf, sendeten sie ihn aus. Die andächtige

Stille umfing die Betenden wie ein feines Tuch, hüllte sie schützend ein. Sie half beim Loslassen der Sorgen und gab ihnen eine ermutigende Antwort.

»*Wir halten fest an dem, was wir haben. Und das ist die unbekümmerte, direkte Verbindung zu Gott und das freudige Bewusstsein, dass wir eine feste Hoffnung besitzen.*« Louis spürte weder die Härte der steinernen Bänke noch die Kälte. Er legte all den Verdruss der letzten Tage, die Enttäuschungen und seinen Zorn vor den hin, der ihm helfen würde. Getröstet und ruhig verließ er die Krypta.

Roland Treyo begrüßte Louis freundlich. »Gibt es irgendwo Frühstück?«, fragte er.

»Da muss ich p-passen. Ich habe die zweifelhafte Ehre, jeden Morgen im Zimmer zu verbringen. Es muss ein schwerwiegender Fehler sein, dass sie mich heute frei herumspazieren lassen«, gestand Louis.

»Louis, du solltest das nicht auf die leichte Schulter nehmen!«, warnte der rothaarige Tempelritter. »Du weißt nicht, was im Orden los ist. Sei froh, dass du bei der Familie Roth in Sicherheit bist und nichts von den Anfeindungen mitbekommst. Von diesem getürmten Wolf, diesem Frater Isparagus, fehlt jede Spur. Und der gibt garantiert nicht auf. Er hat dich nicht vergessen, glaube es mir.« Louis musste schlucken. Er versuchte die Angst, die ihn wie ein Krake mit ihren Tentakeln einzuwickeln versuchte, klein zu halten. »Mach keine Dummheiten, Louis!«, beschwor ihn Roland Treyo erneut eindringlich.

Tommi Lacroix erschien mit Caspar. Dessen Gesicht war jegliche Heiterkeit abhandengekommen. Die beiden Jungen verabschiedeten sich wortlos. Louis gelang sogar ein schiefes Lächeln. »Pfleg dein Veilchen gut!«, rief er ihm hinterher.

»Tja, wird nichts mit Frühstück. Ich werde in England auf deinen Freund schon aufpassen!«, versprach Roland Treyo und folgte den Reisenden.

Louis aß an einem kleinen Tisch in der Küche. Es hatte sich herumgesprochen, dass Frau Roth diesen Jungen anscheinend besonders mochte, und Louis wurde gut versorgt. Er bedankte sich höflich und stieß in der Halle auf Frederik. »Ich habe dich gesucht, Louis!«, sagte der außergewöhnlich freundlich. Louis wurde misstrauisch. »Wir haben bis zum Mittagessen frei. Hol deine Badehose!«, flüsterte er verschwörerisch. Louis lehnte ab. »Komm schon!«, bettelte Frederik schmeichelnd. Er redete auf Louis ein.

Doch es war Andreas' höhnisches Grinsen, das Louis umstimmte. »Ich habe dir gesagt, Freddi, dass man mit dieser Trantüte nichts anfangen kann. Der ist so fade und feige. Mit dem lohnt es sich nicht zu reden. Er petzt höchstens beim rothen Ross, äh Dietrich.«

»Ich bin kein F-feigling!«, widersprach Louis empört.

»Natürlich bist du einer. Du traust dich nicht aus dem Haus. Du machst brav, was die Templer von dir wollen. Du deckst den Tisch und schleimst herum. Verdrück dich einfach, du Langweiler!« Andreas verschwand in seinem Zimmer.

»He, was ist jetzt?«, wollte Frederik wissen. »Willst du echt in deiner Bude lernen? Bei der Wärme? Dann bist du bescheuerter, als ich dachte!«

»Okay, geht ihr in den Park?«, fragte Louis ohne große Lust. Allerdings war der Aufenthalt in dem Hotelzimmer ebenfalls keine verlockende Option. Vielleicht könnte er herausfinden, welche Jungen an der widerlichen Spinnen-Aktion beteiligt gewesen waren. Über Andreas brauchte Louis nicht lange nachzudenken.

»Mach schon, es wird großartig!«, kicherte Frederik und Louis meinte für einen Moment, etwas Verschlagenes in den Augen des anderen zu sehen. Er schien sich getäuscht zu haben. Frederik wartete. Louis schlüpfte in knielange Shorts und Turnschuhe, band das Kreuz der Templer zusätzlich fest, bevor er es in die Hosentasche steckte, und legte seine Uhr ab. Louis und Frederik schlichen über eine Hintertreppe, die Louis bisher nicht benutzt hatte, nach draußen. Ein anderer Junge winkte ungeduldig. »Beeilt euch. Ich habe den Schlüssel aus dem Geräteraum organisiert!« Er öffnete das Tor, durch das anscheinend die Boote transportiert wurden, und nacheinander huschten die Jungen hindurch. Dicht an der Grundstücksmauer entlang liefen sie zum Fluss. Die Schuhe schützten ihre Fußsohlen vor den spitzen Steinen. »Hier ist man endlich ungestört. Wir legen uns auf den alten Steg. Benno hat etwas Trinkbares organisiert!«

»Was, ihr t-trinkt Alkohol?«, platzte Louis unbesonnen heraus. Die anderen belächelten ihn müde. Einer nahm demonstrativ einen tiefen Schluck aus der Flasche und rülpste. Louis drehte sich um.

»Die lahme Pestbeule haut ab. Hast du eine Spinne gesehen und Panik bekommen?!« Zwei Jungen stellten sich Louis in den Weg. »Ein Wörtchen zur rothen Fregatte und du bist Geschichte!«, drohten sie.

Louis ließ sich nicht einschüchtern. »Lasst mich durch!«, verlangte er unbeeindruckt.

»Der Streber will passieren!«, höhnte Frederik. »Wetten, du kannst nicht einmal schwimmen?« Er griff Louis heimtückisch von hinten an und wollte ihn in den Fluss befördern. Louis wehrte den Jungen ab. Er schaffte es nicht, einen Hebel anzusetzen. Frederik war kräftig und blockte sicher. »Du kannst mir zeigen, ob du dein Seepferdchen gemacht hast! Wir schwimmen zur gelben Boje und wieder zurück. Der Verlierer zischt eine Flasche Bier auf ex«, stänkerte Frederik. Er wies mit der Hand auf das schäbige Boot, das am Steg schaukelte. Zwischen den Bänken war Wasser eingedrungen und kühlte die Getränke. Mit den morschen Rudern waren die Flaschen von den Jungen verkeilt worden. Die grölten zustimmend.

»N-nein!«, stotterte Louis.

»Doch!«, brüllten die anderen und kamen näher. Sie beschimpften Louis, lachten ihn aus. Andreas Frommholt, der lässig herangebummelt war, stichelte:

»Ach, jammert die Flenntüte schon wieder herum? Der Typ heult im Schlaf wie eine Sirene. Ich habe es gehört!«

»Halt die K-klappe!«, zischte Louis aufgebracht.

»Und er st-stottert, voll der Idiot!«

»Los, zeig was du kannst!«, provozierte Frederik. »Auf die Plätze, fertig, los!«

Und ehe Louis wusste, wie ihm geschah, hatte ihn die Meute johlend in den Fluss gestoßen. Die Strömung war heftig und riss Louis sofort mit. Frederik sprang mit einem eleganten Kopfsprung ein Stück stromaufwärts und machte einige Meter gut. Er schien Übung zu haben und die Widrigkeiten des Flusses zu kennen. Frederik legte ein beträchtliches Tempo vor. Vom Steg feuerten ihn die Jungen an. Louis spuckte das Flusswasser aus. Er versuchte erst gar nicht, auf die rettenden Holzplanken zurückzukehren. Die anderen hätten ihn sowieso nicht hinaufgelassen und eine weitere Demütigung wollte Louis nicht kassieren. Er kraulte gleichmäßig.

Frederik blickte befriedigt zurück. »Schneller!«, rief er und pflügte durch das Wasser. Louis keuchte. Es war unglaublich anstrengend, in dem unruhigen Gewässer vorwärtszukommen. »Es gibt gefährliche Strudel!«, brüllte Frederik mit fiesem Grinsen. »Und das rothe Fluss-Ungeheuer wartet nur darauf, dämliche Idioten zu verschlucken!« Louis sparte sich eine Antwort. Er holte stetig auf. Frederik wurde ein wenig nervös, schwamm hektischer. Louis konzentrierte sich. Das Wasser roch brackig. Eine Planke kreuzte seine Bahn, Louis musste untertauchen. In der braunen Brühe sah er nicht einmal seine Hand. Frederik hatte die Boje erreicht, umrundete sie. »Das sind die Markierungen für die Schifffahrtsstraßen. Wenn du dich nicht beeilst, wirst du von einem Kahn über den Haufen gefahren. Die Teile bremsen nicht für Tiere!«, Frederiks Worte klangen abgehackt. Louis kämpfte sich weiter voran. Sein Kontrahent schwamm mit der Strömung schnell davon.

Als Louis endlich an der gelben Boje ankam, waren das Ufer und der Steg verwaist. Niemand lärmte, von Frederik keine Spur. Nackte Angst waberte in Louis auf. Eine Schiffssirene hupte in der Ferne. Frederiks Kopf durchbrach die Wasseroberfläche. Er tauchte unter, hatte den Steg bereits hinter sich gelassen. Louis begann zu keuchen. Seine Muskeln schmerzten, die Augen brannten von dem schmutzigen Wasser. Seine Kräfte ließen nach, er ging kurz unter. Frederik war am Ufer angelangt. Er warf einen triumphierenden Blick in Richtung Louis und huschte davon. Völlig erledigt und verwirrt kroch Louis schließlich über die steinige Böschung und blickte zum Steg. Dort entdeckte er weder ein Handtuch noch einen der

Jungen. Das alte Ruderboot schaukelte ohne gläsernen Inhalt auf den Wellen. Ausgepumpt blieb Louis einen Moment sitzen. Sein Herz klopfte wild vor Anstrengung. »Was hecken die anderen aus? Warten die in meiner Bude auf mich? Ich sitze ganz schön in der Tinte!«, schimpfte Louis. »Meine einzige Chance ist es, ungesehen ins Hotel zu kommen und mich dort eine Weile zu verkriechen. Den Alkohol sollen die Kerle schön alleine trinken.«

Das Tor war verschlossen. Louis blieb nichts anderes übrig, als das Grundstück außen an der Mauer zu umrunden. Er lief ein Stück an der Straße entlang. An der Seite war ein roter Lieferwagen abgestellt, der Louis unangenehm an die Klempner aus dem Gutshaus erinnerte. Es war kein Firmenschild am Auto. Louis huschte eilig in die Einfahrt. Sofort suchte er Deckung hinter einigen Büschen und gelangte bis zum Hotel. »Wenn mich jemand in der Badehose in der Eingangshalle erwischt, schleppt der mich sofort zu Dietrich Roth«, befürchtete Louis. »Ich versuche es an der Seite!« Tatsächlich stand ein Fenster offen. Darunter verlief ein schmaler Sims, der Louis beim Klettern helfen würde. Von dieser Stelle konnte man bis zum Fluss schauen. Der Junge sah sich noch einmal prüfend um. Er war allein. »Okay, jetzt!« Der Plan ging auf. Louis stand auf dem Wandvorsprung, hob seinen Kopf, um vorsichtig in das Zimmer zu schauen. Ein großes, altmodisches Schreibpult mit einem Hocker stand neben der Tür. Das blank polierte Glas der Vitrinenschränke blendete Louis, während er durch das Fenster kletterte und seine Füße leise auf den blanken Holzdielen abstellte. Deshalb bemerkte er die Hand erst, als sie sein Genick umfasste und unbarmherzig festhielt.

»Du unverschämter Bengel besitzt nicht die Frechheit, mir zu erzählen, dass du im Fluss schwimmen warst?!«, dröhnte Dietrich Roths Stimme und sie klang so aufgebracht, wie Louis sie nie gehört hatte.

»Doch!«, gestand Louis ein wenig verwirrt. Eine andere Erklärung für die nasse Hose gab es nicht. Louis konnte die Aufregung des Hausherrn nicht ganz nachvollziehen. »Warum musste ich Idiot ausgerechnet in Roths Arbeitszimmer einsteigen!«, schoss es

Louis durch den Kopf und braunes Flusswasser tropfte verräterisch aus seinen Shorts auf die Erde.

»Ich wollte es Andreas nicht glauben, aber es ist tatsächlich wahr!«, brüllte Roth plötzlich noch lauter. »Bist du völlig lebensmüde, Louis von Mortville? Der Fluss ist tückisch und voller Stromschnellen. Die Schiffe hast du nie gesehen, was?!« Louis sagte nichts. Beschämt schaute er nach unten, beobachtete, wie ein schmutziger Tropfen sein Bein herunterlief. »Es ist bei Höchststrafe verboten, dort zu baden. Ein Junge wäre dabei fast ertrunken. Und du erklärst mir tatsächlich allen Ernstes, dass dir in deiner ersten freien Zeit in diesem Haus nichts Besseres einfällt als das Übertreten sämtlicher Regeln?! Die Tempelritter versuchen dein Leben unter allen Umständen zu schützen. Und du dreister Flegel wirfst, gegen alle Gebote der Dankbarkeit und Vernunft, die gut durchdachten Vorschriften über Bord und gehst schwimmen!« Roths Stimme troff vor Abscheu und Wut.

Louis hätte sagen können, dass er nichts von dem Verbot gewusst hätte. Er merkte sofort, wie armselig diese Aussage war. »Ich hätte mir denken müssen, dass Andreas und Frederik ein Schurkenstück planten! Ich Trottel bin ihnen auf den Leim gegangen.«

Dietrich Roth schritt energisch zum Schreibpult. Er holte langsam einen biegsamen, dünnen Stock aus der Ecke. Louis wurde blass. Entsetzt riss er die Augen auf. Er wollte schreien: »Es tut mir leid. Ich wollte es doch gar nicht!« Doch jedes Wort blieb ihm vor Angst im Hals stecken.

»Ich lehne Schläge als Erziehungsmaßnahme nicht gänzlich ab. Und wahrscheinlich ist ein bisschen Strenge genau das, was dir aufmüpfigen, beratungsresistenten Bengel fehlt. Mit Geduld kommt man bei dir anscheinend nicht weiter!« Dietrich Roth ließ den Stock drohend durch die Luft fauchen.

»Nein!«, kreischte Louis plötzlich los. Er war völlig hysterisch, konnte nicht verhindern, dass Tränen in seine Augen schossen. Louis ging verzweifelt rückwärts, starrte gebannt auf den Stock in der Hand des Templers. Der Holm des Fensters bohrte sich in seinen Rücken, dorthin, wo gleich die Hiebe des Stabes treffen würden. Automatisch krallten sich Louis' Finger um das Fensterbrett. Louis schwang herum, schnellte mit einem Satz zum Fenster und sprang hinaus.

»Louis!«, brüllte Dietrich Roth. Der Junge hörte nichts mehr. Er rollte sich reflektorisch zusammen und im Blumenbeet ab. Blitzschnell war er auf den Beinen und rannte zur Mauer. Mit den Händen umfasste er die Kante und setzte rasant darüber hinweg.

»Niemand wird mich schlagen!«, raste es ihm panisch durch den Kopf. Schreckliche Furcht verhinderte jegliche Vernunft.

Louis erreichte den alten Steg und sprang in den schwankenden Kahn. Heftig riss der Junge an dem Tau. Das Seil gab nach, das Boot wurde von der Strömung ergriffen und trieb sofort ab. Louis nahm die löchrigen Ruder und hakte sie ein. Er legte sich in die Riemen und der Kahn schoss flussabwärts. Die Entfernung zum Hotel vergrößerte sich rasch. Dennoch fühlte Louis keine Erleichterung. Der Schreck saß tief. Louis glaubte, ein verräterisches Funkeln wie von einem beobachtenden Fernglas am Ufer zu sehen. Der Fußraum des Bootes war feucht und durch ein Leck drang weiter braune Brühe ein. Louis ruderte in der löchrigen Nussschale mitten auf den Strom, der von Weinbergen in sein Bett gezwungen wurde. So langsam wie das Wasser in das Boot sickerte die Erkenntnis in Louis' Kopf, dass seine Flucht die Schwierigkeiten nicht beseitigen würde. »Ich gehe nicht zurück, um mir brav meine Tracht Prügel abzuholen!«, wollte er sich Mut machen. Aber wahrscheinlich würde ihm nichts anderes übrig bleiben. In Badehose und Turnschuhen, ohne Geld oder sonst etwas würde er nicht weit kommen. Fast bedauerte er es, dass seine Armbanduhr im Hotel lag. So würde er keinen Kontakt zu Caspar in England aufnehmen können. Dabei musste er seinen Freund bei dem Auftrag doch unterstützen. Hoffentlich sendete das Kreuz keine Frequenzen mehr. Die Halbwertszeit der Chemikalie war gewiss überschritten. Louis musste schleunigst irgendwo untertauchen.

Das Boot lag tief im Wasser. Louis bezweifelte, dass er mit dem Wrack bis zum anderen Ufer gelangen würde. Nach einer Weile sprang er schließlich in die Strömung und schwamm. An einer weniger steilen Böschung krabbelte er aus dem Wasser. Er wusste nicht wirklich, was er nun tun würde. Um nicht in Trübsinn zu versinken, setzte er sich in Bewegung. Ein Stück oberhalb des Flusses verlief die Straße. Louis seufzte: »Was mache ich bloß?«

Trash-Spider-Beat

»He, du! Kannst du mit anfassen? Ich muss einen Reifen wechseln, aber die Karre ist voller Zeug. Ich brauche Stunden, um alles auszuräumen und an das Ersatzrad zu kommen!«, rief jemand. Louis entdeckte einen dürren Mann mit langen, mageren Beinen, der neben einem Transporter stand. »Trash-Spider-Beat« stand als Schriftzug neben einer gefährlich wirkenden Kreuzspinne auf dem Wagen. Erst wollte Louis weitergehen, Spinnen waren nicht gerade sein bevorzugtes Thema. Am Gürtel des spinnenähnlichen Typs entdeckte Louis etwas Unfassbares, einen glänzenden Karabiner! Die besondere Form ließ nur eine Möglichkeit zu: Die Tempelritter waren die Hersteller dieses Werkstücks. Louis überlegte fieberhaft. Was hatte das zu bedeuten? Er machte eine Handbewegung, die die Templer manchmal zur Kommunikation nutzten. Der dürre Musiker ging nicht darauf ein. Der Typ hatte bereits einige schwarze Kisten gestapelt und legte eine Gitarre dazu. Schließlich half Louis beim Abladen weiterer Musikinstrumente.

Während der ganzen Zeit dröhnte das Autoradio laut und der andere pfiff mit. »Wir haben heute Abend einen Gig. Ich darf mit dem Kram nicht zu spät kommen.« Louis nickte und rollte das schäbige Ersatzrad heran. Die Reparatur gelang zügig. Louis fragte spontan: »Kann ich ein Stück mitfahren?«, und war unsicher, ob das eine gute Idee war.

»Klar, ich bin Marco.« Er wischte seine schmutzigen, verschwitzten Hände achtlos an der ebenso schmuddeligen Jeans ab. »Steig ein, mach's dir bequem! Du bist ganz nass. Da hinten liegen ein paar Shirts von der Band. Such dir eins aus!« Louis griff wahllos ein schwarzes T-Shirt mit einer ekligen Spinnenabbildung und setzte sich auf den Beifahrersitz. Marco startete den Motor, der hustend ansprang. »Ein bisschen betagt, unsere Diva. Wo willst du hin?!«

»Zu meiner Mutter!«, fiel Louis ein und er dachte: »Freiwillig begebe ich mich jedenfalls nicht in die Hände der Templer! Die sollen ruhig ein bisschen suchen!« Er nannte eine Stadt.

»Liegt auf der Strecke!«, erklärte Marco und stellte keine weiteren Fragen. Das war er gewohnt. Ein Zahnstocher steckte zwischen seinen Zähnen und der Musiker kaute darauf herum. Louis fühlte sich hin- und hergerissen. Er war zwar froh, dass er Dietrich Roth entkommen war. Doch er rechnete jeden Moment mit dem Auftauchen der Tempelritter. Louis tastete verstohlen nach dem kostbaren Schlüssel, der in seiner Hosentasche steckte. Schwer lag das Schmuckstück in seiner Hand.

Marco gähnte und drehte die Musik lauter. Er trommelte den Rhythmus auf dem Lenkrad mit. »Ich war gestern Nacht mit dem dicken Sattelschlepper Richtung Meer unterwegs, ein bisschen Kohle schaufeln. Ich brauche gleich erst mal Koffein, um wach zu bleiben!«, brummte er und riss erneut müde den Mund auf.

Ein Satz, den Dietrich Roth gebrüllt hatte, krabbelte aufdringlich wie eine Spinne aus seinem Unterbewusstsein und Louis verstand plötzlich: Der Templer sprach davon, dass er Andreas den Bericht zuerst nicht geglaubt hatte. Andreas Frommholt persönlich hatte ihn also in die Pfanne gehauen und das Bad im Fluss bei Roth gepetzt. Möglicherweise war er sogar dreist genug gewesen, ein besorgtes Gesicht aufzusetzen. Diese Pestschnake. »Ob die anderen diese miese Tour vorher geplant hatten? Oder haben sie den Moment spontan ausgenutzt? Ich bin so blöd!«, ärgerte sich Louis und begann nervös, mit den Füßen zu rascheln. »Wäre bloß Caspar noch hier! Niemals hätten mich die anderen derartig hereingelegt.«

Der Fahrer des Transporters hielt an und Louis kletterte hinaus. Er wollte das Shirt ausziehen, doch Marco winkte ab. »Behalt es als Erinnerung an die Begegnung mit der besten Rockband des Jahrhunderts. Und viel Glück! Ich glaube, du kannst es gebrauchen!«

»D-danke!«, stotterte Louis. Der Wagen brauste davon. Louis kam die Gegend vage bekannt vor. Seine Mutter wohnte noch nicht lange hier und er hatte selten die Möglichkeit, sie zu besuchen. Es war später Nachmittag und nach wie vor flimmerte die Hitze über dem Asphalt. Langsam ging Louis durch die schmalen Straßen. Bäume warfen lange Schatten, die Fenster der Häuser waren geöffnet und der Junge hörte Lachen und fröhliche Stimmen. Er hatte keine Ahnung, was ihn gleich erwarten würde. Er entdeckte das unauffällige, graue Haus und gab den Nummerncode in das Tastenfeld ein. Ohne ein Geräusch zu verursachen sprang das Schloss auf. »Erste Hürde genommen!«, gratulierte sich Louis und lief zügig durch das Treppenhaus. Im Erdgeschoss schienen Büros zu liegen. Das Gebäude war neu, Licht fiel auf die Stufen und Louis meinte sogar, den Geruch von frischer Farbe in die Nase zu bekommen. Im dritten Stock blieb Louis stehen. Hier wohnte Lucille. Sie spielte Cello in der Philharmonie. Louis klopfte leise. Nichts passierte. Er versuchte es etwas lauter. Die Tür ging auf. Richard von Mortville stand vor seinem Sohn und zog ihn hastig in die kleine Diele. »Louis!«, sagte er nur.

»Du kannst mit den üblichen V-vorwürfen zum Thema Gehorsam ruhig anfangen. Ich fürchte, du hast nicht einmal unrecht«, murmelte Louis beschämt. »Aber bitte bring mich nicht zurück!«

Richard war bleich, er nahm über seine Armbanduhr Kontakt zu einem Templer auf. »Er ist hier, Dietrich. Ich möchte erst mit ihm sprechen. Es dauert nicht lange.« Dietrich Roth schien eine gesalzene Antwort zu geben.

»Ich höre!« Richard von Mortville schaffte es, in diese zwei Worte Sorge, geballte Wut, Erleichterung, Vorwürfe und ein gutes Stück Verzweiflung zu legen. »Ich hoffe, du hast eine förderliche Erklärung für dein Verhalten. Sonst sieht es ziemlich düster für dich aus, mein Sohn!«

Der seufzte. Er war in einer gewaltigen Zwickmühle. Schon bei der Wahrheit kam er selbst nicht sonderlich gut weg. Wenn er die anderen Jungen verriet, wäre er bei denen komplett unten durch und ihre gemeine Rache war vorprogrammiert.

»Louis, ich bin ehrlich nicht in der Verfassung, lange auf deine Antwort zu warten.« Richard blickte ihn zornig an. »Über deine verdreckte, nicht akzeptable Kleidung brauchen wir gar nicht zu reden! Es ist unglaublich, Louis, welche idiotischen Dinge du reihenweise veranstaltest.« Richard lief mit langen Schritten von der offenen Küche bis zur Tür des Dachgartens und wieder zurück, während Louis stockend berichtete.

Er saß auf der Arbeitsplatte, seine Arme umschlossen die angewinkelten Beine. Den Kopf lehnte er an die Knie.

»Finstere Rache von Andreas Frommholt. Deine Maßnahme, ihm damals das Kissen in die Haare zu kleben, war nicht gerade eine Vorzeige-Idee!«, kommentierte Richard. Nachdenklich polierte er an den Gläsern seiner Brille herum. Louis wunderte sich längst nicht mehr, wie Richard davon erfahren hatte. Resigniert schwieg der Junge. »Meinst du nicht, deine Reaktion war ein wenig überzogen? Die paar Schläge von Dietrich Roth hättest du sicherlich eher verschmerzen können als die Folgen, die nach der überstürzten Flucht auf dich warten. Wobei du froh sein kannst, überhaupt hier angekommen zu sein!«

Louis blitzte seinen Vater empört an. Seit Andreas im alten Duschraum mit dem Ledergürtel Hiebe verteilt hatte, brannte Louis bei diesem Thema rasch die Sicherung durch.

»Bringst du mich zurück?«, fragte er dennoch ziemlich kleinlaut.

»Nein!«, antwortete sein Vater schroff.

»Der K-karabiner!«, fiel Louis ein und er berichtete von seiner Beobachtung.

Richard nahm das Handy und schilderte eine Kurzversion. »Du kannst es mit einem Alkoholtest beweisen, wenn dir das so wichtig ist, Dietrich«, sagte er angewidert. Louis zerrte die feuchten Turnschuhe von seinen Füßen. Ein wenig erleichtert zog er einen Joghurt aus dem Kühlschrank und begann zu löffeln.

»Nein. Ich nehme ihn mit in die Berge!«, widersprach Richard gerade. Er hatte das Handy abgelegt und den Lautsprecher eingeschaltet. Louis hörte, dass Dietrich Roth zornig höhnte: »Die Templer werden von deiner eigenmächtigen Idee begeistert sein, Richard. Mir scheint, da ist noch jemand auf eine Tracht Prügel aus. Die Forschungsstation wird unter großen Sicherheitsvorkehrungen aufgebaut. Gerade Louis hat dort nichts zu suchen! Der hat nur Flausen in seinem verbohrten Dickkopf. Er kann Gefahren und deren Folgen nicht abschätzen und macht trotzdem spontan, was ihm gerade in den Sinn kommt. Richard, du bist zu nachlässig.«

Louis war der Appetit vergangen. Der Joghurt klebte als zähe Masse an seinem Gaumen. Würde Dietrich Roth seinen Vater umstimmen?

»Ein paar freie Tage werden Louis guttun!«, antwortete Richard stattdessen. »Kannst du die Weitergabe dieser Information ein wenig verzögern? Ich möchte ungern ein paar ungebetene Tempelritter in Lucilles Wohnung stehen haben. Ich wäre dir sehr dankbar!«

»Nein, Richard, das ist zu viel verlangt. Ich bin der Meinung, du bringst den missratenen Bengel zurück oder lässt ihn abholen. Er soll die Suppe auslöffeln, die er sich eingebrockt hat. Er setzt sich über Verbote hinweg und stürzt bedenkenlos andere Menschen in große Sorge. Als meine Mutter sah, dass Louis in dem alten Kahn fortruderte, blieb ihr fast das Herz stehen. Wir haben bereits alle Hebel in Bewegung gesetzt, um Louis wiederzufinden, bevor irgendjemand sonst ihn einfängt.« Dietrich Roth brach übel gelaunt ab.

»Louis?«, sagte Richard auffordernd.

Louis wusste, was das bedeutete. Er musste jetzt und sofort mit Dietrich Roth sprechen und sich entschuldigen. Das fiel Louis unglaublich schwer. »Es tut mir wirklich leid!«, sagte er zerknirscht. Die alte Frau Roth hatte er keinesfalls erschrecken wollen, seine Flucht aus dem Büro bereute er nicht wirklich. Zu präsent war der Anblick des dünnen Stockes und zu groß seine Furcht, ins Hotel zum rothen Ross, zu Andreas und seinen Kumpanen, zurückkehren zu müssen.

»Zwei Stunden!«, sagte Dietrich Roth nur und beendete das Gespräch.

Noch in dieser Nacht wechselte ein vergessener Karabiner wieder den Besitzer. Sosehr Marco, der »Trash-Spider-Beat«-Musiker, nach dem nützlichen Stück auch suchte, er wurde nicht fündig und bedauerte den Verlust.

Das Optimus-Projekt wird fortgesetzt

Richard und Louis hatten Lucille nach dem Konzert in der Philharmonie abgeholt. Sie fuhren in Richards silbernem Kombi durch die Nacht. Louis' Eltern hatten sich fürchterlich gestritten und die Wiedersehensfreude damit in Grund und Boden gerammt. Trübsinnig hockte Louis auf dem Rücksitz. Seine Gedanken waren so düster wie der Himmel. Vergeblich wartete er auf die Sterne, einen Hoffnungsschimmer und unbeschwerte Gedanken. Er fand auch keine versöhnenden Worte. Jeder Witz hatte sich versteckt und traute sich nicht, aus den finsteren Winkeln hervorzukriechen.

»Diese verflixten Tempelritter. Was fällt Dietrich ein, meinem Sohn Prügel anzudrohen! Kein Wunder, dass er davonläuft. Nach all dem, was vorher schon passiert ist. Richard, wie kannst du es wagen, Louis bei diesen barbarischen, rückständigen Idioten zu lassen?« Lucille kochte noch vor Zorn, als der Großmarschall, für den Richard arbeitete, sich über die Freisprechanlage meldete. Lucille ließ ihn nicht zu Wort kommen und schrie ihn aufgebracht an. Louis musste ein wenig grinsen. Auch Richards Mundwinkel zuckten verdächtig. Die beiden sagten nichts und überließen es Lucille, dem hohen Beauftragten der Templer gehörig einzuheizen.

»Auch ein Etappensieg ist besser als eine Niederlage!«, murmelte Louis anerkennend, als der Großmarschall sich mit einem: »Wir werden erneut darüber sprechen müssen!« verabschiedete.

Louis musste ein wenig geschlafen haben und schaute verwirrt aus den Autoscheiben. Vor ihm ragte der gewaltige Dom des Klosters auf, bevor Richard den Kombi in eine harmlos aussehende Scheune fuhr. Dort stiegen sie in einen Geländewagen um, mit dem sie über schlecht befestigte Schotterpisten bergauf fuhren. Der Ausblick war faszinierend, die Abhänge steil und die Kurven eng. Gewaltige Felsen ragten in die Höhe, ein paar mutige Büsche krallten sich in den Spalten fest und reckten ihre Äste. Wasserfälle brausten in die Tiefe. Der Weg führte durch eine dunkle Schlucht, bevor er nochmals serpentinenartig bergan führte. Richard reduzierte die Geschwindigkeit und lenkte den Jeep langsam in immer einsamere und höhere Bergabschnitte. Am Hang einer Hochebene, umschlossen von weiteren Gipfeln, die mit weißem Schnee bestäubt waren, blieb der Wagen stehen. Weitere geländegängige Autos parkten im Schatten einer Mauer, die aus den Steinen der Region errichtet wurde. Louis bemerkte erst auf den zweiten Blick, dass in die schräge, steinige Wand mehrere Häuser gebaut worden waren. Sie passten sich hervorragend ihrer Umgebung an.

Richard erklärte: »Hier wird mit ausgewählten Materialien gearbeitet, um die Ressourcen unseres Planeten zu schonen. Die Wände bestehen aus alten Autoreifen und Dosen, die mit Lehm verputzt werden. Die Gebäude funktionieren autark, versorgen sich über Sonne und Wind mit Strom. Das Wasser wird gesammelt und aufbereitet. Demnächst kann man nicht mehr ohne Weiteres das Gelände betreten. Sobald die Forschungsstation richtig arbeitet, werden die Sicherheitsvorkehrungen immens verstärkt.« Richard holte die wenigen Gepäckstücke aus dem Geländewagen und sie liefen ins Haus.

Lucille staunte begeistert: »Durch die riesigen Fenster fällt jede Menge Licht in die Zimmer. Ist das schön hier!« Louis bewunderte besonders die Wände. Farbige Glasböden von eingemauerten Flaschen schimmerten zwischen dem Putz hindurch und leuchteten in den Farben des Regenbogens. Louis strich mit den Fingern über die bunten, glatten Flaschen, die aus der Mauer ragten. Sie erinnerten Louis an eine Kletterwand mit festgeschraubten Griffen. Zu gerne hätte er sofort ausprobiert, die Wand zu erklimmen. Er ahnte, dass die Erwachsenen von dieser Idee wenig begeistert wären und unterließ es. Pflanzen wuchsen üppig in Beeten unter den Fenstern und Lucille pflückte eine Tomate.

»Nicht alles, was die Templer planen und durchführen, ist blödsinnig!«, konnte sich Richard nicht verkneifen. Lucille überhörte den Kommentar geflissentlich und stellte ihre Tasche auf einem großen Sofa ab, das als eines der wenigen Möbelstücke in dem großen Raum stand.

Eine schmale Treppe mit abgerundeten Stufen führte durch das Mauerwerk in das nächste Stockwerk. Dort waren die Betten in die Wände eingearbeitet, man musste über schmale Lehmmauern hineinkriechen. Die Badezimmer wirkten etwas seltsam, waren aber voll funktionsfähig, wie Alex Wendershagen fröhlich verkündete. Lucille begrüßte erfreut Tommi Lacroix, der bereits mit Richard gesprochen hatte.

Der Arzt warf Louis mit grimmigem Blick die Armbanduhr zu. »Ein bisschen riskant, dein Tanz auf dem Vulkan. Louis, bist du eigentlich noch ganz bei Trost?«

Lucille schnappte sauer nach Luft und Richard wiegelte ab: »Falsches Thema!«

Alex Wendershagen rettete die Situation: »Die Küche kann man benutzen. Ich habe da etwas vorbereitet!«, lächelte sie.

»Spinat aus Algen!«, schlug Louis vor.

»Nein, Rühreier von glücklichen Hühnern! Selbst gesucht und gefunden«, verkündete Alex und machte sich auf den Weg nach unten.

Tommi Lacroix hielt Louis und Richard zurück. »Louis, die Jungs im Hotel behaupten, du hättest den Alkohol besorgt und sie zum Trinken aufgefordert.«

»Prost!«, sagte Richard. »Den Schwachsinn glaubt doch hoffentlich keiner!«

»Man kann das ganz leicht nachweisen. Es gibt einen Test, der selbst nach längerer Zeit den Alkoholkonsum der letzten Tage anzeigt.«

Louis wurde schlagartig übel. »Im Blut?«, fragte er schlapp. Er hasste alles, was mit Nadeln in seinen Venen zusammenhing.

Der Arzt grinste unverschämt. »Liebend gerne würde ich dich aus Rache ein wenig zappeln lassen. Keine Panik, man braucht dafür nur Urin. Ich hätte gerne bei Gelegenheit eine Portion!«

Richard schnaubte wütend. »Jetzt wird es eindeutig albern. Wenn Louis sagt, dass er nichts getrunken hat, dann ist das so!«

Louis zuckte nur mit den Achseln. »Haben die anderen auch gepinkelt? Außer vor Angst in ihre Hosen?«, fragte er sichtlich erleichtert. Lacroix nickte und drückte Louis einen Plastikbecher mit Deckel in die Hand.

»Erst nach dem Test haben sie den Alkoholkonsum überhaupt zugegeben.«

»Das Essen ist fertig!«, rief Alex.

»Ich komme gleich nach!«, murmelte Louis und verschwand im Badezimmer. Tommi Lacroix wartete vor der Tür und nahm den Becher persönlich in Empfang. »Viel Spaß!«, wünschte Louis und ging nach unten.

Der Tisch stand mitten in einem großen, kahlen Raum. Es gab nur ein paar Hocker und das Geschirr schien ebenfalls aus Restbeständen zusammengesucht worden zu sein. Das tat dem Geschmack der Mahlzeit keinen Abbruch und Richard sprach hinterher ein kurzes Gebet.

»Caspar ist gut angekommen. Er war ziemlich aufgeregt!«, berichtete Tommi Lacroix und Lucille schimpfte empört darüber, wie man einen Jungen alleine in ein fremdes Land schicken könne.

»Nein!«, versuchte Richard ihr geduldig zu erklären. »Roland Treyo ist dabei und beobachtet die Sache aus dem Hintergrund. Wir brauchten jemanden, der mit Philipp Gallunder Freundschaft schließt und uns Dinge erzählt, die wir bisher nicht wissen.«

»Wie niederträchtig, den armen Kerl auszunutzen. Er kann

schließlich nichts dafür, dass sein Vater ein Ganove ist!«, zischte Lucille.

»Es wird niemandem etwas passieren!«, beruhigte sie Thomas Lacroix. »Wir müssen diese Forschungsstation unter allen Umständen schützen. Einige experimentelle Untersuchungen stehen kurz vor dem Durchbruch. Wir fühlen uns verpflichtet, die Lebensmittel für die Zukunft zu entwickeln, wenn wir Kriege um Nahrung und Wasser verhindern wollen. Selbst jetzt können wir mit unseren beschränkten Kenntnissen in Katastrophengebieten erstklassige Hilfe leisten. Wir dürfen uns diese kostbaren Erkenntnisse nicht von Gallunder und seinen Auftraggebern wegnehmen oder zerstören lassen. Wir werden uns wehren!«

Lucille wirkte nicht sonderlich überzeugt, doch sie schwieg. Richard brachte Kaffee in drei großen Bechern an den Tisch. Louis kippte Wasser in sein Glas und daneben. Mit der Hand verwischte er die entstandene Pfütze. Das erinnerte Tommi Lacroix an die Medikamente. Er holte einen der kleinen Papierbeutel aus dem silbernen Alu-Koffer, der eine medizinische Grundausstattung enthielt. Richard hielt seinen Arm fest. »Gib ihm die Medizin nicht jetzt. Lucille wird nachfragen und der nächste Streit ist vorprogrammiert«, flüsterte er.

»Auf keinen Fall!«, sagte der Arzt entschieden. »So funktioniert das nicht, Richard. Lass es dir gesagt sein. Du wusstest, dass Lucille die Taten, die Vorgehensweise und die Berechtigungen der Templer selbst kritisch hinterfragt. Ihr müsst miteinander reden, offen und ehrlich. Ehrlichkeit ist notwendig und eben nicht immer angenehm.« Lacroix verrührte das Pulver und schaute Richard auffordernd an. Der seufzte und erzählte seiner Frau, warum Louis die Arznei einnahm.

Lucilles Augen verengten sich gefährlich, doch Alex flötete zur Ablenkung: »Südfrankreich? Louis, warum hast du mir keine frischen Algen von dort mitgebracht? Meine Exemplare, es waren wirklich sehr brauchbare, sind bei dem Sprengstoffanschlag in die Luft geflogen.«

»Wie bitte?«, fragte Lucille mühsam beherrscht. Stück für Stück erfuhr sie die ganze Geschichte und wurde abwechselnd rot und blass. »Louis, du wirst bei mir wohnen und zur Schule gehen!«, bestimmte sie und ihre Stimme klang gepresst. »Und Amelie wird auch zurückkommen! Das kann alles nicht wahr sein! Ich habe Hugo nie alle seine Berichte abgekauft. Anscheinend hat er nicht übertrieben.«

Richard seufzte: »Dafür ist es zu spät. Louis ist viel zu tief in die Machenschaften unserer Feinde verstrickt. Solange wir nicht exakt wissen, wer genau hinter diesen Anschlägen steckt, schwebt Louis in größter Gefahr.«

Louis schluckte den Inhalt des Glases in einem Rutsch. »Immer noch kein Schoko-Geschmack!«, bemerkte er angewidert und wollte über den letzten Satz seines Vaters lieber nicht nachdenken.

Freiwillig räumte Louis den Tisch ab und spülte das Geschirr mit biologisch abbaubarer Seife. Er bekam verwundert mit, dass sein Vater sich hinlegte. Tommi Lacroix nahm ein Trockentuch und half Louis. Alex wollte Lucille einen Teil der Forschungsstation zeigen. Louis wäre gerne dabei gewesen, doch Lacroix schüttelte ernst den Kopf. »Nein, Louis. Du wirst den oberen Teil der Anlage nicht zu Gesicht bekommen. Ich möchte nicht in deiner Haut stecken, solltest du dieses Verbot in den Wind schlagen. Hast du das begriffen?«

»Ich bin ja nicht blöd!«, motzte Louis beleidigt.

»Wie war das?«, fragte der Arzt leicht verstimmt. Bockig schwieg Louis. Er wusste selbst nicht, weshalb er plötzlich schlechte Laune hatte und sich unerträglich schlecht benahm. Die hellblauen Augen des Arztes blickten unverwandt auf Louis. Der feuerte das Spültuch in das Becken.

»Ach, Mist. Ich habe es nicht so gemeint. Ich will mich meistens an die Regeln halten, aber manchmal funktioniert es nicht. Es p-passiert einfach so viel anderer K-krempel.«

Lacroix war nicht bereit, ihn mit dieser Aussage davonkommen zu lassen. »Louis, ich möchte hier und jetzt, dass du mir versprichst, nicht in der Forschungsstation herumzuspionieren.«

»Ich bin kein Spitzel und kein Verräter!«, protestierte Louis erbost.

»Nein, Louis, du hast mich nicht verstanden. Ich will einfach von dir hören, dass du dich an diese Vorgabe halten wirst!«, beharrte der Arzt völlig humorlos auf seiner Forderung.

Louis knirschte vor Wut mit den Zähnen. Diese dämlichen Erziehungsmaßnahmen gingen ihm völlig auf den Zeiger. Schließlich gab er nach: »Ja, ich habe diese abscheulichen Bestimmungen v-verstanden und werde sie berücksichtigen!«

»Du kannst einen mit deinem Starrsinn wirklich auf die Palme bringen, Louis. Wie machst du das?«, fragte Tommi Lacroix ein wenig verzweifelt. Der Arzt schob Louis die Schulbücher hin.

»Ich dachte, ich hätte frei!«, seufzte der und nahm einen handlichen USB-Stick, der auf dem Stapel lag, in die Hand. Lacroix hatte seinen Laptop auf den Tisch gestellt.

»Wenn du nichts dagegen hast, würde ich gerne lesen, was du über die Insignien der Macht herausgefunden hast. Ich habe die Dateien aus dem Rechner in deinem Hotelzimmer mitgehen lassen. Ich wollte nicht, dass Dietrich Roth sie findet. Warum interessiert dich das denn so brennend?«

Louis öffnete ein wenig widerstrebend die einzelnen Ordner und ging mit dem Arzt die Schriftstücke durch. »Ich muss den Leuchter wiederfinden!«, versuchte er eine Erklärung. »Dann werden mir die T-templer glauben, dass ich kein Verräter bin.«

»Louis, lass die Finger davon. Das ist eine Nummer zu groß für dich. Glaube mir, es gibt ein erfahrenes Team, das sich darum kümmert. Ich verstehe zwar nicht, warum die bisher keine Spur des Insignes gefunden haben, aber ...«, murmelte er und brach alarmiert ab. Eilig wechselte er das Thema, um Louis nicht zu viel zu verraten. »Hut ab, deine Zusammenstellung ist ziemlich umfangreich. Ich will lieber nicht wissen, wie du im Detail an diese Informationen gekommen bist. Den grünen Glaszylinder mit dem Spinnenstaub habe ich vorsichtshalber einkassiert. Du kennst keine Gnade bei Andreas, was?«

Louis' Uhr begann zu vibrieren und ersparte ihm die Antwort.

Caspar schickte einen Text. »Hi, du Pfeife, warum antwortest du nicht!?« Erst jetzt entdeckte Louis jede Menge Nachrichten, die auf der Armbanduhr gespeichert waren. »Ich glaube, ihm ist langweilig!« Er las belanglosen Kram über widerliches Essen, die Verzweiflung beim Binden einer Krawatte und die englische Sprache im Allgemeinen. »Bin mit meinen Eltern in den Bergen und mache Urlaub!«, schrieb er zurück.

Nur kurze Zeit später kam Caspars Antwort: »Du mieser Schurke!«

»Nein, das habe ich mir verdient!«, widersprach Louis dreist.

Verfolgungsjagd aus der Luft

Louis kroch früh ins Bett. Er träumte fürchterliches Zeug von Schiffen, Spinnengift, Seeungeheuern und Bierflaschen. Verschwitzt wachte der Junge auf und sah zu, wie die Sonne blutrot über die Berggipfel stieg. Barfuß kletterte Louis eine Leiter nach oben und gelangte auf das verwinkelte Flachdach des getarnten Hauses. Hier lagerten jede Menge Technik, Satellitenanlagen und Fotovoltaik-Zellen. Dennoch bot die oberste Hausebene eine Menge Platz und Versteckmöglichkeiten. Vorsprünge, schräge Elemente, Rohre, Filter und Kabel ließen den Aufbau ein wenig abenteuerlich wirken. Das Regenwasser wurde in einer Zisterne und anschließend in Tanks gesammelt und gereinigt. Louis betrachtete aufmerksam die Umgebung. Er fröstelte in der kühlen Morgenluft. Ein kleiner See lag versteckt unterhalb des Hauses. Louis zählte fünf weitere Baustellen und mehrere halb fertiggestellte Gewächshäuser. Seerosen wucherten in alten, aufgeschnittenen Tanks. »Ob diese fiesen Killer-Heuschrecken und Spinnen hier gezüchtet werden?«, dachte Louis flüchtig.

Eine Bewegung oben im Hang fesselte seine Aufmerksamkeit. Louis sah, dass sich im Boden eine Klappe öffnete. Sein Vater stieg heraus. Sofort folgte ein dunkelhaariger, dünner Mann und verschloss den Einstieg. »Das ist der Italiener aus dem Hotel! Dem will ich lieber nicht begegnen«, stöhnte Louis und verließ hastig das Dach.

Seine Mutter gähnte und murmelte: »Du bist schon wach, Louis?« Schlaftrunken zog sie die Decke über die Ohren.

Louis hätte gerne gewusst, wo sein Vater gesteckt hatte. Wurde die Anlage nachts bewacht? Durchzogen unterirdische Gänge den Berg? »Aber ich darf davon nichts wissen!«, maulte Louis und tappte in die provisorische Küche. Er fand frische Milch in einem Krug und knusprig aussehendes Brot. »Marmelade, Butter, Honig, Käse, Schinken, Obst, Haferflocken, alles da!«, staunte Louis.

Ein zorniges Schnauben hinderte ihn daran, die Dinge auf dem Tisch zu verteilen. Der italienische Tempelritter ließ eine wütende Sammlung fremd klingender Wörter auf Louis niederprasseln. Richard stützte sich kraftlos an der Wand ab. »Ihr kennt euch? Ah, ich verstehe, Louis ist mit schuld daran, dass du in dieses Niemandsland abgeordnet wurdest, Danilo. Du hast Louis in die Ruine geschickt!«, ächzte Richard. Er sah müde aus, als hätte er heute Nacht nicht geschlafen. »Darf ich vorstellen, mein Sohn Louis!«

Der Mann mit der Hakennase und den dunklen Haaren verstummte plötzlich, als hätte man ihn ausgeschaltet. Er schaute Louis an, blickte langsam zu Richard und wieder zurück. Unerwartet heftig drosch er seine Hand auf Louis' Schulter und fing schallend an zu lachen. »Dein Sohn, Riccardo?« Der Italiener johlte temperamentvoll mit einer Mischung aus Vergnügen und Mitleid. »Dein Sohn? Jeder bekommt, was er verdient!«, sagte er mit seinem scharfen Akzent.

»Ich brauche einen Kaffee!«, stöhnte Richard erledigt. »Nein, lieber ein Bett. Weckt mich bloß nicht!«, bemerkte er im Hinaufgehen.

Danilo schnappte sich ein süßes Hörnchen. »Jetzt laufen wir uns also wieder über den Weg, kleiner Louis. Du hast mir diese Tage im Kloster eingebrockt.« Der Templer kaute missvergnügt. »Und jetzt dieser Auftrag in der Einöde. ›Bergfrieden‹!«, ächzte Danilo. »Schwamm drüber, kleiner Louis. Wenigstens blieb mir der Regenschauer erspart! Du wirst sicher einmal ein so fähiger Tempelritter wie Riccardo. Ich gehe schlafen!« Danilo lief die Treppe nach oben. Louis hätte ihm gerne ein paar Fragen gestellt. Vielleicht würde er später dazu Gelegenheit finden.

Louis frühstückte schließlich alleine und bummelte anschließend zum See. Er warf ein paar Steine hinein und ging langsam am Ufer entlang. Das Wasser war klar, winzige Fische flitzten darin herum. »Wenn mein Vater und Danilo die Forschungsstation bewacht haben, schlafen die Hüter jetzt! Ich könnte ein bisschen herumklettern. Vielleicht stoße ich auf diese Klappe!« Zunächst entdeckte er weitere Ausläufer der Mauer, die anscheinend das Plateau abtrennte. Louis konnte nicht darüberschauen, das ärgerte ihn und er würde das ändern. Wolken flogen über den Himmel und warfen ihren Schatten auf das Gelände. Sie zogen über Louis hinweg, der sofort die angenehmen Strahlen der Morgensonne vermisste. Louis wärmte seine Muskeln ein wenig durch spezielle Übungen. Nach einem prüfenden Blick sprang er an die Mauer, seine Füße stoppten den Aufprall; die Knie knickten, federten nach und die Beine kletterten den Armen hinterher. »Die Katze« nannten die Traceure diese Technik, die super funktionierte. Die Mauer wurde oben schmaler. Louis hatte einen breiten Sims erwartet, auf dem er problemlos entlanglaufen konnte. Ein Blick über die Kante ließ ihn extrem vorsichtig werden.

Auf der anderen Seite ging es steil hinunter und ein tiefer Graben begrenzte die Mauer. Darin entdeckte Louis Drähte, transparent ummantelte Kabel und es hätte ihn kaum verwundert, wenn die Templer Krokodile, Spinnen oder andere gefährliche Viecher darin ausgesetzt hätten. Stattdessen rupften ein paar kleine Ziegen Grasbüschel aus dem Hang gegenüber. Ihre Glöckchen bimmelten am Hals. Der Raubvogel, der am Himmel kreiste, schien sie nicht aus der Ruhe zu bringen. Irgendwo gackerten Hühner. Alles wirkte ausgesprochen friedlich und schien doch ein Trugbild zu sein. An einer Stelle weiter vorne wirkte die Mauer völlig anders und war nicht fertig. Eine Stahlplatte bildete den Rand des Grabens und verschwand zwischen den Steinen. »So kann niemand die Mauer unterhöhlen, das Metall verhindert einen Durchbruch. Wahrscheinlich ist sie mit feinster Elektronik gespickt. Vielleicht ist es nicht gut, auf der Kante entlangzuspazieren. Dort sitzen bestimmt Sensoren, die nur darauf warten, anzuspringen.« Dennoch balancierte Louis ein Stück weiter. Er wollte wissen, wie die Mauer verlief und ob sie weitere Geheimnisse verbarg. Stattdessen endete das Bauwerk abrupt.

Ein Zylinder aus Steinen mit einem runden, kuppelartigen Aufbau ragte wie ein Turm aus der Mauer und bildete den Abschluss. Louis stand an der Straße, die sich in Serpentinen den Berg herunterschlängelte. »Hier soll vielleicht ein Tor installiert werden!«, vermutete der Junge und betrachtete den Aufbau an vorbereiteten Dingen. Noch gähnte eine schwerwiegende Lücke in der Wand. Louis hätte viel lieber dieses Loch im Boden entdeckt, durch das sein Vater und Danilo geklettert waren. Es konnte nicht weit entfernt sein. Louis umrundete einen Tank, der oben offen war und nach verrottendem Grünabfall roch. Louis meinte fast, das Sirren der Heuschrecken zu hören, als er an einem Blechcontainer vorbeikam. In der Schule hatten sie über Genforschung und Manipulation gesprochen. Wenn diese Insekten wirklich in ihrem Erbgut verändert worden waren, ging von ihnen eine nicht zu unterschätzende Gefahr aus. Schon normale Heuschreckenschwärme vernichteten mit ihrem gnadenlosen Appetit ganze Felder und Wälder. Was gezüchtete Grillen anrichten konnten, wussten die Forscher gewiss nicht in allen Einzelheiten. Und den Spezialisten auf diesem Gebiet, den falschen Professor Roman Weyrich, konnten sie nicht mehr befragen. Der gehörte zur Seite der Gegner und hatte den Tempelrittern enormen Schaden zugefügt. Louis schüttelte die Gedanken ab. Erst in sterilen Laboratorien, später im Freiland, wurden die neuen Kreationen der Pflanzen ausgesät und getestet. Es war gewiss sinnvoll, diese gefährlichen Experimente fernab der Zivilisation durchzuführen, um Schäden in der Natur und am Leben zu verhindern. Aber ob das alles wirklich so gut war?

Die positiven Folgen der Grillenzucht erfuhr Louis gerade am eigenen Körper. Das Pulver, das aus den Heuschrecken gewonnen werden konnte, bildete einen Teil dieses seltsamen Medikamentes. Heuschrecken sollten viel Eiweiß enthalten und in einigen Ländern der Erde standen sie sogar auf dem Speisezettel der Menschen. Wie das bei Spinnen aussah, wusste Louis nicht genau.

Schwungvoll bog Alex Wendershagen um den Container. »Louis, guten Morgen!«, begrüßte sie ihn nur wenig erstaunt. Wahrscheinlich hatte sie längst auf Überwachungsmonitoren entdeckt, dass der Junge durch das Gelände streifte. Hoffentlich verpetzte sie ihn nicht bei den Templern. Ausgerechnet jetzt fiel Louis ein, dass er versprochen hatte, den oberen Teil der Anlage nicht zu betreten. »Höhentraining soll besonders effektiv sein!«, lächelte Alex Wendershagen und betätigte einen Schalter. Die Fenster eines Gewächshauses schwebten zur Seite. »Ich werde diese Sträucher heute auspflanzen!«, erklärte sie Louis. »Diese Gewächse sind extrem robust und brauchen nur wenig Wasser. Sie bilden, dank unserer Veränderungen, rasant schnell haltbare Wurzeln und Früchte. Wir haben sie in einem Flüchtlingslager angepflanzt und dort kann man trotz des unwirtlichen Klimas bereits eine kleine Ernte einfahren. Die Beeren enthalten eine Menge Vitamin C.«

»Sie sehen aus wie eine Mischung aus Stachelbeeren, Auberginen und Nacktschnecken«, fand Louis wenig begeistert. »Die Pflanzen erinnern mich irgendwie an Unkraut, das sich stark vermehrt und nicht mehr auszurotten ist. Ist es wirklich sinnvoll, genmanipulierte Dinge einzusetzen? Was passiert mit Insekten, die darauf landen? Die kennen das Zeug nicht. Und vertragen wir Menschen überhaupt neuartige Züchtungen? Vielleicht wird man davon satt, aber krank?«

Ein lang gezogener, erhöhter Tisch, der ebenfalls in einem Labor stehen könnte, trennte den zweiten Teil des Gewächshauses ab. Statt der üblichen Gartengeräte waren Petrischalen, Pipetten, ein Mikroskop und andere kompliziert aussehende Instrumente dort aufgereiht. Die Sonne verschwand, Schatten breitete sich aus. Erst jetzt nahm Louis bewusst ein leises Brummen wahr, das ihn die ganze Zeit schon irritierte. Er hatte es zunächst auf die Technik des Gewächshauses geschoben, merkte aber nun, dass das Geräusch von oben kam. Er legte die Hand über seine Augen und blickte in den Himmel. Eine silberne Klinge raste plötzlich auf ihn zu. Louis sprang zur Seite, spürte, wie etwas Scharfes sein Ohr streifte. Mit einem metallischen Klirren schlug ein spitzes Messer in den Stapel aus runden Glasschalen. Die Wucht zerfetzte den Aufbau in ein Chaos aus Scherben, Schleim und freigesetzten Keimen. Alex schrie entsetzt. Ein blau-grüner Gleitschirm kreuzte über den Glashäusern. Daran hing eine Gestalt, die einen Helm trug und anscheinend nun abdrehte. »Was macht der denn hier?«, flüsterte die Forscherin leise. »Er hat zwischen den Gipfeln nichts verloren.«

Der Seidenstoff des Gleitschirmes war gut getarnt und vor dem blauen Himmel schlecht auszumachen. Alex Wendershagen beschloss: »Alarm, ich muss Alarm auslösen! Louis, bist du okay?!«

Der schwieg geschockt. Fassungslos konnte er nur denken: »Keiner darf mich hier oben finden. Die Templer haben mir verboten, im Forschungszentrum irgendetwas zu unternehmen.« Ohne eine Antwort abzuwarten oder gründlicher nachzudenken, richtete er sich auf, rannte über einen schmalen Pfad in der Nähe der Felsen in Richtung des Hauses. Der Typ war nicht zufällig über das geheime Forschungsgelände geflogen. Garantiert wollte er Daten sammeln und das Gebiet ausspionieren. Weshalb hatte er aber das Messer geworfen? Wollte er etwas zerstören oder war wirklich er, Louis, das Ziel? Warum? Oder hatte eine ungünstige Luftströmung den Wurf gestört und Alex hätte die Klinge treffen sollen? »Ich darf sie nicht alleine lassen!«, dachte Louis plötzlich und drehte sich um.

Die Herde der kleinen Bergziegen raste den Hang hinunter. Irgendetwas hatte sie in Panik versetzt. Der Gleitschirm war zurück. Er kam genau auf Louis zu. Er sah die angewinkelten Arme des Fliegers und das Rad mit den kreisenden Rotorblättern auf seinem Rücken. Das Visier des Helmes spiegelte. Louis blieb stocksteif stehen. Der Motorflieger flog viel tiefer als eben. Wie ein gieriger Greifvogel kam er näher, warf einen dunklen, bedrohlichen Schatten. Der Junge konnte es nicht fassen. Entsetzen lähmte seine

Gedanken. Instinktiv schnellte er zur Seite. Die Gefahr war nicht vorbei. Louis konnte sie förmlich spüren. Er fühlte sich, als wäre er elektrisch aufgeladen.

Louis sprintete ganz und gar ungeschützt abwärts. Es gab nichts, wo er sich verstecken konnte. Völlig unvermutet kam der Gleitschirm erneut in Sicht, legte sich in eine Kurve und nahm Anlauf. Louis übersprang einige Steinbrocken. Er hetzte weiter. Das rettende Haus schien in unerreichbarer Ferne. Louis rutschte aus. Der lose Kies rollte tückisch unter seinen Füßen. Im letzten Moment fand Louis die Balance wieder. Der Kerl mit dem Motorschirm holte auf. Louis spürte ein fieses Brennen in seinem Nacken und wischte ärgerlich mit der Hand darüber. Eine feine Blutspur verteilte sich. Louis ertastete einen spitzen Haken, der sich in den Kragen seines T-Shirts gebohrt hatte und anscheinend an einer stabilen Schnur hing. Louis gelang es nicht, sie abzureißen. Sie erinnerte ihn unangenehm an einen Faden, den Spinnen webten. Die dünne, kaum sichtbare Nylonfaser straffte sich. Louis musste würgen, als der Stoff des Shirts seine Kehle einschnürte. Der Junge wurde nach oben gezogen. Louis umkrallte angsterfüllt mit den Fingern den Kragen des Kleidungsstücks, zerrte daran und versuchte, sich Luft zu verschaffen. Heftig zappelte er mit den Beinen, die bereits ein paar Zentimeter über dem Boden schwebten. Der Gleitschirm sackte ab, der Motor brüllte empört. Die doppelte Belastung war zu viel. Louis hing wie ein Fisch an der Angel fest. Der Haken hatte das Schnürband, mit dem er den Schlüssel der Tempelritter um seinen Hals trug, aufgefädelt. Louis konnte nicht einmal schreien. Fahrig versuchte er mit seiner rechten Hand das gebogene Metallstück zu lösen. Er blieb mit seiner Armbanduhr an dem Nylonseil hängen. Louis keuchte panisch. Seine Lunge schrie nach Sauerstoff. Er wand den Hals, ruderte mit dem Arm. Er spürte einen kleinen Widerstand und war frei!

Louis stürzte, schaffte es, seitlich abzurollen. Auf diesem Stück wuchs struppiges Gras, das seinen Sturz abgefedert hatte. Er holte gierig Luft und warf einen kurzen, verwunderten Blick auf die Armbanduhr. Anscheinend war unter der Kante eine scharfe Klinge angebracht, die es geschafft hatte, die Nylonfaser zu durchtrennen. Somit hatte sich der unerwünschte Zeitmesser zum ersten Mal als nützlich und nicht nur als überwachender Ballast erwiesen. Louis zerrte den Haken hervor und warf ihn wütend fort.

Gerade als er aufstehen wollte, entdeckte er wieder den Gleitschirm. »Der hat echt Nerven!«, verwünschte Louis den Gegner, der nicht kapituliert hatte. Und Louis lag ungeschützt am Hang, eine leichte Beute für Angreifer. »Ich schaffe es niemals bis zum Haus!«, stöhnte er. Die Strecke war zu weit und zu übersichtlich. Links über ihm begannen die Aufbauten der Forschungsstation, die aufgeschnittenen Tanks bildeten den Anfang. »Ich muss versuchen, die Blechteile zu erreichen!«, nahm sich Louis vor. »Neue Wege gehen, meinen Verfolger irritieren.« Geduckt und in einem Zickzack-Lauf, um seinen Kurs nicht sofort zu verraten, hetzte er los.

Unvermittelt wusste er, was ihn retten konnte. Er rannte, raste in vollem Tempo auf die Felswand zu. Statt abzubremsen, sprang er dagegen, setzte den Arm an und drehte rasant zur Seite ab. Der Gleitschirmflieger musste aufsteigen und ein Wendemanöver starten. Das schenkte Louis kostbare Sekunden. Er eilte weiter und setzte über ein niedriges, hölzernes Geländer einer Brücke. In weniger als zehn Metern Entfernung verlief ein dickes Rohr. Es endete in einem von grünen Algen überwucherten Teich. Die Öffnung war groß genug. Louis war mit einer fließenden Bewegung im Gewässer. Der schlammige Untergrund löste sich nur zäh und schmatzend von seinen Füßen. Das Grünzeug umwickelte die Knie. Er kam viel zu langsam vorwärts. Louis spürte, wie der Schatten des Gleitschirms ihn streifte. Louis hechtete mit einem Satz in das Metallrohr. Wasser und Schlamm spritzte hoch. »Wenn der Typ landet, sitze ich in der Falle!«, stellte der Junge fest und kroch tiefer in die Röhre.

Das hätte er nicht tun sollen. Unerwartet schoss eine gewaltige Fontäne durch einen Zulauf. Kaltes Wasser überspülte Louis, ließ ihn husten und flutete das Rohr. Rasch stieg der Pegel, reichte ihm bis an die Schultern, bis zum Kinn. Louis versuchte, lange einzuatmen, kostbaren Luftvorrat in seinen Lungen zu bunkern und presste die Lippen aufeinander. Wasser brauste in seinen Ohren, spülte ihn davon. Hilflos schlug Louis gegen die Wände, hatte der Strömungsgewalt in der Röhre nichts entgegenzusetzen. Gleich würde ihn das Wasser in den Teich spucken, dem Gleitschirmflieger direkt vor die Füße. Unvermutet öffnete sich ein Schieber. Die Rohrleitung machte eine Biegung und die Fluten nahmen den Weg des geringsten Widerstandes. Louis rutschte abwärts und überschlug sich. Um ihn herum nichts als Wasser. Es war dunkel, nur ab und zu fiel durch einige Ritzen etwas Licht in die Röhre. Louis spürte in seinem Gesicht, wie kostbare Luftblasen aufstiegen, die aus seiner Lunge kamen. Der Sauerstoff wurde knapp, seine Atemwege brannten wie Feuer. Plötzlich wurde es hell. Louis wurde in eine Zisterne katapultiert, die weitere merkwürdige Pflanzen enthielt.

Der Junge tauchte auf, umklammerte mit letzter Kraft den gemauerten Rand. »Luft!«, dachte er nur und sah endlich ein paar Tempelritter durch das Gelände eilen. Der Gleitschirm gewann an Höhe. Mehrere scharf geschossene, kleine Pfeile aus der Armbrust verfehlten ihn. Louis tastete nach dem Kreuz. »Es ist noch da!«, flüsterte der Junge erleichtert und wälzte sich aus der Zisterne. Er blieb einige Minuten in der Sonne liegen, bevor er ungesehen ins Haus schleichen konnte.

Verschwörungstheorien

Louis hatte beschlossen, seine Nase in die Schulbücher zu stecken. Er entdeckte Amelies Brief zwischen den Seiten. Tommi Lacroix hatte ordentlich Nachlese in dem Hotelzimmer gehalten und alle Verstecke aufgespürt. Nicht, dass Louis nach den beunruhigenden Erlebnissen in der Lage gewesen wäre, irgendetwas von dem Inhalt der Buchstaben in den Lehrwerken aufzunehmen. Dennoch könnte der Anblick eines lernenden Jungen die Erwachsenen gnädig stimmen. Die würden gewiss gleich mit unzähligen Fragen, Anschuldigungen und Vorwürfen auf ihn losgehen. Würden die Templer, wie Dietrich Roth, die Daten der Armbanduhr täglich auswerten? Zu Louis' Überraschung erschien Lucille.

»Hast du von der Aufregung nichts mitbekommen, Louis? Es gab einen Alarm!«

Freiwillig würde er den Templern nichts von dem Angriff berichten. »Sie werden sich endlos über meinen Ungehorsam aufregen. Und ich darf garantiert nirgendwo mehr alleine hin!«, befürchtete Louis. Er zuckte unbestimmt mit den Schultern, die bei der Bewegung etwas wehtaten. Den Kratzer in seinem Nacken, der von dem Haken stammte, hatte Louis unter dem Kragen eines herumliegenden Polohemdes versteckt.

»Ich hätte mir denken können, dass ein Urlaub in den Bergen mit Richard nicht normal verlaufen kann!«, sagte Lucille und strich mit ihren schlanken Fingern nachdenklich durch Louis' Haare. Die waren noch nass vom Duschen.

»Ich fahre gleich ins Tal, Louis. Wir brauchen ein paar Sachen. Kommst du mit?«, fragte seine Mutter. Nicht ganz überzeugt nickte Louis: Einkaufen gehörte keinesfalls zu seinen Lieblingsbeschäftigungen. Andererseits würde er liebend gerne etwas mit Lucille unternehmen und eine Weile dieses Gefängnis in den Bergen verlassen, Gleitschirmflieger-Überfälle auf die Forschungsstation, Spinnwebfäden, Schulbücher und misstrauische Tempelritter vergessen. Tief in seinem Inneren nagte das schlechte Gewissen und eine Spur von Furcht. »Der Angriff galt dem Schlüssel. Du musst das den Templern sagen!« Alles in Louis weigerte sich. »Der Typ mit dem Gleitschirm ist abgetaucht. Er wurde verjagt und weiß nicht, wohin ich unterwegs sein werde. Ich bin in Sicherheit.«

Lucille steuerte den Geländewagen vorsichtig ins Tal. Tommi Lacroix folgte in einem weiteren Fahrzeug. »Patientenbesuche im Kloster und anderswo«, erklärte er kurz vor der Abfahrt. Er wirkte besorgt und war mit seinen Gedanken offenbar bei der seltsamen Attacke auf die Forschungsstation. Er schien unzählige Fragen zu haben. Stattdessen betrachtete er Louis argwöhnisch. Sollte Alex Wendershagen nichts von Louis' Besuch der Gewächshäuser berichtet haben? Louis wagte kaum zu hoffen, dass keinem seine morgendlichen Aktivitäten aufgefallen waren. Lacroix hatte Louis schließlich eine Kappe aufgesetzt: »Gut gegen die Sonne und zur Tarnung. Irgendwie habe ich das Gefühl, dass du etwas auf dem Kerbholz hast, was du lieber verschweigst.«

Lucille fand einen Parkplatz in der Nähe des grünen Gebirgsflusses. Sie bummelte gemütlich mit Louis durch die engen Gassen des Städtchens. »Friseur, ein paar Klamotten, Kleinteile und hinterher ein Eis?«, fragte Lucille.

»Meinetwegen!« Louis war einverstanden. »Ich brauche ein Geburtstagsgeschenk für Amelie«, ergänzte er.

»Vermisst du sie?«, wollte Lucille neugierig wissen.

»Natürlich, ich vermisse alles, das Pförtnerhaus, dich, Richard. Ich wünschte, wir k-könnten dort wieder zusammen wohnen«, murmelte Louis leise.

Lucille strich eine dunkle Haarsträhne hinter das Ohr und legte ihren Arm um Louis. »Veränderungen gehören zum Leben!«, sagte sie.

»Aber ihr fehlt mir so sehr!« Louis, der sonst eher seine Gefühle für sich behielt, erzählte seiner Mutter von den Erlebnissen im Seminar. Die Zeit verging wie im Flug und beladen mit einigen Taschen liefen sie zurück zum Wagen. Plötzlich blieb Louis stehen. Erschrocken hielt er die Luft an. »Vitus!«, hauchte er.

Lucille schaute ihn besorgt an. »Was ist los?«

Louis war unsicher. »Ich glaube, da hinten an der Hausecke lauerte Vitus.«

»Und?«, Lucille wandte sich um.

»Nicht so auffällig!«, schimpfte Louis.

»Da steht niemand!«, berichtete Lucille. »Wer ist überhaupt Vitus?«

Louis schluckte: »Ein Tempelritter!«, fiel ihm lediglich ein. Er schaute auf dem Rückweg mehrmals in die Spiegel und beobachtete die Umgebung und den Himmel genau. »Hat dich Großvater Hugo mit seinem Verfolgungswahn angesteckt? Trägst du immer einen Dolch bei dir?«, stichelte Lucille scherzhaft. Dennoch wirkte sie beunruhigt und war froh, als sie ihr Ziel in den Bergen erreicht hatten. Lucille stellte den Wagen zu den anderen Geländefahrzeugen am Fuß der Mauer.

Alex Wendershagen hatte einen weißen Laborkittel über den Arm gelegt und begrüßte die beiden. »Habt ihr mir etwas mitgebracht?«, fragte sie wie immer gut gelaunt.

»Ja, t-tiefgekühlten Rahmspinat! Als brauchbare, essbare Anregung!«, behauptete Louis frech.

Alex lachte. »Seit ich ihm gestanden habe, dass man von meiner speziellen Algen-Spinat-Komposition Magenschmerzen bekommt, ärgert er mich damit. He, du hast dir die Haare schneiden lassen, steht dir gut!«, bemerkte sie. Louis war verlegen und wollte Alex aus dem Weg gehen, damit er nicht über den Anschlag am Gewächshaus sprechen musste. Krampfhaft bemühte er sich, sein Tempo zu verlangsamen. Seine Schritte sollten nicht nach Flucht aussehen, daher schlenderte er gespielt lässig bis zum Haus. Dort schraubte Richard an einem Fahrrad herum. Er wirkte ausgeschlafen und schien eine Crosstour hinter sich zu haben. Ein mit Schlamm bespritzter Helm hing am Lenker, die Trinkflasche stand auf der Erde. Richard zog prüfend und mit kritischer Miene am Bowdenzug, einem Drahtseil, das zur Bremse führte. »Den habe ich neulich erst gewechselt. Diese Stelle ist ganz dünn, vielleicht war er zu fest eingespannt? Materialermüdung oder hat jemand mit der Zange am Bremszug hantiert?«

Louis wusste, dass sein Vater gerne Sachen austüftelte und zusammenbaute. »Das ist ein irres Mountainbike!«, bewunderte Louis das Gerät.

»Hm. Da ich häufiger in den Bergen arbeite, bin ich täglich damit unterwegs, ein gutes Training.«

Louis schluckte betroffen. Er hatte Durst und schüttelte probeweise die Flasche. Sie war leer. »Gehört der Einsatz zu d-dieser Strafe?«

Wenn Richard von Louis' Kenntnissen überrascht war, ließ er es sich nicht anmerken. Er grinste. »Nein, nicht direkt. Ich bin gerne in der Forschungsstation und habe mich jetzt freiwillig gemeldet. Man hat viel Gelegenheit, um in Ruhe nachzudenken. Ich hatte ein paar nette Ideen für neue, praktische Erfindungen. Mischungen mit diesem Mehl aus Spinnweben haften am Untergrund besonders gut. Vielleicht kann man es irgendwann als Kletterhilfe nutzen. Jedenfalls wenn die ätzende und hautreizende Wirkung in den Hintergrund tritt.«

Louis schmunzelte verwegen und Richard fuhr ein wenig irritiert fort: »Die Klausur im Kloster war heilsam und wohltuend.«

Lucille hatte mit Alex die Einkäufe im Haus verstaut. Die Frauen trugen Hocker in die Sonne und setzten sich zu Richard und Louis. »Musstest du wirklich eine Geldstrafe zahlen?«, fragte Louis neugierig und etwas beschämt. »So wie Danilo?«

»Wer hat dir das verraten?«, wollte Richard nun doch wissen.

»Friedrich Lacroix, aber eher unfreiwillig«, gab Louis zu.

»Hast du etwa gelauscht? Sehr unfein!«, rügte sein Vater.

»Nein!«, widersprach Louis und reichte seinem Vater ein Werkzeug an.

»Ach, Friedrich hat mir davon erzählt. Er war dankbar, dass Clemens Frommholt nichts von deiner unerwünschten Anwesenheit mitbekommen hat. Wahrscheinlich gäbe es dich sonst nicht mehr in einem Stück«, erinnerte sich Richard, betrachtete das Fahrrad und legte die Stirn in zerstreute Falten. Lucille schnaubte verärgert.

»Clemens Frommholt kann mich nicht leiden!«, erklärte Louis freimütig.

»Der kann wahrscheinlich nicht einmal sich selbst leiden! Er meint, er würde von allen schlecht behandelt und verbreitet vor lauter Missgunst schlechte Laune. Er war sicher froh, als er von der Entscheidung des Komturs und der Strafmaßnahme erfuhr«, antwortete Lucille heftig.

»Ja, ich musste eine Geldbuße in Kauf nehmen«, gab Richard zu. »Wenn ich unseren Kontostand anschaue, können wir uns durchaus noch einige andere Extratouren oder Frechheiten leisten, Louis.

Nicht immer sind die Vorgaben und Regeln des Ordens wirklich aktuell oder umsetzbar, fürchte ich. Manches hat man trotzdem einfach hinzunehmen. Gründliches Nachdenken über die Motive und deren Umsetzung schadet nie. Man sollte weise Entscheidungen treffen. Das heißt nicht, dass ich schlechtes Benehmen bei dir durchgehen lasse, Louis!«

Alex schaltete sich zur passenden Zeit vermittelnd in das Gespräch ein. »Über diese merkwürdige Art der Bestrafung gibt es sogar einen internen Templerwitz. Tommi hat ihn mir erzählt!«, grinste sie ein wenig boshaft. »Warum darf Richard von Mortville zur Strafe in den Bergen Urlaub machen?« Alex löste das Rätsel sofort auf: »Man kann ihn wegen seiner ständigen Raserei als Fahrer einer Limousine oder eines Gabelstaplers nicht gebrauchen!«

»Haha, sehr komisch«, entgegnete Richard.

»Raserei, wie passend!«, kommentierte Lucille die Fahrkünste und zeitweiligen Wutausbrüche ihres Mannes. Louis, der Templerwitze augenblicklich super fand, lachte. Bei seiner ersten Begegnung mit den Wölfen, als er noch nicht wusste, wie Gut und Böse in diesem Duell verteilt waren, entwischte der Junge den Tempelrittern, die ihn in Sicherheit bringen sollten. Louis' Flucht entwickelte sich zu einem wahren Albtraum für alle Beteiligten. Daraufhin wurde einer der Verantwortlichen, Bernard, zum Fahrer einer Limousine und zum Boten degradiert.

»Roland Treyo war mit dabei!«, überlegte Louis. »Wurde er ebenfalls verknackt? Wozu?«

»Gleiches Recht für alle. Kannst du dir vorstellen, was er machen musste?«, fragte Richard säuerlich.

»Eine Weile Lastwagen abladen?!«, riet Louis und landete einen Treffer.

Spontan beschloss der Junge, von dem fraglichen Zusammentreffen mit Vitus zu erzählen. »Es ist nicht verwunderlich, ihn in dieser Gegend zu treffen. Er wohnt in der Nähe und hat seine Surfschule am See«, erklärte Richard und wirkte abwesend.

»Liegt er nicht mehr in der Klinik?« Louis spielte an der Klingel des Fahrrades.

Das Schellen riss seinen Vater aus seinen Überlegungen. »Vitus war nur leicht verletzt. Nach der Gehirnerschütterung kann er sich zwar nicht an den Überfall erinnern, sonst ist er fit. Tommi fährt heute zu ihm. Was denkst du über Vitus?«, wollte Richard interessiert wissen.

»Ich mag ihn. Aber er ist bestimmt sauer, weil ich ihn verraten habe«, gab Louis zu.

Richard prustete vergnügt und strich seine verschwitzten Haare aus der Stirn. Er zog die Schrauben am Bowdenzug fest und ließ Louis die Bremshebel am Lenker betätigen. »Denke in größeren Dimensionen, Louis. Warum sollte Vitus der Bericht eines einfachen Knappen schocken?« Richard machte eine Pause. »Aber stelle dir vor, du hättest ihn dabei erwischt, wie er geheime Informationen an Dritte weitergegeben hat.«

Lucille seufzte theatralisch. Für Verschwörungstheorien hatte sie nichts übrig.

»Dann wüsste er nicht, wie viel ich mitbekommen habe. Er befürchtet, dass mir irgendwann alles einfällt oder ich mir die S-sachen zusammenreime. Ich könnte ihn bei den T-templern anschwärzen. Vitus geht in die Offensive. Durch falsche Spuren sorgt er dafür, dass ich und andere …«

»Andere und du«, verbesserte Richard automatisch.

»... in Verdacht geraten und unglaubwürdig werden. Er bringt uns in Schwierigkeiten, lenkt damit von seiner P-person ab. Dabei verrät er selbst den Orden«, kombinierte Louis und hinterfragte seine Behauptung sofort. »Vitus ist ein Tempelritter. Er sollte k-komplett aufgenommen werden.«

Richard winkte ab. »Das sind nur Gedankenspiele, wir können nichts beweisen. Vielleicht gibt es eine völlig andere Erklärung. Die Wölfe wissen vieles aus ihrer geheimen Quelle; der falsche Professor war lange genug in der Lage, uns auszuspionieren und wusste, dass du momentan der Hüter des Schlüssels bist. Um das Kreuz in ihren Besitz zu bringen, wollen die Gegner, die Wölfe, dich provozieren und zu Kurzschlusshandlungen verleiten. Nicht, dass es ihnen jemals gelungen wäre!«, Richards Stimme troff vor Ironie.

Louis wurde ein wenig rot. Der Kragen des Polohemdes scheuerte am Hals.

»Ich hatte dir aufgetragen, ein paar Namen anderer möglicher Gegner aufzuzählen«, forschte Richard weiter.

»Ich habe eine Liste geschrieben«, erklärte Louis und zerrte genervt an seinem Hemd.

»Mache eine derartige Aufstellung besser nur in deinem Kopf. Das trainiert das Gedächtnis. Man sollte nicht alles notieren. Zu schnell wird einem daraus ein Strick gedreht oder Dinge geraten auf Abwege. Vor langer Zeit, im Februar 1308, hat ein englischer Tempelritter zu einer ungerechtfertigten Anklage gesagt: ›Es geht nicht darum, die Wahrheit ans Licht zu bringen, sondern aus einem Verdächtigen einen Schuldigen zu machen.‹ Wir müssen vorsichtig und clever sein, Louis.« Richard griff nach Louis' Arm und blickte auf dessen Uhr. »Danilo und ich fangen heute ein bisschen früher an«, erklärte Richard. Er setzte den Helm auf den Kopf und testete das Mountainbike auf einer kurzen Strecke. Richard schoss davon, bremste und wendete.

»Cool!«, seufzte Louis neidisch und hätte sich am liebsten sofort in den Sattel geschwungen.

»Du hast keinen Helm!«, warnte Lucille und Louis verdrehte sauer die Augen. Richard versprach seinem Sohn, sich morgen um die entsprechende Ausrüstung zu kümmern. Er fuhr dreist mit dem Rad bis ins Haus, stellte es an der Wand ab und befestigte das Mountainbike mit einem Schloss. Ein Dieb würde wohl kaum in die Forschungsstation so hoch in den Bergen vordringen. Oder wollte Richard das Rad vor Sabotageakten schützen?

Den restlichen Tag verbrachte Louis ungewohnt still mit Lucille, Alex Wendershagen und Tommi Lacroix. Louis schielte ab und zu in Richtung Mountainbike. Wie gerne würde er eine Runde drehen und dabei die ganzen Neuigkeiten in seinem Kopf ordnen und weiterdenken. Das mickrige Schloss würde ihn nicht aufhalten. Es sei denn, Richard hatte es zu seinen Gunsten manipuliert. Louis kapitulierte trotzdem. Es ging nicht. Lucille und Richard wären sauer und wahrscheinlich hätte er deshalb sowieso bei der verbotenen

Tour nur den halben Spaß. Zu viert spielten sie Karten, aßen gemeinsam und genossen den lauen Abend.

Der Arzt gab Alex später eine Einweisung in den Notfallschrank des Hauses. Louis hörte sich angeekelt die Erklärungen über Erste Hilfe an. Lucille protestierte: »Muss das sein?«

»Ja!«, brummte der Arzt. »Die Wissenschaftler hier oben müssen bei kleineren Unfällen wissen, was sie zu tun haben. Bis ein Arzt auflaufen kann, wird es meistens ein bisschen dauern. Und Louis, mit seinem Talent, in gefährliche Dinge zu geraten, sollte ebenfalls ein paar grundsätzliche Sachen wissen. Würde er sich angewöhnen, nicht ständig zu meutern, wäre es leichter für ihn. Und für uns!«, setzte Lacroix hinzu.

»Was war das?«, sagte Alex plötzlich. »Ich glaube, da draußen ist jemand! Ich habe einen Lichtstrahl gesehen!«

Lucille verdrehte die Augen. »Verfolgungswahn!«, murmelte sie.

Alex blitzte sie zornig an. »Du hast den Überfall heute Morgen nicht mitbekommen!«, begehrte sie giftig auf. »Das Messer flog haarscharf ...«

Louis trat ihr heftig auf den Fuß, um den Redefluss zu stoppen. Tatsächlich brach die Forscherin verwirrt ab. Thomas Lacroix hatte alarmiert einige Sätze in seine Armbanduhr gesprochen. »Jemand von der Wache wird am Haus vorbeilaufen. Wir sollten vorsichtig sein und lieber einmal zu viel als zu wenig nachschauen.«

»Tempelritter und ihre Gebote!«, murmelte Lucille ein wenig verächtlich. Dennoch blickten ihre dunklen Augen leicht beunruhigt durch die großen Fenster.

Der Arzt antwortete ungerührt: »Die Tempelritter haben einen Auftrag. Sie verfolgen ehrgeizige Ziele, die über eine Mittelmäßigkeit hinausgehen. Um sie zu erreichen, braucht man als notwendige Grundlage eine eiserne Disziplin. Einige der Regeln, die eingeübt werden, erweisen sich als nützlich.« Er schaute Louis auffordernd an.

Der maulte geringschätzig: »Pah!«, und auch Lucille wirkte nicht überzeugt.

»Lucille, es gibt große Unterschiede im Orden. Die Ausbildung der zukünftigen Tempelritter beginnt am besten in der Familie und wird im Seminar und durch Kurse sinnvoll ergänzt. Später Dazugestoßene haben es schwer, alles aufzuholen und die Tradition zu begreifen.«

»Ich pfeife auf den Traditions-Schnick-Schnack!«, verkündete Louis und verzog sich ins Bett. Er würde der geballten Aufmerksamkeit und Beobachtung der Erwachsenen entgehen und Caspar ein wenig per Armbanduhr zutexten.

Nächtlicher Überfall

Louis wurde wach, als ihn etwas im Nacken kratzte und stach. Träge drehte er sich weg. Mit einer halbherzigen Reaktion hob er den Arm und war Sekunden später hellwach. Spinnen? Eine warme Flüssigkeit lief über seine Haut, die an einer Stelle fürchterlich brannte. Der Junge richtete sich auf und versuchte, mit seinen Augen die Dunkelheit zu durchdringen. Ein Schatten huschte Richtung Tür. Louis schrie und sprang über den kleinen Vorsprung aus dem Bett. Blitzschnell stand er im Flur. Gähnende Leere. Niemand war zu sehen. Das Dach! Louis glitt zur Leiter. Rasant erklomm er die Stufen. Über ihm wölbte sich der Nachthimmel, dunkelblau, mit den hellen Punkten der Sterne. Der Junge lauschte, ging einen Schritt in Richtung Dachkante, um die nähere Umgebung zu beobachten. Das war ein fataler Fehler. Ein kräftiger Stoß von hinten brachte Louis aus dem Gleichgewicht. Er strauchelte und kippte vornüber.

Im Fallen erwischte er mit der linken Hand den breiten Zulauf der Zisterne. Er umklammerte die dicke Rinne und bremste mit dem Fuß den Absturz. Aus den Augenwinkeln sah er, wie eine Gestalt geschmeidig das an dieser Stelle schräge Dach herunterrutschte. Louis glaubte unter der Mütze helle Haare zu sehen. Der Junge hielt sich krampfhaft fest, seine Füße baumelten etliche Meter über dem Boden. »Zu hoch, um zu springen!«, dachte er. Sein Arm pochte. Helles Blut rann aus einer Schnittwunde. Der runde Lichtkegel einer grellen Lampe flitzte zwischen den Kabeln und Geräten auf und ab. »Louis?«, flüsterte Tommi Lacroix' Stimme.

»Ich hänge h-hier!« Louis versuchte, die Hände langsam Richtung Dach zu schieben. Die Rinne war aus porösem Material und fühlte sich rau an. »Vorsicht! Wir hatten eben einen B-besucher!«, stammelte Louis. Erst allmählich wurde ihm bewusst, in welcher Gefahr er schwebte. Seine Arme begannen zu zittern, die Hände wurden taub. »Ich rutsche ab!«, brüllte Louis panisch. »Hilfe!« Das Licht erfasste ihn.

»Okay, Louis, du schaffst das. Zieh dein rechtes Bein etwas an. Ja, gut, jetzt taste mit dem Fuß, bis du die Kante fühlst. Das Fenster steht dort etwas vor. Super! Verlagere dein Gewicht auf den Fuß. Drück dich ein bisschen hoch. Gib mir deine linke Hand, lass die Rinne los. Ich halte dich.« Die beruhigende Stimme von Tommi Lacroix kam nun von vorne. Der Arzt war auf einen weiteren Vorsprung des verwinkelten Daches gestiegen. Dort hinauf zog er Louis, der es schaffte, sich mit nach oben zu stemmen. »Sofort runter. Es ist zu gefährlich. Man kann uns sehen!« Der Arzt half dem vor Entsetzen bebenden Louis beim Abstieg über die Leiter und führte ihn in ein leeres Schlafzimmer.

Louis ließ sich kraftlos auf den Boden sinken. Seine Finger waren aufgeschürft. »Der Schlüssel!«, krächzte Louis plötzlich und griff an den Hals. Er zog das stabile Band aus Frater Isparagus' Schuh über den Kopf. Das Kreuz hing unbeschadet daran. In der Schnur klaffte ein Schnitt, der die Fasern anritzen, aber nicht durchtrennen konnte. Louis hatte den Angreifer im entscheidenden Moment gestört. Tommi Lacroix schaute Louis fassungslos an. Er murmelte tonlos einige Worte in seine Uhr.

Richard brauchte nur wenige Minuten, bis er im Haus war. »Zwei Teams suchen die Umgebung ab. Wo sind Lucille und Alex? Wurde etwas gestohlen oder zerstört?« Richard schaute Louis kurz an und verschwand. An Schlaf war in dieser Nacht nicht mehr zu denken. Der Einbrecher hatte zwei USB-Sticks mitgehen lassen. Auf einem befanden sich Dateien aus der Forschung, die Alex dort gespeichert hatte. Der andere Datenträger war leer. Louis hatte nach dem Gespräch mit seinem Vater die Liste der Verdächtigen gelöscht. Die Zusammenstellung über die Insignien der Macht war auf dem Laptop des Arztes codiert und gespeichert. Dieser ruhte über Nacht sicher im Tresor des Hauses.

»Warum hat er nicht die Schulbücher mitgenommen?«, nörgelte Louis, als Tommi Lacroix die Schnittwunde am Arm mit dünnen, sterilen Klebestreifen versorgte und verband.

»Schwimmen oder Radfahren sind für die nächsten Tage leider abgesagt, Louis. Also sei froh, dass du dich trotzdem nicht langweilen wirst, weil du lernen kannst!«, stichelte der Arzt. Lucille sagte gar nichts mehr.

»K-können wir überhaupt hierbleiben?«, dachte Louis laut nach.

»In den nächsten Tagen sollten sowieso Templer anreisen und die Forschungsstation schützen. Sie nimmt ihre Arbeit teilweise auf. Die Anlage zur Überwachung wird in wenigen Tagen in Betrieb gehen«, erklärte Tommi Lacroix. »Alles wird etwas beschleunigt. Der Abt des Klosters hat Unterstützung versprochen.«

»Ach, von wegen Patientenbesuche. Knallharte Verhandlungen!«, stellte Louis fest. »Was hat Vitus gesagt?«

Tommi Lacroix klebte vorsichtshalber ein weiteres Pflaster auf den Verband, um ihn zu stabilisieren. »Woher weißt du das alles schon wieder, du neugierige Kröte? Der Abt hat, nachdem ich seine quälenden Kopfschmerzen vertrieben hatte, versprochen, sich um die Verpflegung der Tempelritter zu kümmern. Und bei Vitus ist alles unverändert. Er spricht nicht über den Überfall und wirkt ziemlich schwermütig.«

»So viele verschiedene Patienten!«, staunte Lucille. »Behandelst du Tempelritter und ihren Anhang im ganzen Land, Tommi?«

Der winkte ab und grinste. »Ja, so ähnlich. Meistens sammeln sich die Patienten dort, wo ich gerade einen Auftrag habe. Man kann alles miteinander verknüpfen. Manche Dinge leite ich weiter. Der Firmariearzt ist zum Beispiel ein ausgezeichneter Handchirurg. Er hat Louis damals zusammengeflickt.«

Alex saß am Rechner und versuchte zu rekonstruieren, wie wichtig das gestohlene Material gewesen war. »Ich schätze, selbst ein Spezialist muss sich gehörig anstrengen, um etwas mit den Aufzeichnungen anzufangen. Warum habe ich das Ding nicht mit in den Tresor gepackt?«

»Schade, dass Louis nicht dort hineinpasst!«, witzelte Tommi Lacroix. Lucille brachte Louis einen Becher, der ein Getränk in merkwürdigen Farben enthielt. Louis wedelte kritisch mit der Hand darüber, um den Geruch zu identifizieren.

»Ein Nacktschnecken-Auberginen-Stachelbeersaft mit frischen Orangen, der Vitamin-Kracher der Zukunft!«, spulte Alex theatralisch einen Werbetext ab, um die gedrückte Stimmung zu heben.

Louis probierte äußerst vorsichtig: »Extrem gesunder Geschmack!«, stöhnte er und überlegte, ob er das Zeug unauffällig entsorgen konnte. Mit der Mixtur saß der Junge an einem der großen Fenster und beobachtete die Ankunft weiterer Tempelritter. Unaufgeregt bezogen sie die fast fertigen Häuser. Es wurde eng, als alle in dem Raum mit den bunten Hockern zusammenkamen. Richard von Mortville informierte die Templer über die Anlage und die Vorkommnisse der letzten Zeit. Louis durfte nicht zuhören. Man hatte ihn nach oben verbannt. Er saß verdrossen in seinem Bett. Die Bücher hatte er zugeklappt. Danilo kam frisch geduscht in den Raum.

»Ah, Louis. Wie geht es dir?«

»Hmpf!«, brummte der.

»Diese Sprache kenne ich nicht. Kannst du eigentlich Italienisch? Nein? Pass auf! Ich bringe dir ein paar Wörter bei!«, sprudelte Danilo heraus.

»Ja, Schimpfwörter!«, sagte Louis trocken. »Was heißt ›bescheuerter Tempelritter‹ auf Italienisch?«

Danilo lachte laut. »Nein, so geht das nicht!« Und ehe sich Louis versah, redete Danilo auf ihn ein. Lucille kam neugierig herüber.

Sie fragte Danilo in der nächsten Zeit ständig aus und wollte mehr von der Sprache lernen. Louis beteiligte sich eher widerwillig. Der Italiener konnte verstehen, dass Louis nicht sonderlich gut gelaunt war. »Es ist furchtbar, wenn man nicht dorthin gehen darf, wohin man will.« Er leistete Louis häufiger Gesellschaft und brachte ihm schließlich eine kleine Steinschleuder mit. »Wir verdrücken uns auf das Dach und üben ein bisschen Sprechen, Klettern und Schießen!« Mit gemischten Gefühlen stieg Louis die Leiter hoch. Das Zielschießen brachte ihn rasch auf andere Gedanken. Die Trefferquote wuchs. Danilo war zufrieden mit Louis. Die anderen Templer waren es nicht.

Sie ließen Louis nicht aus dem Haus und nicht aus den Augen. Sie beobachteten jeden seiner Schritte und die Gespräche verstummten, sobald Louis einen Raum betrat. Lucille verbrachte viel Zeit mit Louis. Sie redeten oder saßen einfach zusammen. Lucille war nervös.

Auch Richard konnte seine Anspannung schlecht verbergen. »Hast du heute gelernt, Louis?«, startete er das tägliche Verhör, seitdem das mieseste Zeugnis aller Zeiten per Templerpost eingetroffen war.

»Wie denn?«, erwiderte Louis pampig. »Es ist zu laut, zu voll und zu dämlich in dieser Bude!«

»Diese Nachprüfung in ein paar Tagen ist eine Chance für dich. Du solltest sie nicht wegwerfen! Sei nicht so schrecklich faul!«, schimpfte Richard.

»Seine Noten sind erst abgerauscht, nachdem der ganze Templer-Schwachsinn für ihn begonnen hatte!«, sagte Lucille aufgebracht und schaute ihren Mann wütend an. Der nächste Streit lag in der Luft.

»Übrigens, es sind **meine** Noten!«, stellte Louis fest, verließ das Zimmer und knallte die Tür heftig hinter sich zu. Er wusste genau, dass Richard diese trotzige Handlung hasste und zählte, wie lange er wohl brauchen würde, um Louis zurückzuholen.

Louis floh über die Leiter auf das Dach. Dort hatte er einige Dinge deponiert, um die Langeweile zu vertreiben. Er begann mit dem Sprungseil und machte mit ein paar Halteübungen weiter. Die Schnittwunde an seinem Arm heilte problemlos ab und behinderte ihn nicht, wenn er an der Mauer entlanghangelte oder von einem Dach auf das nächste sprang. Er achtete darauf, im hinteren Bereich zu bleiben, um das Absturzrisiko gering zu halten. Ausgerechnet Danilo hatte Parkour-Running bereits selbst ausprobiert und Louis einige Tricks gezeigt, die er nun eifrig übte. Das Überwinden von Mauern, verschiedene Sprünge und besonders die Fähigkeit, seine Grenzen einzuschätzen, forderten Konzentration und Kraft. Verschwitzt lehnte sich Louis mit dem Rücken an die Wand und rutschte langsam in die Hocke. Der Lehm hatte die Wärme der Sonne gespeichert. Richard erschien und nahm das Sprungseil in die Hand. Er legte in gemächlichem Tempo los. »Ich muss morgen ins Kloster. Die Versammlung der Ältesten berät die Lage. Ich soll dich mitbringen!«

Louis stieß wütend hervor: »Ich will aber nicht! Die sind alle ätzend!«

»Ich fahre morgen um sieben Uhr!«, sagte Richard unbeeindruckt und ließ die Schnur durch die Luft fauchen. Zornig wollte Louis aufbegehren, doch sein Vater ließ ihn einfach sitzen.

Der Plan geht nicht auf

Die ganze Zeit überlegte Louis, wie er es anstellen könnte, diese unerträgliche Veranstaltung im Kloster zu schwänzen. »Ich muss unsichtbar sein. Dann fährt Richard alleine«, plante Louis. »Leider wird der Sender in der Uhr mein Versteck verraten « Am Abend war er der Lösung seines Problems keinen Schritt näher gekommen. Er hatte sogar Caspar eine lange Textnachricht als Hilferuf geschickt. Der schrieb nur »Grüße an meinen Großvater« und Louis zischte wütend. Er starrte missmutig auf den Teller und sprach kein Wort. Dabei saßen sie in kleiner Runde am Tisch. Im Kamin prasselte ein Feuer. Louis schoss mit der Steinschleuder heimlich Erbsen durch den Raum. Er traf eine Tomate am Strauch, die aufplatzte und rote Soße verspritzte. Tommi Lacroix schob das Glas mit dem böseligen Pulver zu Louis und goss Wasser dazu. »Wie lange muss ich das Zeug noch schlucken?!«, motzte Louis.

»Warum ist er so verdreht?«, fragte Alex verwundert und hob eine Erbse vom Boden auf. Richard zählte abfällig und schonungslos einige Punkte auf:

»Louis ist sauer, weil er ständig im Haus bleiben muss. Er will nicht lernen und sich darüber keine Vorhaltungen machen lassen. Morgen muss er in der Versammlung der Ältesten erscheinen und dort ausnahmsweise ein gutes Benehmen an den Tag legen.«

»Richard!«, mahnte Lucille und legte ihren Arm schützend um Louis' Schultern.

Alex schlug sich ebenfalls auf Louis' Seite. »Vielleicht lässt du ihn selbst zu Wort kommen, bevor du auf ihm herumhackst. Ohne Louis' mutiges Eingreifen wäre der Überfall im Gutshaus damals für mich ganz anders ausgegangen. Er konnte meinen Absturz über das Geländer des Treppenhauses verhindern. Hier hat er den Gleitschirmflieger ausgetrickst und behütet diesen seltsamen Schlüssel. Was wollt ihr eigentlich noch von einem fünfzehnjährigen Jungen? Ich kann verstehen, dass ihn die gesamte Situation nervt und ihm Angst einjagt!«

»Er ist ein Knappe der Tempelritter und hat eine gewisse Verantwortung, die er oft genug über Bord wirft. Er ist undankbar, denkt viel zu selten über die Konsequenzen seiner Handlungen nach und benimmt sich bockig wie ein Kleinkind! Und wie war das mit dem Gleitschirm?!«, fragte Richard scharf. Er schaute unversöhnlich auf die beiden Frauen und Louis. Der schluckte. Er verabscheute diese peinlichen Strafpredigten und wollte schon gar nicht, dass andere seinetwegen stritten. Die Vorhaltungen seines Vaters waren rasiermesserscharf wie immer.

Louis versuchte abzulenken. »Diese V-versammlung jagt mir das Grauen den Rücken herunter. Sie werden meckern und nur gruselige Fragen stellen. Steif wie dämliche Blechritter werden sie darauf bestehen, dass ich demütig auf die K-knie falle. Ich hasse es! Was ist denn jetzt mit diesem Medikament?«, wechselte er abrupt das Thema.

Tommi Lacroix dachte kurz nach. »Du wirst es weiter nehmen, bis eine komplette Untersuchung gemacht werden kann. Vielleicht verbinden wir es mit deinem Termin in der Handchirurgie.« Louis schaute verwirrt auf die Narbe an seinem rechten Arm. Es war kaum noch etwas zu sehen, wie er beruhigt feststellte. Der miesen Behandlung der Wölfe damals im Bergwerk hatte Louis mehrere Knochenbrüche zu verdanken. Der nächste Satz des Arztes ließ ihn argwöhnisch aufhorchen.

»Der Firmariearzt hat zugesagt, die nächste Operation erneut zu übernehmen.«

Louis' Gesicht war ein einziges Fragezeichen. Für ihn war alles mit dem Arm in Ordnung. Er funktionierte tadellos.

»Hä?«, wollte er misstrauisch wissen.

»Wie bitte!«, verbesserte Richard automatisch.

»Die Schrauben, die man nach der Verletzung zur Stabilität eingesetzt hat, müssen aus dem Arm entfernt werden?«, vergewisserte sich Lucille.

Lacroix nickte. »Bei Kindern und Jugendlichen muss man das tun, sonst wachsen die Knochen nicht vernünftig weiter!«

Louis sprang entsetzt vom Hocker auf. »Ich will nicht ins Krankenhaus! Ich habe Ferien!«, protestierte er lautstark und der Stuhl fiel krachend um.

»Da haben wir es wieder! Nicht die Spur von Selbstbeherrschung!«, schimpfte Richard aufgebracht. »Du verlässt sofort den Raum und gehst nach oben, Louis. Es reicht mir!« Louis verpasste dem Hocker einen halbherzigen Tritt. Statt die Stufen zu benutzen, sprang er breitbeinig zwischen die engen Wände des Treppenaufgangs. Die eingemauerten Flaschen erwiesen sich als brauchbare Kletterhilfen. Wie üblich nutzte Louis die Bewegung, um seine

Wut halbwegs in den Griff zu bekommen. Das scharf gesprochene »Louis!« seines Vaters ignorierte der Junge. Er würde ohnehin nicht schlafen können und suchte Zuflucht auf dem Dach.

Dort wurde Louis von hellem Klingeln begrüßt. Mehrere Bergziegen waren den Hang hinaufgeklettert. Eine besonders vorwitzige hüpfte näher und balancierte über einen Vorsprung. Louis lockte das Tier näher heran, streichelte über das kurze Fell der kleinen Ziege. »Wir haben echt etwas gemeinsam. Dein Vater ist ein Hammel. Meiner auch!«, murmelte Louis. Die Ziege meckerte und schleckte seine Finger ab. Plötzlich musste Louis frech grinsen. Langsam zog er das elastische Armband seiner Uhr aus und der Ziege vorsichtig über das Glockengehänge. Louis vergewisserte sich, dass das zusätzliche Stück die Ziege nicht störte und half dem Tier, zurück zur Herde zu gelangen. »Lauft ein bisschen!«, forderte Louis. Beruhigt verschwand er im Bett und wartete, bis sich völlige Ruhe im Haus ausgebreitet hatte. Erst dann nahm er seine Decke und suchte einen versteckten Winkel auf. »Ich werde die Versammlung der Ältesten nicht mit meiner Gegenwart beehren!«, dachte Louis, bevor er in dem breiten Vorratsschrank einschlief.

Die hölzerne Schranktür wurde knarrend geöffnet. Louis blinzelte. »Louis, du hast genau fünf Minuten Zeit, um abfahrbereit vor dem Haus zu stehen.« Thomas Lacroix zog dem Jungen erbarmungslos die Decke weg und der stolperte die Treppe nach oben. Er spritzte Wasser in sein Gesicht und wunderte sich, warum der Plan nicht aufgegangen war. Lucille umarmte ihn bleich. »Wir haben das ganze Haus auf den Kopf gestellt. Ich dachte, du wärst weggelaufen. Die Sorge um dich macht mich völlig fertig!«

»T-tut mir leid!«, stammelte Louis müde. Alex zupfte das Shirt gerade und drückte ihm einen seidigen Stoff in die Hand, den Louis als Templerumhang identifizierte. Seine Armbanduhr lag auf dem Vordersitz des Geländewagens, als Louis einstieg. Die Ziegenherde graste friedlich an einem nahe gelegenen Hang. Tommi Lacroix saß am Steuer und gab Gas. »Zum Kloster?!«, seufzte Louis resignierend.

»Wohin sonst? Richard ist schließlich losgefahren, nachdem ich versprochen habe, dich hinterherzubringen. Du machst es deinen Eltern nicht gerade leicht!«, stellte Lacroix fest.

»Bitte jetzt keine Vorwürfe. Davon erhalte ich gleich sowieso eine so volle L-ladung, dass ich garantiert kotzen muss!« Louis bekam bei dem Gedanken an den Komtur und seine Vertreter eine Gänsehaut. Er starrte mutlos aus dem Fenster. Die Straße führte in steilen Kehren abwärts. Jeder Meter brachte Louis näher an das Kloster.

»Nein!«, schrie Tommi Lacroix plötzlich und brachte den Geländewagen abrupt zum Stillstand. Er sprang aus dem Auto und brüllte: »Richard!« Über dem Abgrund hinter der Kurve hing ein Jeep, zwei Räder in der Luft, das Blech eingedrückt, die Windschutzscheibe gesplittert. Der Arzt zögerte nicht lange. Er zog blitzschnell einen Karabiner hervor und verband die beiden Wagen vorsichtig mit dem ausgezogenen Drahtseil. »Louis, blockiere die Räder des hinteren Jeeps mit Steinen. Er darf nicht wegrollen. Sonst kippt Richards Wagen in die Tiefe.« Tommi Lacroix beobachtete argwöhnisch die Umgebung, während er kurz in seine Armbanduhr sprach. »Hole den silbernen Koffer aus dem Kofferraum«, befahl er und schaute sich immer wieder misstrauisch um. Louis funktionierte einfach. Jeder eigene Gedanke würde ihn nur panisch machen. Wie ein Film lief die Rettungsaktion ab.

Dem Arzt gelang es, die restlichen Autoscheiben mit der äußerst stabilen Uhr einzuschlagen. Hilflos kippte der Scheibenwischer des Rückfensters zur Seite und schaukelte anklagend hin und her. Das Unfallauto wackelte leicht. Louis hielt automatisch die Luft an, stierte wie hypnotisiert auf die Szenerie. Der Arzt nahm Louis den Templerumhang ab, den dieser fahrig zwischen den Händen knetete. »Okay, Louis, wir holen Richard durch die Fenster aus dem Wagen. Du musst mir helfen! Wir bekommen das hin!« Louis riss sich zusammen. Mit langsamen, sparsamen Bewegungen arbeitete sich Lacroix an der Felswand vor und erreichte den Verletzten. Er durchtrennte den Sicherheitsgurt und hantierte im Innenraum des Fahrzeuges. Leise sprach er mit Richard, ohne eine Antwort zu erhalten. Dennoch schöpfte Louis Hoffnung. Es schien Ewigkeiten zu dauern, bis Richard mithilfe des Templerumhangs, der ebenfalls als Trage- und Abschlepptuch einsetzbar war, auf der Straße lag. Dort hielten weitere Autos. Besorgte Templer verschafften sich einen raschen Überblick, bevor sie routiniert die Unfallstelle sicherten und auf die Suche nach den Ursachen des Vorfalls gingen. Richards Lider waren geschlossen, der Stoff des Tuches färbte sich an einigen Stellen dunkel. »Louis, zähle bitte den Puls!«, verlangte der Arzt.

»Ich kann nicht!«, dachte Louis panisch. Dennoch griff seine Hand mechanisch nach dem Arm seines Vaters. Er nannte flüsternd den Wert und Tommi Lacroix knurrte wütend. Verbissen versorgte er den Verletzten. Louis konnte ein Zittern kaum verbergen, verzweifelt hockte er neben seinem Vater. Die kleinen Aufgaben, die ihm der Arzt übertrug, lenkten ihn von den schlimmsten Befürchtungen ab. Es kam ihm vor, als würden die Sätze und Befehle um ihn herum wie durch Watte zu ihm vordringen, schwammig, kaum verständlich. Völlig scharf funktionierten seine Augen, er nahm jedes Detail seiner Umgebung wahr: Die lange Bremsspur, die konzentrierten Templer, die klaffende Wunde auf der Stirn seines Vaters.

»Richard! Wir sind hier. Wir helfen dir und bringen dich ins Krankenhaus!«, sagte Tommi Lacroix eindringlich. »Wir haben Louis gefunden.«

Der erinnerte sich daran, dass man nicht wusste, wie viel bewusstlose Personen mitbekamen oder hören konnten. Er selbst konnte nichts sagen. Seine Zunge hing als dicker Klumpen in seinem Mund, unfähig, sich zu bewegen und Gedanken in Worte umzuwandeln. Ein leises Knattern drang in seine Ohren. Das Echo verstärkte das Geräusch und Louis sah einen Hubschrauber, der einen Platz zum Landen suchte.

Thomas Lacroix rief zwei Templer zu sich. »Sagt im Kloster Bescheid. Jemand soll Lucille in die Klinik fahren. Louis steht unter Schock. Ihr kümmert euch um ihn. Er macht keinen Schritt allein irgendwohin, kapiert? Seid vorsichtig! Bindet ihn euch notfalls ans Bein!«

Die Besatzung des Hubschraubers eilte heran. Ganz behutsam wurde Richard auf eine Trage gelegt. »M-mach's gut!«, stammelte Louis und strich seinem Vater vorsichtig über den Handrücken, in dem jetzt eine Infusionsnadel steckte.

Ein Templer half Louis auf den Rücksitz eines Geländewagens und setzte sich neben ihn. Der Bauch des Hubschraubers verschluckte Richard von Mortville und trug ihn in die Luft. Erstarrt verfolgte Louis die Flugbahn, bis der Helikopter zu einem kleinen Punkt mutierte und schließlich nicht mehr zu erkennen war. Heftig begann Louis zu schluchzen. »Ich bin schuld, dass er den Unfall hatte. Er war wütend auf mich. Er hat mich gesucht. Meinetwegen war er spät dran. Er ist zu schnell gefahren!«, stammelte Louis abgehackt hervor.

»Richard fährt immer zu schnell. Das weißt du doch!«, versuchte der eine Templer Louis zu besänftigen. Der konnte keinen Trost annehmen. Er blieb einfach sitzen, als der Wagen vor dem Haus hielt. Der Fahrer sprach behutsam auf Louis ein. Der andere schaffte es irgendwie, den Jungen ins Gebäude zu bugsieren. Er hörte Lucilles erschrockene Stimme. Sie schien etwas an Louis weiterzugeben. Er wurde berührt. Stocksteif und unbeweglich stand er mitten im Raum. Seine Arme hingen trostlos an ihm herunter. Erst als man tausend Mal versprochen hatte, sich um Louis zu kümmern, verabschiedete sich Lucille.

Alex rauschte fassungslos heran. Sie brachte den zur Salzsäule erstarrten Jungen zum Sofa und holte sein Bettzeug aus dem Vorratsschrank. Louis bemerkte, dass ihm fürchterlich kalt war. Gegen diese Kälte in seinem Inneren half keine Decke. Er bibberte und seine Zähne klapperten aufeinander. Louis konnte nichts dagegen unternehmen, obwohl seine Muskeln und sein Kiefer unter Hochspannung standen. Weitere Tempelritter begannen damit, die Daten der Überwachungsanlage zu sichten. An Louis rauschte alles vorbei. Alex blieb einfach bei ihm. Er drehte sich zur Wand, damit niemand seine Tränen sah. Eine völlig abstruse Stimmung um ihn verbreitete Betriebsamkeit, wandelte die ohnmächtige Wut in geballte Konzentration, wollte Zuversicht und Erfolg erzwingen.

Louis spürte eine Hand auf seiner Schulter. »Louis, Tommi hat sich gemeldet. Dein Vater ist schwer verletzt, aber er schwebt nicht mehr in Lebensgefahr. Es war gut, dass ihr ihn so schnell nach dem Unfall gefunden und versorgt habt. Lucille ist bei ihm. Louis, hörst du mich?!«

»Irgendwie schon!«, dachte Louis. Aber er blieb liegen, brachte nicht die Kraft auf, sich zu bewegen, etwas zu sagen. Er wollte Dankbarkeit und Hoffnung spüren; aber es ging nicht. »Ich bin schuld!«, hämmerte es wieder und wieder in seinem Kopf.

»Ich weiß nicht, was ich machen soll!«, klagte Alex wenig später. »Nein, er redet nicht. Seine Hände sind eiskalt. Er sieht fürchterlich aus!« Sie presste Louis schließlich ein Handy auf das Ohr.

»Louis, du hast heute Morgen schreckliche Dinge durchgemacht. Es tut mir wirklich leid. Nur mit deiner großartigen Unterstützung war es möglich, Richard rasch aus dem Wagen zu holen und ihm zu helfen.« Tommi Lacroix sagte noch viel mehr. Unvermittelt sprang Louis hoch, wobei das Handy krachend zu Boden fiel.

Ein Tempelritter verkündete eisig: »Jemand hat einen Zünder im Motor des verunglückten Geländewagens angebracht. Die Sprengstoffladung ist glücklicherweise nicht explodiert, muss aber wie verrückt geraucht haben. Richard konnte garantiert nichts mehr sehen, ein Drama bei dieser kurvenreichen Straße. Vielleicht hat ihm das Zeug die Luft genommen, ihn betäubt. Den oder die widerlichen Schurken packen wir uns.« Der Tempelritter machte eine kurze Pause und zitierte einen Vers:

»Tretet hin, steht und seht die Rettung des Herrn, der mit euch ist. Amen.«

»Also, meine Herren, was sagt die Auswertung der Überwachung? Ich will Einsatz bis zum Umfallen!« Es war Louis, der einfach umkippte. Er bemerkte nur ein kurzes schwarzes Flimmern vor seinen Augen und dann längere Zeit gar nichts mehr.

Im Gruselkabinett

»Na, hat sich deine Lücke im Fluss der Wahrnehmung geschlossen?«, begrüßte Tommi Lacroix den Jungen ein wenig besorgt. Sie standen an einer kleinen, massiv wirkenden Pforte Lucille hatte geklingelt, nachdem sie endlich am Ziel ihrer Fahrt angekommen zu sein schienen, einmal von den südlichen Bergen bis zum nördlichen Meer. »Wie geht es Richard?«, fragte Lucille gehetzt. Sie war dagegen gewesen, Richard in die weit entfernte Klinik des Firmaarztes zu transportieren. Lucille befürchtete während der Verlegung in ein anderes Krankenhaus Komplikationen, doch die Tempelritter hatten wie üblich ihren Willen durchgesetzt.

»Alles im grünen Bereich. Richard ist hier in Sicherheit und hat den Flug in die Klinik am Meer gut überstanden.« Der Arzt ging mit ihnen eilig durch das alte Gebäude. Helle Fliesen und glatte, ausgetretene Stufen schraubten sich durch ein hohes Treppenhaus bis in eine gläserne Kuppel. »Das ist der alte Teil des Hospitals. Den neuen, modernen Komplex betritt man durch den Haupteingang weiter rechts. Hier sind das Museum und ein paar zusätzliche Betten für besonders ausgewählte Patienten geblieben.« Louis hielt auf einer Stufe an. »Bist du erschöpft?«, wollte der Arzt sofort wissen. Louis schüttelte den Kopf, den der Arzt nach oben bog und den Jungen aufmerksam anschaute. »Dein Vater ist nicht mehr sauer, Louis. Ganz im Gegenteil. Er und wir alle sind froh, dass du nicht in dem Unfallwagen gesessen hast. Ausnahmsweise hat dein Ungehorsam dich nicht in Schwierigkeiten gebracht, sondern euch das Leben gerettet. Mit einer zweiten Person im Fahrgastraum wäre das Auto garantiert sofort in den Abgrund gestürzt.« Die blauen Augen des Arztes blickten ernst, die letzten Tage hatten auch ihm einiges abverlangt.

Lucille seufzte: »Das habe ich dem Dickkopf schon hundert Mal gesagt.«

»Das meine ich gar nicht!«, murmelte Louis und nestelte ein wenig fahrig am Reißverschluss seiner Sweatshirt-Jacke. Irgendwie war ihm ständig kalt. Louis wies mit seiner Hand auf den Arzt, der völlig ungewohnt eine weiße Hose und einen hellgrauen Klinik-Kasack trug. Auf der Brusttasche prangte ein kleiner, stilisierter Leuchter.

»Ach so, der Firmariearzt besteht auf dieser albernen Verkleidung!«, erklärte Tommi Lacroix grinsend. »Er begründet es mit ›Hygiene-Vorschriften‹.«

»Er steht wohl t-total auf den Leuchter«, bemerkte Louis.

Lacroix nickte bestätigend. »Der Verlust trifft ihn hart.« Nach gefühlten hundert Treppenstufen standen sie vor einer Stahltür. Sie durften erst nach einigen Sicherheits-Checks hindurchgehen. Von einem modernen Krankenhaus war diese Abteilung weit entfernt. Sie erinnerte eher an einen Hochsicherheitstrakt im Gefängnis mit stabilen Türen und eingelassenen Sichtfenstern. Das Licht flimmerte grell in langen Röhren von der Decke und ließ den Putz an der Wand und alle Personen fahl aussehen. »In einer halben Stunde könnt ihr Richard besuchen.« Lacroix wies auf einen kleinen ungemütlichen Raum, in dem bereits zwei der harten Stühle besetzt waren.

»Amelie!«, rief Lucille und umarmte ihre Tochter. Louis staunte. Seine Schwester war auch in der Klinik. Er hatte Amelie so lange nicht gesehen und nichts von ihrer Stippvisite gewusst. Verwundert betrachtete er Amelie, sie wirkte irgendwie verändert. Es dauerte einen Moment, bevor Louis den Grund begriff. Sie war gewachsen, hatte Lucille sogar fast eingeholt. Und Amelie sah gut aus, stellte er mit einem gewissen Befremden fest. Das fand Caspar, der regungslos dasaß, ebenfalls. Er konnte seinen Blick kaum von dem Mädchen lösen. Louis rammte ihm den Ellbogen in die Seite und plötzlich redeten alle gleichzeitig.

»Philipp Gallunder ist abscheulich, genau wie die Musik, die er hört. Vorgestern hat er das Internat verlassen. Keiner wusste, warum.« Etwas leiser, sodass nur Louis es hörte, murmelte er verlegen: »Ich musste gestern gehen. Blöderweise haben sie mich erwischt, als ich im Schulbüro herumgeschnüffelt habe. Ich wusste, dass ich alles verkehrt machen würde!«, stöhnte Caspar frustriert.

»Ich fasse es nicht, der immer v-vorbildliche Caspar fliegt von einer edlen, ausgewählten Schule! Aber du hast bestimmt genug andere Dinge herausgefunden!«, tröstete Louis. »Wetten, die Templer werden sehr zufrieden mit deiner Leistung sein. Außerdem hast du jetzt Ferien, also freu dich!«

Unvermittelt motzte Amelie ihren Bruder an: »Du hast mir nie geschrieben, du Pflaume!«

Der konterte aus Gewohnheit nicht weniger unfreundlich: »Was hast du nur mit deinen Haaren angestellt? Schneidest du die Z-zotteln neuerdings selbst? Du siehst aus, wie ein K-kanarienvogel in der Mauser! Deine abstehenden Ohren sind perfekt getarnt«, stichelte Louis und überspielte damit seine eigentliche Bewunderung gekonnt.

»Schluss jetzt!«, bremste Lucille die wenig liebevolle geschwisterliche Begrüßung. »Was ist los mit euch? Kaum seid ihr zusammen, müsst ihr euch streiten. Amelie, wir finden bestimmt einen Friseur. Die Klinik liegt nicht so einsam und verlassen im Niemandsland wie deine Schule. Es gibt hier Leben, Zivilisation und Handel.«

»Na, ich hätte Louis' Sauklaue sowieso nicht lesen können!«, meinte Amelie halbwegs versöhnlich.

Louis grinste. Es war so, als hätten sie sich erst gestern zuletzt gesehen, die Trennung schien vergessen: »Jetzt können wir unsere N-nettigkeiten live und in Farbe austauschen. Ich freue mich drauf, Amelie.«

Tommi Lacroix holte zunächst Caspar ab. »Nur für ein paar harmlose Untersuchungen und Tests!«, versprach der Arzt. Kurze Zeit später durften Lucille, Amelie und Louis zu Richard. Der lag mit einem Kopfverband bleich im Bett und trug einen hellgrauen Pyjama. Merkwürdigerweise erregte ein kleiner, schemenhafter Leuchter sofort Louis' Aufmerksamkeit. Auf der untersten Kante des Schlafanzugärmels prangte das eingenähte Zeichen des Firmaríearztes. Louis entdeckte es sogar auf dem Kopfkissen. Der Tempelritter schien das Insigne der Macht äußerst ernst zu nehmen.

Oder war es einfach eine Kennzeichnung des außerordentlichen Klinikteils? Im Gegensatz zu der spartanischen Ausstattung des Mobiliars schienen die medizinischen Geräte auf dem neusten Stand zu sein. Alles wirkte blitzblank, übersichtlich und modern. In einem Lüftungskanal in der Mauer entdeckte Louis eine Kameralinse, die den Raum garantiert peinlich genau bis in jeden Winkel überwachte. Im zweiten Bett schlief ein sehr bekannter Tempelritter. »Vitus!«, hauchte Louis verwundert.

»Ich weiß nicht, was sie mit ihm anstellen oder ihm geben. Er pennt die ganze Zeit! Vorsicht! Schön, euch zu ...«, flüsterte Richard. Seine Stimme klang rau und angestrengt. Anscheinend verabreichte man ihm das gleiche Zeug wie seinem Zimmerkollegen, denn Richard dämmerte mitten im Satz ein.

»Ich denke, Vitus ist gesund? Was macht er im Krankenhaus?« Louis starrte seinen Vater an. Er wartete vergeblich auf eine Antwort. Lucille hatte einen Hocker an das Bett gezogen und nahm behutsam Richards Hand. Amelie setzte sich sofort dazu. Sie kämpfte mit den Tränen. Louis kam sich völlig überfordert und ausgeschlossen vor. Überflüssig stand er mitten in dem großen Raum und wagte kaum, seinen blassen Vater näher zu betrachten. Beklommen merkte Louis, dass hinter den hohen, schmalen Fenstern stabile Gitter angebracht waren. Das Handgelenk unter seiner Armbanduhr juckte. Louis zog das flexible Band ab und entdeckte einige kurze, borstige Haare. Die musste das Fell der Ziege dort hinterlassen haben. Im einfallenden Licht der staubigen Glasscheiben versuchte er, das Armband zu säubern.

Er zuckte erschrocken zusammen, als die Tür nach wenigen Minuten erneut geöffnet wurde. Die Uhr fiel zu Boden.

»Louis? Du sollst zum Röntgen kommen!«, sagte ein Krankenpfleger, der die Haare zu einem glatten Zopf zusammengebunden trug. Seine Augen zogen sich kurz zusammen, das Gesicht nahm einen merkwürdigen Ausdruck an. Louis konnte nicht darüber nachdenken.

»Ich?«, fragte er fassungslos. »Das m-muss ein Irrtum sein!«

»Dein Arm!«, erinnerte ihn Lucille leise.

»Nein!«, widersprach Louis matt. Der Krankenpfleger sah nach den beiden Patienten. Seine Bewegungen erinnerten Louis an etwas. Und plötzlich fiel es ihm ein: Die Überwachung in seiner ersten Nacht am Monitor in der Zentrale unter der Erde. Da hatte er den Kerl beobachtet! Er schlich über das Gelände. Louis' Gedanken überschlugen sich. Das war aber nicht alles. Er übersah etwas. Ein wichtiges Einzelteil fehlte noch. Louis ließ den Pfleger nicht aus den Augen. Der murmelte leise etwas Richtung Vitus. »Ich weiß, was fehlt«, bemerkte Louis. »Der Schnurrbart. Der Typ hat keinen mehr. Trotzdem besitzt er eine große Ähnlichkeit mit der dunklen Gestalt in der Ruine. Er lotste mich das restliche Stück während der Kletteraktion, als die Brille nicht mehr funktionierte. Der Langhaarige muss etwas mit den Erpressern zu tun haben!« Louis spürte, wie seine Knie ganz weich wurden. »Ich darf mich von dem Kerl nicht abschleppen lassen! Mir muss etwas einfallen. Und zwar zügig.« Der Krankenpfleger machte einen Scherz in Richtung Amelie und drückte auf den Knöpfen einer Infusionspumpe herum. Es piepte durchdringend.

»Bitte komm mit!«, krächzte Louis und blickte seine Mutter hilfesuchend an.

Sie antwortete flüsternd: »Louis, es ist eine simple Röntgenaufnahme. Die machen ein Bild von deinem Knochen mit den Schrauben. Du merkst nichts davon! Veranstalte jetzt keinen Aufstand! Wer weiß, wie lange ich überhaupt bei Richard bleiben darf.« Amelie kicherte verlegen. Louis' Verhalten war ihr peinlich. Der hätte ihr am liebsten vor das Schienbein getreten. Der Krankenpfleger packte Louis kurzerhand an der Schulter und brummte: »Ich achte auf Louis, wir kommen klar!« Dem blieb nichts anderes übrig, als mitzustolpern. Er versuchte, Amelie ein »Achtung!« zuzuwispern, war aber nicht sicher, ob sie es mitbekommen hatte. Der Pfleger zerrte Louis in den Aufzug und drückte auf den Knopf für das Untergeschoss. Mit einer Mischung aus Entsetzen und Fassungslosigkeit konnte Louis den anderen nur anstarren. Was passierte jetzt? Was hatte er mit ihm vor? Nicht eine vernünftige Idee schwirrte in seinem Kopf. Der Lift hielt an. Die Hand des Krankenpflegers umkrallte Louis' Arm unmissverständlich und quetschte den Jungen in die Ecke.

Ein junger Mann, der eine kleine Gitterbox mit Blutröhrchen und einige Zettel in der Hand hatte, grinste: »Ihr fahrt ins Untergeschoss? Was wollt ihr denn in dem finsteren Leichenkeller? So fertig sieht dein Begleiter noch nicht aus, Frank!«

»Ich muss g-ganz dringend zu Doktor Lacroix!«, unterbrach Louis die beiden, als ihm eine Lösung einfiel. »Bitte, bringen Sie mich h-hin!«, flehte er den Mann mit den Blutröhrchen an.

»Er soll nur zum Röntgen und schlägt Krawall, als wollte ich ihm den Kopf abschneiden!«, protestierte der Krankenpfleger mit einem schiefen Lächeln. Das beseitigte bei Louis die letzten Zweifel. Es war der Typ aus der Ruine. Die beiden Männer lachten und waren ein wenig abgelenkt, als der Aufzug ruckelnd hielt. Louis riss sich los. Entschlossen quetschte er sich durch den engen Spalt der aufgehenden Türen und sprintete davon. Er hatte keine Ahnung, wo er war. Es stank durchdringend nach Formalin. Der Junge riss wahllos eine Tür auf. Er raste durch ein Labor, fegte versehentlich ein paar gläserne Objektträger herunter und erreichte den nächsten Durchgang. Hinter ihm trommelten Schritte über den roten Steinboden und durch knirschende Scherben. Eine Treppe! Louis nahm immer drei Stufen und erschrak: »Das Gruselkabinett!«

Louis stand in einem Saal des medizinischen Museums. Er wollte sofort umkehren, aber da hörte er bereits Tritte, die eilig näher kamen. Er brauchte ein Versteck, und zwar fix! Louis umrundete mehrere Vitrinen und Regale. Das Skelett grinste ihn höhnisch an, als würde es ihn wiedererkennen. Andere Besucher, die Louis helfen könnten, befanden sich nicht im Museum, wie der Junge besorgt feststellte. Die hohen Räume waren menschenleer und furchtbar still. »Der OP-Tisch!«, murmelte Louis angewidert. Der Aufbau des alten Operationssaals versetzte Louis in pures Grauen. Die Glasspritzen mit den dicken Nadeln aus Metall und andere Marterinstrumente aus vergangenen Zeiten wollte er nicht sehen. Der Tisch stand auf keinem stabilen Fuß, sondern hatte vier Beine mit Rädern, die mit kleinen Keilen festgestellt waren. Louis hob mit spitzen Fingern ein Laken an. »Das könnte gehen!«, dachte er. Und es funktionierte. Als der Krankenpflege suchend durch die Hallen ging, war der Junge verschwunden. Er lag halbwegs bequem auf einem Holzbrett, mit dem man den alten Operationstisch zusätzlich stabilisiert hatte. Grüne Stofftücher verbargen den doppelten Boden, sodass niemand die Mogelpackung sehen konnte. Der Krankenpfleger suchte den Raum ab. Er öffnete Schränke und schaute in jeden Winkel. Louis hielt die Luft an, als die Füße vor dem OP-Tisch stehen blieben. Die Gummilatschen verharrten, gingen zur Seite, kamen zurück. Louis wagte es kaum zu blinzeln. Die Angst fraß ein Loch in seinen Bauch, schmeckte übel und bitter.

Er versuchte, völlig ruhig zu liegen. Mit jeder Sekunde fiel es ihm schwerer. In der Tasche seiner Jeans verschob sich durch den Druck der Inhalt. Die kleine Steinschleuder und einige Erbsen scheuerten aneinander vorbei und knirschten leise. Sie kniffen unangenehm in Louis' Oberschenkel. Der Krankenpfleger verharrte in unmittelbarer Nähe der runden Operationslampe, die den Tisch plötzlich grell beleuchtete. Hastig ging der Mann vorwärts, riss ein Tuch von einem Gestell und ließ es achtlos fallen. »Nein!«, stöhnte Louis innerlich auf. »Ich brauche einen Plan B. Der Typ lässt nicht locker. Er wird die medizinische Geisterbahn nicht ohne mich verlassen!« Die Worte eines Templers in der Forschungsstation fielen Louis wieder ein. Er versuchte, sich zu konzentrieren. *»Tretet hin, steht und seht die Rettung des Herrn, der mit euch ist.«*

Louis streckte die Arme, verschob vorsichtig den untergelegten Bremskeil an einem Rad. Das leise Schaben durchbrach die Stille und wiederholte sich sofort danach. Er umklammerte mit seinen Fingern krampfhaft das Brett, spürte jede Unebenheit. Langsam schob er sich nach hinten, bis er seine Fußspitzen auf den hellen Fliesen absetzen konnte. Würde der Pfleger ausgerechnet jetzt in diese Richtung schauen, hätte er die Turnschuhe gut im Blick. Doch Frank wandte Louis den Rücken zu. »Komm raus, du kleiner Mistkäfer. Ich finde dich! Du wirst deine Aktion fürchterlich bereuen!«, zischte es durch den Raum.

»Louis?!«, rief unerwartet eine Stimme, die Louis sofort erkannte. Er nutzte die Verwirrung des Krankenpflegers gewissenlos aus und zog die Beine an. Der Tisch rappelte und schoss vorwärts, als Louis seine Füße kräftig abdrückte. Er lenkte den sperrigen Operationstisch direkt in das Kreuz des Krankenpflegers, der mit dieser Attacke nicht gerechnet hatte. Er kippte wehrlos vornüber und wurde überrollt. Louis sprang hervor. Scheppernd fielen die Gerätschaften herunter und der Tisch geriet in eine Schieflage, traf weitere Gestelle und Gegenstände. Die runde Operationslampe auf dem Ständer begann zu schwanken. Louis stieß hektisch einen bespannten Wandschirm zur Seite und löste ungewollt eine Kettenreaktion aus. Wie Dominosteine purzelten das Skelett, Gummischläuche und Masken, mehrere silberne Kisten und eine große Sauerstoffflasche um. Sie schien den Pfleger irgendwo getroffen zu haben. Er stöhnte und ruderte fahrig unter dem Berg aus Laken, zerbrochenen Glasampullen und anderen Teilen. Die umfallende Lampe gab ihm den Rest. Bewegungslos lag der Pfleger auf dem Boden und hatte anscheinend selbst eine Notfallbehandlung nötig.

»Caspar? Ich b-bin hier!«, rief Louis zögernd. Seine Worte hallten eigentümlich und klangen zwischen den Exponaten unheimlich. Louis blieb vorsichtig. Hoffentlich war Caspar alleine und freiwillig ohne gegnerische Begleitung unterwegs. Louis nahm ein rostiges Skalpell aus Stahl vom Boden auf und wartete fast darauf, dass Frank einen Angriff startete. Nichts passierte. Nur ein seufzender Atemzug und ein jämmerliches Ächzen drangen an Louis' Ohren. Er beschloss, kein Risiko einzugehen. An dem antiken Operationstisch waren Lederriemen befestigt, um die Patienten zu fixieren. Damit fesselte der Junge nun die Beine seines Gegners an das Gestänge. Allerdings würde ihn das gewiss nicht lange aufhalten. Die Gurte wirkten alt und brüchig.

»Louis! Was wird das hier?!« Zu Tode erschrocken zuckte der Gefragte zusammen. »Amelie sagte mir, du wärst irgendwie total komisch gewesen. Wir suchen dich überall!« Louis schob spitze und scharfe Gegenstände aus der Reichweite des Gefangenen, bevor er Caspar leise eine Antwort gab. Eine herausragende Hand band Louis mit einer Mischung aus Verbandmull und Pflaster an dem stabilen Fuß der Lampe fest. Caspar starrte ungläubig auf den Pfleger am Boden. Der knurrte missfällig und riss die Augen auf. Er wollte aufstehen, doch es gelang ihm nicht. Der Haufen aus Gegenständen über ihm klirrte leise. Darüber warf Louis entschlossen das letzte grüne Tuch. In einer Ecke war das Emblem eines einfachen Leuchters eingestickt. Der Stoff segelte langsam durch die Luft und bedeckte die Unordnung.

»Praktisch, grüne Tücher verbergen einiges!«, sagte Louis. »Grün, wie die Kamera aus der Ruine!« Unerwartet machte es »ping« in Louis' Kopf und ein Knoten platzte. Er hatte das fehlende Puzzleteil gefunden. Mit der Kamera hatten die Verräter geheime Stätten, Verstecke und Orte der Tempelritter aufgenommen. Ein Bild von der Kirche am Meer, die neben dem Krankenhaus des Firmariearztes lag, war ebenfalls dabei gewesen. Am Seitenaltar unter dem dunklen Gemälde hatte Louis damals etwas gestört. Nun wusste er, was es war. Eine unglaubliche Möglichkeit ließ ihn vor Aufregung fast zittern. »Der Leuchter. Er hat die Kirche nie verlassen. Isparagus hat ihn nicht mitnehmen können! Die Templer schnappten ihn und haben das Vorhaben der Wölfe vereitelt! Niemand weiß, wo das Insigne der Macht steckt. Dabei ist es so einfach!«, rutschte es Louis heraus. Er übersah allerdings ein winziges Detail in diesem korrupten Plan. Und das sollte ungeahnte Schwierigkeiten auslösen. »Es gibt nur eine Möglichkeit, alles zu beweisen. Wir müssen in die Kirche. Und zwar schnell, bevor der Krankenpfleger gefunden wird oder sich befreien kann.«

»Du spinnst, Louis. Wir laufen zur Station und holen Hilfe!«

Louis zog Caspars Vorschlag kurz in Erwägung: »Nein!«, beschloss er dann.

»Wir schaffen es nicht einmal ohne Schwierigkeiten durch die Kontrolle an der Tür. Außerdem werden die Templer über die Bescherung rund um den alten OP-Tisch nicht gerade erfreut sein.«

Louis sah endlose Fragen, Vorwürfe und haufenweise Kritik auf sich niederprasseln. »Das dauert alles viel zu lange. Und sie werden uns nicht glauben. Wir gehen jetzt zur K-kirche. Wenn du nicht mitkommen willst, suche ich allein!«

Unter den Teppich gekehrt

Louis umklammerte das rostige Skalpell und huschte zu einem der hohen Fenster. »Ich glaube, dieses stand offen, als mir Vitus damals entwischt ist.« Louis musste sich strecken, um an den Griff zu kommen. Der Flügel schwang auf und Louis verließ erleichtert das Gruselkabinett der medizinischen Scheußlichkeiten. Kühle Abendluft schlug ihm entgegen. Caspar folgte ihm.

»Du bist verrückt. Louis, du kannst diesen armen Tropf nicht hilflos unter dem ganzen Krempel liegen lassen!«, schimpfte Caspar.

»Warum, er ist immerhin K-krankenpfleger! Er kommt schon klar!«, wiegelte Louis ab.

Durch die engen Gassen eilten sie in Richtung Kirche. Louis zog im Laufen das Kreuz der Tempelritter hervor. »Wir versuchen es an der Sakristei!«, murmelte Louis. Zu seiner Verwunderung war die Tür nicht verschlossen und vorsichtig huschten die Jungen hinein. Sie verharrten einen Augenblick im Dämmerlicht des Gotteshauses und lauschten. Alles war ruhig. Louis warf einen Blick auf das elegante Chorgestühl und die kleine Empore darüber. Die goldenen Verzierungen des Altars glänzten. Wie ein Schatten glitt Louis an den Säulen entlang und durchquerte gewandt das Hauptschiff der Kirche. Er umklammerte den Schlüssel, bevor er sich auf die Knie fallen ließ und das Podest unter dem dunklen Gemälde abklopfte. »Hohl!«, murmelte er zufrieden. »Ich hatte recht!«

Caspar sagte nichts. Argwöhnisch beobachtete er, was Louis als Nächstes anstellte. Der schob hektisch den Teppich beiseite. Er war das letzte Mal darüber gestolpert, ohne weitere Gedanken an dieses neue, unpassende Ausrüstungsstück zu verschwenden. Louis riss an den Brettern, steckte eine Kante des Schlüssels und schließlich einen Teil des alten Skalpells in eine Fuge. Unnatürlich laut dröhnte der Knall durch die Kirche. Das Brett krachte ausgehebelt auf den Boden.

»Hör auf, du machst alles kaputt!«, zeterte Caspar.

Louis beachtete ihn nicht und tastete aufgeregt von oben den freien Hohlraum ab. Nichts, das Versteck war leer. Ratlos blieb er auf den restlichen Brettern hocken. »Ich war mir so sicher, dass der Leuchter in der Kirche geblieben ist. Jemand hat den Teppich über dem Podest ausgebreitet, um ein Versteck für den Kerzenleuchter zu schaffen und es zu tarnen. Oder hat ihn schon längst jemand gefunden? Aber davon hätte ich bestimmt irgendetwas mitbekommen!« Frustriert schleuderte er den rot-braunen Teppich zurück. Der klappte sich aus und kaschierte das Loch. Er rollte in die Ausgangsposition und weiter abwärts über die niedrigen Stufen. Harmlos bedeckte er den Boden und verbarg doch ein Geheimnis.

»Können wir zurückgehen? Die Templer werden dich suchen«, versuchte Caspar seinen Freund zur Vernunft zu bringen. Der hörte jedoch nicht zu. Er rief sich die Szene erneut ins Gedächtnis.

»Vitus lag auf dem Steinboden vor dem Podest; in einer komischen, verdrehten Position.« Ein völlig absurder Gedanke nahm in seinem Kopf Gestalt an. Unwillkürlich begann Louis zu keuchen: »Das kann nicht sein. Bitte nicht!« Aber es würde passen. Auch andere Dinge konnte sich Louis plötzlich erklären, sie bekamen auf einmal einen schrecklichen Sinn. Wie ferngesteuert kroch Louis über die Bodenbretter und die Stufe. Er erreichte den Steinboden und die Stelle, wo Blut die ausgetretenen Wölbungen bräunlich gefärbt hatte. Louis schlug den Teppich erneut zur Seite und tastete direkt vorne an der Stufe. Das Brett schwang ohne ein Geräusch zu verursachen nach innen. Eine breite Lücke gähnte Louis entgegen. Seine Finger berührten zunächst etwas Glattes, eindeutig nicht Metallisches. »Die Kerzen!« Schließlich zog Louis den silbernen Leuchter hervor. Es klirrte leise, als er mit den Armen des Insignes irgendwo anstieß. Caspar blieb jedes Wort im Hals stecken. Louis deponierte eilig den Teppich über der Öffnung und sprang auf die Füße. Keinen Moment zu früh. Ein feines Schaben am Portal der Kirche war zu hören. Die schwere Klinke senkte sich grell quietschend.

»Weg hier!« Louis wartete keine Sekunde. Er hetzte in die Kirche und sah, dass zwei Männer durch die Sakristei das Hauptschiff betraten. Eindeutig keine Templer! »Nein!«, konnte Louis nur denken. »So nicht. Wir haben den Leuchter gefunden. Wir waren zuerst hier. Und ich gebe ihn nicht wieder her!« Louis stopfte den Leuchter zu dem Schlüssel unter sein eng anliegendes Shirt. Das Metall fühlte sich kalt und klobig an. Louis zerrte an seiner Sweatjacke und schloss hastig den Reißverschluss, der verräterische Beulen aufwies. »Wir t-trennen uns, Caspar. So haben wir bessere Chancen zu entwischen. Renn zur Seite und hole Hilfe!«, wisperte Louis. Er sprintete los, raste ein Stück an der Wand hoch und erreichte tatsächlich die Brüstung. Dunkle Fußspuren führten nun senkrecht an der Mauer nach oben. Über Louis ragten die Orgelpfeifen nach ihrer Größe ordentlich aufgereiht heraus. Der Junge umklammerte das Geländer und schwang sich auf die Orgelbank. Hastig rutschte er weiter. Der Leuchter drückte sich ihm unangenehm in den Bauch. Blitzschnell fasste Louis einen Entschluss und setzte ihn um. Ob die Idee gut war, musste sich erst herausstellen.

»Er steht auf der Galerie an der Orgel!«, hallte eine Stimme durch die Kirche. Aus dem Vorraum kamen dumpfe Laute. Niemand brauchte etwas zu sagen. Louis war klar, was vor dem geplünderten Versteck passierte und was die Besucher jetzt wollten: den Leuchter und ihn, Louis von Mortville.

Hoffentlich war Caspar entkommen. Ein Lichtstrahl tauchte die Empore plötzlich in verräterische Helligkeit. Das Metall der Orgelpfeifen glänzte. Louis blinzelte und entdeckte einen hässlichen, feuchten Fleck an der Wand neben ihm. Für seine Beseitigung hatte jemand Werkzeug bereitgestellt. Er sah eine mit Arbeitsgeräten gefüllte Kiste, einen Farbeimer und eine Tüte losen Putz. Ein Lüfter pustete warme Luft in das Gemäuer. Louis griff eine Kelle und schleuderte sie nach unten. »Treffer!«, murmelte er, konnte aber seinen Gegner nicht dauerhaft ausschalten. »Das sind die Klempner aus dem roten Auto!«, fiel dem Jungen auf und er kippte mühsam den schweren Sack über die Brüstung. Der verfehlte sein Ziel und klatschte auf die Erde. Die Tüte platzte auf, graues Pulver staubte in einer gewaltigen Fontäne nach oben und kroch in alle Ritzen. Ein Mann hustete erstickt und Louis deckte ihn mit Pinseln und Lappen ein. Der Farbeimer, der nur halb gefüllt war, war seine vorletzte Waffe. Damit landete er einen satten Treffer. Der Deckel zerbrach auf dem Kopf des einen Klempners. Der Eimer blieb hängen und weiße Wandfarbe tropfte an der Gestalt in einem zähen Strom herunter. Ein wütender Fluch ging in ein hilfloses Blubbern über. Louis konnte sich nicht über seinen Triumph freuen.

Ein Mann mit einem langen Zopf eilte durch das Kirchenschiff. Dem Krankenpfleger war es gelungen, sich aus eigener Kraft zu befreien. Oder seine Komplizen hatten ihn gefunden. Frank Schneider lief zur Apsis. »Was will der am Chorgestühl?«, fragte sich Louis, bevor er blitzschnell hinter dem Pfeiler der Balustrade in Deckung ging und laut zischend nach Luft schnappte. Ein scharfes Messer schlug an der Wand ein. Den Werfer kannte Louis zu gut. Frater Isparagus war zurück. Seine Glatze leuchtete wie ein rundes Ufo im Dämmerlicht des Gotteshauses. Die Wucht der Angst vor diesem Wolf raubte Louis schlagartig alle Reserven. Nackte Panik raste von den Zehenspitzen bis in jede Windung seines Gehirns. »Nein!«, ächzte Louis tonlos. Er fühlte die Säule kühl an seinem Rücken und fror entsetzlich. Am liebsten wäre er einfach an der Wand nach unten geglitten, um einfach nur zu versinken. »Er sieht mich nicht. Er findet mich auf keinen Fall!«, wollte sich Louis einreden. Er wusste, dass das nicht stimmte. Seine Gegner waren ihm auf der Spur. Was passierte, wenn sie ihn schnappten, bereitete Louis schon in diesem Moment fast körperliche Schmerzen. Er musste etwas unternehmen! Doch er konnte sich kaum von der Stelle bewegen. Bereits das Drehen des Kopfes kostete ihn unglaublich viel Kraft. Von Caspar war nichts zu sehen und zu hören. Louis hatte kaum das hohe Kirchenschiff ins Visier genommen, da bereute er es auch schon. Vitus! Der blonde Tempelritter verschob gerade eine Bank und nahm Anlauf.

Louis' Gedanken rasten: »Vitus ist hier. Nein, bitte nicht. Eben hat er noch geschlafen. Oder so getan. Vitus! Es ist also wahr. Ich will das nicht! Vitus hat mir eben in Richards Zimmer etwas vorgespielt. Jetzt ist er schon wieder in der Kirche des Firmariearztes und will endlich den Leuchter holen. Das Attentat hatte er damals nur vorgetäuscht. Deshalb lag er so merkwürdig, wie eine drapierte Schaufensterpuppe, auf dem Boden. Bei einem Überfall durch andere wäre in der Kirche das Quietschen der Türklinke zu hören gewesen!« Louis fühlte sich, als hätte er einen Boxhieb in den Magen kassiert. »Während der angeblich arme, verletzte Vitus von den Templern versorgt wurde, sollte Isparagus den Leuchter aus dem Versteck holen und damit verschwinden. Und vielleicht, wenn die Gelegenheit günstig war, direkt das Kreuz der Templer mitbringen. Ich habe den Wolf in seinem Versteck gehört und durch meine Suchaktion nervös werden lassen. Isparagus ging in die Offensive, er wurde geschnappt und konnte den Plan nicht ausführen.« Das löchrige, unfertige Puzzle in Louis' Kopf vervollständigte sich in Rekordgeschwindigkeit. Die Teile rasten zueinander, passten sich an und bildeten ein Ganzes, das Louis weder gefiel noch glauben wollte. »Vitus ist der Verräter! Nein, das kann nicht sein! Das fasse ich nicht!«

Seine Wut versetzte Louis in die Lage, einen neuen Plan zu entwickeln. Schnell robbte der Junge zu dem kleinen Gerüst, das die Handwerker aufgestellt hatten, und rückte es an die Längswand. Dort waren drei schmale Durchlässe mit Spitzbögen zu sehen. Wohin sie führten, wusste er nicht. Allerdings bekam er mit, dass Vitus gleich die Orgel erreichen würde. Louis erklomm das Gestell, sprang und quetschte sich durch die enge Maueröffnung. Mit den Füßen stieß er das Gerüst um. Die kleine Schleuder ragte halb aus seiner Hosentasche. Louis zog sie komplett hervor: »Feuer frei!« Er schoss eine Salve Erbsen auf Vitus, was diesen nicht sonderlich beeindruckte. Das Gesicht des blonden Templers war zu einer harten, entschlossenen Fratze erstarrt. Rasch ließ sich Louis auf die Wendeltreppe an der anderen Seite herunter. Seine Gedanken rasten: »Die Klempner gehörten gewiss zur Truppe von Vitus. Er hat sie beauftragt.« Louis dachte an die Schwierigkeiten, in denen er ständig gesteckt hatte. Auf Vitus' Geheiß sollten sie Louis als unzuverlässigen Kerl und als Verräter dastehen lassen. Was für ein raffinierter, heimtückischer Plan. Wer stand hinter diesen Aktionen? War Vitus selbst hinter dem Kreuz der Templer her? Dann gingen die Attacke mit dem Gleitschirm, der nächtliche Überfall und der Sprengstoffanschlag vielleicht ebenfalls auf sein Konto. Warum nur? Welche Motive hatte Vitus? Louis konnte es nicht fassen. Ihm war übel. Es gab nur eine mögliche Erklärung. Vitus arbeitete für die Wölfe!

Showdown im Gebälk

Von unten kamen Schritte die Stufen herauf. Louis zerrte an seiner Hosentasche und krempelte sie auf links. Die restlichen Erbsen rollten als Stolperfalle die Treppe hinunter und würden seine Gegner vielleicht für einen Moment aufhalten. Tatsächlich hörte Louis ein verärgertes Schimpfen und einen undeutlichen Laut, als etwas auf dem Boden aufschlug. Für ihn gab es nur den Weg nach oben. Louis hechtete hinauf, immer rundherum und stand plötzlich im Dachgestühl über der Gewölbedecke, die man dort als Zwischengeschoss eingezogen hatte. Spitzbögen reihten sich aneinander. Hohe, gebogene Leibungen aus schmalen Ziegelsteinen, lediglich mit einem grauen Putz aneinandergeklebt und verstärkt, ließen die Konstruktion alt und gewagt erscheinen. Dazu passte jedoch nicht eine elektrische Leitung, die in einer Mauerritze verschwand. Weitere Kabel führten zu einem Tisch und einem Regal aus Aluminium in der Ecke. Überrascht entdeckte Louis schwarze Metallkästen, an denen grüne Leuchtdioden schwach aufglommen. Kopfhörer, Pulte mit verschiedenen Reglern und einen Monitor konnte Louis auf die Schnelle ausmachen. Der Aufbau schien neu zu sein. War das ein Beobachtungsposten? Etwas flog dicht an Louis vorbei. »Fledermäuse? Die benutzen Ultraschallwellen, um ihre Umgebung zu orten«, dachte Louis flüchtig.

Die kühle Luft ließ ihn frösteln. Über seinem Kopf blies der Wind durch die löchrigen Fugen des Mauerwerks und der Dachpfannen. Louis legte hastig seinen Kopf in den Nacken und konnte bis in die Spitze des Kirchturms schauen. Mehrere große Glocken hingen untereinander in einem Gestänge, umgeben von Seilen, Zahnrädern und einem komplizierten Uhrwerk. Eine Leiter führte hoch hinauf. Louis wurde bei dem Anblick fast schwindelig. Sein Atem ging stoßweise. Breite, dunkle Holzbalken führten dagegen über der Decke des Kirchenschiffs bis zur Apsis im vorderen Teil des Gebäudes. Er musste sich äußerst schnell entschließen: Sollte er über die Balken oder in den Turm fliehen, um ein Versteck zu finden? Frater Isparagus nahm ihm die Entscheidung ab. Wie aus dem Nichts gewachsen, stand der Wolf plötzlich neben der kleinsten Glocke. Louis setzte seinen Fuß entschlossen auf einen quadratischen Dachbalken. Spätestens jetzt zahlte sich das Training in den Bergen aus. Louis versuchte, die gähnende, metertiefe Leere unter den Holzstreben nicht zu beachten. Würde ihn die dünne Zwischendecke bei einem Absturz tragen? Oder ging es durch instabile Mauersteine direkt tiefer? Einen Aufprall auf den Kirchenboden konnte man nicht überleben.

Louis verdrängte diese Gedanken und balancierte vorsichtig weiter. Das Holz knackte. Anscheinend hatte Isparagus die Verfolgung aufgenommen. Er stieß wüste Drohungen aus und knurrte genüsslich, als Louis leicht schwankte. Eine Glocke schlug an, eine zweite antwortete. Die Töne klangen unglaublich laut und wirkten im Dachgebälk der Kirche wie die Androhung des Gerichts. Der Junge konnte nicht abschätzen, ob sein Gegner aufholte. Louis wagte es nicht, zurückzuschauen. Er lief schneller und versuchte, die Konzentration zu halten. Louis wählte einen Querbalken und erreichte das nächste Stützwerk. Aus dem Augenwinkel nahm er wahr, dass Isparagus ihn unbeirrt verfolgte. Louis durfte dem Feind keine Gelegenheit geben, ihn zu berühren. »Ich sollte etwas tun, womit er nicht rechnet!«, dachte Louis. »Neue Wege gehen!« Weitere Fledermäuse zischten an dem Jungen vorbei. Er müsste das Hauptschiff des Gotteshauses fast durchquert haben. Die Balken führten zur Seite. Was sollte er jetzt bloß tun?

Louis begann zu hoffen: »Da hinten scheint es einen Ausgang zu geben!« Ein dunkles Loch klaffte am Ende des Gewölbes. Louis strauchelte. Seine Unachtsamkeit hatte ihm kostbare Sekunden geraubt. Er konnte den Atem des Verfolgers beinahe spüren. Louis riss die Arme hoch und sprang. Seine Füße verschwanden in einem Durchbruch, der die Decke nach unten hin öffnete. Mit den Händen bekam der Junge die Kante zu fassen. Grober Putz bröselte abwärts. Louis schwang in der Luft hin und her. Seine Zehen streiften eine Wand. Frater Isparagus grunzte und trat mit dem Absatz auf Louis' Finger. Der schrie, ließ los und fiel. Der Wolf folgte augenblicklich. Es ging nicht weit hinunter. Louis konnte die Energie abfangen und schlug einen schiefen Salto. Die ersten Treppenstufen abwärts stolperte er mehr, als er lief. Wieder eine Wendeltreppe! An der Seite zum Innenraum der Kirche tauchte plötzlich eine Tür auf. Louis hämmerte mit dem Ellenbogen die Klinke aus dem Schloss. Sollte das ein Ausweg sein? Wo blieben überhaupt die Tempelritter, die mit ihrem Technik-Spektakel angeblich das ganze Gelände überwachten? Machten sie gerade Pause? Oder streikten die Kameras, wenn sie überhaupt in diesen würdigen Hallen angebracht waren? Mittlerweile mussten selbst die Erwachsenen Louis vermissen. Keine Röntgenaufnahme dauerte derartig lange.

»Caspar, wo steckst du? Wir hätten nie alleine hierherkommen sollen!«, stöhnte Louis. Er wurde gepackt. Frater Isparagus war da. Sofort schlug er zu. Louis wich im letzten Moment aus. Dennoch traf ihn die kräftige Faust am Auge, das direkt mörderisch wehtat und anschwoll. »Vorbei!«, dachte Louis nur, »sie haben mich!«, und fühlte, wie der Wolf ihn grob durchsuchte und abklopfte.

Bis zum Platzen gereizt umklammerte Isparagus schließlich den Kragen der Sweatjacke. Er schüttelte Louis mit jedem Wort: »Du-elender-Mistmolch-Wo-ist-der-Leuchter?« Mit Schrecken erkannte Louis, dass der Wolf ihn rückwärts durch die Tür stieß. Sie befanden sich auf der kleinen Holzempore über dem Chorgestühl in enormer Höhe. Von dort folgten besonders wichtige Persönlichkeiten dem Gottesdienst. Ein Vorhang schützte sie vor allzu neugierigen Blicken. Allerdings gab es nur eine Sitzmöglichkeit und das Raumangebot war äußerst begrenzt. Isparagus ließ Louis nach hinten kippen. Dessen Rücken landete hart auf dem Geländer, das mit aufwändigen Schnitzereien versehen war und unter der rohen Behandlung zu bersten begann. »Gib ihn her!«, verlangte der Wolf, dem feine Speichelfäden aus dem Mund tropften. Seine Pupillen wirkten riesig und glänzten irre. »Ich habe so lange darauf gewartet. Ich will endlich den Leuchter!«

Die Brüstung mit den dünnen Verstrebungen gab schließlich nach. Das Letzte, was Louis sah, waren Tempelritter in ihren Umhängen, die sich anscheinend überall in der Kirche verteilt hatten. »Zu spät!«, konnte Louis nur denken. Das Geländer wackelte und brach. Louis stürzte mit den hölzernen Bestandteilen durch die Luft. Über ihm schwankte Isparagus. Er schien das Gleichgewicht wiederzufinden und suchte Halt an einer schlanken, gedrechselten Säule. Sie hielt nicht, was sie versprach, und brach in der Mitte entzwei. Der Vorhang segelte langsam zu Boden. Das fein gearbeitete Dach der Empore landete krachend auf dem Wolf. Viel tiefer knallte Louis auf. Im letzten Moment hatte jemand eine breite, stabile Truhe verschoben. So landete Louis halbwegs weich auf roten Samtkissen, die für besonders empfindliche Hinterteile der Kirchenbesucher in dem großen Kasten lagen.

Dann war alles schnell vorbei. Die Tempelritter hatten drei Verfolger bereits in Gewahrsam. Vitus saß mit hängenden Schultern auf einer Bank. Der Krankenpfleger Frank wurde schleunigst weggebracht. Ebenso Frater Isparagus, der kaum gerade gehen konnte. Seine Kraft reichte bloß, um Louis hasserfüllt anzustarren und verächtlich in seine Richtung zu spucken. Der Junge kroch mühsam aus der Truhe. Jede Faser seines Körpers schmerzte. Sein Rücken schien nur aus blauen Flecken zu bestehen. Über seinem Auge pochte ein wildes Stakkato.

Es war Caspar, der die Truhe im letzten Moment in die richtige Position getreten hatte. Er half seinem Freund auf die Füße. »Das war knapp!«, kommentierte er trocken. »Fast hätte ich dich als Abziehbildchen vom Boden kratzen müssen!«

Tommi Lacroix eilte heran. Der Arzt wirkte alles andere als tiefenentspannt und schien medizinischen Beistand für seine Nerven dringend nötig zu haben. »Ich schätze, jetzt könnten direkt ein paar weitere Röntgenbilder fällig werden!«, sagte er gallig und mit einem vielsagenden Blick auf den hinkenden Louis. »Erfreulich, dass wenigstens Caspar genug Grips hatte, um Unterstützung zu holen!«

Louis beachtete den Templer nicht weiter und humpelte zu Vitus. Eine tiefe Ratlosigkeit vermengt mit fassungslosem Entsetzen trieb den Jungen vorwärts. Er fühlte sich ausgenutzt und verraten und er verstand Vitus und seine Beweggründe einfach nicht. Und am allerwenigsten begriff er, weshalb ihn selbst das so verstörte und kränkte.

»Warum, Vitus?! Die Wölfe sind verrückt. Diese Verbrecher arbeiten korrupt für ihre Z-zwecke. Sie wollen eine Apokalypse herbeiführen, an die nur sie in ihren verbohrten K-köpfen glauben.« Louis stockte. Er spürte, dass Tränen in seine Augen traten, die er nicht wegblinzeln konnte. »Du bist ein Templer, Vitus. Du gehörst zu uns. Du hast bei Einsätzen mitgemacht und solltest aufgenommen werden. Sag mir, warum du das einfach wegwirfst?«, flüsterte Louis betroffen.

Vitus schluckte. »Du verstehst das nicht. Dieses ständige Misstrauen, die Beobachtung innerhalb des Ordens. Man musste ständig funktionieren und beweisen, was man draufhat.« Louis verstand Vitus sehr gut. Vitus persönlich hatte immerhin dafür gesorgt, dass der Junge das begriff. Es hatte ihm sehr wehgetan, von den Templern wie ein Subjekt behandelt zu werden, dem man nicht bedingungslos trauen kann. Er wurde von Informationen und Aufträgen ausgeschlossen und nach Belieben weggesperrt. Louis hatte jedoch Hilfe und Unterstützung in den eigenen Reihen bekommen, Vitus anscheinend nicht genug. Er war vermutlich daran zerbrochen und hatte sich von den Wölfen anwerben lassen, wie er heiser berichtete. »Es klang alles so gut und einfach. Ich habe ein paar Details ausgekundschaftet und weitergegeben. Der Raub des Leuchters war schwierig vorzubereiten. Wir mussten wegen der ständigen Wachsamkeit der Templer sehr behutsam vorgehen. In dem vorgetäuschten Überfall sahen wir die Lösung. Trotz akribischer Vorbereitungen ging alles schief. Es gelang mir zwar, den Leuchter unter das Podest in das präparierte Versteck zu schieben, aber Isparagus konnte ihn später nicht mitnehmen. Die Kirche und ich wurden 24 Stunden täglich observiert. Nach seiner gelungenen Flucht wurde gnadenlos nach Isparagus gefahndet. Nur Frank Schneider konnte unbeobachtet einige harmlose Dinge ausrichten. Er verriet mir nützliche Einzelheiten und unterstütze mich in der Klinik. Er nahm mein Handy in Verwahrung, als die Templer danach suchten und ungemütlich wurden.«

»Er war an der Ruine!«, warf Louis ein. Vitus nickte.

»Leider hat er nicht erzählt, dass er dort ausgerechnet auf dich gestoßen ist. Erst heute hat er dich in der Klinik wiedererkannt und berichtet. Da wusste ich, dass wir uns beeilen mussten. Es blieb uns keine Zeit mehr, die Überwachungskameras auszuschalten und den Leuchter heimlich zu holen, wie wir es für diese Nacht geplant hatten.«

»Die Klempner? Die haben den Rohrbruch verursacht, damit sie unauffällig im Gutshaus wirbeln konnten«, wollte Caspar jetzt wissen.

»Ja, das sind Sektenmitglieder der Wölfe und sie sind sehr nützlich. Die waren auf Louis angesetzt. Ein gewisser Ärger, der für Louis von Mortville sowieso nicht ungewöhnlich ist, sollte die Tempelritter von meiner Person ablenken und Louis auf andere Gedanken bringen. Das Treffen mit ihm am Strand war eine ständige Bedrohung für mich. Ich wusste nicht, was er alles mitgeschnitten hatte und welchen Reim er sich darauf machen würde. Louis war wie eine tickende Zeitbombe.« Vitus schaute Louis herausfordernd an: »Netterweise haben dich die Tempelritter mit der Armbanduhr versehen und uns damit unfreiwillig wichtige Informationen geliefert!«

»Du gehörst der gleichen Gruppe an, also zur selben Wabe, dem inneren Kreis, wie Richard und Friedrich Lacroix. Du konntest mühelos den Sender orten und die Daten abrufen!«, erkannte Louis mit Grauen. »Daher wusstet ihr, wo ihr mich finden konntet!«

Vitus nickte ein wenig stolz. »Das hatten die oberschlauen Templer übersehen! Ich brauchte den Schlüssel. Hätte ich den erbeuten können, wäre die Schlappe um den Leuchter leichter zu ertragen gewesen. Meine Auftraggeber wurden unruhig!«

Louis brüllte vor Wut und Abscheu: »Du, du Monstrum wolltest Richard und mich in die L-luft sprengen!«

Vitus versuchte gar nicht, diese Tat zu leugnen. »Richard wusste zu viel. Er war extrem misstrauisch und hatte ein paar Beweise gesammelt. Er hätte in der Versammlung der Ältesten gesprochen und alles ausgeplaudert. Ich musste ihn ausbremsen. Bevor ich dich besuchte, hatte ich den Zünder an dem Geländewagen deponiert, den Lucille und du benutzt haben. Schade, die Vorrichtung hat nur wie verrückt gequalmt. Irgendetwas stimmte mit dem Ding nicht!«

»Irgendetwas stimmt mit dir nicht, du elender D-dreckskerl!« Louis glitt plötzlich nach vorne und hämmerte mit den Fäusten wie von Sinnen auf Vitus ein. Mühsam trennten mehrere Tempelritter die Kontrahenten voneinander. Tommi Lacroix legte seinen Arm beruhigend um die Schulter des zornigen Jungen. »Dieser Psychopath!«, heulte Louis und gab nur widerstrebend auf.

»Wo ist denn nun der Leuchter?«, wollte Vitus kapitulierend wissen. »Wir waren so knapp vor unserem Ziel!« Er sollte nicht mehr erfahren, wie Louis seine Verfolger ausgetrickst hatte. Die Templer nahmen den blonden Mann, der immer ein wenig verträumt ausschaute, in ihre Mitte und gingen mit ihm davon.

»Das Gefängnis liegt unter dem Friedhof!«, fiel Louis ein. Aber er schaffte es nur begrenzt, Vitus Raabe zu bedauern.

Im Atrium

Der Firmariearzt betrachtete wenig später mit Entsetzen die Schäden im Innenraum der Kirche. Die verschüttete weiße Farbe war mit dem Putz eine schleimige Verbindung eingegangen, die den Boden großflächig bedeckte. Von der kleinen Empore in der Apsis ragten lediglich Einzelteile aus der Wand. Das Podest unter dem dunklen Gemälde im Eingangsbereich bestand aus gesplittertem Kleinholz. Nur der Anblick des Leuchters, der unversehrt auf der Orgelbank stand, besänftigte den Firmariearzt. Louis hatte es fertiggebracht, das Kreuz der Tempelritter und den Leuchter zwischen die größten Orgelpfeifen zu klemmen. Seine beherzte Tat und das Versteck waren den Verfolgern glücklicherweise entgangen. Das Metall der Pfeifen wies stellenweise leichte Dellen auf, die dem Klang des Instrumentes sicher nicht förderlich waren. Durch einen Tunnel gelangten Caspar und Louis zurück in die Klinik. Amelie und Lucille erwarteten sie und ebenfalls einige weiß gekleidete Gestalten, wie Louis mit einem gewissen Unbehagen feststellte. Sein mieses Gefühl hatte ihn nicht getrogen. Die nächsten Stunden verliefen nicht nach Louis' Geschmack und auch andere Tempelritter erinnerten sich später nur ungern an diese Begebenheiten. Es begann mit einem Schmerzmittel, das man Louis einflößte. Er schluckte, protestierte und musste wieder schlucken. »Ich will das nicht! Ich brauche das nicht. Ich will meine Ruhe!«, verlangte er.

»Louis, du machst mich wahnsinnig! Erst der Sprengstoffanschlag und jetzt stürzt du ein paar Meter tief in einer Kirche ab«, schimpfte Lucille. »Du trinkst das Medikament auf der Stelle. Alle wollen dir helfen!«

Louis würgte und schluckte. Seine Mutter drückte etwas Kaltes auf das angeschwollene Auge. Kurz danach entzog sich der genaue Ablauf dem Verständnis des Jungen. Er spürte eine enorme Hitze und unerträgliches Herzklopfen. Jede Berührung einer Hand brannte wie Feuer, Worte hämmerten wie explodierende Kanonenschläge in seinem Kopf. Irgendjemand brüllte fürchterlich und Louis beschlich irgendwann der Verdacht, dass er es selbst war. Licht, unterschiedliche Räume, viele Menschen mit unzähligen Fingern, stumpfe und spitze Gegenstände. Durch seinen Körper schien eine wilde Horde motorisierter Gangster zu rasen und alles zur Seite zu rammen. Endlich spürte Louis, wie etwas über seinen Kopf gestreift wurde und sie ihn in Ruhe ließen. Louis massierte abwesend seine Handgelenke. Alles tat ihm weh. Er trug einen Pyjama, der um seine Beine schlotterte, und er bibberte vor Kälte. Allmählich ordnete sich seine Wahrnehmung. Er steckte inmitten eines chaotischen Durcheinanders. Genau wie in dem Museum ein paar Stockwerke darunter lagen die unterschiedlichsten Materialien über dem Boden verteilt. Hier schien jemand silberne Nierenschalen aus Metall als Wurfgeschosse verwendet zu haben. Eine Krankenschwester schaute ihn merkwürdig an.

Tommi Lacroix trat an die Liege und schüttelte den Kopf: »Geht es wieder?« Louis musterte den Arzt, dessen fleckige Klinikwäsche garantiert nicht mehr den Hygienevorschriften entsprach, mit einer Mischung aus Verwunderung und Furcht. Was wollte der Mediziner von ihm? Louis konnte nur heiser krächzen. In seinem Hirn schlugen seltsame Gedanken wilde Pirouetten.

»Ich trage einen Schlafanzug wie Richard!«, kapierte er plötzlich. »Ich will nicht ins Krankenhaus!«, schrie er wieder los. Seine Worte hatten keine Kraft, sie klangen eher nach einem Husten, kläglich und hilflos. Tommi Lacroix musste sich ein Grinsen verbeißen und redete mit Louis, als wäre er drei Jahre alt oder völlig durchgeknallt.

»Alles wird gut, du kommst jetzt mit!«, hörte der Junge. Der Boden schwankte, Schritt für Schritt wurde es besser. Sie liefen nebeneinander den mit grellem Licht gefüllten Gang hinunter. Die stabilen Türen schienen nur darauf zu warten, Louis zu verschlingen und einzusperren. Er merkte, dass die Krankenschwester ihnen skeptisch folgte. Und nicht nur sie. Louis musste sich enorm konzentrieren, um die Bewegungen koordiniert auf die Kette zu bekommen. Was war mit ihm passiert? Um jede Tür schlug er einen Bogen und lief Schlangenlinien, dabei hatte er gar keinen Alkohol getrunken. Nur ein einfaches Schmerzmittel. Unerwartet tauchte über ihm der dunkle Nachthimmel auf. Tausend Sterne blitzten und funkelten. Die Luft war warm und Louis hörte das Plätschern von Wasser. Er blinzelte. Es dauerte einen Moment, bis sich seine Augen an den dämmrigen Glanz gewöhnt hatten. Er stand nicht im Freien, wie er zunächst vermutet hatte, sondern in einer großen Halle mit gläsernem Dach. Einige Templer knieten in einer ausladenden Nische an der Stirnseite unter dem Kreuz. Es strahlte, als würde der Nachthimmel es direkt ausfüllen. Die Kerzen des kostbaren Leuchters brannten und verbreiteten einen aromatischen Duft. In einem anderen Teil des Saals warf ein Springbrunnen Fontänen in die Luft. Ein Becken fing die Kaskaden auf und speiste Orangen- und Zitronenbäumchen, sogar Palmen mit Wasser. Die Wände waren mit Fresken bemalt. Davor lagen Polster mit riesigen Kissen und Louis stolperte darauf zu.

»Was ist das?«, flüsterte er.

Tommi Lacroix erklärte leise: »Du weißt, nach einem Einsatz beginnen wir den neuen Tag in der Stille.« Louis nickte langsam. »Das ist gar keine Kirche!«, stellte er fest. Seine Überlegungen wurden klarer.

»Diese Halle nennen wir Atrium. Mir gefällt die Atmosphäre, diese Mischung aus Wohn-, Wohlfühl- und Andachtsraum. Das Krankenhaus ist nicht sonderlich komfortabel. Die meisten Patienten halten sich tagsüber im Atrium auf, um gesund zu werden.« Der Tempelritter drückte Louis sanft und doch bestimmt in die Kissen. Der zog die Bauchlage eindeutig vor und spürte, wie eine Wolldecke über ihm ausgebreitet und sorgfältig festgesteckt wurde. »Ich bleibe ein bisschen bei dir sitzen.« Lacroix begann ruhig zu beten: *»Herr, unser Gott. Sei mir wie ein schützender Fels, zu dem ich immer fliehen kann, denn du hast zugesagt, mir zu helfen. Du bist mein Fels und meine Burg. Ich will mich in Frieden hinlegen und schlafen, denn du allein, Herr, gibst mir Geborgenheit.«* Louis murmelte leise »Amen« und schloss die Augen. Die ganze Nacht betraten Tempelritter das Atrium, kamen und gingen und sprachen die würdigen Worte der alten Sprechgesänge und Zeremonien. Louis wünschte sich, den genauen Inhalt zu kennen, mitzubeten und in die Gemeinschaft einzutauchen. Er lauschte müde. Ruhig und getröstet schlummerte Louis ein, wachte auf und hörte das Plätschern des Brunnens, folgte den tiefen, andächtigen Stimmen bis zum Morgen.

Dann war es mit dem Frieden schlagartig vorbei. Der Großmarschall, der Firmariearzt und der Komtur mit seiner Eskorte betraten das Atrium und kamen zielstrebig auf Louis zu. Der drehte blitzschnell den Kopf zur Wand. Er war ziemlich sicher, dass er diese Tempelritter nicht auf nüchternem Magen ertragen konnte. Wie üblich nahmen die Männer darauf keine Rücksicht. Der Komtur baute sich vor dem Jungen auf. »Wie bist du auf die unsinnige Idee verfallen, alleine auf die Suche nach dem Leuchter zu gehen?!«

Louis seufzte und wartete einen Moment. Schließlich sagte er schlecht gelaunt: »Muss ich jetzt wie immer schweigend dem k-kompletten Katalog meiner Fehltritte z-zuhören? Oder war das eine wirkliche Frage?« Der Großmarschall holte schnappend Luft. Der rebellische Tonfall des Jungen gefiel ihm nicht und er trat drohend näher. Der Komtur wedelte mit der Hand und Louis wertete das als Aufforderung. »Es ist einfach so passiert. Ich habe die Uhr verloren und konnte keine Hilfe rufen!«, heiser brach Louis ab.

»Du weißt genau, dass ich nicht ausschließlich die letzte Nacht meine. Wie üblich hast du die Regeln der Tempelritter, die übrigens auch für dich gelten, großzügig umgangen und dir Informationen beschafft, die nicht für dich bestimmt waren. Du hast eigenmächtig gehandelt, ohne den geforderten Gehorsam. Achtung, umsichtiges Verhalten und die Weitergabe wichtiger Details blieben dabei auf der Strecke.«

»Ich bin kein Verräter!«, stellte Louis klar, als wäre damit alles gesagt. Sein Hals kratzte unangenehm.

»Nichtsdestotrotz bist du ein Knappe der Tempelritter, der sich selten daran erinnert, was er versprochen hat!«, konterte der Komtur unbeeindruckt. Ein Wächter aus der Eskorte meldete sich ungefragt zu Wort: »Er könnte einen Bericht schreiben, in zwei Spalten. In die eine notiert Louis seine Untaten und daneben seine Verbesserungsvorschläge!«

»Ich – habe – Ferien!«, sagte Louis überdeutlich und blitzte den anderen nach dem unzumutbaren Vorschlag zornig an. »Oh!«, entfuhr es dem Jungen. »Die Nachprüfung. Welches Datum haben wir heute?« Seine Stimme kippte und brach krächzend zusammen.

»Nachprüfung!« Der Komtur versuchte, seiner Stimme einen neutralen Klang zu verleihen, was ihm gründlich misslang. »Du wirst ein Attest bekommen! Du gehst gerade nirgendwohin, Louis von Mortville. Und morgen und übermorgen am besten auch nicht! Vielleicht sollten wir dich einfach in eine der Kammern im Gang sperren! Das würde unsere Nerven und Geldmittel extrem schonen.« Louis spürte die Kritik wie feine Nadelstiche, die unangenehme, schwammige Erinnerungen an den gestrigen Abend in ihm auslösten. Wie eine gierige Krähe, die gleich mit ihrem Schnabel auf Louis einhacken würde, zog der Komtur den Pyjama hoch und betrachtete die Verletzungen an den Armen und am Rücken. Louis wehrte sich und zerrte an der Decke. Er hatte jetzt schon genug von allem und dabei fing der Tag gerade erst an. Ein Arzt, den Louis nicht kannte, aber der anscheinend genau Bescheid wusste, eilte auf einen Wink des Komturs näher.

»Warum ist er heiser?«, verhörte der oberste Tempelritter den Mediziner in seiner unnachahmlich galligen Art. »Was fehlt ihm?«

Er berichtete, dass Louis eigentlich fit war. Lediglich ein paar Prellungen hatte er abbekommen. Man hatte keine Spur mehr von dem synthetischen Gift oder von Alkohol und Drogen gefunden. Allerdings sei der Junge nach der Verabreichung eines harmlosen Schmerzmittels ausgerastet. »Er hat geschrien und um sich geschlagen. Wir mussten ihn festhalten, um wenigstens ein paar wichtige Untersuchungen vorzunehmen. Wir sollten uns dringend merken und überall dokumentieren, dass Louis dieses Medikament nicht verträgt. Sonst verwandelt er seine Umgebung erneut in ein Katastrophengebiet.«

»Das wäre allerdings nichts Neues! Er schafft es spielend auch ohne Medikamente«, bestätigte der Komtur missbilligend. Louis verabscheute es, wenn man über ihn redete, als wäre er nicht vorhanden. Außerdem war das Urteil ungerecht. Ohne ihn hätten Vitus und seine Komplizen den Leuchter garantiert vor den Tempelrittern gefunden und mitgehen lassen. »Und mit dem wären sie bestimmt entkommen«, dachte Louis. Laut maulte er: »Ich habe Hunger!« Niemand beachtete ihn. Stattdessen rief der Komtur die Templer zusammen. Leise berieten sie und der Mann an der Spitze des Ordens beschloss:

»In Ordnung. Wir gehen neue Wege und stellen sie unter besonderen Schutz. Ich bin mir nicht sicher, ob es funktionieren wird. Wer ist der bedauernswerte Mentor? Karim? Nun, der ist im Gutshaus unabkömmlich.«

»Ich kümmere mich an seiner Stelle um die Vorbereitung«, erbot sich Tommi Lacroix, der seinen Umhang unter das Kreuz gelegt hatte.

»Wir legen unsere Schuld ab, wie einen Mantel. Wir bringen sie zu Gott, zu dem, der sich darum kümmert«, fielen Louis die Worte ein, bevor er seine Aufmerksamkeit erneut auf den Komtur richtete.

»Das ganze zeremonielle Verfahren wird nicht zu schaffen sein. Louis wird es nachholen, wenn er gesund ist. Aber lass ihn nicht zu billig davonkommen, Thomas! Er muss begreifen, was es bedeutet, ein Tempelritter zu sein«, verlangte der Komtur ein wenig widerwillig, während Louis nur Bahnhof verstand. »Heute Abend, Louis von Mortville, sehen wir uns wieder. Und du wirst angemessen, gehorsam und demütig deinen Dienst versehen, wenn ich hoffen darf.«

Louis schwieg bockig. »Der Komtur verlangt eine höfliche Antwort, du Flegel. Es ist eine Ehre für dich, wenn du trotz deines unmöglichen Verhaltens teilnehmen darfst!«, plusterte sich der Großmarschall auf. Louis zuckte gelangweilt mit den Achseln. Er schluckte sein »Wenn es sein muss!« herunter und nickte unbestimmt. Der Komtur schien Louis bereits vergessen zu haben.

»Wir werden jetzt mit Caspar sprechen. Ich möchte, dass Roland Treyo ebenfalls anwesend ist!« Als der Komtur das Atrium verließ, trat der Firmariearzt näher. Er untersuchte eher nachlässig das blaue Auge und die alte Operationsnarbe am Arm des Jungen.

»Louis, du musst sorgfältiger nachdenken und handeln! Du bringst dich und andere in Gefahr!«, mahnte er mit Nachdruck. So leise, dass es niemand sonst hören konnte, setzte er hinzu: »Wenn du einmal zuhörst und dich konzentrierst, bist du mit deinen Gedanken meistens drei Schritte weiter als alle anderen. Du bringst mit deinem Tempo, deinem Ehrgeiz und deiner Dynamik ganz neue Dimensionen in unsere Aufgaben und den Orden. Du hast unsere Gegner aus der Reserve gelockt, sie mit deinen Aktionen verblüfft und die bedrohliche Situation gemeistert. Der Leuchter ist wieder da, dafür bin ich dir dankbar.«

Louis staunte über das Eingeständnis des Firmariearztes. »Vitus wäre früher oder später wahrscheinlich sowieso in die Falle getappt!«, murmelte Louis beschämt. »Ich war zu voreilig und ich habe nicht damit gerechnet, dass die Wölfe so nah waren. Gut, dass Caspar ihnen entkommen ist und die Überwachung mit den K-kameras lief.«

Der Firmariearzt lächelte. Auf seinem weißen Kittel prangte das Emblem des Leuchters und er strich mit seinen Fingern glücklich darüber. »Jetzt fehlt nur noch das Schwert des Großmarschalls! Dann ist alles wieder komplett!«

Louis verzog das Gesicht. »Der Gründer der Wölfe, so seltsam er gewesen sein mag, hat die Waffe gefunden. Sie gehört uns nicht mehr!«, widersprach Louis krächzend.

Schlagartig verlor der Tempelritter seine gute Laune: »Sag so etwas nie wieder, Louis von Mortville! Es entspricht nicht der Wahrheit und es ist anmaßend. Ich erinnere dich nachdrücklich an die ritterlichen Tugenden: Anstand, Treue, Beständigkeit und Festigkeit im Charakter, Tapferkeit, Höflichkeit, Großzügigkeit, Freundlichkeit. An erster Stelle steht nach wie vor die Demut!« Ohne einen Gruß eilte der Firmariearzt davon. Louis schnitt eine genervte Grimasse. Diesen Aufstand um die Insignien der Macht konnte er nicht ganz nachvollziehen. Glücklicherweise kamen die nächsten

Besucher mit einem Frühstück. Lucille und Amelie setzten sich zu Louis. Sie genossen die gemeinsame Zeit und nutzten sie für lang vermisste Gespräche.

»Du hast mich gestern Abend gesucht?«, fragte Louis seine Schwester. »Echt clever, Amelie, vielen Dank.«

Die schien ein bisschen enttäuscht: »Schade, in der Kirche habe ich den Showdown verpasst!«

Lucille stöhnte fassungslos: »Mir wird schlecht, wenn ich mir vorstelle, dass dein Bruder im Dachstuhl über dem Kirchenschiff herumgeklettert ist.«

»Nettes Veilchen, Louis!«, begrüßte ihn Caspar etwas später. »Solltest du immer tragen!« Dennoch wirkte er zerstreut. Er schien über das Gespräch mit seinem Großvater nachzudenken.

Ein Tempelritter erschien und blickte suchend im Atrium herum: »Amelie von Mortville? Du wirst mir zum Komtur folgen!«

»Oh, wie f-förmlich!«, kommentierte Louis trocken und bedauerte seine Schwester. »Sei tapfer, es wird nicht geweint!« Seine Worte klangen noch immer heiser und belegt. Er hatte seine Stimmbänder völlig überfordert. Amelie schürzte verächtlich die Lippen. Sie blitzte ihren Bruder ärgerlich an.

»Im Gegensatz zu dir kann ich mich benehmen!«, konterte sie zickig. Caspar sah ihr sehnsüchtig hinterher, als sie die Halle verließ.

»Ey!«, maulte Louis und rempelte seinen Freund an. Der stürzte fast in das mit Wasser gefüllte Becken und schaffte es nicht, sich zu wehren.

»Meinst du, sie mag mich?«, stotterte Caspar verlegen. Louis schaute ihn entgeistert an. Hatte Caspar den Verstand verloren?

»Wenn du ihr verschweigst, dass du einen f-fürchterlichen Großvater hast, räume ich dir eine gewisse Chance ein!«, flachste Louis.

»Bei der Wahl seiner verwandtschaftlichen Beziehungen wird man nicht gefragt. Außerdem wird der Komtur Amelie garantiert mit Samthandschuhen anfassen und sie wird ihn lieben!«, prophezeite Caspar und schien neidisch zu sein.

Doppelter Ritterschlag

Louis und Caspar fanden sich wenig später in einem warmen Baderaum neben dem Atrium wieder. Die bunten Fliesen waren wie ein Mosaik kunstvoll zusammengelegt und das Wasser dampfte in mehreren Becken. Caspar schwieg. Louis hatte ebenfalls keine Lust, viel zu reden. Verwirrt betrachtete er die Wäsche, die nach dem Bad für sie bereitlag. Der graue Kapuzenpullover erinnerte ihn mit dem melierten Muster irgendwie an ein Kettenhemd. Die Hose war eng geschnitten, aber ein wenig zu lang. Louis schlüpfte langsam in die Kleidung. Er biss die Zähne zusammen, weil jede Bewegung schmerzte.

»Gibt es noch mehr alberne Verkleidungen?«, fragte Louis vorsichtshalber bei Thomas Lacroix nach.

Der schaute ihn nur merkwürdig an: »Du hast bisher nichts begriffen, oder?«

»Es hat mir auch niemand wirklich etwas erklärt!«, murrte Louis. Dann stockte ihm der Atem. Er konnte nicht glauben, was er da hörte. Alles erschien in neuem Licht. So wie das Kreuz im Atrium, durch das die Sonne hell in den Raum strahlte und den Leuchter in fast überirdischen Glanz tauchte. Louis und Caspar blieben ehrfürchtig davor stehen. Das Atrium war seltsam leer. Roland Treyo, der seinen Templerumhang trug, begann leise zu sprechen:

»Unsere leiblichen Väter haben uns eine Zeit lang erzogen, so gut sie es konnten. Gottes Erziehung ist immer richtig und gut für uns, weil sie bedeutet, dass wir Anteil an seiner Heiligkeit erhalten. Keine Strafe ist angenehm, und während wir sie erleiden, ist sie immer schmerzlich! Doch danach werden diejenigen, die auf diese Weise geformt werden, inneren Frieden und ein Leben in der Gerechtigkeit gewinnen.«

Roland Treyo legte Caspar und Louis eine weiße Tunika um, auf der das rote Tatzenkreuz der Tempelritter abgebildet war. »*Der Segen des Herrn ruhe auf euch! Wir segnen euch im Namen des Herrn.*«

Die vier wurden still, bereiteten sich auf die Zeremonie am Abend in der Kirche vor. Die Zeit hielt den Atem an, spannte einen Bogen aus Konzentration, Andacht, Ehrfurcht und tiefem Frieden. Roland Treyo löschte mit Sorgfalt die Kerzen des Leuchters und holte die Jungen zurück in die Gegenwart.

Thomas Lacroix überreichte Louis den Schlüssel. »Wir haben ihn dir heute Nacht lieber abgenommen. Du wirktest ein wenig unzurechnungsfähig ...«, murmelte der Arzt. »Wie sieht euer Kenntnisstand aus? Kennt ihr mindestens zehn dieser verstaubten Templerregeln auswendig? Mein Favorit lautet übrigens: ›Keiner soll den anderen zum Zorn reizen.‹« Der Arzt schaute Louis an, als wäre dieses Gebot extra für ihn aufgesetzt worden.

Louis sah dem aufsteigenden Rauch hinterher und antwortete gelassen mit einem: »Es ist nicht erlaubt, mit einem anderen über seine F-fehler oder die der anderen zu schwatzen.«

Roland Treyo brach den Wortwechsel ab. »Wir sollten ernsthaft an die Vorbereitung herangehen!«

Lacroix schaute ihn erstaunt an: »Natürlich!«, meinte er vieldeutig. »Ich finde, dass sich die Jungen in den letzten Wochen ausreichend bewährt haben. Wir müssen sie nicht weiter auf die Probe stellen. Sie werden auch nicht fasten! Lehren, lesen, ruhig werden, sich sammeln, den Mittelpunkt finden. Den Rest holen wir später in Ruhe nach.« Roland Treyo wirkte nicht überzeugt.

»Louis, wir gehen zu Richard und Lucille. Du musst um ihren Segen bitten!«

Louis seufzte angespannt. Es würde ihm unendlich schwerfallen. Um etwas zu bitten und eine Entschuldigung anzubringen, waren Dinge, die er sonst immer gerne vermied. Tommi Lacroix grinste verschmitzt. »Caspar wird es beim Komtur persönlich tun! So lautet die Tradition. Deine Eltern sind nicht hier, Caspar«, bestimmte er und nahm Louis mit. Der war direkt froh, dass er nicht seinen Großvater Hugo ansprechen musste. Der alte Templer hätte gewiss peinlich genau auf allen Traditionen bestanden.

Richard saß in seinem Bett und trommelte wütend mit seiner Hand auf die Matratze. Er betrachtete knurrend das blaue Auge seines Sohnes. Lucille blickte Louis besorgt entgegen. Sie biss nervös auf der Lippe herum, so als wisse sie nicht, was sie von der Aktion der Tempelritter halten sollte. Damit war sie nicht alleine. Lacroix redete, wie um sich selbst zu überzeugen: »Der Platz, den Vitus in der Wabenstruktur der Templer eingenommen hat, ist jetzt leer. Caspar und Louis werden ihn gemeinsam einnehmen. Das kann funktionieren. So genießen sie einen größeren Schutz. Wie es mit den Aufgaben in der Gruppe selbst aussieht, muss man dann sehen! Der Komtur ist über seinen Schatten gesprungen. Er lässt tatsächlich zu, dass etwas Neues ausprobiert wird. Allein das werte ich als positives Zeichen!«

»Die Jungen sind noch nicht so weit!«, widersprach Richard. »Sieh dir an, was sie in der vergangenen Nacht veranstaltet haben!« Richard hatte sich anscheinend etwas erholt und war nicht bereit, die Entscheidung des Komturs kampflos hinzunehmen. Lucille stimmte ihm zu. Louis starrte aus dem Fenster.

»Es gilt sowieso nur unter Vorbehalt. Es war von Bewährung und Probe die Rede!«, murmelte er und gab sich einen Ruck. Er sprach die alten Einsetzungsworte, die er vorhin mit Caspar eingeübt hatte: »Ich erbitte von euch den Segen zur guten Pilgerfahrt dieses Lebens!«

Richard staunte. »Kann ich das bitte noch einmal hören, Louis?«

»Nein!«, brummte Louis.

Sein Vater gab nach einem fragenden Blick zu Lucille die vorgeschriebene Antwort: »Geh hin zu ritterlichem Leben und Wirken. Dazu segne dich der allmächtige Gott.«

Wenig ritterlich reagierte Richard auf die nächste Ansage des Arztes: »Du hast übrigens nach wie vor Bettruhe und wirst nicht aufstehen. Lehne dich also entspannt zurück!«

»Das ist nicht dein Ernst!«, explodierte Richard.

»Ernster geht es gar nicht!«, sagte Lacroix entschlossen. Er ignorierte die weiteren lautstarken Kommentare des Patienten und schob Louis in den Gang hinaus. Dort hörten sie, wie etwas krachend gegen die Tür schlug. »Das war der Wasserbecher!«, stellte Louis fest. »Richard ist echt angeschlagen. Normalerweise hätte er getroffen! Was der Wurf mit gutem Benehmen zu t-tun haben könnte, verstehe ich allerdings nicht.«

Tommi Lacroix ächzte verzweifelt: »Wahrscheinlich sitzt er heute Abend in der Kirche. Man müsste ihn besser in Narkose schicken, um das zu verhindern.« Der Arzt behielt recht. Der innere Kreis der Gruppe um Friedrich Lacroix, Maik, Dietrich Roth und Richard von Mortville hatten ihre Plätze im Chorgestühl eingenommen. Alle trugen weiße Templerumhänge und ein gegürtetes Schwert. Thomas Lacroix und Roland Treyo blieben bei Caspar und Louis, die auf den Stufen zur Apsis knieten. Einige der Samtkissen, die gestern Abend Louis' tiefen Sturz abgefedert hatten, lagen nun auf dem Marmor der Treppe. Der Arzt schickte grimmige Blicke zu den reich verzierten Sesseln im Chorgestühl und sah Richard vernichtend an. Der ignorierte den Mediziner geflissentlich. Die Gebäudeschäden der vergangenen Nacht konnte man nur ansatzweise sehen. Kein Sitzkissen war mehr in der Truhe. Leer gähnte sie Louis entgegen. Die verbeulte Orgel wurde geschont. Lucille begann, auf dem Cello zu spielen. Eine Harfe antwortete leise. Klangvolle Melodien hüllten die Anwesenden ein, verwandelten das stille Gotteshaus in einen Raum der Andacht und Würde. Amelie schritt langsam den Mittelgang entlang. Sie trug den Leuchter. Die Flammen der Kerzen beschienen ihr Gesicht. In den Bänken saßen dicht gedrängt die Gefährten des Templerordens. Einige Knappen besetzten die hinteren Plätze oder standen an der Wand. Tausend flackernde Lichter erhellten das Hauptschiff der Kirche. Es duftete nach Bienenwachs und aromatischen Kräutern.

Caspar seufzte. Er konnte seinen Blick nicht von Amelie lösen, die den Leuchter feierlich auf dem Altar abstellte. Die Haare des Mädchens waren zu einer kunstvollen Frisur verflochten und wurden von einer durchsichtigen, kleinen Haube bedeckt. Amelie erreichte die Stufen und ging neben Caspar in die Knie. Der begann zu schwanken und musste sich abstützen. Louis senkte den Kopf tiefer, um sein Grinsen zu verbergen und das eigene nervöse

Zappeln in den Griff zu bekommen. Seine Finger waren feucht und verschwitzt. Der Komtur ergriff das Wort. Er berichtete von schwierigen Wochen mit ungewöhnlichen Ereignissen. Er stimmte einen liturgischen Gesang an, der von Cello und Harfe untermalt wurde. Der oberste Templer nickte Louis und Caspar zu, die mit klopfenden Herzen vortraten. Lacroix und Treyo standen hinter ihnen, sonst wäre Louis im letzten Moment fortgelaufen. So viele Menschen würden zuhören und Zeugen seines Ritterschlages sein. Er hatte die angespannte und verwunderte Stimmungslage in der Kirche wahrgenommen. Er bemerkte allerdings nicht, dass der innere Kreis seiner zukünftigen Begleiter aufgestanden war.

Friedrich Lacroix trat als Erster zu Louis. Er zwinkerte dem Jungen beruhigend zu. »Wir heißen dich willkommen in dem Kreis der Verbundenheit. Ehrlichkeit, Treue, Pflichterfüllung, Demut, Gehorsam, Mut, Freundschaft und Rücksichtnahme mögen die vorherrschenden Kräfte sein. Sei tapfer! Au Beauseant.« Behutsam schlug er mit seiner Hand auf Louis' Wange. Es gehörte unabänderlich zu dem Ritual. So sollte die Zeremonie besser im Gedächtnis bleiben. Man konnte es auch als Prüfung zur Selbstbeherrschung auffassen. Diese Schläge sollten indes die letzten unerwiderten Hiebe im Leben des neuen Tempelritters sein.

»Möge Gott, der ewige Vater, mir helfen. *Was wir beide im Namen des Herrn geschworen haben, dafür wird der Herr zwischen mir und dir auf ewig Zeuge sein!*«, antwortete Louis heiser.

Friedrich Lacroix ging zu Caspar und Maik sprach als Nächster die Worte der Aufnahme zu Louis. Dietrich Roth wirkte grimmig und blickte Louis finster an. Der rituelle Schlag fiel heftig aus. Wenigstens wählte der Templer nicht die Seite des Veilchens für den Hieb. Das klatschende Auftreffen der Hand war in der ganzen Kirche zu hören. Louis verzog keine Miene. Er hatte fast damit gerechnet, dass Dietrich Roth noch immer wütend auf ihn war und die verbliebene kärgliche Möglichkeit einer Strafe nutzen würde. Höflich antwortete Louis auch Dietrich Roth, obwohl sein Gesicht vor Schmerz und Scham brannte. Richard verbarg seinen Zorn mühsam und konzentrierte sich ganz auf Louis. Langsam und ernsthaft flossen die Worte über seine Lippen und bekamen eine neue Dimension. Bevor Louis die rituelle Antwort gab, zitierte er spontan einen anderen Vers aus der Bibel: »Wenn du deinen Vater und deine Mutter ehrst, wird es dir gutgehen und du wirst ein langes Leben haben.« In der Kirche hätte man es gehört, wenn eine Stecknadel zu Boden gefallen wäre. Die Stille war fast greifbar.

»Ich werde dich bei Gelegenheit daran erinnern!«, flüsterte Richard und war anscheinend froh, dass er nach dem Dialog mit Caspar wieder Platz nehmen konnte. Louis hatte bemerkt, dass die Beine seines Vaters bebten und er immer blasser wurde. Thomas Lacroix schloss die Runde der fünf Tempelritter ab. Nach wie vor hörte man keinen Laut zwischen den Reihen. Wie konnten so viele Menschen nur so ruhig sein? Nicht einmal das Holz der Bänke knackte. Der Großmarschall reichte dem Komtur ein Schwert. Dieses Mal mussten Louis und Caspar die Einsetzungsworte auswendig sprechen und vor allen Leuten ein klares Bekenntnis ablegen. Louis hoffte, dass sie es ohne Stocken und Stottern schaffen würden. Er war froh, dass sein Freund dabei war.

»Ich verspreche, meine Kräfte, mein Reden, mein Denken und mein Leben in die Hände des ewigen Gottes zu legen. Unterweisung empfange ich in der Stille, in den Gebeten und Schriften.

Ich gelobe dem Großmeister des Ordens Achtung und Gehorsam. Die Hilfe meines Arms soll der Kirche und den Königen, den Pilgern und Suchenden, den Armen, Schwachen und Kranken gehören. Ich bin Hüter der Weisheit, Bewahrer der Schätze und Streiter für die Freiheit. Sind meiner Feinde nicht mehr als zwei, werde ich sie mutig bekämpfen und niemals zaudernd die Flucht ergreifen.«

Die Jungen knieten nieder. Thomas Lacroix und Roland Treyo sanken neben ihnen auf die Knie. »Wir erbitten den Ritterschlag für diese beiden Knappen! Sie haben sich würdig erwiesen und wollen dem Orden nach bestem Vermögen dienen.«

Der Komtur nickte und umfasste das Heft des Schwertes. Er legte die Klinge flach und nacheinander auf Louis' Schultern nieder und abschließend auf den Kopf. Der Junge erhielt den Ritterschlag und den Segen. Caspar und Louis waren die jüngsten Tempelritter, die der Orden in letzter Zeit aufgenommen hatte.

»*Deshalb zieht die gesamte Waffenausrüstung an, die Gott für euch bereithält. Steht aufrecht und bindet euch den Gürtel um, der aus Wahrheit besteht. Zieht an den Brustpanzer, nämlich die Gerechtigkeit. Setzt euch den Helm auf, die Erlösung durch Gott, und ergreift das Schwert des Gottesgeistes, und das ist das Wort Gottes*«, beendete der Großmarschall seine Rede. Er hüllte Louis und Caspar in zwei weiße Templerumhänge. »Empfangt den Ordensmantel mit dem Kreuz der Lossprechung. Niemals sollt ihr in der Kälte frieren. Seid willkommen in der Gemeinschaft der Tempelritter.« Zu Louis' Überraschung erhielten sie einen Schwertgurt und die dazugehörige Waffe. Louis und Caspar standen auf und umarmten sich kurz. Die Templergemeinde antwortete mit einem Segensgesang, der klangvoll das Gotteshaus erfüllte.

Louis ging zum Abendmahlstisch. Er glaubte fast zu schweben, so leicht fühlte er sich. Neben dem Leuchter stand eine massive Truhe. Der Junge nahm den Schlüssel, das Kreuz der Tempelritter, von seinem Hals und öffnete den Schließmechanismus des hölzernen, mit eisernen Beschlägen versehenen Kastens. Amelie löschte die Flammen der Kerzen. Winzige Funken segelten durch die Luft. Der Firmariearzt verbarg den kostbaren Leuchter in der Truhe. Einige Tempelritter traten vor. Die anderen begannen zu singen. Cello und Harfe setzten ein und ergänzten die einfache Melodie um formvollendete Harmonien. Der Komtur überreichte Amelie das Kreuz mit dem roten Edelstein, das nun an einer silbernen Kette hing. Ein kurzer Stich der Eifersucht durchfuhr Louis. Er fühlte sich überrumpelt. Die Templer hätten es ihm wenigstens vorher sagen können. Manche Dinge änderten sich nie. Vielleicht sollte man sich einfach daran gewöhnen. Doch als er das glückliche Lächeln im Gesicht seiner Schwester sah, schämte sich Louis für seine kleinlichen Gedanken.

Die Templer trugen die Truhe davon. Der Firmariearzt und Amelie begleiteten sie. Amelie von Mortville war die Hüterin des

Schlüssels. Wie Lucille eine Weile vor ihr. Der Leuchter würde in einem geheimen Fach eingeschlossen werden, bis ein besonderes Ereignis seine Gegenwart erfordern würde. Louis vermutete das Versteck im Atrium der Klinik. Er hatte dort einige Orte bemerkt, die durchaus geheime Fächer enthalten konnten. Die Kirche, die anscheinend gerade akribisch bewacht wurde, war von den Wölfen ausspioniert und enttarnt worden. Louis fühlte sich fast ein wenig leer ohne das Band um seinen Hals. Andererseits war es eine Befreiung von einer mühevollen Pflicht.

Der Gottesdienst ging zu Ende. *»Herr, zeige mir den richtigen Weg, damit ich nach deiner Wahrheit lebe! Gib mir das Verlangen ins Herz, dich zu ehren«*, antworteten alle Anwesenden und erhoben sich.

Thomas Lacroix eilte schnellstens zu Richard von Mortville und wies ihn scharf zurecht: »Dein korrekter Weg als Patient führt dich sofort in die Klinik. Und lass es momentan deine einzige Sorge sein, mir nicht zu schnell unter die Augen zu treten. Sonst waren die Hiebe bei deiner Schwertleite nicht die letzten, die du von einem Tempelritter kassieren musstest.« Maik bugsierte Richard sofort aus dem Gefahrenbereich, nachdem er Louis und Caspar ein fröhliches »Bis bald!« zugeraunt hatte.

Friedrich Lacroix überbrachte Louis Grüße und gute Wünsche von seiner Frau Beata und Karim. »Er war untröstlich, dass er den Gottesdienst zu deinem Ritterschlag nicht besuchen konnte. Die Jungen im Seminar und im Feriencamp hätten wahrscheinlich in den unbeobachteten Momenten die Mauern des Gutshauses geschleift.«

»Na, dabei würde ich ihnen gerne helfen!«, bot Louis feixend an.

»Du hast dich nun entsprechend deiner Ritterwürde zu benehmen, verstanden? Dich will ich nicht mehr als armen Sünder vor meinem Schreibtisch stehen sehen!«, schärfte Lacroix dem Jungen ein. Louis wollte dafür lieber nicht die Hand ins Feuer legen. Er könnte höchstens versuchen, sich seltener erwischen zu lassen. Olli Treyo flitzte heran und stopfte Louis verschämt eine Zeichnung unter den Umhang. Louis hatte so eine Ahnung, dass der aufgeblasene

Gockel, der eine große Ähnlichkeit mit Clemens Frommholt hatte, auf dem Bild zu sehen sein würde.

Verblüfft bemerkte Louis, dass Stephan Roth und seine Großmutter auf ihn zugingen. Die alte Dame nahm den Jungen in den Arm und wischte verstohlen eine Träne aus dem Augenwinkel. »Ein Tempelritter!«, sagte sie gerührt.

Stephan dagegen murmelte ein verlegenes: »Tut mir leid! Mein Vater hat ordentlich zugelangt.« Louis konnte der Beobachtung nur zustimmen und zog eine schiefe Grimasse. Frau Roth stützte sich auf Stephan und winkte Lucille bedächtig zu, die selbstvergessen Cello spielte. Viele Tempelritter blieben, weil sie sich nicht von den Klängen und Melodien lösen konnten, die anmutig durch das Kirchenschiff schwebten. Ergriffen lauschte der Großmarschall und rührte sich nicht von der Stelle.

Lucille ließ den letzten Ton der Saite verklingen und blickte hoch. Der Marschall reichte ihr vermittelnd die Hand: »Ich gratuliere und überbringe gute Wünsche für eine gesegnete Zukunft. Wir wollen unseren Zwist begraben.« Lucille nickte, legte den Bogen zur Seite und erwiderte die versöhnliche Geste des Templers. »Herrliche Töne!«, murmelte der Großmarschall bewundernd. Er wandte sich an Louis, der neben seiner Mutter stehen geblieben war. »Spielst du ein Musikinstrument, mein Junge?« Der schüttelte den Kopf.

»Nein?! Das solltest du lernen!«, sagte der ältere Herr bestimmt. »Musik hat eine ungemein beruhigende und versöhnende Wirkung.«

Louis lächelte verschmitzt und nickte höflich: »Vielleicht werde ich es mal am Schlagzeug versuchen!«